Dianna M. Marquès

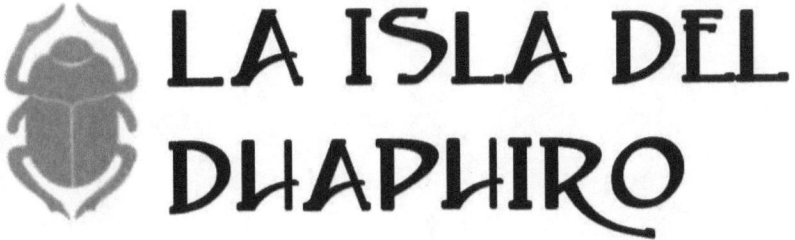

LA ISLA DEL DHAPHIRO

LA ISLA DEL DHAPHIRO
©Dianna Muñoz Marquès
www.diannammarques.com

Diseño de cubierta: Dianna Muñoz Marquès (imagen central © Alex Bramwell - Fotolia.com)

Primera edición: Septiembre de 2010

ISBN: 978-8461435814
Depósito legal: B-37036-2010

Impreso en España

Para mi Jayden de carne y hueso.
Sin ti mi sueño nunca se habría hecho realidad.

Universitario

Septiembre de 2008, Eugene, Oregón.

El último cliente al que había atendido durante su jornada laboral cerró la puerta delicadamente tras de sí, satisfecho con la buena atención que le había proporcionado Jayden aconsejándole sobre su nueva cámara digital.

Aquél era su último día en la tienda de revelado de fotos. El verano ya llegaba a su fin y, con él, se agotaba el plazo de su contrato de sustitución.

A pesar de ello, se sentía orgulloso de su labor, ya que su gran pasión, la fotografía, le había ayudado mucho en aquel empleo eventual.

Con una lentitud deliberada, deshizo el nudo que mantenía sujeto su mandil a la cintura y lo dejó plegado sobre el mostrador.

Una sensación de nostalgia le invadió.

Habían sido tres meses de verano muy bien aprovechados y, aunque sacrificó alguna que otra salida con sus amigos, no se lamentaba, puesto que cada vez que el Sr. Foster le entregaba el sobre con su paga veía recompensado su esfuerzo.

Desprendió de su camisa, con sumo cuidado, la chapa metálica con su nombre y, junto con el mandil bien plegado, se encaminó hacia el pequeño cubículo que el Sr. Foster llamaba oficina.

—¿Señor?

—Pasa, Jayden, pasa —La voz del hombre delataba su edad con su grave frecuencia y lenta cadencia.

—Ya se ha ido el último cliente del día.

El hombre se limitó a despegar sus gruesas cejas del libro de contabilidad que se empeñaba en rellenar a mano.

—¿Estás seguro de que no quieres que te renueve el contrato? A Janine no le importará tener un nuevo compañero cuando regrese mañana de sus vacaciones y, sinceramente, tus conocimientos de fotografía digital nos han ayudado mucho con el negocio.

Jayden perfiló una sonrisa sincera en su joven rostro.

—Le estoy muy agradecido, pero me sería imposible trabajar tantas horas en la tienda con las clases en la universidad y el curso de fotografía —el Sr. Foster suspiró apesadumbrado—. De todas maneras, puede contar conmigo como cada año para hacer la suplencia de verano de Janine y de Thomas.

—Es una lástima, pero qué se le va a hacer, eres un periodista en potencia.

—De momento, sólo soy un universitario que estudia la carrera de periodismo —Jayden dejó con cuidado el mandil y la chapa sobre la mesa de su jefe—. Si no me necesita para nada más, me gustaría marcharme a casa.

El Sr. Foster volvió a concentrarse en su letra pulcra dibujada sobre el libro de contabilidad.

—Que te vayan bien las clases, joven Jayden. Saluda a tu madrastra y a tu tía de mi parte —sin mirarle a los ojos, le deslizó un sobre por la superficie de la mesa con su última paga. Jayden lo recogió un tanto ansioso.

—Así lo haré. Gracias.

La campanilla de la puerta del establecimiento sonó como las campañas de la libertad cuando Jayden salió camino de su casa.

La brisa, no tan cálida como de costumbre, indicaba los últimos vestigios del verano.

Desde que se habían trasladado a Eugene y habían conocido a su gente y la ciudad, Jayden y su familia se habían enamorado de ellas.

En el último año pasado en Londres, Galatea y Kate habían estado debatiendo sobre su nuevo lugar de residencia sin llegar a ningún consenso. Fue Jean quien lo decidió. Una mañana, se presentó en su casa comentando que había estado buscando el próximo lugar para establecerse y se había enamorado de una postal de Eugene con el lema *La ciudad más grande del mundo de las artes y el aire libre.* Tras meditarlo mucho, y comprobar que ningún miembro de la familia que todos ellos formaban tenía antecedentes en aquella localidad, buscaron unas preciosas casas y, sin perder mucho el tiempo, se trasladaron allí. El lugar elegido fue el barrio residencial de *Green Spirit,* donde las casas de estilo victoriano se combinaban a la perfección con las placas solares y los cubos de reciclaje.

Ninguno de ellos quería permanecer mucho más tiempo en Londres. Aquella ciudad no les traía demasiados buenos recuerdos.

En cuanto se instalaron, y siguiendo al pie de la letra las normas del Consejo, Kate y Jayden trazaron un plan para ocultar la joven edad de su madre, ya que nadie hubiera creído que Kate, con sus aparentes veinticinco años, tuviera un hijo de diecinueve. Así que, animados por la gran imaginación de Galatea, se inventaron una melodramática historia: Jayden era el hijo del marido ya fallecido de Kate. De esa manera, se podía justificar fácilmente la edad de ella. Aun así, lo que más les gustaba a Kate y Galatea eran los distintos rumores de que Kate era una cazafortunas que se dedicaba a desposarse con hombres de avanzada edad.

Él hubiera preferido que se hiciera pasar por su hermana, para evitarse más de una pregunta embarazosa sobre su *madrastra*.

Jayden enseguida se adaptó al lugar. Conoció a Matthew Simons en el primer día de universidad, y ambos se hicieron amigos inseparables. Estaba muy contento de haberle conocido. Su habitual confidente, Emma, se había marchado con Chris a Washington; el trabajo de él así lo había exigido y apenas la veía, salvo en las vacaciones. No obstante, no podía lamentar demasiado la pérdida de Emma, ya que, con Chris, había ganado un gran amigo y un nuevo hermano.

Kate encontró trabajo como redactora jefa en el Periódico de Eugene, mientras que Galatea había adquirido un modesto local en el centro, donde vendía sus antigüedades, los cuadros y esculturas de Jean y alguna fotografía artística de Jayden, que había resultado ser un gran fotógrafo.

Iris compaginaba su tiempo con Jean y habían empezado a escribir cuentos para niños ilustrados por él y, aprovechando los contactos editoriales de Kate, habían conseguido publicar algunos.

Jayden caminaba tranquilo hacia su casa, que estaba a pocos minutos de su trabajo de verano. Las casas de la urbanización, rodeadas de verdes árboles, empezaban a encender sus luces cuando se adentró en el cuidado jardín de la casa victoriana donde vivían.

Cuando la puerta se cerró tras de sí, hizo gala de su nueva velocidad y, en tan sólo unas fracciones de segundo, se plantó junto a su madre que estaba en la cocina.

Kate no se sorprendió.

—Hola, ¿cómo ha ido tu último día?

Jayden se apoyó, indiferente, contra el marco de la puerta, mostrándole el sobre con su última paga a su madre.

—Como de costumbre, me ha pedido que me quede a trabajar más meses.

Kate sonrió orgullosa mientras se le acercaba.

—Mañana, ve a ingresar tu dinero. Te hará falta para los materiales de fotografía del nuevo curso.

Jayden revisó, despreocupado, el contenido del sobre.

—Creo que con lo que tengo ahorrado me podría comprar varias cámaras con sus respectivos accesorios e incluso me sobraría dinero.

—Guárdalo, nunca se sabe qué puedes necesitar —Sus ojos se clavaron en la puerta de la entrada y Jayden resopló—. Ya está aquí.

Un segundo después, la puerta se abrió dando paso a una radiante Galatea.

Jayden refunfuñó algo ininteligible entre dientes; estaba muy celoso de la extraordinaria conexión que había entre ellas.

Los estudiantes corrían en manadas por el campus de la universidad en su primer día de clase. Jayden cerró la puerta del Mini y buscó con la mirada a Matt, su fiel compañero.

No fueron tanto sus ojos sino su olfato lo que le ayudó a dar con él junto a la bicicleta que solía llevarle hasta el campus.

Se abrió paso entre la gente y llegó hasta el aparcamiento de bicicletas. Junto a éste, una flamante motocicleta deportiva de color negro brillaba bajo el sol.

—Bueno días, Matt.

Él apenas le miró.

Al igual que Jayden, tampoco podía apartar los ojos de aquella preciosa *Honda CBR 600*.

—Te juro que si Dylan se vende esta preciosidad algún día, se la compro.

Jayden le miró desafiante.

—No si yo se la compro antes. Además, que yo sepa, tú no tienes el carné de moto.

Matt le miró enarcando las cejas.

—Claro, y tú sí, ¿verdad?

Jayden soltó un bufido irónico.

—Da la casualidad de que sí; cuando nos instalamos aquí, lo primero que hice fue sacarme el carné de conducir de coche y moto.

—Pero si tú nunca has tenido moto.

Jayden se pasó la mano por el pelo, ordenando algunos mechones rebeldes de su frente.

—Yo no, pero aquel verano Chris vino con una de pequeña cilindrada y me la dejaba de vez en cuando sin que mi madre se enterara. Pero, para evitar multas, me saque el carné con ayuda de Emma.

Matt cargó su mochila al hombro y empezó a andar hacia la entrada de la universidad.

—Nunca paras de sorprenderme, ¿hay algo que no sepas hacer o que te salga mal?

Jayden le pasó el brazo por encima de los hombros a su amigo.

—No soy perfecto, ni mucho menos.

Matt le lanzó una mirada de soslayo cargada de ironía.

El ruido de los alumnos por los pasillos era un murmullo constante y Jayden se sintió cómodo entre ellos.

Aquello no era, ni por asomo, como su instituto de Londres. Allí había conseguido pasar inadvertido.

Simplemente era un alumno más.

Todos los estudiantes de segundo curso que se agolpaban

frente a la puerta del aula, hacia donde se dirigían Matt y Jayden, eran familiares para él. La mayoría habían compartido el primer año universitario con ellos.

Cuando el reloj indicó la hora exacta, poco a poco, todos fueron entrando ordenadamente a su clase.

Matt jugueteaba con una cuartilla de papel sobre la mesa de la cafetería, mientras Jayden apuraba un zumo de melocotón.

—¿Quieres ir a verla?

Jayden frunció el ceño confuso.

—¿De qué me hablas? —Matt se limitó a enseñarle el folleto informativo que les habían entregado en clase—. ¿La nueva piscina?

—Podríamos apuntarnos al equipo de natación, seguro que ver a las chicas en bañador no te desagradaría.

Jayden soltó una risotada sin humor. Desde que Andrea le había partido su corazón, no había vuelto a pensar en las chicas como una buena compañía.

—¿En serio quieres apuntarte?

Matt miró su delgado cuerpo y sonrió.

—No me iría mal un poco de ejercicio, y ya se sabe que los nadadores tienen un cuerpo espectacular —Jayden se encogió de hombros y Matt se puso en pie de un salto—. ¡Vamos!

No le quedó más remedio que seguirle.

El Pabellón Deportivo del campus había sido ampliado velozmente durante los meses de verano y ahora contaba con una piscina de medidas olímpicas.

El director había considerado oportuno incrementar la extensa lista de opciones deportivas de la universidad con la natación.

Parecía que tuviera como meta ofrecer a todos los candidatos del estado de Oregón una universidad dedicada en cuerpo y alma a los deportes.

En la recepción de las instalaciones deportivas se agrupaban varias chicas con sus uniformes de animadoras.

Matt le hizo un gesto a Jayden cuando pasaron junto a ellas.

Clair, la capitana del equipo, les lanzó una fría mirada.

—Jay, seguro que si ganamos unos cuantos torneos de natación, la estirada de Clair nos mirará de otra manera—. Susurró Matt.

Jayden no le dio demasiada importancia.

Las instalaciones de la flamante piscina, en su jornada de puertas abiertas, estaban llenas de curiosos que inspeccionaban cada detalle de la nueva construcción.

Un hombre alto y musculoso se paseaba entre los curiosos visitantes a la espera de rellenar solicitudes para el nuevo equipo que debía formar.

Sus ojos enseguida repararon en Jayden y, sin pensarlo dos veces, abordó al joven.

—Hola, soy el entrenador Eric Somerset —Matt y Jayden se limitaron a asentir un tanto abrumados por el fornido hombre—. ¿Queréis uniros al club de natación?

—En realidad, a mí no me interesa, pero a mi amigo sí — Matt se sintió cohibido, mientras Jayden le daba una palmadita en el hombro.

—Perfecto, joven. Ve rellenando esta solicitud, hemos de llenar todas las plazas o el director montará en cólera —Le entregó a Matt la carpeta con los formularios, mientras repasaba con la mirada el fuerte cuerpo de Jayden—. ¿Tú nunca has practicado natación?

—No, nunca.

—La verdad es que pareces tener un cuerpo muy bien formado y nos iría muy bien un joven fuerte como tú —Su mano se cernió sobre el bíceps de Jayden con fuerza para comprobar su tono muscular.

Matt escuchaba la conversación, divertido, mientras rellenaba la solicitud; disfrutaba viendo al siempre imperturbable Jayden perder un poco la compostura ante el acoso del entrenador.

—Vamos, Jay, apúntate conmigo. ¡Quién sabe!, quizás esto se te de mal y por fin pueda comprobar que no eres perfecto en todo. ¿Tienes miedo de que te dé una paliza? ¡Venga! —El tono desafiante de Matt no le dejó alternativa.

—Está bien, lo que sea con tal de no oírte más. ¿Dónde tengo que firmar?

El entrenador señaló orgulloso los impresos y observó como rellenaba la solicitud.

Jayden sonrió resignado a su amigo que le miraba sonriendo. Al fin y al cabo, ¿qué podía perder apuntándose a un equipo deportivo?

Experto nadador

Deshizo lentamente las lazadas de sus deportivas. Era su primer día de entreno de natación y aquello ya no le parecía tan divertido.

Kate y Galatea se habían entusiasmado con la idea de ver competir a Jayden en un torneo deportivo y enseguida se encargaron de proporcionarle todos los útiles necesarios para ello: la bolsa de deporte, el gorro, las gafas y un diminuto bañador de color negro homologado por la universidad.

Aquello era lo peor de todo.

El resto de sus compañeros de vestuario, incluido Matt, se paseaban tranquilamente con aquel escaso trozo de tela sin pudor ninguno, bajo la atenta mirada de Jayden, que se resistía a despojarse de sus pantalones.

Finalmente, y haciendo acopio de su valor, se quitó la ropa y se encaminó junto a su amigo hacia la piscina intentando ocultar con su toalla, colgada de un hombro, la mayor parte de su cuerpo que le fuera posible.

En total, el entrenador Somerset había conseguido reunir a más de cien alumnos interesados en el equipo. Puesto que la mitad de los candidatos eran chicas, se repartió a los jóvenes entre el equipo femenino, liderado por la entrenadora Standley, y el masculino.

Aquella tarde, el entrenador tenía la labor de clasificar por grupos de estilo a los jóvenes candidatos, así como evaluar sus aptitudes para la natación. Evidentemente, no todos ellos podrían participar en el torneo que se celebraría el próximo verano.

Los chicos formaron en varias filas frente al margen de la piscina y Jayden se sintió aliviado al verlos vestidos igual que él.

Matt no podía dejar de mirar los marcados abdominales de su amigo. Desde la última vez que habían ido juntos a nadar al lago de la reserva de Fern Ridge, unas semanas atrás, lucían mucho más musculados y definidos.

Jayden se percató de las miradas intrigadas de su amigo e intentó cubrirse con disimulo cruzando sus brazos sobre el pecho. Aquello no hizo más que empeorar la situación, ya que sus brazos fueron el nuevo objetivo de Matt.

—Tío, ¿has estado haciendo ejercicio en casa? —susurró.

Jayden sonrió, fingiendo que no le prestaba demasiada atención.

—Sí. Como no podía salir de fiesta contigo por las noches, porque al día siguiente tenía que trabajar, pasaba mi poco tiempo libre haciendo algunos abdominales.

Matt le miró incrédulo.

—¿Algunos abdominales? —resopló—. Recuérdame que el verano que viene busque un trabajo y siga tu mismo estilo de vida —Jayden sonrió, mientras meneaba la cabeza, a su crédulo amigo. Tenía suerte de poder ocultar su avanzado desarrollo de dhaphiro con mentiras poco elaboradas.

En la piscina, algunos chicos ya habían empezado a nadar, mostrando sus habilidades para que fueran evaluadas por el ojo experto del entrenador.

—Savage, Simons, Owen, Perry, sois los siguientes.

Matt se situó en el carril contiguo al de Jayden, con los dedos de los pies sobre el borde de la piscina. Su estado de nervios e ilusión se hacía patente en sus movimientos. Jayden le sonrió. Se había prometido a sí mismo no usar ni la mitad de su fuerza y agilidad para aquellas pruebas y las posteriores clasificaciones en el equipo de natación, para intentar quedar siempre por detrás de su amigo, infundiéndole así un poco de autoestima y evitando ser perfecto en todo como Matt siempre le decía.

El entrenador garabateó en su libreta la puntuación que le merecían los cuatro estudiantes que acababan de salir del agua. A su parecer, algunos de ellos no tenían nivel suficiente ni para estar en el equipo femenino.

Mientras ponía de nuevo el cronómetro a cero, una pareja de chicas apareció en el pabellón y se sentó en las gradas para ver el espectáculo. Una de ellas llevaba una libreta, mientras que la otra se dedicaba a hacer fotografías sin parar.

Jayden notó como si su bañador se encogiera, haciéndose más pequeño y ridículo. ¿Cómo podían estar todos tan tranquilos mientras se exponían ante ellas?

El entrenador pareció notar el desasosiego del joven.

—Tranquilo, Savage. Sólo harán unas fotografías para la revista del campus y se irán enseguida —Jayden sonrió sin ganas, sabía quiénes eran.

Matt le dedicó una mirada de complicidad.

—Es Penny. No podía haber entrado en mejor momento.

—Lúcete, Matt. Déjala estupefacta; así no se podrá negar cuando le pidas una cita.

Matt se cuadró y sacó pecho, luciéndose como un escuálido pavo real.

Jayden sonrió para sí. Desde que habían empezado la universidad, Matt se había enamorado de Penny. Era una joven intelectual de cabello caoba, muy corto, y siempre llevaba un pañuelo al cuello que exaltaba su aspecto bohemio. Jayden no le guardaba mucha simpatía porque ella le había arrebatado el puesto de fotógrafo de la revista del campus. Al parecer, sus notas eran mejores que las de él y ello le garantizó el puesto.

Él nunca llegó a creérselo. Penny era la sobrina de uno de los profesores de la universidad.

El entrenador se situó junto a Jayden y miró a los cuatro chicos que estaban listos para saltar a las tranquilas aguas de la piscina olímpica.

—A mi señal... —Miró un segundo el cronómetro—. ¡Ya!

Jayden se impulsó sin demasiadas ganas al interior de la piscina sin apenas salpicar y nadó con toda la tranquilidad que le fue posible. Cada vez que sacaba la cabeza para hacer ver que respiraba, ya que no le era necesario, oía los gritos de sus compañeros que los animaban. Entre los diferentes vítores que se oían, destacaba el nombre de Matt.

Cuando sus sentidos intuyeron el borde de la piscina, apoyó las manos sobre él y sacó la cabeza del agua sacudiéndose el pelo.

Junto a él, Matt lucía radiante de felicidad, mientras el entrenador le felicitaba desde el extremo de la piscina.

—Eres, por el momento, el mejor nadador que tenemos, Simons. Sin duda, tú llegarás lejos en este equipo —Matt sonrió ilusionado a Jayden—. Savage, tercer puesto; tu estilo no está nada mal, pero has de mejorar tu velocidad; creo que tanto músculo te ralentiza. Has de trabajar más la agilidad, muchacho.

Jayden asintió con la cabeza. Su estrategia daba resultado. No había llamado la atención en absoluto y, por un golpe de suerte del destino, Matt había resultado ser el mejor nadador del equipo.

Durante el resto de la jornada, el entrenador se había dedicado a agrupar a los chicos en los diferentes estilos. Matt y Jayden habían sido seleccionados para competir en estilo libre, y ambos parecieron contentos con la ubicación.

Al final de la tarde, el vestuario se había quedado casi vacío, y se oían los murmullos de los compañeros de equipo mientras se alejaban por el pasillo hacia la salida del pabellón.

Matt terminó de guardar sus pertenencias en la bolsa de deporte bajo la atenta mirada de Jayden. El joven estaba radiante de felicidad. Nunca había destacado en nada y la primera vez que lo hacía era justo el día en que la chica en la que estaba interesado había estado presente.

—Deja ya de sonreír, Matt.

—Lo siento, pero es que hoy ha sido un día perfecto.

Jayden se puso en pie y empezó a caminar hacia la salida del vestuario; allí un olor familiar le alertó.

Era Penny.

—Creo que tu día puede mejorar aún más —Jayden desapareció tras la puerta y su amigo se apresuró a seguirle dando un portazo.

—¿Qué quieres decir? —Palideció.

Ante él, Penny, acompañada de Lara, la redactora de noticias deportivas del periódico del campus, le estaba esperando.

—Matt, tengo que irme, te veo mañana.

—Sí, claro. Adiós.

Penny sonrió de pasada a Jayden que se alejaba con rapidez, para luego clavar sus ojos negros sobre el rostro de Matt.

—Hola, ¿podemos hacerte unas preguntas y alguna foto? Ahora eres la estrella del equipo de natación y nos interesa tu experiencia.

Las mejillas de él se tiñeron de púrpura.

—Sí, claro.

Jayden ya había abandonado el recinto del polideportivo, pero aún podía oír las palabras de su amigo. Se acercó con paso ligero al aparcamiento y se subió a su coche con una pícara sonrisa dibujada en sus labios. Se sentía animado al ver feliz a su amigo.

Galatea se sentó en la mesa de la cocina. Cogió una cucharilla para remover la sangre caliente de su taza y bebió un lento trago.

—Deja ya de mirarle así, le vas a desgastar.

Kate sonrió apartando la mirada de la ventana con vistas al jardín.

—Es que me parece muy noble lo que ha hecho hoy por Matt.

—Es un buen chico, le hemos educado bien.

Jayden se removió incómodo en la silla del jardín, donde intentaba leer un libro bajo la escasa luz del atardecer.

—Se toma muy en serio el hecho de pasar desapercibido; la mayoría de dhaphiros de su edad reciben varias cartas de los Consejos advirtiéndoles de sus actos imprudentes.

Galatea apuró el contenido humeante de su taza.

—Tenemos muchísima suerte.

Jayden carraspeó.

—Aunque esté aquí afuera, puedo oíros perfectamente. A este paso conseguiréis que no os cuente nada de lo que me pasa en la universidad.

Kate y Galatea empezaron a reír.

—Lo sentimos —Sus voces sonaron al unísono con una perfecta armonía.

Jayden meneó la cabeza y se volvió a sumergir en la lectura de su libro.

Penny

Las semanas habían pasado rápidamente desde que se iniciara el nuevo curso. Jayden apenas tenía tiempo libre; los entrenamientos de natación y su curso extraescolar de fotografía le tenían muy ocupado. Por suerte, su horario se empezaba a parecer al de un dhaphiro adulto y con dormir cinco horas al día le bastaba para estar en plena forma.

Las hojas de los árboles del campus habían empezado a volverse anaranjadas y rojizas, indicando el inminente cambio de estación.

Jayden se acomodó bajo su roble favorito, que estaba teñido de amarillo. El césped bajo el árbol, perfectamente cortado, era el lugar ideal para sentarse y relajarse durante las horas libres entre las clases. Se dispuso a desenvolver su bocadillo a la espera de que apareciera Matt para almorzar con él, como de costumbre.

Al instante, supo que su amigo traía una compañía no demasiado grata para él.

—Hola, Jay —Apenas levantó la mirada de los apuntes que se había apresurado a sacar de su mochila—. ¿Espero que no te importe que Penny coma con nosotros otra vez?

Jayden hizo un gran esfuerzo al recordar lo mucho que significaba ella para su amigo.

—No. Hola, Penny.

Ella se sentó frente a Jayden y Matt la imitó.

—Hola —apenas esbozó una leve sonrisa. Siempre había sido

consciente de lo que ella le inspiraba, pero no se sentía culpable de ser mejor fotógrafa que él—. ¿Estáis listos para la demostración de esta tarde?

Matt palmeó la espalda de su amigo con fuerza.

—¡Les daremos una paliza!

Jayden asintió, fingiendo interés.

El resto de la comida, Jayden tuvo que soportar las miradas esquivas y nerviosas de Matt y Penny, mientras intentaba digerir con tranquilidad su bocadillo.

Desde que ella había abordado a su amigo el primer día de entrenamiento, se había unido a su grupo como una más, con la clara intención de llamar la atención de Matt que, por su parte, deseaba con locura pedirle una cita. Pero el temor al rechazo le truncaba sus planes cada vez que lo intentaba, así que llevaba semanas tanteando el terreno, consumiendo a cada instante la paciencia de Jayden.

El ambiente tenso en el vestuario reflejaba a la perfección el estado nervioso de los chicos. Aquella tarde, sería la primera vez que muchos de aquellos jóvenes participarían en una exhibición de natación para dar a conocer a sus familiares y amigos el maravilloso equipo que el entrenador Somerset había constituido.

Por suerte, también existía cierto grado de excitación por parte de todos ellos, por ser la primera vez que competían junto al equipo femenino.

Jayden disfrutaba de unos minutos cerca de su amigo, sin tener que compartirlo con Penny.

Era todo un lujo.

Uno de sus compañeros cuchicheaba algo a todo aquel que se cruzaba en su camino y pronto Matt y Jayden fueron su objetivo.

—Colegas, ¿conocéis a Clair Allen? —Las sonrisas de Matt y Jayden lo decían todo—. Ha dejado el equipo de animadoras y se ha unido al de natación— Sonrió pícaramente y salió en busca de un nuevo compañero.

—Clair en bañador, Penny en las gradas... ¡Qué más puedo pedir! —Jayden le sonrió cordialmente. Empezaba a estar harto de Penny.

El entrenador hizo acto de presencia y todos se callaron por respeto.

—Hoy será el primer día que demostréis a una gran masa ávida de espectáculo y emoción de lo que sois capaces.

Jayden susurró al oído de Matt:

—¿Gran masa ávida de espectáculo y emoción? No sabía que formábamos parte de un circo —Matt contuvo una carcajada.

—Empezaremos por la braza —miró fijamente a los componentes del estilo—. Seguiremos por mariposa, espalda y, finalmente, estilo libre —se oyó un murmullo y algunos compañeros miraron a Matt. Era evidente que el entrenador le había dejado para el final, ya que sabía que era su nadador estrella—. Recordad que entre cada exhibición masculina, se intercalará una femenina. Os rogaría que no perdierais la concentración —Los murmullos llenaron la estancia—. ¡A por ellos!

Poco a poco, los jóvenes fueron abandonando el vestuario para enfrentarse a unas gradas atiborradas de gente, que en cuanto vio salir a los chicos, empezó a gritar nombres y a aplaudir.

Jayden localizó enseguida a su familia.

El equipo femenino había hecho acto de presencia algunos minutos antes que el masculino y ya formaba perfectamente alineado en uno de los márgenes de la piscina. Algunas de las chicas intercambiaron miradas disimuladas al ver a los chicos con sus diminutos bañadores negros.

Al parecer, ellas también esperaban el encuentro.

Tal y como les había indicado el entrenador Somerset, ellos formaron en el borde opuesto al de las chicas e intercambiaron miradas y rápidas sonrisas.

Parecía que Clair y Jayden eran los más observados. Pero, a diferencia de ella, que parecía disfrutar siendo el centro de atención de todo el equipo masculino, Jayden se vio obligado a bajar la cabeza para disimular su pudor.

Gradualmente, los diferentes grupos, tanto masculinos como femeninos, fueron ejecutando sus estilos a la perfección entre aplausos y vítores por parte del público.

Matt, que esperaba paciente su turno, se dedicaba a escrutar las gradas en busca de Penny. Por su parte, Jayden había intercambiado alguna mirada confusa con Clair, que parecía devorarle con los ojos.

Tras dos horas de puro bochorno por su parte, Jayden se reunió con su familia y se encaminaron hacia la seguridad del hogar de Jean e Iris, para celebrar el tercer puesto de Jayden en estilo libre.

Los rayos amarillentos del sol de la mañana se filtraban por el mirador victoriano de la habitación de Jayden. Aquel sábado se presentaba como un día tranquilo para poder recuperarse de la incómoda situación vivida el día anterior. Jayden no era la clase de chico al que le gustara llamar la atención, y aparecer con un ridículo bañador frente a centenares de personas no era de su agrado.

Cerró los ojos y dejó que los cálidos rayos le acariciaran la piel.

—¡Jayden! No abuses del sol.

—Mamá, llevo protección —musitó sin apenas abrir los ojos.

Kate resopló, mientras hacía un leve gesto con la cabeza, evitando el contacto directo con la luz que invadía la estancia.

—Ha venido a verte Matt, te está esperando en la salita.

Jayden dio un respingo y sonrió a su madre de pasada, antes de descender a toda prisa por las escaleras de madera pulida. Por fin, tendría un día entero para disfrutar de la compañía de su amigo sin chicas que se entrometieran.

Cuando llegó hasta Matt, le sorprendió que sus ojos brillaran más de lo habitual.

Aquello no le dio buena espina.

—Hola, Matt. ¿Hacemos algo divertido hoy?

—Hola, en realidad he venido para contarte algo genial.

Jayden tragó saliva y se desplomó en el sofá que había frente al televisor.

—¿Qué ha pasado?

Matt se quedó de pie, dando pequeñas palmadas contra sus muslos. El entusiasmo de su noticia no le permitía permanecer mucho rato quieto.

—Ayer, cuando terminó la exhibición, Penny me preguntó si me podía hacer unas fotos en un lugar menos concurrido —su sonrisa cada vez era más amplia—. Así que nos reunimos bajo nuestro árbol del almuerzo. No sé cómo pasó, pero una cosa llevo a la otra y nos besamos.

Jayden hizo verdaderos esfuerzos por sonreír, pero sabía de sobras qué era lo que aquella noticia significaba. Ya no volvería a ver a su amigo tanto como antes y aquello le amargaba su buen humor.

—Felicidades, Matt— su voz sonó desprovista de sentimiento.

—No pareces muy contento.

Jayden se apresuró a sonreír con más ganas enseñando una hilera de dientes blancos.

—Me alegro por ti, es sólo que la noticia me ha pillado desprevenido.

—¿No será que estás celoso? Desde que te conozco, nunca te he visto interesarte por ninguna chica. Quizás vaya siendo hora de que busques una novia. ¿Qué tal Clair? ¡Ayer no apartaba la mirada de tus músculos!

Jayden agitó la cabeza intentando no revivir el momento; los ojos marrones de Clair se habían clavado en cada centímetro de su cuerpo como agujas.

—Tranquilo, estoy bien solo. Créeme, las chicas sólo me traen complicaciones.

Matt se encogió de hombros y recogió su chaqueta que estaba perfectamente doblada en una de las butacas.

La sonrisa en su rostro se negaba a desaparecer.

—Ya cambiarás de idea, no es bueno estar solo. Te veo el lunes.

Jayden miró confuso como su amigo se preparaba para marcharse.

—¿Te vas? Pensaba que íbamos a pasar el día juntos.

—Lo siento, pero le prometí a Penny que iríamos al centro comercial a comer y al cine.

—Entiendo —su voz sonó oscura y apagada.

—Tal vez el fin de semana que viene.

Jayden apenas sonrió, mientras acompañaba a su amigo hasta la puerta. Sabía perfectamente que aquélla era una de las últimas veces que pasarían algún momento a solas.

Matt había encontrado una nueva compañía que le mantendría muy ocupado algunos meses.

Soledad

Unas espesas nubes grises cubrían el azul claro del cielo, imitando el pésimo humor de Jayden.

Desde su nuevo lugar para el almuerzo, Jayden miraba con recelo a Matt y Penny, que se daban de comer el uno al otro bajo su roble. Jayden había sido desterrado de su lugar preferido del campus ya que, para su amigo y su nueva novia, había pasado a ser el lugar donde se habían besado por primera vez y, por ello, su punto de reunión romántico.

Con el paso de las semanas, Jayden se había vuelto más esquivo y antipático, hasta el punto de no soportar la presencia de Penny. Si bien era cierto que en el pasado había tolerado que ella le usurpara el puesto de fotógrafo de la revista del campus, había sido demasiado para él que ahora también le hubiera arrebatado a su mejor amigo y, para colmo, su árbol.

Jayden volvía a ser el chico solitario que era en Londres, con la diferencia de que ahora no estaba solo y atormentado por su poca autoestima, sino sumido en su propia soledad, cultivada a base de recelos y odio hacia las mujeres.

Por la parte que le tocaba a Matt, tampoco había hecho demasiado por conservar y preocuparse de su amistad con Jayden, ya que Penny le tenía tan absorto que no era muy consciente de todo lo ajeno a ella.

$\backsim \backsim$

El vestuario ya estaba lleno hasta los topes cuando Jayden entró en él; la única taquilla que quedaba vacía era la que había frecuentado en el pasado.

La taquilla contigua a la de Matt.

Sin pensarlo demasiado, se enfrentó a la situación.

—Hola, Jayden. Hace días que no sé nada de ti. ¿Cómo estás?

Jayden soltó una risa irónica, mientras cerraba de un fuerte golpe la portezuela de la taquilla.

—No tan bien como tú, sin duda —El sarcasmo fluía entre sus palabras.

—¿Te pasa algo?

Jayden se encogió de hombros.

—Tú dirás, hace casi un mes que no hablamos. La respuesta a mis llamadas son unos escasos mensajes de texto, ya que nunca me coges el móvil porque estás con Penny a todas horas. Parece que te has olvidado de tu amigo —Su tono de voz empezó a ser elevado, llamando la atención de varios compañeros de equipo.

—Penny me había advertido de esto.

—¿De qué? —Levantó una ceja en tono desafiante.

—Me advirtió de que te pondrías celoso de que pase tiempo con ella y que por tu actitud no comprenderías que yo merezco ser feliz junto a ella —Matt se puso de pie frente a Jayden desafiante.

—¡Ja! Desde luego te ha comido bien el coco, deberías pensar por ti mismo y ver las cosas como son; yo jamás he hecho na-da para perjudicarte —Jayden recordó fugazmente todos sus esfuerzos por dejar siempre que Matt ganara cuando nadaban

29

juntos— Más bien todo lo contrario —El gris de sus ojos brilló como el frío acero.

—No te las des de buen amigo, está claro que te corroen los celos.

—¿Celos? ¿De qué?, ¿de comerme los morros con alguien bajo un árbol durante horas? —soltó una carcajada burlona—. He sido paciente, esperando que el atolondramiento inicial se te pasara y volvieras a ser el mismo, pero Penny ha vuelto a ganar.

—Así que es eso, aún le guardas rencor a Penny porque ella es mejor que tú y le dieron el puesto de fotógrafa. Esperaba más de ti.

Jayden apretó los puños con fuerza para contener su rabia y su impotencia. Por suerte, el entrenador hizo acto de presencia y todos se encaminaron hacia la piscina, mientras entre murmullos comentaban lo ocurrido.

Jayden se quedó un tanto rezagado, intentando calmar sus nervios. Cada bocanada de aire que tomaba para relajarse hacía que le ardieran los pulmones de pura ira.

Matt ya no era el de siempre.

Para cuando fue el turno del equipo de estilo libre, Jayden había sustituido su mal humor por una actitud fría como el hielo.

Matt había formado corrillo con algunos de sus compañeros y se vanagloriaba de sus habilidades como nadador.

—¡Vamos, chicos, a vuestros puestos!—La voz del entrenador sonó alta y clara.

Jayden tomó su habitual posición en el borde de la piscina y sonrió para sus adentros.

Se terminó ser un buen chico.

El entrenador puso a cero su cronometró y tocó el silbato indicando la salida.

Jayden se sumergió en el agua con la delicadeza y fuerza de

un delfín en alta mar y, sin necesidad de dar rienda suelta a sus habilidades por completo, dejó atrás a sus compañeros en un par de brazadas.

El entrenador Somerset le observaba orgulloso, no le cabía duda de que Jayden había estado siguiendo sus consejos para ser más rápido y estaba a punto de ser el nuevo número uno del equipo.

Cuando terminó su demostración, salió de la piscina con un ágil movimiento bajo la estupefacta mirada de sus compañeros.

Matt le observaba aún desde el agua, preguntándose qué había sucedido.

El entrenador corrió junto a su nueva estrella.

—Simons, parece que Savage le acaba de arrebatar con diferencia el título de mejor nadador del equipo. Eso es lo que ocurre cuando un alumno hace caso al profesor. Tome nota y aprenda Simons.

Matt maldijo en silencio.

Jayden levantó la cabeza, altivo, mientras se dejaba halagar por todos sus compañeros, que le habían rodeado.

Con cada nuevo entrenamiento, el ego de Jayden crecía más, así como su popularidad y sus amistades.

No se sentaba solo en la hora del almuerzo, ya que se había rodeado de un exquisito grupo formado por los atletas más destacados del campus.

Matt había sido relegado al segundo puesto en el equipo de natación, lo cual en otras circunstancias no hubiera sido un problema, pero Jayden era tan rápido y bueno bajo el agua, que eclipsaba a cualquiera que quisiera ponerse a su altura.

Era simplemente inalcanzable.

Clair ya no tenía que esperar a las competiciones para disfrutar del físico de Jayden, ya que ella también formaba parte del selecto club de las estrellas deportivas de la universidad.

Poco a poco, Jayden había aprendido a sentirse cómodo entre sus nuevos compañeros, creándose una fachada fría, arrogante y carente de cualquier tipo de sentimiento afectivo.

Aquella mañana, Clair había tomado posiciones junto a Jayden, que jugueteaba con un melocotón a la espera de que aparecieran sus nuevos amigos.

—Hola, Jayden —Sonrió.

—¿Qué hay, Clair?

—Mañana doy una fiesta en casa de mis padres. Ya sabes, una fiesta de pre-navidad —ella jugueteaba con un mechón dorado de pelo, enroscándolo entre sus dedos—. ¿Te apetece venir?

Jayden la miró con sus distantes ojos grises.

—Cualquier excusa es buena para dar una buena fiesta, ¿no?

Ella sonrió divertida, mientras se pasaba la lengua por los rosados labios.

—¿Te apuntas? ¿Prometo tratarte bien?

Sus miradas se encontraron y mantuvieron durante unos segundos una intensa conexión.

—¡Porqué no! Puede ser divertido.

—Créeme, lo será —sus palabras sonaron como un ronroneo, mientras le acariciaba uno de sus musculados brazos.

Algunos de sus nuevos amigos habían empezado a ocupar la mesa de madera en la que estaban.

Steve sonrió pícaramente.

—¿Qué es lo que puede ser divertido?

Ella se apartó el pelo con gracia mientras sonreía ampliamente.

—Doy una fiesta de pre-Navidad.

—¡Me apunto!

Clair dejó caer su peso contra el hombro de Jayden y le sonrió.

—Parece que asistiremos todos. Será una noche inolvidable.

Jayden dio un mordisco a su melocotón, sin preocuparse demasiado por el íntimo contacto de Clair.

Pre-Navidad

Con un pulso de lo más preciso, Galatea encajó una de las ruedas dentadas en el diminuto reloj de pulsera que estaba restaurando.

Kate la observaba con cariño, sin apenas respirar para no molestarla.

—Cielo, puedes hablar —Levantó la cabeza y uno de sus mechones negros revoloteó sobre sus brillantes ojos.

—Es que parece tan delicado eso que estás haciendo que no te quiero desconcentrar.

Galatea acarició el cabello de Kate con la punta de sus dedos.

—Sólo hay una cosa de ti que me desconcentra, amor.

Kate sonrió pícaramente, mientras tomaba la mano de Galatea entre las suyas para besarla.

Las veloces pisadas en la escalera, contribuyeron a desvanecer el íntimo momento.

—Mamá, llegaré tarde.

Los ojos de Kate dejaron de ser los de una enamorada, para pasar a ser los de una madre preocupada.

Con un imperceptible movimiento para el ojo mortal, Kate se situó frente a su hijo.

—Alto ahí. Jayden, estas últimas semanas no paras mucho por casa y empiezo a estar preocupada. No conozco a tus nuevos amigos y, francamente, te noto algo cambiado desde que ya no sales con Matt.

—Voy a casa de Clair, mamá.

—¿Esa no es la chica que ganó el último campeonato de natación? —Galatea había aparecido sigilosa para incorporarse a la conversación.

—La misma. Seremos todos deportistas mamá. No va a ser una de esas fiestas de desmadre y alcohol, los atletas nos cuidamos.

Kate miró recelosa el rostro angelical que mostraba su hijo.

—Recuerda que aquí es ilegal beber hasta los veintiuno; esto no es Europa, jovencito.

Jayden se enfundó su chaqueta y le dedicó una sonrisa ladeada a su madre.

—Te quiero, mamá.

Sin dar tiempo a réplicas por parte de Kate y Galatea, Jayden desapareció por la puerta de la casa.

Galatea cogió la mano de Kate.

"Algo le pasa".

"Tú también lo has notado, ¿verdad?"

La luz de la farola donde esperaba Jayden se proyectaba sobre él, formando sobre la acera una sombra perfectamente definida.

Steve se había ofrecido a pasar a recogerlo por la entrada de la urbanización, ya que Jayden no sabía donde vivía Clair.

Los faros de un brillante Mercedes SLK gris le alumbraron a los pocos minutos de estar esperando.

—¿Hace mucho que esperas, colega?

Los ojos de Jayden repasaron con cuidado los detalles del salpicadero y la tapicería crema del descapotable.

—Acabo de llegar —Su voz sonaba distraída.

—Te gusta, ¿eh?

Jayden abrió la puerta lentamente y se sentó en el flamante coche.

—Es una pasada.

—Mi padre es el dueño de un concesionario de coches de lujo y me regaló esta joya para mi cumpleaños este verano, si quieres te puedo conseguir uno a buen precio.

Steve apretó con suavidad el acelerador y el Mercedes demostró su potencia a los pocos segundos.

—Mi presupuesto no llega para tanto, pero avísame si tu padre empieza a vender motos, me muero por comprarme una y pasar del coche de mi tía.

El motor sonó como un rugido al pasar bajo un puente de piedra.

—Es cierto, un Mini no es lo más apropiado para un tío de tu estatus. Preguntaré a un par de colegas que posiblemente te encuentren un buen transporte.

Jayden sonrió como hacía meses que no lo hacía.

—¿Transporte de dos ruedas?

Steve asintió, mientras apretaba a fondo el acelerador de su deportivo.

La brisa de la noche y el ambiente relajado, contribuyeron a que Jayden sintiera algo parecido a la felicidad que durante tantas semanas había decidido abandonarle.

La casa de Clair se alzaba elegante al final de un camino asfaltado, entre jardines y altos árboles. Al parecer, ser un deportista de élite iba estrechamente ligado al hecho de ser uno de los niños ricos de la ciudad de Eugene.

Steve aparcó junto a otros coches y Jayden bajó. Sus curiosos ojos inspeccionaban la enorme y lujosa casa de diseño.

—Se nota que el padre de Clair es arquitecto, ¿verdad?

—Es impresionante —de las paredes principalmente constituidas por enormes ventanales, salía la música y las luces de colores que indicaban que la fiesta ya estaba en marcha—. Parece que llegamos tarde.

Steve empezó a caminar hacia la puerta de la entrada y sonrió a Jayden, que se apresuraba a recobrar su aire distante y frío.

—Lo bueno se hace esperar.

El timbre de la puerta sonó musicalmente, pero amortiguado bajo el estruendo de la música de la fiesta.

Unos segundos más tarde, una radiante Clair abrió la puerta con una copa de plástico en la mano.

—¡Oh! Si son mis chicos favoritos —Clair se contoneó, mostrando su escotado y corto vestido de terciopelo rojo. Parecía estar achispada por alguna copa de más—. Adelante.

Steve fue el primero en entrar.

Cuando pasó junto a Clair, la besó en la mejilla, recreándose unos instantes en la vista que ofrecía el escote de su navideño vestido.

—Estás preciosa, como siempre.

Ella rió despreocupada, sin apartar los ojos de Jayden, que por un momento se preguntaba si aquello estaba siendo buena idea.

Él jamás se había comportado así. Había mentido descaradamente a su madre para asistir a una fiesta que, con toda seguridad, sería todo lo contrario de lo que él le había prometido.

—¿Es que no vas a entrar?

Su cerebro iba a mil por hora; aquello no estaba bien pero,

por otro lado, la experiencia de ser un buen chico y acatar las normas tampoco le había reportado grandes satisfacciones en el pasado.

Clair alargó su mano y acarició un mechón de pelo que caía sobre una de las orejas de Jayden.

Allí de pie, seductora, con su vestido rojo y su voz de seda, Clair le llamaba hacia el lado del pecado, como si de Lucifer se tratara.

Una cautivadora visión.

Jayden sonrió para sí; quería pasar al lado prohibido que le brindaba su juventud y Clair se ofrecía a acompañarle.

—Estás imponente.

—Lo sé, Jayden —Clair le cogió de la mano y cerró la puerta de la casa tras ellos.

Ya no había vuelta atrás. Tras aquella puerta, no había dejado sólo el exterior, sino el espíritu bueno y amable del chico que una vez fue.

Las hojas del manuscrito de su último libro infantil pasaban una a una, sin necesidad de que Iris las tocara con las manos ya que, mientras ojeaba su trabajo, mantenía una animada conversación telefónica con Emma.

—Como me alegra que a Chris le hayan concedido los días necesarios para que vengáis a casa por Navidad, tengo tantas ganas de verte.

—¿Cuento con que me vengáis a recoger al aeropuerto el martes?

Iris garabateó algo en una esquina de una página del manuscrito.

—Le pediré el favor a Galatea; el coche de tu padre vuelve a estar estropeado —Emma resopló al otro lado del auricular—. Lo sé, todos le dijimos que era una antigualla, pero ya sabes que le pierden los modelos clásicos.

—Te veo el martes, mamá.

—Un beso, Emma.

Jean apareció despreocupado y se sentó frente a su esposa.

—¿Emma vendrá a casa por Navidad?

Iris sonrió animada.

—Tengo ganas de verla, desde que vive con Chris apenas la hemos visto en un par de fechas señaladas.

—Es normal, ahora tiene su vida.

Jean sonrió a su bella esposa. A pesar de que echaba de menos a su hija, aún compartía su vida con su alma gemela y aquello le llenaba de felicidad.

Conforme fueron pasando las horas y la fiesta empezó a ser más animada, el fantasma de lo que una vez Jayden había sido se había difuminado entre chupitos de tequila e insinuaciones de hermosas chicas.

Al parecer, la nueva estrella del equipo de natación masculino era el blanco de todas las mujeres de la fiesta, pero sólo una iba a conseguir llevarse el premio.

Jayden se sentó un tanto mareado en un sofá que había junto a una chimenea encendida. Frente a ésta, una pareja había dejado que su líbido corriera por sus venas sin ningún tipo de control y se besaba con furia, ajena a todo lo que le rodeaba. Él no podía apartar sus ojos de ellos, intentando que el alcohol no le desenfocara la visión. Según parecía, el hecho de ser un dhaphiro no ayudaba demasiado a la hora de consumir bebidas alcohólicas, ya que con tres chupitos ya tenía que hacer verdaderos esfuerzos para mantenerse en pie.

Debía recordar que los inmortales sentían todo con mucha más intensidad que los mortales, y eso también incluía el alcohol.

Una suave mano le acarició la mejilla.

—Hola, forastero —los ojos de Clair siguieron la trayectoria de la mirada de Jayden hasta la pareja que ahora yacía tumbada sobre la alfombra—. ¿Te dan envidia?

Él la miró sin saber seguro qué era lo que insinuaba.

—¿Deberían dármela?

Clair se sentó sobre Jayden y le rodeó el cuello con sus brazos.

—En realidad, creo que no —Sus palabras fueron un leve susurro directo al oído de Jayden, seguido de un ligero mordisco en su lóbulo.

Aquello hizo que el pulso se le acelerara alcanzando una velocidad astronómica.

Clair buscó la mirada de Jayden y sonrió.

—Llévame arriba.

Sin apenas meditarlo un segundo, la levantó en volandas como si no pesara nada y se encaminó hacia la habitación más cercana de la planta superior.

Frenesí

La segunda puerta del piso superior no ofreció resistencia a la ágil mano de Jayden, que aún sostenía en vilo el cuerpo de la juguetona Clair.

Ante ellos, una cuidadosamente decorada habitación de invitados se apareció como el mismísimo paraíso terrenal.

Aquel lugar era perfecto, la luz era suave, los muebles sobrios y la cama muy acogedora.

La puerta apenas hizo ruido al cerrarse.

—Ya puedes bajarme —la voz de Clair fue un leve ronroneo.

El corazón de Jayden palpitaba con fuerza contra sus costillas sin ser plenamente consciente de lo que estaba sucediendo.

Sus ojos seguían los movimientos de Clair, mientras se acercaba con pasos lentos a los pies de la cama.

Ella alargó una mano y le hizo un suave movimiento con el dedo para que se acercara.

Jayden lo veía todo a cámara lenta mientras se aproximaba.

—¿Por qué me da la sensación de que estás un poco abrumado? —Sonrió, dejando entrever la punta de su lengua mientras la pasaba por sus perfectos dientes.

—Sé perfectamente lo que quiero, pero no sé cómo hacerlo —La sinceridad de sus palabras se volvió contra él como cuchillos.

El alcohol evitaba las mentiras.

—¿Es una broma? —Su mano se deslizó por los botones de

la camisa de Jayden—. ¿Me estás diciendo que eres un tío bueno virgen? —Soltó una leve carcajada.

Él bajó la cabeza, un tanto abochornado por su repentina y torpe confesión.

—Eso parece.

Aquellas palabras hicieron perder el control a Clair.

—Habrá que poner remedio a esta situación tan penosa —Jadeó, a la vez que con un movimiento brusco le abría la camisa, haciendo que los botones saltaran de golpe y dejando expuesto el torso desnudo de él—. Tienes los músculos más perfectos que he visto en mi vida.

La respiración de Jayden empezó a tomar un ritmo más frenético y acelerado, mientras ella repasaba con sus dedos el contorno de sus pectorales.

—¿Qué opinas de mi cuerpo? —Clair se apartó unos centímetros de él y, con un veloz movimiento, se deshizo de su vestido de terciopelo que cayó a sus pies.

Su cuerpo bronceado y su piel de porcelana ofrecían una visión arrolladora para el sobrecogido Jayden.

Clair sonrió satisfecha al ver el brillo lujurioso en los ojos de su acompañante.

—Tu expresión lo dice todo —murmuró.

Sin que tuviera tiempo de verla venir, Clair se abalanzó sobre él y le rodeó el cuello con los brazos. Sus labios se toparon repentinamente con los de ella y se sumieron en un húmedo y profundo beso durante unos largos y acalorados segundos.

Clair se separó de él sin apartar su mirada de la de Jayden y empezó a retroceder hasta toparse con la cama.

Él se le acercó decidido, sin ningún tipo de pudor y, de un fuerte y veloz tirón, le arrancó el sujetador.

Ella miró desconcertada el resto de su ropa interior hecha

girones en el suelo, preguntándose cuándo, exactamente, se lo había quitado Jayden.

El frenesí había hecho que diera rienda suelta a sus habilidades de dhaphiro sin preocuparle las consecuencias.

Antes de que ella tuviera tiempo de hacerse demasiadas preguntas, saltaron sobre la mullida cama y, sumidos en un mar de hormonas y cálidas sensaciones, terminaron de arrancarse mutuamente el resto de ropa que les quedaba.

La mente de Jayden iba a mil por hora, saboreando, oliendo y sintiendo todos y cada uno de los rincones del cuerpo de su compañera.

Durante algunos segundos, el tiempo parecía pararse hasta que, por algún estimulo que Clair le proporcionaba, se aceleraba de tal manera que parecía estar a lomos de un caballo desbocado.

Sus manos no daban abasto para recorrer todo el cuerpo de Clair, mientras ella se revolvía bajo su musculoso cuerpo.

Le dio la sensación de haber pasado horas enterrado en el aromático cabello de ella, cuando una poderosa y abrumadora sensación hizo que sus nervios estallaran colmándole de nuevas sensaciones.

Besó suavemente los labios de Clair, a la espera de encontrarse con un beso apasionado que sellara el final de la íntima relación.

Clair le devolvió el beso sutilmente, un tanto desconcertada.

—¿Ya has terminado? —Sus ojos mostraban un brillo que distaba mucho de la satisfacción que él sentía.

Se sentó en el borde de la cama y observó el cuerpo de ella. Apenas mostraba signos de pasión, sus mejillas no estaban enrojecidas y su piel no había transpirado en absoluto.

Todo lo contrario que el estimulado cuerpo de Jayden.

—¿Tú no has...? —Enarcó las cejas.

—Jayden, apenas nos hemos revolcado cinco minutos, claro que no he... —un tono sarcástico se marcaba en las sílabas de las palabras de Clair.

—Lo siento.

Ella se tapó con la sábana e intentó recomponer su maltrecha lencería esparcida por el suelo.

—Supongo que has bebido demasiado y que al ser tu primera vez has perdido el control pero, chico, nunca me había pasado algo igual. Al parecer, no sólo eres rapidísimo en el agua.

Jayden se apresuró a vestirse, abochornado ante las frías acusaciones de Clair.

—No sé qué decir... Para mí no ha sido tan rápido.

Clair se ajustó la cremallera de su vestido y se peinó un poco con la punta de sus dedos.

—Sin duda, ahí tienes una muestra de la ley de la relatividad —Sonrió sin ganas y, tras recolocarse el escote, salió de la habitación como un rayo.

Jayden se quedó confuso. Para él había sido una experiencia poderosa y abrumadora; sin embargo, para Clair no había sido más que una deficiente relación.

Sus dedos repiqueteaban sobre el teclado de su móvil, a la espera de que el reloj de su mesilla de noche marcara las siete de la mañana; para entonces serían las nueve en Washington y no sería demasiado temprano para llamar un domingo.

Las imágenes de la noche anterior habían estado desfilando por su mente desde que se metió en la cama y apenas le habían dejado descansar.

No era capaz de comprender por qué para él había sido una

relación perfecta, cargada de erotismo, sensaciones y éxtasis, mientras que para Clair no habían sido ni los preliminares.

Necesitaba consejo pero, evidentemente, no era un tema que quisiera tratar con su madre o Galatea. Necesitaba una figura masculina acorde a sus pensamientos y edad.

Necesitaba a Chris.

Por fin, el reloj marcó las siete y Jayden tecleó velozmente el número de su amigo.

Con cada tono de llamada, el corazón de Jayden daba un vuelco. A pesar de la relación de estrecha confianza que mantenía con Chris, no podía evitar sentirse algo incómodo al tener que confesarle la experiencia vivida.

—¡Hola, enano! —La voz de Emma cortó la respiración de Jayden, ni mucho menos esperaba que ella respondiera al móvil de Chris.

—Hola, fea —Intentó parecer el chico animado de siempre.

—¿Estás bien?

—Sí, sí, es que me ha sorprendido oír tu voz —Odiaba que Emma le conociera tan bien.

—Chris está en el jardín, ahora te lo paso. Por cierto, ¿sabes que el martes ya estaremos allí?

—¡Qué bien! Por fin os veremos. Tu padre se pasa el día hablando de ti cuando no estás —Intentó disimular la ansiedad en su voz.

—Lo sé, te paso con Chris. Te veo pronto.

Jayden no contestó a la espera de oír la voz de su confidente masculino.

—Ei, Jay. ¿Qué te cuentas?

—Hola, Chris. ¿Te pillo en mal momento?

—No, tranquilo, estaba desayunando al aire libre, aprovechando unos nubarrones que se han instaurado encima de nuestro jardín. ¿Te pasa algo?

El pulso de Jayden se disparó y cada bombeo de su corazón ensordecía sus oídos.

—Necesito hablar de hombre a hombre.

—¡Sí, claro! Espera —susurró—. Emma, ¿puedes mirar si tenemos provisiones de sangre suficientes para el viaje a Oregón? —Se oyó un leve murmullo y una puerta cerrarse.

—¿Ya puedes hablar?

—Soy todo tuyo. ¿Qué te preocupa?

Jayden carraspeó.

—Ayer estuve en una fiesta y digamos que intimé con una chica.

—Felicidades, ya era hora —Su voz sonó divertida.

—El problema es que para mí fue algo intenso que duró bastante, pero para ella... —las palabras se le trabaron la garganta— me dijo que había sido muy rápido y penoso.

Chris contuvo una sonrisa al otro lado del auricular.

—¿Bebiste en la fiesta?

—Sí.

—Y supongo que fue tu primera vez —Jayden emitió un sonido de afirmación—. No creo que tengas que preocuparte demasiado, Jay.

—Pero, ¿eso que me pasó no es ser... precoz? —carraspeó avergonzado.

En esta ocasión, Chris no pudo contener una alegre carcajada.

—Chaval, eres un dhaphiro casi adulto, eso no existe en nuestro mundo; lo que sucede es que estabas bajo los efectos del alcohol, acompañado de una bella chica y tus hormonas se descontrolaron. Nos ha pasado a todos.

—Pero, ¿por qué para mí fue algo intenso y duradero?

—¿Recuerdas que siempre te han dicho que los inmortales sentimos todo con más intensidad que los mortales? —Jayden

46

sintió como si le liberaran de una pesada carga—. Jay, todo en esta vida es práctica, así que mi consejo es: practica todo lo que te dejen.

—¿Qué tiene que practicar? —La voz de Emma sonaba lejana, pero clara, a través del auricular del teléfono.

—Nada cariño, cosas de la universidad —Emma se rió con un punto de picardía en su voz.

—Gracias, Chris. Me quitas un peso de encima.

—Para eso estamos y recuerda: practica mucho.

—¡Pero hazlo con precaución! —La voz de Emma sonó alta y clara, Chris había conectado el manos libres.

—Emma es demasiado intuitiva, Jay. Lo siento.

Jayden suspiró.

—No sé por qué no os cuento las cosas a los dos, al fin y al cabo entre nosotros nunca hay secretos.

Los tres empezaron a reír y Jayden se sintió agradecido de contar con su amistad.

Reputación

El aparcamiento de la universidad indicaba, sin lugar a dudas, que aquel era el último día de clase antes de las vacaciones de Navidad. La mayoría de alumnos asistían simplemente para verificar la puntuación de sus exámenes o para despedirse de sus compañeros cuyas familias vivían en otros estados.

Jayden se desabrochó su abrigo en cuanto entró en la cafetería del campus. Allí, sus amigos estaban enfrascados contándose mutuamente los planes para las próximas fiestas.

Clair fue la primera en verle y le dedicó una brillante y amplia sonrisa.

—Buenos días, chicos —Todos se volvieron para saludarle efusivamente.

—Jayden, tengo grandes noticias para ti —Steve le hizo un gesto y él se sentó junto a su amigo—. He hablado con un colega que se vende la moto.

—¿En serio? ¿Qué moto es?

—Creo que la que te gustaba, es una *CBR 600* del dos mil siete; tiene sólo tres mil kilómetros, porque mi colega se compró un coche y apenas la ha usado.

Lo ojos de Jayden brillaron ante la increíble oportunidad.

—Es perfecta, ¿cuánto pide por ella?

—Ahí está la cuestión —Jayden frunció el entrecejo—, tiene un pequeño problema.

—¿Qué problema?

Steve empezó a pulsar los botones de su teléfono móvil.

—Mi colega creyó que era buena idea personalizarse la moto y la pintó de una manera un tanto especial; es por eso que la moto se ha devaluado bastante —Le acercó la pantalla de su móvil a Jayden y éste observó detenidamente la imagen.

La *CBR* era de color negro mate, con una serigrafía en un rojo brillante de tres zarpazos en diagonal que cruzaban todo el carenado de la motocicleta.

—Es perfecta.

Steve miró la pantalla de su teléfono para asegurarse de que le había mostrado la imagen correcta y sonrió sorprendido.

—Pensaba que no te gustaría.

—¿Cuánto pide tu colega?

Steve marcó una cifra en el teclado de su teléfono para preservar la intimidad de la conversación ante el resto de los presentes.

Jayden la miró.

—Me parece aceptable, tan sólo que ahora mismo no dispongo de esa cantidad exactamente, me faltarán unos quinientos dólares. ¿Tiene prisa por venderla?

—No creo, hace meses que la tiene a la venta. Le comentaré que te interesa y supongo que te la podrá reservar un par de semanas. De todas maneras, no creo que haya mucha gente que esté dispuesta a comprarla por el tema de la pintura.

—Perfecto, muchas gracias.

Steve sonrió y ambos se sumaron a la conversación que tenía ocupados al resto.

El éxito de la fiesta de Clair.

A medida que fueron pasando las horas, la cafetería se fue quedando vacía, a excepción de un par de amigos del grupo de Jayden, Clair y él mismo.

Animado con la nueva noticia de su inminente compra decidió que ya era hora de volver a casa y poner al día a su madre de los planes de inversión de sus ahorros.

—En fin, os deseo a todos una feliz Navidad, yo me marcho ya.

Los presentes sonrieron a Jayden, le desearon lo mismo y continuaron con su conversación.

Cuando apenas había recorrido unos metros por los desiertos pasillos de la universidad, una mano femenina frenó su marcha.

—Jayden.

Los ojos de él se toparon con el rostro de Clair que le miraba fijamente.

—Hola —Una sensación extraña se apoderó de él, no sabía cómo afrontar aquel encuentro después de lo sucedido con ella.

—Quería hablar contigo —él asintió, aquello le daba muy mala espina—. Sé que lo que pasó la otra noche no fue muy agradable, al menos para mí, pero quiero que sepas que por el bien de ambos no voy a contarle a nadie tu pequeño... percance.

—Gracias.

—No me des las gracias, lo hago para salvaguardar mi reputación.

Jayden sonrió sin ganas.

—Aun y así, te lo agradezco. Feliz Navidad, Clair —Sin esperar respuesta por parte de ella, empezó a caminar de nuevo.

—¡Espera! —Jayden se volvió resignado—. Hay algo más. Lesslie me ha pedido tu número de teléfono; al parecer algunas de mis amigas te vieron conmigo la otra noche y te has vuelto popular. ¿Te parece bien que se lo dé?

Jayden se encogió de hombros.

—Haz lo que quieras, pero no creo que el secreto que quieres guardar sea muy privado si empiezo a intimar con tus amigas y me sucede lo mismo que contigo —Su voz tenía un punto de sarcasmo.

—Confío en que, con la práctica, mejorarás.

Jayden profirió un sonido entre bufido y carcajada, aquello justamente era lo que pretendía Chris que hiciera.

—Practicaré entonces —Sus cejas se elevaron con un aire lascivo y, dejando a Clair con la palabra en la boca, desapareció por el pasillo.

Cada pocos segundos, los ojos de Kate se posaban sobre la pantalla del móvil de Jayden, donde la fotografía de la motocicleta que pretendía comprarse había contribuido a que montara en cólera.

—Es un *no* rotundo Jayden, tienes más que suficiente con el Mini de Galatea para ir a la universidad cada día, no comprendo por qué quieres poner en riesgo tu vida comprándote semejante vehículo.

—Mamá, es una moto, no un instrumento de tortura.

Galatea observaba la escena, sin decir nada, desde la otra punta del salón.

—Me da igual lo que sea, ¿sabes la cantidad de accidentes que hay? Eso por no decir que no quiero que dilapides todos tus ahorros en esto.

Jayden bajó la cabeza y miró hacia el suelo.

—En realidad, me faltan quinientos dólares para poder comprarla.

—¡Encima me estás pidiendo dinero!

Él sintió como si un cubo de agua fría se le hubiera derramado encima.

"Yo no creo que sea tan mala idea"

Kate fulminó con la mirada a Galatea, que hacía ver que miraba distraídamente por la ventana.

"¿Estás loca? Aún es mortal y no pienso arriesgar su vida permitiendo que se compre eso"

Jayden relajó su postura y vio la conexión entre las miradas de Kate y Galatea. Sabía perfectamente qué era lo que estaba sucediendo.

—No, es mi última respuesta, Jayden —Él miró discretamente a Galatea que le devolvió una sonrisa de complicidad—. Jovencito, no hagas eso, esta vez no conseguirás que ella me convenza de lo contrario.

—Vamos, mamá, déjate de tonterías. Sabes perfectamente lo que sucederá. Hablarás con Galatea, te convencerá y me prestarás el dinero. Además, no pido que me la compres, sólo te informaba de mis planes.

Kate se sorprendió del tono agresivo de las palabras de su hijo. Jamás le había hablado de ese modo.

—¿Que sólo me informabas de tus planes? ¿Pero se puede saber qué te pasa últimamente? Entras y sales de esta casa a la hora que te da la gana sin dar explicaciones, vas a fiestas y vuelves borracho —Jayden enarcó las cejas sorprendido—. No me mires así, ¿te crees que no olí el alcohol en tu cuerpo cuando volviste de esa fiesta tuya de deportistas? Tu madre es un vampiro y es más sensible que el resto de las madres, recuérdalo siempre.

—Mamá, soy adulto y creo que ya va siendo hora de que haga un poco de vida normal, llevo casi veinte años comportándome como un hijo modélico que jamás ha vivido a lo loco y nunca te he dado motivos para que desconfíes de mí. ¡Me estás asfixiando!

Jayden se levantó de su silla y abandonó el salón a gran

velocidad en dirección a su habitación, dejando atrás a su desconcertada madre.

—¿Se puede saber que le pasa últimamente? No parece el mismo.

"Ya no es un niño y le tratamos como si aún lo fuera"

Kate se acercó a Galatea y sus ojos brillaron desafiantes como el hielo.

"¿Ya estás otra vez de su parte?"

"Lo siento, cariño. Pero es cierto que no le dejas margen para divertirse ni hacer las tonterías propias de su edad. No creo que sea tan mala la idea de que tenga su propio vehículo, ya sabes que estuvimos hablando sobre si le comprábamos un coche por su cumpleaños y ambas estuvimos de acuerdo en que era una buena idea."

Galatea se puso en pie y sonrió dulcemente.

"Era una buena idea cuando era un buen chico"

"¿Acaso no lo es? Se mata a estudiar en la universidad, es el mejor nadador de su equipo y está progresando mucho en su curso de fotografía. ¿Qué hay de malo en que se divierta en fiestas y pruebe el alcohol?"

Cogió las manos de Kate entre las suyas.

"Yo he estado en fiestas universitarias, sé lo que hacen los jóvenes, beben alcohol, prueban drogas y no quiero que Jayden caiga en todo eso"

"Cariño, justamente en eso está la clave de todo. Tú has estado en fiestas universitarias y yo te veo perfectamente"

Galatea le sonrió inocentemente.

"Pero Jayden..."

"Pero Jayden, ¿qué? ¿Es tu hijo? ¿Es que no entiendes que si ahora no le dejamos salir y disfrutar de su juventud lo hará de todas maneras y será peor, porque nos ocultará todo lo que le sucede?"

Un profundo suspiro se escapó de la boca de Kate mientras se cruzaba de brazos.

—Te odio tanto cuando tienes razón.

Galatea se limitó a sonreír, mientras se llevaba una de las manos de Kate a los labios y la besaba suavemente.

"Estoy de acuerdo contigo en cuanto a lo de las fiestas, sin embargo el tema de la moto tendré que meditarlo con calma"

"Es tu hijo y tú decides, mi vida"

"No estoy segura de que tenga poder absoluto" —Sonrió y besó a Galatea, que había empezado a reír.

Navidad

Durante toda la mañana, Jayden había evitado por completo el contacto físico y visual con su madre. No comprendía por qué se negaba a que pudiera vivir un poco su vida y aceptara el hecho de que él ya no era un niño frágil y desvalido.

Por su parte, Kate y Galatea se habían visto sumergidas en la vorágine de tareas que no les habían dejado un momento para respirar, ya que eran las encargadas de preparar la cena de Nochebuena e ir a recoger a Emma y Chris al aeropuerto. Por suerte, Jean e Iris habían llegado justo a tiempo para empezar a ayudarlas con la comida.

Todo aquello contribuyó a que, hasta bien entrada la tarde, Kate no tuviera un segundo para poder hablar con su hijo y solucionar la disputa del día anterior.

Jayden estaba terminando de acomodar su ondulado cabello frente al espejo de su armario, cuando unos ligeros golpes en la puerta le alertaron de la presencia de su madre.

—Hola, cariño. ¿Puedo pasar?

—Pasa.

Las palabras de Galatea tomaron más sentido para Kate al ver a Jayden ataviado con unos pantalones oscuros y una camisa azul que le hacía parecer mucho mayor.

Jayden ya era adulto.

—Estás muy elegante.

Miró a su madre un tanto desconcertado.

—Gracias.

—Cariño, ¿estás bien?

—¿A qué te refieres?

Kate se sentó a los pies de la cama y le invitó a que hiciera lo mismo.

—Últimamente estás un poco cambiado.

—Cuando quieres decir cambiado, quieres decir ¿rebelde? —Ella asintió con una media sonrisa dibujada en los labios, pasando por alto el frío tono de la voz de su hijo—. Necesito espacio, mamá.

—Sé que siempre he sido demasiado protectora contigo, sobre todo después de lo sucedido en Londres. Te he asfixiado, tienes razón y lo siento mucho —Jayden la miró sorprendido y una punzada de culpabilidad se clavó en su corazón—. A partir de ahora, te dejaré más espacio, siempre y cuando me informes de dónde vas y confíes en mí y en Galatea para explicarnos tus problemas.

—Mamá, me cuesta contaros según qué cosas, tienes que comprenderlo.

Ella sonrió animada acariciando la espalda de su hijo.

—Está bien, me vale con que se lo cuentes a Emma o a Chris.

—Dalo por hecho.

Kate besó la mejilla de su hijo y se levantó dispuesta a seguir preparando la cena.

—¿Mamá?

—¿Sí?

—Quizás ya estoy tentando demasiado a la suerte pero, ¿has pensado en lo de la moto?

El semblante de Kate pasó a ser inexpresivo y Jayden temió haber forzado demasiado la situación.

Ella se acercó a él y sacó un sobre del bolsillo de su falda.

—Es nuestro regalo de Navidad.

Jayden abrió el sobre y su rostro se iluminó.

—¿Esto es un sí?

—Esto son doscientos dólares, tendrás que trabajar para conseguir el resto y prometerme que irás con muchísimo cuidado con esa moto.

Jayden saltó de un brinco de la cama y abrazó a su madre elevándola por los aires.

La brillante cubertería de plata, que Galatea había heredado de su madre, estaba perfectamente alineada y colocada junto a los platos de porcelana fina en aquella espléndida mesa.

Jayden sonrió orgulloso de su perfecta labor y se dirigió a la cocina en busca de unas cerillas para encender las velas del candelabro que había sobre la chimenea.

El aroma de la sopa de Iris invadía toda la estancia y él le sonrió al ver que ella levantaba la tapa de la olla para que pudiera ver el contenido.

—Esta vez te has superado, tía Iris.

—Es una receta de mi madre con alguna variación para dhaphiros, espero que os guste.

Kate terminó de rellenar una hermosa jarra de cristal tallado con la sangre que beberían y se encaminó decidida hacia la puerta.

—Iris, ya llegan.

Jayden miró a su tía y meneó la cabeza.

—Siempre hace lo mismo, percibe a Galatea a tres manzanas de distancia.

—Es un don muy raro y valioso, Jayden. Deja que lo use.

Él resopló, mientras seguía a Iris hacia la puerta para recibir a Emma y a Chris.

No pasaron ni sesenta segundos, cuando unas siluetas empezaron a moverse tras el cristal traslúcido de la puerta de la entrada.

Galatea entró y tras ella aparecieron unos radiantes Chris y Emma, cargados de regalos.

—¡Mirad a quién hemos traído! —La voz de Jean sonó cargada de buen humor.

—Emma, tenía tantas ganas de verte —Iris abrazó efusivamente a su hija—. ¿Dónde está tu equipaje?

—Está en el hotel, hemos pasado para dejarlo allí.

—No entiendo por qué no os quedáis en casa con nosotros.

Emma abrazó a Kate, que la recibió con los brazos abiertos.

—Papá, ya lo hemos hablado, en el hotel estamos bien —Meneó la cabeza—. ¡Kate, estás estupenda!

—Tú también, querida.

Emma y Jayden intercambiaron una rápida mirada, mientras Chris saludaba a la que algún día sería su suegra.

—¡Enano!

—¡Fea!

Jayden saltó a los brazos de Emma y se sumió en un caluroso y estrecho abrazo. Añoraba mucho a su mejor amiga y no le importaba demostrarlo.

—¡Madre mía! —Emma apretó el bíceps de Jayden con sus finos dedos—. Alguien está a puntito de ser un dhaphiro hecho y derecho, a este paso vas a estar más cachas que todo el cuerpo de bomberos.

Chris se acercó y Emma le dejó el paso libre.

—A ver, canijo —Golpeó con el puño cerrado sobre el tenso

estómago de Jayden y su puño rebotó—. ¡Sí señor!

—Me alegra verte —Abrazó a Chris y palmeó su espalda con la mano.

—Lo mismo digo, Jay.

Galatea sonrió a Kate, que le devolvió la sonrisa embriagada por el momento.

Su familia volvía a estar reunida al completo.

Los papeles de colores se amontonaban encima de la mesa, señal inequívoca de que la entrega de regalos había tenido lugar a las doce en punto de aquella mágica noche de Navidad.

Reunidos alrededor de la mesa ovalada del salón, se hallaban las personas que Jayden más quería en el mundo, y exprimía cada segundo de aquella noche con sumo cuidado para sacarle el máximo partido posible.

—¿Qué tal tu nuevo cargo en Washington, Chris?

—La verdad es que es muy interesante, Jean; lamentablemente, al ser un puesto de alto rango dentro del Comité de Seguridad del Consejo, no se me permite revelarte nada.

Jean resopló decepcionado e Iris le palmeó en el brazo para consolarle.

—Hablando de Washington —Emma se movió inquieta en su asiento—. Hemos vuelto a mudarnos.

—¿Otra vez? —La voz de Iris sonó un tanto chillona.

—¿Más problemas con los vecinos del rellano? —Emma sonrió ante el tono pícaro de la voz de Galatea.

—Os juro que a nadie más que a nosotros mismos nos gustaría permanecer más de un mes en la misma residencia, pero es que los bloques de apartamentos y mis feromonas no son compatibles.

Chris ahogó una risa y Emma le golpeó en el brazo.

—Debes aprender a controlar tu habilidad, cariño.

—¿Crees que no lo intento, papá? Pero hay situaciones en las que una mujer no se puede controlar —ladeó la cabeza para remarcar la indirecta.

Jean, un tanto incómodo, bebió un trago de su copa teñida por el rojo intenso de su contenido.

—¿Situaciones como vuestra segunda cita? —Jayden guiñó un ojo a Emma que pareció ponerse furiosa.

—Oh, vamos Jay, yo simplemente quería coquetear con Chris, es lo más normal en una cita. Qué sabía yo que todo el cine terminaría acosándome.

—Para mí fue toda una ventaja saber cuándo me rondabas, a veces las mujeres sois muy sutiles y no nos damos cuenta —Cogió a Emma de la barbilla—. Tengo mucha suerte —Ella le sacó la lengua.

—¿Y donde vivís ahora?

—Tenéis que venir, Kate. Os encantará. Hemos alquilado una casita a las afueras de Washington, está casi aislada y frente a un maravilloso lago.

—Justo lo que necesitas —Emma le tiró la servilleta a Jayden y todos estallaron en risas.

El cuerpo de Emma, tendido a oscuras sobre la cama, se definía perfectamente para los hábiles ojos de Chris.

—¿Estás dormida? —Un leve sonido salió de la garganta de ella—. Adoro pasar las Navidades con tu familia.

—Ellos también te adoran —musitó contra la almohada.

—Todo lo que tiene que ver contigo me gusta. Me encanta

que seas la primera y última visión que se graba en mis retinas cada día —Emma levantó la mano con dificultad y sin abrir los ojos acarició el rostro de Chris— Quiero que mi eternidad sea siempre así, junto a ti.

—Y yo... —suspiró adormecida.

Él pasó sus dedos entre la espesa cabellera dorada de Emma y ella se arrellanó en las mantas profiriendo un leve gemido.

—¿Duermes?

—Mmm...

Chris rebuscó algo bajo su almohada.

—Cásate conmigo.

Aquellas palabras parecieron actuar sobre ella como una inyección de pura cafeína, haciendo que saltara sobre la cama.

—¡¿Qué?! —Sus ojos se posaron sobre el pequeño estuche de terciopelo que él sostenía.

—Llevo una semana pensando en cómo te lo propondría y así me ha salido.

Las manos temblorosas de Emma se aferraron al estuche y lo abrió.

—Es precioso —El diamante del anillo brillaba como una estrella bajo sus ojos.

—¿Eso es un sí?

Emma saltó a sus brazos.

—No tengas duda, yo también deseo que en mi retina se grabe tu rostro como última y primera imagen, pero no sólo del día, sino de toda mi vida inmortal.

—Vaya, me escuchabas.

Chris cerró su mano sobre la nuca de Emma y sellaron su compromiso con un profundo e íntimo beso.

—¿Estamos solos en esta planta? —susurró ella contra sus labios.

—Me temo que no —Volvió a besarla.

—Mañana habrá que buscar otro hotel.

Un regalo

Las luces solares del jardín de casa de Jean e Iris se encendieron justo en el preciso momento en el que Jayden y Chris salían a charlar tranquilamente por el cuidado patio trasero.

Los espesos setos, recortados con una perfecta forma rectangular, eran lo suficientemente altos para proporcionar una intimidad total a todo aquel inmortal que quisiera mostrarse tal y como era. Por ese motivo, Jayden y Chris no tuvieron ningún inconveniente en ir hasta el extremo más alejado a una velocidad astronómica.

—Dime, Jay, ¿has practicado más?

Jayden se dejó caer sobre el banco de madera y hierro forjado, rodeado de coloridas flores.

—No he tenido oportunidad —Los farolillos del jardín mostraban la picardía en sus ojos.

—No debes agobiarte por lo que te sucedió, simplemente tómatelo con calma y, a ser posible, no dejes que el alcohol corra por tus venas.

—Para ti es fácil decirlo, los vampiros no beben alcohol —Chris se encogió de hombros—. Desde que hablamos, lo he estado meditando mucho y creo que aún no estoy preparado —Miró las estrellas que empezaban a hacer acto de presencia en el oscuro cielo.

—¡Venga ya! Te falta poco más de un mes para cumplir los

veinte y no conozco un dhaphiro tan desarrollado con tu edad como tú, eres casi adulto. Lo que te pasa es que te falta práctica, amigo mío.

—Eso ya me lo has dicho, pero ¿y si me vuelve a pasar lo mismo? Fue muy humillante.

Chris se puso en pie frente a él y se cruzó de brazos.

—Nadie nace enseñado, Jay. Te aseguro que mi primera vez fue desastrosa, pero de todo se aprende. ¿A caso no eras un dhaphiro delgaducho cuando te conocí? —Le señaló con las manos—. Mírate ahora.

Jayden bajó la mirada hacia su propio cuerpo y sonrió soltando un bufido.

—La verdad es que a las chicas les gusta mi físico.

Un destello dorado rozó el hombro de Jayden y Emma apareció sentada junto a él apoyando su cabeza en el hombro de su amigo. Nadie se sobresaltó.

—¡Eres un bombón! —guiñó uno de sus ojos verdes.

—Gracias, pero esto es una conversación de hombres.

Chris se pasó la mano por la nuca mientras disimulaba una sonrisa ante el inminente enfado de Emma.

—Me da igual, siempre he sido tu confidente; además, de todas maneras me terminaré enterando.

—Eso es cierto, Jay.

Jayden miró a sus dos amigos y suspiró.

—Es verdad, a quién quiero engañar.

Emma le besó en la mejilla y le dedicó una brillante sonrisa.

—¿Sabéis de qué tengo ganas? —Ellos la miraron esperando la respuesta a su pregunta retórica—. De ver el nuevo potencial de Jay.

Chris sonrió, mientras se quitaba el jersey, quedándose con una fina camiseta blanca.

—Una lucha. Desde el año pasado que no lo hacemos.

Jayden aceptó el desafío inmediatamente y se deshizo de su camisa. Su torso desnudo brilló bajo la luz de la luna.

—Chris, creo que Jay ya no tiene nada que envidiarte. Veamos, ¿por quién apuesto esta vez? —Retorció juguetona un mechón de pelo entre sus dedos—. Jay, apuesto por ti, juegas en casa.

Jayden se giró para sonreír a Emma y, en ese preciso momento, Chris aprovechó para saltarle encima, rodando ambos por el suelo.

—¡Eh! Emma no ha dado la señal.

—¡Adelante! —La voz de ella sonó llena de excitación, hacía meses que no disfrutaba de una de las exhibiciones de fuerza entre los dos chicos y aquello la divertía sobremanera.

Chris se retiró veloz y adoptó una postura defensiva, mientras esperaba que Jayden se incorporara.

No tuvo que esperar demasiado. Con un veloz movimiento, se apoyó contra su espalda y se elevó hasta quedar de pie.

Un leve rugido salió de su garganta.

—¡Dale, Jayden!

Como si de un león que atrapa su presa se tratara, se lanzó sobre el cuerpo de Chris, enzarzándose con él en una feroz lucha.

Jayden era igual de fuerte que él y aquello igualaba el combate.

Chris apresó fuertemente el brazo de su amigo y le lanzó por los aires.

Haciendo acopio de su equilibrio felino, Jayden cayó de pie y buscó con sus hábiles ojos entre las sombras del jardín a Chris, que se había ocultado aprovechando el momento.

Sus retinas acostumbradas a la oscuridad y su desarrollado olfato no tardaron en dar con él.

Chris le sonrió provocativo desde su escondite.

Ambos corrieron hacia el centro del jardín y colisionaron en un punto intermedio.

Jayden golpeó con la palma de su mano contra el plexo solar de Chris y, aprovechando el impulso del momento, lo lanzó contra un árbol.

Algunas hojas se desprendieron.

—Chicos, con cuidado, no me destrocéis el jardín —La voz de Iris sonaba lejana tras una ventana.

—Lo siento, Iris.

Jayden aprovechó el momento de distracción de su rival para tirarlo al suelo e inmovilizarlo con una complicada llave.

Chris se vio atrapado e intentó, sin mucho éxito, zafarse de su amigo.

—Esto no es justo, estaba hablando con Iris.

Jayden levantó las cejas y sonrió.

—Y yo al principio hablaba con Emma —rugió—. Estamos en paz.

Emma se acercó con pasos lentos y silenciosos, observando los músculos tensos de los dos mientras continuaban forcejeando.

Chris la miró.

—Parece que esta vez ha sido rápido y devastador.

—No, Emma no vale, me he distraído.

Ella se inclinó y besó la frente de Chris.

—Jay, has ganado.

Jayden soltó a Chris y chocó la mano con Emma, que empezó a reír a carcajadas.

—¡Por fin he ganado!

Chris se levantó, sacudiendo de su ropa el resto de hojas del árbol que había ayudado a su derrota.

—Lo reconozco, te lo has ganado. Eres todo un dhaphiro, nadie diría que aún no eres adulto.

Jayden mostró un moratón que empezaba a formarse en uno de sus antebrazos.

—Esto demuestra que no lo soy.

Emma corrió veloz y le acercó la camisa a Jayden para que se la pusiera.

—Tápate eso o tu madre se enfadará.

Jayden empezó a abotonar su camisa.

—Tranquila, aún no ha llegado.

—Yo no estaría tan seguro —susurró Chris.

El murmullo en el interior de la casa se hizo más intenso y unas siluetas familiares salieron al jardín.

—Emma, déjame volver a verlo.

Ella se acercó veloz a Kate, con su mano por delante.

—Hace días que estamos prometidos, Kate. ¿Es que no te cansas de mirarlo?

—Nunca, es un anillo espectacular.

Galatea sonrió.

—Y para ser una joya del siglo pasado está muy bien restaurada, ¿me pregunto quién habrá hecho esta maravilla de trabajo?

Chris se acercó a Galatea con una sonrisa burlona grabada en su rostro.

—Una maestra de la restauración, no te quepa duda.

Jean se acercó al grupo reunido en el jardín y les mostró una copa llena de líquido color burdeos.

—La cena de fin de año está servida.

Kate e Iris parloteaban animadas sobre las opciones que tenían los recién prometidos para celebrar su enlace.

Galatea las miraba fascinadas mientras comentaban sus experiencias vividas en bodas y cómo era la mejor manera de organizarlo todo.

—Qué envidia haber nacido en vuestro siglo, en mi época de mortal las bodas no eran ni mucho menos así.

Jean sonrió, asintiendo con la cabeza.

—Odiosas bodas concertadas.

Galatea levantó su copa y brindó con su amigo.

—Puedo recomendarle a Emma un sastre excepcional para que le confeccione un vestido a medida, estará radiante.

—Es una idea estupenda.

Emma entró en el salón, luciendo un vestido plateado, que realzaba a la perfección todas las curvas de su cuerpo.

El salón se quedó en silencio ante su belleza.

—¿Aún estáis planificándome la boda? Mamá, tía Kate, quiero algo sencillo. Sé que os hace ilusión, pero no os emocionéis tanto.

—Emma, estás increíble.

Ella sonrió, mientras alisaba el borde de la falda con la palma de la mano.

—Bueno, hay que estar guapa, no todos los días me invitan a una fiesta de fin de año universitaria.

Chris y Jayden aparecieron en la silenciosa habitación ataviados con unos trajes oscuros sin corbata.

Iris suspiró.

—Gracias a Dios soy inmortal, porque os juro que cada día que os veo tan mayores me siento más vieja.

Galatea sonrió.

—Te acostumbrarás a ello.

—¿Vais a la fiesta que ha organizado Steve en el local de su primo? —Kate trató de disimular la preocupación en su voz.

—Sí, mamá. Todos llevamos los móviles y volveremos sanos y salvos.

Emma rodeó la cintura de Jayden con su brazo.

—No sufras, yo te lo cuido.

Kate sonrió, tratando de ser tolerante con el momento. Debía ser fiel a la promesa de ser menos protectora.

No fue demasiado complicado para Jayden encontrar un aparcamiento para el Mini frente a la nave industrial, donde Steve y sus amigos habían montado una macro fiesta.

El sonido de la música y los gritos de júbilo de los presentes traspasaban las gruesas paredes.

Jayden se desabrochó el cinturón.

—Espera, Jay.

Él miró desconcertado a Emma, que le había puesto una mano en el pecho impidiendo cualquier movimiento.

—Queremos preguntarte algo —La voz de Chris sonó seria en los asientos traseros.

—¿Qué pasa?

Emma tragó saliva y miró fugazmente a su prometido.

—Jayden esto es muy serio e importante.

Él se removió nervioso en el asiento, mientras la mano de Emma presionaba su pecho.

—Me estáis asustando.

Ella asintió con la cabeza, dándole una orden silenciosa a Chris.

—Jayden... Adquiere experiencia, pero hazlo manteniendo las apariencias.

Sin saber de dónde, una caja de preservativos voló por los aires y cayó sobre su regazo.

Su rostro reflejó instantáneamente su conmoción y Emma y Chris no pudieron contener más sus risas.

—Pero, ¿qué es esto?

—¡Es un regalo! —Emma se hizo con la caja, sacó uno de los preservativos con sus ágiles y veloces dedos y lo metió en el bolsillo de la americana de Jayden—. Ya sé que no te sirven absolutamente de nada, porque eres estéril, pero las apariencias cuentan mucho cuando se trata de humanas.

Jayden miró estupefacto el profiláctico en su bolsillo.

—No muerden, Jay.

—Gracias, supongo.

Emma ajustó el cuello de su abrigo rodeando su cara.

—Vamos, me estoy quedando helada.

Minutos después, entraban en la ruidosa y animada fiesta, dispuestos a celebrar la llegada del año nuevo.

Muérdago

La enorme bola de discoteca colgada del techo y el D.J. profesional pinchando discos en la improvisada pista, denotaban el presupuesto que Steve y su hermano Carl, entre otros, habían invertido en aquella fiesta.

Casi todos los compañeros de universidad de Jayden estaban allí, a excepción, para su tranquilidad, de Matt y Penny.

Tras escudriñar las familiares caras del reciente, Jayden dio con su grupo de amigos junto a la barra libre.

—Seguidme, os presentaré.

Sin mediar palabra, los tres se acercaron al grupo de personas que hablaban animadamente elevando sus voces por encima de la música para entenderse con claridad.

Clair, colgada del brazo de Steve y ataviada con un vestido negro que no dejaba nada a la imaginación, sonrió a Jayden para, posteriormente, clavar su mirada en la espectacular Emma, que parecía caminar a cámara lenta.

—Feliz año nuevo, Jayden —Steve sonrió sincero.

—Feliz año a todos.

Sus amigos se limitaron a sonreír y a elevar sus copas ante el recién llegado, sin dejar de lado sus conversaciones.

—Veo que traes a unos espectaculares amigos a la fiesta.

—Sí, estos son Emma y Chris —Ambos sonrieron—. Emma y yo nos criamos juntos y Chris es su prometido.

Los ojos de Clair ya habían empezado a buscar entre los dedos de Emma para dar con el enorme diamante de pedida.

Una chispa de envidia se iluminó en su rostro al ver el tamaño de la piedra.

—Bienvenidos a mi fiesta. ¿También sois universitarios? —Steve bebió un largo trago de su copa.

—Yo me acabo de licenciar en Derecho y Chris es bombero.

Jayden sonrió disimuladamente mientras se servía un zumo de piña. Por mucho que escuchara la versión de la vida mortal de Emma, nunca se acostumbraba a oírla.

—Bombero, debe de ser emocionante.

—Tiene sus partes buenas y sus partes malas —Las frías y distantes palabras de Chris no dejaron lugar a más preguntas sobre su persona.

—Steve, creo que conseguiré reunir el dinero para la moto antes de lo que pensaba.

—Eso es genial, colega —Palmeó la espalda de Jayden.

—¿Una moto? —Emma sonrió a Chris que le acercaba una copa llena de refresco de limón.

—Qué despistado estoy últimamente. Sí, Emma, me voy a comprar una *CBR 600* de segunda mano. ¿Steve tienes a mano la foto?

—Creo que sí —Rebuscó en el interior de su americana y sacó el móvil—. Aquí la tienes.

Emma y Chris miraron detenidamente la pantalla y sonrieron a la vez.

—Te va que ni pintada, Jay.

—Es perfecta, ¿verdad Chris? Ahora sólo me falta reunir trescientos dólares y será mía.

Emma miró radiante a Chris, que no necesitó palabras para entender lo que ella pretendía.

—Nosotros te podemos prestar el dinero y cuando volvamos en verano nos lo puedes devolver.

Jayden sonrió radiante a su amiga.

—Eso sería estupendo, muchas gracias.

Emma le guiñó un ojo. Aquello pareció enfurecer a Clair, que se empezó a alisar el pelo con la mano para igualar su belleza con la de la resplandeciente recién llegada.

Evidentemente, la batalla estaba perdida antes de comenzar.

Una canción muy conocida empezó a sonar y Chris le tendió la mano a Emma.

—¿Te apetece bailar?

—Por supuesto, ¿nos disculpáis?

La pareja empezó a adentrarse entre la multitud de gente que bailaba en la pista ante la atenta mirada de todos.

Clair volvió a recuperar su protagonismo.

—Jayden, ¿recuerdas que te hablé de mi amiga Lesslie?

El corazón del chico dio un brinco inesperado y vació su copa de zumo de un largo y rápido trago, para poder arañar unos segundos al momento y domar sus crispados nervios.

—Sí, lo recuerdo.

—Perfecto, por ahí viene.

Jayden miró en la dirección que la mirada de Clair indicaba y vio a una joven de su misma edad, de cabello castaño oscuro, recogido en un sencillo peinado y cuyos brillantes ojos verdes se posaron en él de inmediato.

Él sonrió aterrado.

—Lesslie, te presento a Jayden.

Ella alargó la mano y él se la estrechó.

—Encantada, puedes llamarme Less.

—Igualmente —musitó.

Clair susurró algo al oído de Steve y automáticamente él sonrió.

—Os dejamos solos, chicos, vamos a divertirnos —Steve guiñó un ojo a su amigo—. ¡Disfrutad!

Segundos después, Jayden y Less se miraban sin saber que decirse.

—Estuviste fenomenal el otro día en el entrenamiento de natación.

—Gracias.

Less bebió un sorbo de su margarita a la vez que Jayden rebuscaba en su mente temas de conversación para superar aquel momento incómodo.

Sus ojos encontraron a Emma y a Chris abrazados en la pista de baile. Sus miradas estaban conectadas de tal manera que describían por completo lo que sentían. Sin lugar a dudas, no eran conscientes de lo que les rodeaba; en aquellos instantes, tan sólo existían ellos.

Un halo de armonía y amor verdadero inundaba sus movimientos y sus sensuales pasos de baile eran tan perfectos que parecían un solo ser.

—¿Quieres bailar?

—Por qué no.

Less se encaminó al centro de la pista de baile, seguida de cerca por un desorientado Jayden.

Ella le miró a los ojos y empezó a moverse al ritmo de la música, mientras sonreía seductora.

Aquello era mucho más fácil, no requería hablar.

Sin apenas darse cuenta, Jayden empezó a sentir el ritmo de los graves en su pecho y se animó a convertir aquellas vibraciones en pasos de baile.

Less alargó sus brazos y apoyó sus muñecas sobre los fuertes hombros de él.

El exuberante escote del vestido de su acompañante, remarcado con un ribete de raso dorado, llamó por completo su atención en el preciso instante en el que decidió a colocar sus manos en su cintura.

Respiró hondo y cerró los ojos unos segundos para concentrarse en la canción y dejar su mente en blanco.

Se negaba a volver a cometer el mismo error que le humilló ante Clair y, para ello, debía hacer acopio de un gran autocontrol frente a sus desinhibidas hormonas.

Aquella noche no intimaría con nadie.

El movimiento de las caderas de Less bajo sus manos no estaba poniéndoselo nada fácil.

Ella se acercó a su oído lentamente.

—Bailas de maravilla —Él, se limitó a sonreír.

Las luces de colores de la pista empezaron a tomar un tono rojizo y verde.

—¡Os habla D.J. Texas! ¡Es la hora del muérdago, mis colegas!

Sin saber exactamente de dónde, montones de ramas de muérdago empezaron a caer por todas partes y las diversas parejas de la pista empezaron a besarse, siendo fieles a la tradición navideña.

Less tomó la iniciativa y, sin que Jayden pudiera hacer nada para impedirlo, le besó suavemente.

Él le devolvió el beso.

—Feliz año.

—Igualmente —La tensión del momento se hacía patente en su voz.

Al otro lado de la pista, los verdes ojos de Emma se cruzaron con los de su amigo.

—A por ella, pero recuerda mantener las apariencias —sonrió descarada.

A pesar de la distancia y el elevado volumen de la música, Jayden pudo oír perfectamente la voz de su amiga.

Inmediatamente, el contenido del bolsillo de su americana se materializó en su mente.

Se mordió el labio inferior mientras sentía el peso del diminuto objeto aumentar a la vez que crecían sus temores.

Los ojos de Less reclamaron su atención con una dulce mirada.

—Jayden, tengo que pedirte un favor —Él la miró expectante—. Estos tacones me están matando, ¿puedes acompañarme a mi coche a cambiarme los zapatos por unos más cómodos?

—Claro —Sus mejillas se rozaron al gritarse las palabras cerca de los oídos. Un escalofrío recorrió la espina dorsal de él.

Less cogió de la mano a su acompañante y, sin ninguna muestra de dolor en sus pies, cruzó la pista hasta la puerta de salida.

La fría brisa de la noche les golpeó como una ola enfurecida estrellándose contra las rocas.

—Mi coche es aquél.

Jayden la siguió hasta un Volvo familiar de color gris oscuro y observó como rebuscaba en el maletero hasta sacar una caja de zapatos.

—¿Te importa que nos metamos en el coche mientras me los cambio? Me estoy helando con este vestido de fiesta.

—Por supuesto.

Less abrió la puerta y se sentó en uno de los asientos traseros. Jayden hizo lo mismo por el lado contrario.

Sus miradas, cargadas de intenciones ocultas, se encontraron en la oscuridad del vehículo.

—Pondré la calefacción.

Ella se estiró por el hueco que quedaba entre los asientos delanteros, puso la llave en el contacto y, con un diestro movimiento, encendió la calefacción.

Jayden miró por la ventana para no reparar en la indecente postura que había tomado su acompañante y la detallada visión de su trasero que le ofrecía.

Los cristales se empañaron en cuestión de segundos.

—Ni te imaginas la suerte que tenéis los chicos de no tener que llevar estos instrumentos de tortura tan hermosos en los pies —Jayden observó el delicado zapato de tacón que ella le enseñaba.

—Dicen que para estar hermosa hay que sufrir.

Less le miró desconcertada y soltó una tímida carcajada.

—Es la primera vez que un chico me dice eso, es una frase propia de mujeres.

—Supongo que el crecer rodeado de mujeres me ha afectado.

Ella se descalzó y se arrellanó en el asiento, dispuesta a pasar un largo rato en compañía de Jayden.

—¿Y tu padre?

—Siempre estaba fuera, en viajes de negocios, hasta que un día tuvo un accidente y murió —Jayden detestaba no poder contar su historia real.

Less posó su mano sobre la de él tiernamente.

—Perdona, no he debido preguntar.

—No, no pasa nada —Sonrió ampliamente, haciendo que Less se sonrojara ante la hermosa visión—. Siempre he vivido con mi madrastra y mi tía.

—¿Madrastra?

—Sí, mi madre falleció durante mi parto y mi padre volvió a casarse, pero a pesar de lo horrible de la palabra, Kate me ha criado siempre como mi verdadera madre —Sonrió para sus adentros, aquello no era del todo mentira.

—Tu vida es digna de un culebrón de la tele —Se tapó la boca inmediatamente—. Perdona, no quería ofenderte, está claro que he bebido más de la cuenta y tengo la lengua un poco suelta.

Jayden empezó a reír.

—Tranquila, yo mismo he pensado en muchas ocasiones que se podría escribir un libro con nuestras vidas.

Less sonrió y un profundo silencio se cernió sobre ellos. Esta vez, cargado de una sutil tensión sexual.

—¿Me permites? —Alargó su mano y la pasó por el brillante cabello de Jayden—. Tienes un trozo de muérdago en el pelo.

Sus ojos se encontraron y se dejaron llevar por su pasión latente.

Los labios de Less se movieron, cuidadosos y veloces, sobre los de él, mientras sus cuerpos se entrelazaban en un abrazo íntimo y estrecho.

El corazón de Jayden palpitaba desbocado y su mente se debatía entre el miedo a la humillación y el éxtasis del instante.

Sus respiraciones se aceleraron.

Less cogió con destreza la mano de Jayden y la posó sobre uno de sus casi desnudos pechos.

Él se apartó velozmente, demasiado rápido para un humano, colisionando contra la puerta, que profirió un grave sonido metálico.

Ella le miró desconcertada.

—¿He hecho algo malo?

La lujuria brillaba en el gris de los ojos de Jayden, pero una niebla de dudas la emborronaba.

—Lo siento, es que vamos demasiado deprisa —Mintió.

Ella meneó la cabeza con una sonrisa incrédula en sus labios.

—¿Me estás tomando el pelo? ¿Qué eres, una chica?

Una idea tomó forma en la turbada mente de él al instante, necesitaba tiempo para acostumbrarse al contacto femenino y poder aprender a controlar sus veloces impulsos.

—Eres hermosa y, créeme, te deseo, pero no creo que tu coche sea el mejor lugar para esto. Me gusta tomármelo con calma en un entorno más... romántico.

Less estaba perpleja ante sus palabras.

—¿Te refieres a un hotel?

Jayden relajó su postura. Sin saber exactamente cómo, había dado con una manera de practicar su autocontrol con aquella bella mujer.

—Me refiero a un sitio con una luz suave, música y todo el tiempo del mundo para dedicarnos a acariciar nuestros cuerpos antes de llegar al final —Rozó lentamente la mejilla de Less con sus dedos y ella no pudo retener un suspiro ahogado que se escapó de sus labios.

—¿Quieres decir que te gustan los preliminares duraderos?

—Muy duraderos —ronroneó.

El pecho de Less se agitaba con cada respiración.

—Clair me habló bien de ti, pero no esperaba que fueras de esos chicos a los que les gusta practicar el sexo tántrico.

La mente de Jayden se puso a trabajar a toda velocidad. No sabía exactamente qué era aquello pero, en cuanto pusiera un pie cerca de su ordenador, consultaría en internet para averiguarlo.

—¿Volvemos a la fiesta? Por el desfile de coches, yo diría que ya se está terminando.

—Espera —Puso su mano sobre el brazo firme de él y su respiración se agitó de nuevo—. Mañana me será imposible quedar, pero te espero dentro de dos días en la habitación de mi residencia. Mi compañera de cuarto está en casa de sus padres y estoy completamente sola —Se humedeció los labios con la lengua—. estoy en la habitación 25C de la segunda planta.

—¿A las ocho?

—Perfecto.

Jayden se bajó del coche sin volver la vista atrás.

La brisa helada pareció reconfortar su flojera de piernas y se encaminó hacia la fiesta en búsqueda de Emma y Chris para volver a casa.

Preliminares

Las palabras de Emma revoloteaban frenéticas en su mente como mariposas, mientras caminaba por los pasillos de la solitaria residencia femenina. Ella se había encargado de describirle al pie de la letra en qué consistía el sexo tántrico y Jayden se aferraba a la idea con uñas y dientes, para poder controlar sus más primitivos impulsos.

Al dejarlos en el aeropuerto aquella mañana, Chris le había hecho prometer que le mantendría informado de sus avances y sus posibles problemas.

Estaba muy agradecido de poder ser completamente sincero con ellos y detestaba la idea de perderles de vista hasta las vacaciones de verano.

Jayden llevaba una cesta con refrescos y unos sándwiches que había preparado, con la intención de poder cenar y alargar más el esperado momento.

Cada instante que pasara reteniendo su instinto era un paso más hacia el autocontrol y, por lo tanto, hacia el éxito de su cometido.

La puerta pintada de azul fue su primer obstáculo.

Cogió una amplia bocanada de aire y se armó de valor para afrontar la ardua situación.

Golpeó tres veces.

—Adelante.

Jayden entró sin esperar demasiado. Ante él, una habitación decorada con un toque de lo más femenino contribuyó a acelerarle el corazón.

Less estaba terminando de encender unas velas que iluminaban la estancia con una luz cálida y sensual.

Él se mordió el labio inferior y temió no poder afrontar la situación.

—Eres muy puntual.

—Tenía ganas de llegar —No mentía en absoluto. Durante todo el día, Less había ocupado sus pensamientos por completo.

Ella se le acercó y su vaporoso vestido de lino blanco se arremolinó en su cuerpo.

—¿Qué llevas ahí? —Su mano se deslizó sobre la de él y le arrebató la cesta. La temperatura pareció haber subido varios grados para ambos.

—He traído algo para cenar.

Less sonrió dulcemente. La anaranjada luz de las velas daba a su rostro un aspecto de muñeca de porcelana irresistible.

—Qué buena idea, un picnic de interior en una habitación llena de cojines y velas. Muy romántico, me gusta tu estilo.

De un tirón, arrancó la colcha de una de las dos camas y la colocó perfectamente estirada en el centro de la habitación.

Él se acercó a ella y ambos se sentaron sin dejar de mirarse.

"Calma y sosiego Jayden", se repetía una y otra vez.

Less sacó el contenido de la cesta y lo repartió sobre la colcha.

Empezaron a comer en el más absoluto silencio y el ruido de sus corazones empezó a atormentar el inconstante humor de él.

—¿Sabes lo que hace falta para que esto sea aún mejor? —Ella le sonrió curiosa—. Un poco de música.

—Por supuesto.

Less se levantó de golpe y su vestido dejó entrever más de lo que ella pretendía en aquel momento.

Jayden apuró su lata de refresco y la comprimió en su mano hasta reducirla a una mínima bola de aluminio en un vano intento de templar sus nervios.

Una música soul llenó la habitación.

—Tienes razón, esto está mucho mejor.

Al acercarse a la colcha, Less tropezó con uno de los pliegues y se precipitó al suelo. Jayden, sin poder remediarlo, la atrapó al vuelo impidiendo que se hiciera daño. Por suerte, el íntimo contacto nubló la razón de ella, siendo incapaz de ver que él había tenido unos movimientos y reflejos inhumanos.

Se quedaron unos segundos mirándose. Ella parecía estar cómoda sentada en el hueco de las piernas de su acompañante, mientras sus fuertes brazos se negaban a soltarla.

Jayden le apartó el cabello del cuello con la mano y empezó a besarlo lentamente, musitando sobre su piel palabras inaudibles para ella.

"Tranquilidad y sosiego... tranquilidad y sosiego"

Less enredó sus dedos en el cabello de él y se quedó inmóvil, dedicándose a sentir las caricias de su amante.

A medida que sus labios iban descendiendo por la curva del escote de ella, su pulso se aceleraba hasta el punto de que sus latidos sonaban más fuertes que las notas musicales de la canción que se oía.

Jayden deslizó su mano por debajo del vestido hasta hallar el cierre del sujetador; aquello era nuevo para él y no estaba dispuesto a romperlo como el de Clair, si lo hiciera destrozaría el ambiente calmo y romántico del momento.

Sus dedos intentaron darle una imagen de la mecánica del cierre; pero, sin haber estudiado antes el sistema, se le presentó como una tarea imposible.

Sin darse cuenta, se halló dando ligeros tirones que no daban ningún resultado.

—Dame un segundo —Less se incorporó levemente y en un instante se deshizo de la molesta prenda.

Su torso quedó expuesto y bañado por el destello anaranjado de las velas.

Jayden volvió a rezar sus palabras mágicas contra la piel de su compañera, intentando no recordar demasiado aquella visión, mientras ella arqueaba la espalda profiriendo sonidos desde lo más profundo de la garganta en respuesta a sus besos.

Las manos de Less empezaron a desabrochar su camisa.

Los minutos fueron pasando como intensas horas, absortos en el placer que percibían sus terminaciones nerviosas y agudizando sus sentidos con cada nueva caricia.

Las velas tintinearon al compás de sus agitadas respiraciones y, poco a poco, fueron consumiéndose hasta dejar la habitación a oscuras.

Los cuerpos de ambos, extenuados y completamente saciados de éxtasis, yacían tumbados mirando hacia la oscuridad que había devorado la habitación.

—Jayden, jamás había experimentado algo así.

—¿Tu has...? —agradeció la complicidad de las sombras para ocultar su timidez ante aquella pregunta sincera.

Less rodó sobre sí misma y se encaró hacia él, apoyando su peso sobre un solo brazo.

—Sinceramente, no sabría que decirte. No ha sido como otras veces, que se ve venir el momento —Acarició el pecho desnudo de él trazando círculos con sus dedos—. ¡Ha sido como tener un orgasmo de dos horas! —Rió satisfecha y se dejó caer de nuevo en el suelo.

Jayden sonrió más calmado. Había logrado su objetivo con nota.

Durante el resto de las vacaciones de Navidad, Jayden y Less se habían visto varias veces. Gracias a ello, él había conseguido ser dueño de cada uno de sus actos y emociones, dominando a la perfección sus instintos.

Aquella mañana, parecía el inicio de un día de lo más normal hasta que, a medida que fueron pasando las horas y, con ellas, los rumores, Jayden despertó miradas lascivas e intensas por parte de toda chica que se cruzaba en su camino.

Less había expresado en todo momento su negativa a mantener algo más que no fuera una relación puramente carnal con Jayden, ya que no creía en el compromiso y, por aquel motivo, estaba dispuesta a compartir su nuevo juguete sexual con el resto de sus amigas, conocidas y cualquier ser femenino de más de un kilómetro a la redonda.

Para cuando llegó la tarde, el rumor había llegado hasta los vestuarios del equipo de natación.

—Jayden, Susan le ha contado a Megan que tienes una gran *habilidad* en la cama —Andrew le golpeó el brazo con el puño—. Menuda reputación te has labrado últimamente, tío. ¡Déjanos algo a los demás!

—Son rumores, nada más.

Matt escuchaba la conversación a hurtadillas, preguntándose qué era lo que había hecho cambiar el carácter del que un día fue su amigo.

Paul se sentó junto a Jayden, que se desabrochaba las deportivas, y le clavó su mirada.

—Yo también he oído algo así de Rebeca y Madison.

Cada vez más compañeros se paraban a escuchar el chisme de moda en el vestuario.

—A mí me ha contado una fuente muy fiable que le has dado caña a Less estas vacaciones.

Jayden empezó a notar como su diminuto ego crecía en su interior y levantó una ceja haciéndose el interesante.

—Lo que sucedió, repetidas veces, en distintos lugares —carraspeó—, algunos de ellos públicos, no será revelado por mí. Soy un caballero.

Sus compañeros empezaron a soltar vítores y a palmear la espalda del que ya era el chico más popular del campus.

La compra

Sus dedos se deslizaban suavemente por la pintura mate del depósito, mientras sus ojos se apresuraban en dejar grabado en su retina cada uno de los rincones de aquella belleza de dos ruedas.

Aquella mañana, no había tenido tiempo de desayunar y su feroz sed de alimento hacía brillar el rojo de la serigrafía del carenado como el ardiente sol de mediodía.

Steve, apoyado en su Mercedes, miraba divertido el ritual que llevaba a cabo Jayden para cerciorarse de que la moto estaba en perfecto estado.

—Evan, no tardes demasiado en contar el dinero, tenemos algo de prisa.

El amigo de Steve pasó hábilmente los dedos entre los billetes que le había entregado Jayden y sonrió satisfecho con la venta.

—Perfecto, está todo. Es toda tuya.

Jayden sonrió, sin despegar sus ojos de su nueva adquisición.

—Ha sido un placer hacer negocios contigo.

Evan rebuscó en una de las cajas de su vacío garaje y sacó un casco negro mate a juego con la motocicleta.

—Toma, se me olvidaba —Le lanzó el casco a Jayden, quien no tuvo que hacer demasiados esfuerzos para cogerlo al vuelo—. Creo que tenemos la misma talla.

Sin pensárselo mucho, el orgulloso propietario de la *CBR*, se enfundó el casco de visera tintada y se montó en la motocicleta.

—Es perfecto, muchas gracias por todo.

Steve se subió en su descapotable y sonrió a su amigo.

—Gracias por todo, Evan, dale recuerdos a Crysta.

—Gracias a vosotros.

Jayden mantuvo la respiración. Sentía el peso de la moto entre sus piernas y estaba ansioso de comprobar el sonido de su nuevo tesoro.

Introdujo con delicadeza la llave en el contacto y arrancó.

El ronroneo del motor invadió sus oídos a la vez que la adrenalina luchaba por invadir todo su ser.

Su pie se movió sin problemas sobre el cambio de marchas y sin esperar a que Steve arrancara el coche, se alejó lentamente por la calle.

Poco a poco, su puño empezó a dar más gas y la moto le respondió sin ningún problema.

Los árboles de la calle pasaban a su alrededor como manchas difusas.

Era feliz. Por fin podía experimentar la misma sensación de velocidad que cuando corría en campo abierto, pero sin los inconvenientes del esfuerzo y sin preocuparse por si alguien le veía.

Lamentablemente, un llamativo y brillante semáforo rojo detuvo su excitante aventura sobre dos ruedas.

Un rugido de motor le alertó de que tenía compañía.

Steve le saludó desde su coche.

—¿Cómo va?

Jayden levantó la visera del casco y se limitó a sonreír. No quería romper con su voz el armonioso sonido del motor que invadía sus oídos.

Steve le dedicó una sonrisa traviesa, acompañada de un rugido acelerado por parte del motor de su deportivo.

La moto de Jayden respondió de igual manera.

Ambos clavaron sus ojos en el semáforo, a la espera de que el ansiado verde hiciera acto de presencia.

Haciendo gala de sus hábiles reflejos, Jayden aceleró su moto en el preciso instante en que la luz verde apenas había emitido un leve destello.

El motor rugió como su dueño cuando se sentía amenazado y, antes de salir disparada hacia el final de la calle, se encabritó como un caballo de pura sangre.

Steve tardó unos segundos en reaccionar y acelerar rápidamente su deportivo, perplejo ante la osadía de su amigo como conductor.

La carrera comenzaba.

Era demasiado temprano para que el tráfico inundara la avenida principal de la ciudad y los dos amigos pudieron disfrutar durante varios kilómetros de una lucha ajustada entre la potencia y la velocidad de los dos vehículos.

Jayden no podía contener su radiante sonrisa cada vez que, aprovechando su menor resistencia al viento y maniobrabilidad, sobrepasaba por algunos centímetros el morro del coche de Steve.

Pero el final de la carrera se acercaba y un semáforo en ámbar era el culpable de ello.

Steve, que conocía a la perfección aquel cruce en particular, frenó a sabiendas de que aquel semáforo pasaba rápidamente del ámbar al rojo.

Jayden, por el contrario, aceleró e inclinó su cuerpo sobre el depósito de la moto para ser más aerodinámico y alcanzar mayor velocidad.

Su amigo se quedó atrás en un instante, vociferando desde la lejanía.

Kate se mantenía apartada a unos metros de distancia, mientras Galatea y Jayden contemplaban su nueva adquisición.

Por mucho que lo intentara, no veía en aquella moto un medio de transporte, sino un arma que podía terminar en un segundo con la frágil vida de su hijo aún mortal.

—¿Qué dices, mamá? ¿No es preciosa?

Ella se limitó a asentir, mientras cerraba sus puños con fuerza.

—Jayden, nos has de prometer que no harás imprudencias.

—Sabes que no lo haré, Galatea.

Kate se adentró en la casa, para salir unos instantes más tarde con una bolsa de papel de gran tamaño.

—Esto es un pequeño regalo para que vayas protegido, por lo menos hasta el año que viene —Sonrió, mientras le entregaba el paquete.

Jayden abrió la bolsa emocionado y sacó una chaqueta de piel negra con una franja roja a cada lado de las mangas.

—¡Es una pasada! —Abrazó a su madre.

—Llévala siempre, ¿prometido? —Él asintió, mientras se la probaba.

—Y el casco también.

—Os lo prometo, seré bueno.

Las dos se quedaron un instante sin palabras al ver la maravillosa visión de Jayden sobre su moto.

Sus ojos grises brillaron de emoción y algo en ellos le recordó a Kate, por un instante, al espíritu de Enzo.

Las personas que se agolpaban en el aparcamiento del campus alrededor de Jayden y su nueva moto iban en aumento, a medida que las voces se alzaban en halagos y risas.

Penny zarandeó el brazo de Matt efusivamente para reclamar su atención.

—¿Me estás escuchando? Últimamente parece que estás enamorado de Jayden, no haces más que mirarle.

—Lo siento, es que no parece el mismo. Se ha convertido en lo que siempre ha detestado.

Ella sonrió, mientras se aferraba a su carpeta.

—¿En qué? ¿En un tío guapo?

—En un snob popular sin sentimientos.

—Y a ti que más te da, tú me tienes a mí, ya no le necesitas —Le volvió a coger del brazo y le obligó a sentarse en uno de los bancos exteriores de la cafetería—. Te decía que este fin de semana hemos quedado con mis padres para ir a visitar a mi abuela a la residencia. Recuerda que, al ser la primera vez que vas, estaría muy bien si te pones ropa algo más elegante de lo que sueles llevar.

La voz de Penny era un leve sonido en la mente de Matt que, lejos de escuchar lo que le exigía su novia, se debatía entre la envidia y la preocupación ante la nueva vida del que un día fue su mejor amigo.

El sonido de las teclas de su potátil era lo único que rompía el silencio de su habitación. En tan sólo unos segundos, había contestado a un *e-mail* de Emma, adjuntándole una foto de su nueva moto, que se había convertido en su nueva musa en el curso de fotografía, y había aceptado la invitación de su reciente club de admiradoras, que se habían propuesto darle una ostentosa fiesta de cumpleaños aquel mismo sábado.

Los nudillos de Galatea emitieron un sonido sordo al golpear la puerta.

—Pasa.

—Toma, ha llegado esta carta para ti —Su semblante era más serio de lo habitual.

Los ojos de Jayden definieron en un breve momento el membrete de la oficina de tráfico sobre un lateral del sobre.

Su cerebro actuó deprisa, atando cabos.

—Ya era hora de que llegara —Galatea parecía confusa—. Solicité la copia del cambio de nombre hace varios días —Se sorprendió a sí mismo al ver como las mentiras fluían de su boca con total naturalidad.

—Pensaba que era una multa.

—No, no. Es que Evan, el antiguo propietario de la moto, me pidió una copia porque ha perdido la suya.

Galatea sonrió sin demasiadas ganas.

—Está bien.

Tras esperar un tiempo prudencial, Jayden se apresuró a rasgar el sobre para verificar su contenido.

Tal y como temía, era su primera multa.

Al parecer, su primer día de carreras con Steve había tenido sus consecuencias negativas al saltarse un semáforo en rojo y duplicar la velocidad permitida.

Debía esconder aquella carta en algún lugar seguro, hasta que pudiera reunir algunos fondos para poder liquidarla. Lamentablemente, la adquisición de su precioso vehículo le había dejado a cero la cuenta bancaria.

Rebuscó en su armario el escondrijo perfecto. Necesitaba algo que su madre no manipulara con frecuencia.

Ante él, la americana negra que llevó la noche de fin de año le pareció la mejor opción. No solía usar aquel traje a menudo y a su madre jamás se le ocurriría cogerlo.

Metió la multa, doblada con cuidado, en el bolsillo interior y sonrió al topar con otro objeto familiar.

El preservativo que Emma le había dado aún seguía allí.

Veinte

La lujosa casa de madera de los padres de Amber Silverstone, situada en la montaña, fue el lugar elegido para dar la selecta fiesta de cumpleaños para Jayden.

Los invitados se reducían a una treintena de deportistas y chicas guapas conocidos como *la élite del campus.*

Kate, haciendo justicia a su promesa, y tras ver las excelentes notas de Jayden, no había podido negarse a que su hijo pasara la noche del sábado durmiendo en casa de un amigo para celebrar una íntima fiesta de cumpleaños. Pero lo que ella no sabía era que aquella fiesta se convertiría en una de las más alocadas y desinhibidas noches que viviría Jayden.

A pesar de la fría noche de febrero, el ambiente en la gran cabaña de madera estaba bastante caldeado.

Las botellas de cerveza y los vasos de plástico cargados de combinados con alcohol corrían de mano en mano al son de la música y las risas de los invitados.

Less bailaba, descarada, con Steve cerca de Jayden, que no podía alejar los ojos de ella. Una brizna de celos se manifestó en lo más profundo de su ser al ver la escena.

Había compartido momentos muy intensos con ella y su amable personalidad, además de su dulzura, había calado más en él de lo que esperaba.

No iba a permitirse aquello.

El dolor del engaño de Andy aún quemaba en su corazón con intensidad y se había prometido a sí mismo que jamás volvería a enamorarse.

Sus sagaces ojos buscaron entre la multitud a una chica que estuviera sin compañía masculina.

Elisabeth Blackwood fue la escogida.

Se acercó a ella por su retaguardia como un hábil depredador y la rodeó con sus fuertes brazos por la cintura.

Rose, que estaba hablando con Elisabeth, sonrió con malicia al ver que Jayden le susurraba algo al oído de su amiga.

—¿Quieres ser mi regalo de cumpleaños?

—Sería todo un placer —Sonrió sin mirarle.

Rose vio resignada como Jayden desaparecía en una de las habitaciones con su nueva amante.

Por un momento, había pensado que ella sería la afortunada.

Clair apareció ante ella con una copa y una brillante sonrisa.

—¿Dónde está nuestro sexy homenajeado?

—Disfrutando de la compañía de Eli —Clair miró en la dirección que señalaba Rose hasta dar con la puerta cerrada.

—¡Bien por Eli! —Levantó la copa—. ¿Estás bien?

—Sí, es sólo que pensaba que esta noche sería yo la escogida.

Clair miró detenidamente el corto vestido de su amiga y asintió.

—Seguro que eres la próxima en deleitarte con la compañía de Jayden, siempre y cuando no lo sea yo.

Rose enarcó las cejas, desafiante.

—¡Oye! Que tú ya lo tuviste una noche enterita, ¿recuerdas?

—Sí, pero ya hace tanto que quiero volver a refrescarme la memoria, además prometió hacerme algunas fotos para su clase —Miró coqueta hacia la puerta.

Rose sonrió sin ganas, mientras apuraba a sorbos lentos su copa.

—Supongo que habrá que esperar para saberlo —En ese preciso instante, se abrió la puerta, dando paso a una ruborizada y sonriente Elisabeth seguida de un impasible y perfectamente peinado Jayden—. Ahí le tenemos.

Las dos chicas intercambiaron una fugaz mirada de odio antes de correr hacia su objetivo.

—Hola, Jay.

Jayden rodeó los hombros de Clair.

—Hola —ronroneó.

—Feliz cumpleaños.

Sin dudarlo, rodeó a Rose con su otro brazo al igual que Clair.

—Gracias... Rose —susurró su nombre en el oído de la chica.

Clair empezó a juguetear con los botones de la camisa de Jayden mientras le miraba sonriente.

—¿Sabes Jayden?, Rose y yo estábamos discutiendo como tontas sobre quién ganaría esta noche si tuvieras que escoger entre nosotras —Su voz sonó como la de una niña mimada.

Jayden estrechó el abrazo a las dos chicas.

—Eso me sería imposible, las dos contáis con una belleza inigualable —Rose rió nerviosa—. Discutámoslo con unos chupitos de tequila.

Los tres se sentaron en una mesa y empezaron a beber hasta terminarse una botella entera.

Para cuando fue la hora del pastel de cumpleaños, los restos de sal y las pieles de limón habían invadido la mesa.

—*Rrrose*, es hora del pastel, vamos —Clair se levantó lentamente intentando no marearse.

Rose siguió a Clair tambaleándose, dejando atrás a un sereno Jayden. Al parecer, conforme acumulaba fiestas en su agenda y restaba los días para ser un dhaphiro adulto, el alcohol le afectaba mucho menos.

Poco a poco, todas las chicas de la fiesta se fueron metiendo en una de las habitaciones.

Los chicos murmuraban entre ellos, algunos con la envidia brillando en sus ojos y otros con la lujuria.

—Jayden, acompáñame —Steve hizo que se sentara en mitad del salón en una silla, a la espera de su pastel.

Pasó un breve instante antes de que las luces se apagaran y aparecieran veinte de sus amigas, caminando en una fila perfecta hacia él.

Cada una de las chicas llevaba una pequeña magdalena con glaseado de fresa y una brillante vela sobre ésta.

Elisabeth fue la primera en acercarse.

—Feliz cumpleaños, Jayden. Sopla.

—Gracias.

De un suave soplido apagó la llama y Elisabeth le besó durante varios segundos.

Sus amigos empezaron a aplaudir entre vítores y ánimos.

La siguiente en acercarse fue Amanda, que reprodujo a la perfección los mismos pasos que había efectuado su predecesora.

Jayden parecía pasárselo bien.

Una a una, fueron desfilando ante él ofreciéndole su dulce y sus besos.

Rose fue la última en besarle.

Un brillante rayo de sol se filtraba por la ventana directo al tobillo desnudo de Jayden. El dolor intenso de la quemadura solar no tardó en sacarle de su profundo sueño. Saltó de la cama maldiciendo el sol de la mañana y rebuscó en su mochila hasta encontrar la crema protectora. Sin preocuparse demasiado, se la aplicó con veloces movimientos sobre su cuerpo totalmente desnudo.

En su tobillo había empezado a formarse una fea roncha marrón.

La cabeza le dolía a causa de las copas de más de la noche anterior y decidió volverse a su amplia cama.

Las sábanas se movieron, dejando entrever un hermoso cuerpo femenino, cuyo tatuaje de la espalda no dejó lugar a dudas de su identidad.

Era Rose.

Se acercó lentamente para no despertarla y, al tirar de la sábana para arroparla, descubrió dos pares de pies.

Clair se arrellanó en la almohada junto a Rose, dejando a la vista su rostro. Jayden contuvo una carcajada de triunfo.

Ahora sí que daría que hablar ante sus compañeros de equipo.

El silencio en su casa aquella tarde de domingo no era muy buen presagio. Colgó su chaqueta en el armario de la entrada y se dejó guiar por su olfato hasta llegar al salón, donde le estaba esperando su madre con el hielo brillando en sus ojos.

Completamente sola.

—Hola, mamá. ¿Estás bien?

—Tú sabrás —Con un veloz movimiento sacó un sobre blanco y un preservativo de debajo de la mesa. Los ojos de Jayden buscaron instintivamente a Galatea—. No está, se ha marchado muy enfadada cuando ha descubierto que le mentiste descaradamente y hemos discutido porque yo intenté advertirle de que tú, últimamente, no eras el mismo y no quiso hacerme caso cuando le dije que algo así pasaría.

—Mamá, lo siento... ¿Cómo lo has encontrado?

—He tenido suerte de que Jean me pidiera prestada tu americana esta mañana.

—Puedo explicártelo.

—No hay nada que explicar, es sencillo; te han multado y, desde vete tú a saber cuándo, tienes relaciones con chicas —Su voz sonaba terriblemente calmada y fría—. Aunque, no es eso lo que me preocupa.

—¿Qué es? —Respiró sin que el aire llenara del todo sus pulmones. Estaba asustado ante la reacción poco habitual de su madre.

—Últimamente, siento que ya no eres el mismo y me asusta lo que veo —suspiró—. Cada día me recuerdas más a Enzo y eso no me gusta en absoluto.

Jayden se sintió mareado ante la comparación.

Los ojos de Kate ya no llameaban con el frio azul de la ira, sino con el turquesa de la decepción.

—Sabes que le odiaba y en absoluto quiero ser como él.

Kate se levantó y se acercó a Jayden poniéndole la mano sobre el pecho.

—Sé que hay una parte muy fuerte de él en ti y, sinceramente, espero que no te domine.

Él se quedó inmóvil mientras su madre pasaba de largo.

—Mamá, yo no soy un ser de naturaleza oscura.

—No, no lo eres, pero por tus antecedentes puedes llegar a serlo fácilmente —Le miró un solo instante—. Vas a buscarte un trabajo para pagar esa multa y devolverle cuanto antes a Emma el dinero que te prestó para la moto. No me importa en qué trabajes, pero tampoco te permitiré que tus notas bajen un ápice de lo que hasta ahora me tienes acostumbrada. ¿Entendido?

—Pero, mamá…

Kate se encaminó hacia la salida.

—No hay peros que valgan. Voy a buscar a Galatea, no sabes lo que me duele estar separada de ella cuando estamos peleadas.

La puerta de la calle se cerró de un fuerte golpe.

Jayden se sentó en una silla, aturdido. Las palabras de su madre golpeaban en su pecho como mazas de hierro.

No, él no era como Enzo y su madre no podía estar más equivocada.

Sonrió y subió despreocupado hacia su habitación.

Trabajo

La brisa fresca y los minutos sobre su moto de camino a la universidad le ayudaban cada mañana a sobrellevar el tenso y frío ambiente de su casa.

Kate y Galatea no habían tardado en hacer las paces y en construir un frente común contra él, a la espera de que cambiara de actitud. Pero Jayden no tenía intención de cambiar su nueva forma de ser por nada del mundo.

Tras asegurarse de que su moto estaba perfectamente en el aparcamiento se dirigió a la entrada de la universidad.

—¡Savage!

Jayden se giró, aturdido ante la alarmante voz femenina que le gritaba, justo en el preciso momento para llevarse una bofetada.

Por un instante, pensó en esquivarla, pero no creyó conveniente exponer su velocidad ante todos los alumnos que caminaban por el campus.

—¿Qué te pasa, Clair? ¿Estás loca?

—¿Se puede saber por qué te has dedicado a airear por ahí lo que sucedió en tu cumpleaños?

La imagen de ella, Rose y él en la misma cama le hizo sonreír.

—¿Era un secreto?

—Eres un cerdo, ahora todos se piensan que me van las cosas raras.

—¿Y no es así? Creo que nadie te obligó a hacerlo.

Clair le dedicó una fría mirada de desprecio.

—¡Muérete, Savage!

Jayden vio, divertido, como Clair desaparecía entre la multitud del interior de la universidad.

Los alumnos aún le miraban, curiosos ante la escena que acababan de presenciar.

—Esto es lo que pasa cuando te niegas a darles más de una noche —Se encogió de hombros y entró divertido.

Algunos de los chicos se rieron.

Carl, el hermano mayor de Steve, estaba colgando algo en el tablón de anuncios del pasillo principal cuando Jayden se disponía a entrar en su primera clase de la mañana.

Aquello le recordó su obligación de buscar trabajo.

Sin pensárselo dos veces, echó una rápida mirada en busca de algo interesante. No tuvo que esperar demasiado para dar con el anuncio perfecto.

¡Urgente!
Se busca profesor de repaso de matemáticas.
Para alumna de último año de instituto.
$15 la hora.

Carl sonrió al ver que Jayden arrancaba el anuncio del tablón.

—¿Algo interesante?

—Sí, un trabajo de profesor de mates a sólo siete manzanas de mi casa. Perfecto.

Se guardó el anuncio en el bolsillo del pantalón y se dispuso a entrar en clase.

ॐ ॐ

Volvió a repasar la dirección del anuncio, para verificar que aquella casa era la correcta.

Sin pensárselo, aparcó la moto en la entrada del garaje y llamó a la puerta.

Una mujer morena de ojos color miel le recibió con una sonrisa.

—¿Puedo ayudarte?

—Eso espero, ¿es la casa de Eilean Walls?

La mujer sonrió.

—Así es, soy su madre —Jayden le mostró el anuncio, luciendo una brillante sonrisa—. Vienes por el anuncio, claro. Pasa, por favor.

—Gracias.

Observó con detenimiento la preciosa decoración de la casa. No estaba seguro de que fueran los muebles o las cortinas, pero sabía que aquello era un verdadero hogar.

Una oleada de nostalgia invadió su alma; echaba de menos que su propia casa fuera igual.

—Qué mal educada soy, me llamo Shannon.

—Yo soy Jayden —le estrechó la mano—. Encantado.

Ella sonrió mientras se sentaba en un sillón del salón.

—Igualmente. Toma asiento, por favor.

—Gracias.

—Eilean llegará en unos minutos, ¿quieres beber algo?

Jayden negó con la cabeza mientras sonreía con educación.

—¿No quiere saber nada acerca de mis estudios, señora Walls?

—Discúlpame, de la entrevista se encargará mi hija, es muy exigente con sus profesores particulares y prefiere escogerlos ella misma. Es un poco especial.

Jayden sonrió cordialmente, mientras en su mente se formaba una extraña imagen de su posible alumna. Sin duda, *especial* quería decir poco agraciada y mandona.

Bufó.

—¿Hace mucho que vives aquí? Te noto un poco de acento.

—Sí, hace bastantes años, pero el acento que nota es porque vivía en Londres.

—Me lo figuraba, es inconfundible. Mi marido es escocés, pero pasó su juventud en Londres con su madre —La puerta de la entrada se cerró con un suave golpe—. ¡Aquí la tenemos!

—Mamá ya he... —Sus ojos se clavaron en Jayden—. Hola.

En el rostro de Jayden se dibujó una media sonrisa. Por suerte para él, sus pesquisas sobre el aspecto de la chica habían sido de lo más erróneas. Ante él, una joven de cabello pelirrojo y ojos verdes le miraba un tanto confusa.

Se puso de pie y le tendió la mano.

—Hola, Eilean. Soy Jayden Savage, vengo para darte clases de matemáticas.

Ella no le estrechó la mano.

—Bueno, eso ya lo veremos —El desdén en sus palabras dejó desconcertado a Jayden.

—Cielo, sé educada con él.

Eilean sonrió sin ganas dejando ver sus dientes perfectos.

—Jared, si no te importa, quisiera poner a prueba tus dotes con las matemáticas.

—Es Jayden —Su voz sonó un poco irritada.

Ella le miró distraída mientras andaba hacia la mesa del salón.

—Sí, eso.

Él observó como sacaba despreocupadamente un cuaderno de su mochila y buscaba una página.

Le irritaba que aquella chica le tratara con tanto desprecio sin saber nada sobre él.

—¿Qué estudias? —Sus ojos siguieron buscando una página en concreto.

—Estoy estudiando periodismo.

—Aquí está —dijo para sí misma; dejó el cuaderno abierto y buscó un lápiz—. Y entiendes de álgebra, ¿no? —Sus ojos verdes se le clavaron—. Lo digo porque si eres otro de esos chicos que viene porque pago muy bien la hora de clase, y no comprende las matemáticas, ya sabes dónde está la puerta.

Jayden cogió bruscamente el lápiz que ella le ofrecía mientras miraba el cuaderno.

—¿Quieres que encuentre la inversa de esta matriz? —Ella asintió desafiante—. Perfecto.

Empezó a garabatear en la hoja, mientras una brillante sonrisa se ampliaba con cada nuevo número que escribía.

—Tómate el tiempo que necesites...

—Eso no será necesario —Sonrió, descarado—. Ya está.

Eilean miró la hoja perpleja.

—¿Me estás tomando el pelo?

—Compruébalo —Se encogió de hombros.

Ella sacó un examen corregido, donde el rojo destacaba sobre casi todos los números y letras.

Sus ojos pasaban de una hoja a otra y su expresión mostraba cada vez más su fascinación.

—Esto es una pasada.

—Lo sé.

Eilean le dedicó una fría mirada.

—Bien, está claro que sabes lo que haces con el álgebra. Pero te pondré algunas normas. No llegarás tarde nunca, no se anularán las clases el mismo día y nos reuniremos en la biblioteca de mi instituto tres tardes por semana.

—¿En la biblioteca?

Ella se dejó caer sobre el respaldo de la silla mientras sus ojos esmeralda se entrecerraban de pura desconfianza.

—No te ofendas, pero no eres la clase de chico que una chica decente quiere tener rondando cerca de su cama —mordió la punta de su lápiz con despreocupación—. ¿Aceptas las condiciones?

Jayden dudó un instante, pero las palabras de su madre acudieron a su mente.

—Acepto.

Ella se puso de pie de un brinco y su grueso jersey sin forma se ajustó un instante a su esbelta figura.

—Mañana, en la biblioteca, a las seis en punto —Hizo un rápido gesto con la mano—. Ya sabes dónde está la salida.

Él la miró indignado, ¿quién se pensaba que era aquella niña malcriada con ropa de vieja solterona?

—Jayden, ¿ya te vas? —Shannon le miró sorprendida—. Traía unas pastas.

—Es todo un detalle, señora Walls, pero Eilean y yo ya hemos cerrado el negocio.

—Estupendo, te acompañaré hasta la puerta.

Eilean no se dignó a ver como se marchaba.

Jayden se despidió de Shannon con cortesía, mientras en los más profundo de su ser retenía las ganas de gritarle a Eilean:

"¡No podrías ser educada como tu madre!"

Se subió en su moto y arrancó.

Fugazmente, vio como la cortina del salón se abría y una curiosa pelirroja le miraba. Cuando vio la moto, meneó la cabeza indignada y desapareció.

Aquello crispó aún más los nervios de Jayden, que volvió a casa a toda velocidad, exprimiendo por completo la potencia de su motor.

Cuando llegó a casa, Kate y Galatea estaban como de costumbre parloteando en la cocina.

—Hola —Le sonrieron sin demasiadas ganas y aquello le minó el poco buen humor que le quedaba.

Kate se le acercó extrañada.

—¿Estás bien?

—Sí, he conseguido un trabajo de profesor de repaso de matemáticas —Ella sonrió—. Pero la alumna es insufrible, me ha tachado de egocéntrico y creído.

Los ojos de Kate buscaron los de su hijo y sonrió.

—Ve a lavarte para la cena —Sus palabras volvieron a ser dulces.

Jayden subió a su cuarto desconcertado ante el repentino cambio de humor de su madre. Pero no quería pensar más, la irritante pelirroja ya había sido más que suficiente para agotarle mentalmente.

Carácter

Las gotas de agua resbalaban, rápidas, por las puntas del cabello de Jayden para caer en su chaqueta de piel negra.

Disimuló peinándose frente al espejo del vestuario, a la espera de que el último de sus compañeros de equipo abandonara la estancia.

Sus sentidos se agudizaron para cerciorarse de que realmente estaba solo.

Sonrió.

Con un veloz movimiento de cabeza, como el de un perro que acaba de salir del agua, secó su cabelló casi por completo.

Pasó su mano para ordenar sus traviesas ondulaciones y salió disparado hacia el aparcamiento.

Llegaba tarde a su primera clase con Eilean.

El instituto de Eugene estaba prácticamente desierto y los pasos de Jayden sonaron con eco por los pasillos.

Aquel lugar le recordó sus años pasados.

La biblioteca, como de costumbre fuera de época de exámenes, estaba tranquila y solitaria. A excepción de la pelirroja, que le dedicó una mirada desafiante en cuanto puso un pie en la sala.

—Llegas quince minutos tarde.

Jayden dejó su casco sobre la mesa y colocó con cuidado su chaqueta sobre el respaldo de la silla.

—Lo siento, pero he de cruzar media ciudad para venir y no puedo modificar el horario de mis entrenamientos.

Ella arrugó la frente.

—Quarterback —Aquella palabra sonó como un insulto.

—Nadador de estilo libre.

Eilean hizo un mueca de desdén y volvió a mirar hacia su libro de álgebra. Jayden se sintió molesto ante la falta de interés por parte de ella.

—La próxima vez, quedaremos a las seis y media.

Jayden sonrió, conforme con la rápida solución y se sentó junto a ella.

Eilean se puso tensa, parecía que la proximidad de él le molestaba sobremanera y aquello hacía despertar en Jayden la curiosidad por saber la naturaleza de su rechazo.

—¿Te pasa algo conmigo?

Ella miró al frente, meneando la cabeza para apartar su lacio pelo rojizo de su cara de muñeca.

—No me pasa nada.

—Da la sensación de que siempre estás alerta y tensa.

—Yo soy así, acostúmbrate. De todas maneras, mi carácter no tiene que importarte mientras sea lo suficientemente lista para aprender lo que me expliques. —Sus ojos miraban a la oscura lejanía a través de la ventana.

—Menudo genio —Rió despreocupado—. No tendrás muchos amigos.

Eilean le dedicó una fría mirada, que fulminó al instante la sonrisa de los labios de Jayden.

—Sé perfectamente cómo eres Jayden Savage, lo dejas muy

claro con tus frases ingeniosas, tus andares prepotentes y tu flamante moto. No dejas de ser otro deportista guapo y popular que consigue todo lo que quiere con una brillante sonrisa —Sus ojos destilaban amargura—. Pero, por mi sarcasmo y mi aspecto, te aseguro que ni te acercas un ápice a adivinar como soy yo. Así que, dejémonos de palabrería y vamos a lo que de verdad nos interesa a ambos.

Jayden se mordió el labio inferior, confuso ante el enfado de ella. Si las mujeres ya eran un complicado misterio para él, más aún lo era aquella pelirroja que parecía estar completamente desequilibrada.

Ella le deslizó un par de folios con su último examen suspendido.

—Necesito comprender la mecánica de estos problemas para la recuperación que tengo dentro de un mes.

La tensión era palpable entre ellos.

—Pongámonos manos a la obra entonces.

El olor a mueble viejo y a productos de restauración le hizo sentirse como en casa.

La tienda de Galatea era uno de sus lugares preferidos.

—Más vale que encuentres otra musa pronto, Jayden. Parece que las últimas fotos artísticas de tu moto no tienen demasiada salida.

Él se apoyó contra una columna del local, mientras veía como Galatea colgaba un cuadro de Jean sobre un pequeño aparador del siglo XVI.

—Estoy demasiado agotado para ser más creativo.

Galatea le miró preocupada.

—Llevas varias semanas durmiendo muy poco, ¿de verdad que puedes con todo?

—Sólo serán un par de meses más. La brujilla pelirroja ya esta comprendiendo los ejercicios, y gracias a ti recaudo algunos dólares también con mis fotos.

Ella se le acercó con un brillo reprobador tintineando en sus ojos grises.

—No la llames así.

—Lo siento, pero es lo que es. Parece una vieja amargada de setenta años atrapada en el cuerpo de una chica de diecisiete.

Galatea se encogió de hombros.

—Sé amable, no te cuesta nada —Él meneó la cabeza restando importancia al asunto—. El dinero de la venta de tu foto está sobre el mostrador, cógelo y vete a casa a descansar.

Jayden cogió los treinta dólares de su venta y sonrió. Ya quedaba menos para saldar su deuda.

—Te veo en casa, Galatea.

—Ve con cuidado, cariño —le sonrió desde lo alto de la escalera, mientras alineaba el cuadro con los demás.

Sus manos se aferraron fuertes sobre el manillar de la moto y bostezó. Galatea tenía razón, aquel ritmo de vida frenético le estaba pasando factura, pero no quería abandonar ninguna de sus actividades. Adoraba el taller de fotografía y aquello no le ocupaba demasiado tiempo y le reportaba beneficios. El equipo de natación no era en absoluto una opción válida para descartarla de su lista de prioridades; gracias a ser el mejor nadador se había labrado una reputación excelente y un lugar privilegiado entre los alumnos de la universidad. Sin duda, lo que agotaba su energía y su buen humor eran las clases con Eilean. Aquella chica conseguía sacarlo de sus casillas con sólo una mirada.

Por desgracia para él, pagaba muy bien.

El sonido de los constantes murmullos estaba amortiguado por las estanterías repletas de libros.

En las mesas centrales de la biblioteca se agrupaban, en parejas y tríos, varias chicas que lanzaban miradas nerviosas a la puerta de entrada.

Eilean, sentada en una mesa apartada, había apoyado su cabeza sobre las manos intentando que su concentración se centrara, en la mayor medida que le fuera posible, en los ejercicios que debía repasar con Jayden aquella tarde.

Faltaban muy pocos días para su examen de recuperación y prácticamente era capaz de resolver ecuaciones de segundo grado ella sola, aunque en ocasiones perdía el rumbo de su objetivo.

Su lacio cabello pelirrojo le caía a modo de cortina por ambos lados de la cara, pero no era suficiente para evadirla de la situación en la que se había visto sumida.

Algunos días atrás, Jill Bilson, compañera de clase de Eilean, fue a devolver un libro a la biblioteca y descubrió sus planes de estudio con un atractivo joven de ojos grises del que se quedó prendada al instante.

Pocos días después, el rumor de que un guapo universitario frecuentaba la biblioteca tres tardes por semana había llegado a oídos de todas las chicas del último curso.

En consecuencia, el lugar tranquilo que necesitaba Eilean para estudiar se había convertido en un ir y venir de chicas en minifalda y sonrisas cargadas de segundas intenciones.

—Jill, ¿es cierto que ese chico es tan guapo? —Sarah tomó asiento junto a su amiga.

—Te aseguro que el día que yo le vi me quedé sin aliento.

—Menuda suerte la de la pelirroja loca. A mí, mis padres me buscaron un profesor de refuerzo de historia y te aseguro que no tenía nada de atractivo.

—Bueno, te garantizo que un profesor particular como éste no es para estudiar, desde luego. Dios da pan a quien no tiene dientes —Se llevó una mano a los labios para acallar su risa.

Eilean se mordió el labio inferior intentando reprimir sus sentimientos; aquellos comentarios despectivos formulados en un tono excesivamente elevado le estaban crispando los nervios.

Jayden llegó puntual.

Sus ojos divagaron sobre los desconocidos rostros de la docena de chicas que esperaban su llegada hasta dar con Eilean, que se negaba a despegar sus ojos de los apuntes.

Se acercó ágilmente hasta su mesa, esquivando miradas de curiosidad y comentarios sobre su aspecto.

—¿Qué está pasando aquí? —Se sentó frente a Eilean interponiéndose entre ella y las demás.

—Al parecer eres el nuevo espectáculo del instituto. El universitario bombón, creo que te llaman —Jayden no pudo evitar que se dibujara una sonrisa de orgullo en su rostro.

—El miércoles sólo había tres chicas. Hoy hay más de una docena.

—Lo sé —suspiró—, intentemos centrarnos en lo que nos concierne y olvidémonos de ellas.

Él asintió y se quitó la chaqueta con un elegante movimiento, dispuesto a dedicar toda su atención al álgebra que tanto preocupaba a su alumna.

Algunas chicas suspiraron al ver la ajustada camiseta blanca de Jayden.

Él no dejó que aquello le perturbara demasiado y repasó cuidadosamente los ejercicios realizados por Eilean.

—Las ecuaciones de segundo grado ya no son un problema para ti, ahora nos centraremos en...

—Disculpa —Eilean repiqueteó nerviosa con sus uñas sobre la mesa al ver a Jill con una brillante sonrisa clavando sus ojos en su profesor particular—. Siento interrumpir, sé que eres profesor de refuerzo y quisiera tu número para llamarte si tengo problemas con alguna materia.

Jayden elevó las cejas, sorprendido. Se leía claramente la oculta intención de la chica entre sus palabras.

—Lo siento, pero ahora doy clases a Eilean y es algo excepcional, no durará mucho.

—Evidentemente que no durará mucho —Jill miró de soslayo a Eilean, que había empezado a mordisquear un lápiz frenéticamente.

Aquellas palabras, sumadas al aspecto pálido que había adquirido la piel de su alumna, le recordaron a sus propios años de instituto.

Algo en su interior se despertó.

—Si no te importa, le pago mucho a Jayden por hora, y me está saliendo muy caro tu flirteo —Sus ojos brillaban con un fuego verdoso.

Sarah se había acercado al grupo y se mantenía oculta en la retaguardia de Jill.

—Tranquila, ésta sólo conseguirá un chico como éste de esa manera. Pagando —susurró al oído de su amiga que inmediatamente empezó a reír.

Jayden se levantó de golpe, haciendo un gran estruendo al arrastrar la silla hacia atrás.

—Recoge tu cosas, está claro que aquí no vamos a poder estudiar —Su voz sonaba fría y autoritaria.

Eilean recogió sus libros y siguió a Jayden con pasos muy rápidos hasta el pasillo, dejando atrás a un grupo atónito de adolescentes.

El repentino cambio de carácter del irónico y alegre Jayden la hizo sentirse segura.

Él caminaba presa de una ira como hacía años que no sentía. La crueldad de las palabras de Sarah resonaban aún en su cabeza y el reflejo de su propia historia en la mirada de Eilean le habían hecho perder el control.

Abrió la puerta de la entrada de un golpe y caminó, sin esperar a su acompañante, hasta su moto.

Eilean le seguía de cerca, alternando pasos rápidos y cortas carreras.

—Abróchate la chaqueta.

—¿Para qué? —Su voz sonaba tan fría y dura como la de él.

—No quiero que cojas frío en la moto —Sacó un llavero de su bolsillo y se montó sin prestar mucha atención a lo que hacia ella.

—Estás loco si piensas que me voy a subir a ese cacharro contigo.

—Sé razonable, Eilean. Está claro que en esta biblioteca será imposible estudiar hoy y falta muy poco para tu examen. ¿De verdad vas a dejar que un simple viaje en moto estropee todo el trabajo que hemos hecho? —Levantó una ceja, desafiante.

—¿Y dónde se supone que vamos?

—La biblioteca de mi universidad es enorme y muy tranquila los viernes por la tarde —Le alargó la mano ofreciéndole su casco.

Los ojos de Eilean alternaban su mirada entre la puerta del instituto y el casco que él le ofrecía. Ante ella se materializaron dos caminos y ninguno le parecía aceptable.

—Si esperamos un rato, es muy posible que se marchen.

—Sinceramente, no lo creo. Y no quiero ver cómo me devoran con la mirada un grupo de adolescentes con las hormonas descontroladas. Seré un deportista egocéntrico y superficial, pero me tomo en serio mi trabajo.

Eilean cogió el casco con la mirada cabizbaja, sus propias palabras puestas en la boca de él la golpearon como piedras.

Quizás también le había juzgado precipitadamente.

Se colocó el casco con cuidado y se lo abrochó con manos torpes. Le iba grande.

—En el estado de Oregón es obligatorio llevar casco, ¿qué pasa contigo?

Con un raudo movimiento, bajó las estriberas del acompañante sin mirarla.

—Correré el riesgo.

—Pero...

—Son más de las siete, vámonos ya —Ella asintió ahogando un suspiro cargado de ansiedad—. Sube.

Eilean levantó su pierna enérgicamente y, sin rozar un milímetro del cuerpo de Jayden, se sentó en su asiento.

Él se giró para observar su postura.

—¿Qué haces? Cógete a mi cintura, no quiero que te caigas.

Sus manos apenas se posaron sobre el cuerpo de él; intentaban aferrarse más al cuero de su chaqueta que a sus músculos.

Jayden arrancó la moto y soltó el embrague.

Como de costumbre, la *CBR* demostró su carácter y salió disparada hacia la calle. Eilean, que temió por un instante caerse de su asiento, se aferró con los brazos a la cintura de Jayden, presionando su cuerpo contra el de él.

No era el momento de ponerse meticulosa con su visceral rechazo hacía él, era cuestión de vida o muerte.

El trayecto hasta la universidad apenas había durado diez minutos, pero Eilean no podía negar que había disfrutado de la sensación de libertad y velocidad que le había proporcionado la moto.

Para ella, había sido como volar a ras de suelo.

—Ya puedes bajar.

Ella obedeció sus órdenes. A pesar de que su voz sonaba más calmada, Jayden seguía estando serio. A ella, en cambio, le costaba contener su sonrisa.

El viaje había contribuido a cambiar su estado de humor.

Jayden se aseguró de que su moto estaba perfectamente aparcada y segura antes de reclamarle a Eilean su casco.

—Ya puedes quitártelo.

Ella respiró hondo para calmar su entusiasmo. Detestaba la idea de mostrarle a Jayden que había disfrutado de su pequeña aventura en dos ruedas, y la visera ahumada del casco era su perfecta aliada.

Deslizó sus manos bajo su barbilla y se lo quitó.

Las llamas rojas de su cabello salieron a la luz, dando más protagonismo a sus entusiasmados ojos.

—Te ha gustado.

Su semblante se paralizó de inmediato.

—En absoluto.

—No me engañes. Aunque intentes disimular, te ha gustado el paseo. Se te nota.

Eilean pasó los dedos entre su enmarañado cabello intentando peinarlo.

—Lo confundes con mi alegría por poner los pies de nuevo en el suelo.

Jayden sonrió con descaro, volviendo a ser el de siempre.

—Como tú prefieras, pero no entiendo por qué te empeñas en negar lo evidente. ¿Qué tendría de malo haber disfrutado en la moto?

Eilean se formuló la misma pregunta para sí mentalmente.

No encontró respuesta.

—Jayden, no somos amigos, así que llévame a la biblioteca y pongámonos manos a la obra.

—Siempre estás con evasivas, pero no te lo reprocho, hoy no. He visto el porqué de tu naturaleza desde primera fila.

Jayden empezó a andar y ella le siguió de cerca.

Le lanzó una breve mirada de agradecimiento que para los hábiles ojos de él no pasó desapercibida.

Habían roto la barrera de los prejuicios y existía una remota posibilidad de que llegaran a ser buenos amigos.

Prioridades

La bolsa con la cámara de Jayden y su sonrisa no dejaban lugar a dudas de los planes que tenía para aquella mañana de sábado.

Kate bajó la tapa de su portátil y sonrió a su hijo, que estaba plantado frente a ella, perfectamente equipado para montarse en su preciada moto.

—¿Ya te vas?

—Sí, Kendra y yo hemos quedado a las 10 en el laboratorio de fotografía de la universidad.

Kate se puso de pie y se acercó a su hijo.

—Estamos muy orgullosas de cómo estás afrontando tus nuevas responsabilidades.

—Gracias.

Galatea apareció en el salón, llevando una caja con unos candelabros de plata.

—¿Ya te vas a hacerle el reportaje de fotos a tu amiga? —Él asintió—. Últimamente parece que las oportunidades para ganar dinero llaman a tu puerta, que suerte tienes.

—La verdad es que no me puedo quejar, es una suerte que Kendra necesite un book de fotos y sea amiga mía.

Kate miró el reloj que había sobre la chimenea.

—No te entretenemos más, hazle una buena sesión de fotos —Le guiñó un ojo con ternura.

Él sonrió y se encaminó hacia la puerta de la calle.

Los tacones de las botas de Kendra resonaban con eco por los silenciosos y desiertos pasillos de la universidad.

Cuando sus ojos localizaron a Jayden, de pie frente al laboratorio de fotografía, no pudo contener una radiante sonrisa.

—Hola.

—Qué puntual eres, Kendra —Sonrió, mientras se disponía a abrir la puerta del laboratorio.

—Es una suerte que el profesor Keytel confíe tanto en ti como para dejarte la llave del aula.

Jayden le dedicó una divertida mirada.

—Es lo que tiene ser uno de los primeros de la clase.

Kendra dejó su abrigo sobre una de las sillas y se dedicó a recorrer con la mirada cada uno de los elementos del laboratorio de fotografía.

En un extremo de la clase, había una enorme pantalla blanca, frente a la cual unos focos profesionales arrojaban una brillante luz blanca.

En las estanterías del aula, desprovista de pupitres, había toda clase de artilugios de fotografía, así como elementos decorativos para el atrezzo de las imágenes.

Jayden empezó a prepararse, mientras Kendra se entretenía arrojando unos cojines de colores sobre el suelo para poder realizar las fotografías sobre ellos.

—Es toda una suerte que me puedas hacer tú el book de fotos, ni te imaginas el dineral que me quería cobrar el fotógrafo que fui a ver la semana pasada.

—Es todo un placer —sonrió, sin apartar sus ojos de la lectura del fotómetro—. La luz está perfecta, cuando tú quieras empezamos.

Ella sonrió y se colocó en el centro del improvisado decorado.

—¿Cómo crees que saldré más guapa?

—Tú relájate y sonríe, poco a poco te irás soltando. Recuerda que lo maravilloso de la cámara digital es que se pueden hacer todas las fotos que uno quiera sin sufrir luego los gastos del revelado.

Ella sonrió.

—Si este reportaje sale tan bien como espero, es posible que en la agencia de modelos de Los Ángeles, donde trabaja mi hermano, te contraten como fotógrafo.

Jayden no apartaba sus ojos del objetivo de su cámara.

—Es todo un detalle, pero la verdad es que aspiro a ser periodista fotográfico y no un simple fotógrafo.

—Como tú quieras —sonrió despreocupada y una primera ráfaga de fotografías le indicó el inicio de la sesión.

La sonrisa luminosa de Kendra y su belleza clásica enamoraron en un instante a la cámara. Cada nueva fotografía salía mejor que la anterior y, poco a poco, fue cambiando sus poses inocentes por algunas más divertidas y picantes.

—¿Crees que esta blusa es demasiado recatada?

—A mí me gusta —El doble sentido pasó desapercibido ante Jayden, que estaba demasiado concentrado en ser profesional.

—En realidad, creo que si este book es para optar a un puesto de modelo, debería mostrarme más atrevida —Sus dedos se deslizaron por los botones de su blusa sin dejar de posar, ni de clavar la mirada a Jayden a través del objetivo.

Kendra se agachó lentamente, mientras jugueteaba con su larga melena rubia, hasta que se dejó caer sobre los almohadones de colores.

Su sonrisa había pasado de dulce a provocativa y sus ojos reclamaban algo más que la atención de Jayden.

—Kendra, creo que estas fotos están subiéndose un poco de tono —sonrió al ver el sujetador de su amiga.

—Pero que tonto eres, hace más o menos diez minutos que lo que quiero de ti es algo más que unas fotos bonitas.

Los ojos grises de Jayden se asomaron por encima de la cámara y un brillo de lujuria se iluminó en ellos.

La fresca brisa del exterior contribuyó a avivar su buen humor. Kendra sonreía satisfecha junto a su nueva conquista, con la sensación de haber invertido bien su tiempo y su dinero aquella mañana.

Y no sólo por el reportaje fotográfico.

Jayden se enfundó su chaqueta de piel negra y se encaminó hacia su moto, seguido de cerca por Kendra.

—Sería un día perfecto si me llevaras a dar una vuelta —Sus dedos se deslizaron sinuosos por el asiento de la *CBR*.

—Lo siento pero, por el momento, eso tendrá que esperar. Ya sabes que en Oregón es obligatorio el uso del casco y sólo tengo uno.

Sus propias palabras le sorprendieron, ni por un segundo había dudado la noche anterior en llevar a Eilean exponiéndose a una sanción económica.

Sonrió. Sin lugar a dudas, se sentía demasiado identificado con la pelirroja marginada y ello le llevaba a cometer actos de los que normalmente no era capaz.

—Menudo disgusto me das —simuló un puchero—, prométeme que pronto te harás con un casco de mi talla y me llevarás a dar una vuelta.

—Prometido —sonrió.

Kendra se encogió de hombros y se encaminó hacia su coche, aparcado a sólo unos metros.

—Te veo el lunes —susurró por encima de su hombro guiñándole un ojo.

—Te traeré las fotografías retocadas.

Ella se limitó a despedirse con un grácil movimiento de su mano, para luego desaparecer en el interior de su coche.

El brillante sol del mediodía indicaba que la primavera estaba haciendo acto de presencia en Eugene.

Lo semáforos parecían haber conspirado contra Jayden haciéndole parar cada pocas calles y retrasando su vuelta a casa.

En un intento de calmar su frustración por no poder dar rienda suelta a los caballos del motor de su moto, dejó divagar sus ojos por los escaparates de las tiendas colindantes.

Sonrió.

Ante él, una tienda de recambios de automóvil presentaba una oferta de cascos para moto de lo más tentadora.

Como si el dinero que Kendra le había pagado apenas hacía unos minutos tuviera vida propia y le gritara en qué quería ser gastado, se vio en la tienda comprando uno de los modelos más sencillos para sus posibles copilotos femeninos.

El pequeño coche gris que conducía Eilean apareció al final de la calle. Jayden, que la estaba esperando en el aparcamiento, sonrió al ver como aparcaba con un poco de dificultad.

—Ya veo que no te has perdido.

Ella bajó la ventanilla para poder hablar con él mientras terminaba de maniobrar.

—No tiene pérdida, está muy bien indicado y además recordaba el camino que hicimos el otro día con la moto.

De pronto, el motor del coche emitió un sonido sordo seguido de una espesa humareda negra.

—Eso no puede ser muy normal.

Ella bajó dando un portazo.

—Sí, es normal, lo hace siempre que paro el motor —Jayden la miró incrédulo—. No me mires así, no todos podemos tener un vehículo nuevecito. Éste es heredado de mi madre y, a pesar de todo, me sigue llevando con eficacia a los sitios.

—Eficacia no sería el adjetivo que yo usaría.

Ella decidió ignorar su comentario sarcástico y empezó a caminar hacia la entrada, esquivando alumnos que ya se retiraban a sus casas.

La biblioteca era de dimensiones mucho mayores que la del instituto y contaba con una sala especial para reuniones en grupo, donde Jayden y Eilean instalaron su centro de estudio.

Algunos alumnos habituales la miraron curiosos.

—Hoy tendremos que hablar un poco más bajo, los lunes suele haber más gente que se queda a estudiar que el resto de los días —susurró.

Ella se limitó a asentir, a la vez que rebuscaba algo en su carpeta.

—Tengo buenas noticias —Dejó frente a Jayden un examen—. He aprobado el examen de recuperación.

—¿Un aprobado pelado? —Sus ojos estudiaron las preguntas y las respuestas rápidamente.

—Suenas decepcionado —musitó con dureza.

—Hemos trabajado mucho para que el resultado haya sido tan flojo.

Presa de la ira, Eilean puso su mano sobre el examen impidiendo a Jayden seguir evaluándolo.

—Es todo un logro para mí haber aprobado este examen, estás hablando como si no me hubiera esforzado lo suficiente —seseó entre los dientes intentando no elevar demasiado su aguda voz.

Los ojos de Jayden se clavaron en el enojado rostro de su alumna.

—No te pongas a la defensiva, Eilean. Simplemente, creo que el profesor ha sido demasiado duro con tu nota, lo has hecho extraordinariamente bien —Ella pestañeó desconcertada—. Felicidades.

—Gracias... supongo.

Jayden empezó a garabatear rápidamente sobre la libreta de ejercicios planteando un nuevo problema.

—En el próximo examen quiero un excelente —sonrió dulcemente.

Ella pasó por alto su cortesía y dedicó toda su atención a la resolución del ejercicio.

Compleja

Los veloces dedos de Kate volaban sobre el teclado de su portátil transcribiendo las palabras de Galatea. Su rostro estaba cargado de emoción ante la historia que le narraba su compañera.

Jayden se esperó unos segundos frente a la puerta del salón, observando la curiosa escena.

—Hola, Jayden —Kate siguió la mirada de Galatea para averiguar qué era lo que había interrumpiendo su relato.

—Hola, cariño —Sonrió.

—¿Qué estáis haciendo?

Kate y Galatea intercambiaron una mirada de complicidad.

—Estamos escribiendo la biografía de Galatea.

Los ojos de Jayden se abrieron como platos ante la noticia.

—Eso tiene muy buena pinta, siempre he querido definir con palabras los rostros de mi álbum de fotos y su historia.

Kate sonrió satisfecha.

—Eso mismo es lo que yo pensaba, así que aquí nos tienes. La verdad es que es impresionante por todo lo que ha pasado.

Galatea se limitó a sonreír.

—Cualquier vampiro de mi edad ha pasado lo mismo.

—Lo dudo, tu historia es mucho más interesante —le acarició el rostro.

Jayden revisó el correo que había sobre la mesilla intentando disimular el nerviosismo que le provocaba ver a su madre coquetear con Galatea.

—¿Una carta del Consejo para mí?

Kate se levantó del sofá como un resorte y corrió junto a su hijo.

—Qué cabeza tengo, se me había olvidado —rebuscó en un cajón del mueble del salón.

Jayden empezó a leer detenidamente la carta y resopló.

—Otra vez me toca la dichosa revisión anual. Qué ganas tengo de cumplir los veintiuno y que me dejen tranquilo.

—Se preocupan por la colonia de dhaphiros. Son cosas de nuestro censo —la voz de Galatea sonó cargada de sarcasmo.

Kate se acercó a Jayden con un sobre parecido al que él acababa de abrir.

—Este año es diferente, cariño. Toma.

Jayden cogió el sobre y miró su contenido.

—¿Un billete de avión para Washington?

—Emma te echa mucho de menos y ha hecho que Chris moviera algunos hilos en el Consejo de Washington para que, esta vez, la revisión te la hagan allí. Así podrás pasar un fin de semana con ellos.

—¡Eso es genial!

Galatea miró divertida a Kate.

—Fíjate, ahora ya no le parece tan mala idea volver a pasar la revisión.

Jayden rió divertido.

—La madrugada del viernes te esperarán en el aeropuerto —Kate correspondió con un beso a la brillante sonrisa que le dedicaba su hijo.

—Gracias por dejarme ir.

Ellas sonrieron.

La vibración de su teléfono móvil contra su pecho le indicó

que tenía una llamada. Sin dudarlo un segundo, y con una gran sonrisa en su rostro, contestó.

—¿Si?

—¿Jayden?

—¿Eilean? —su semblante se volvió serio.

—Hola, siento mucho llamarte, ya sé que nos intercambiamos los móviles para casos de emergencia solamente.

Sonrió cortésmente, para disculparse ante su madre y Galatea, y se encaminó escaleras arriba en busca de la intimidad de su dormitorio.

—No pasa nada. ¿Estás bien?

—Sí, sí, es que mi coche ha muerto antes de llegar a casa.

Jayden contuvo una risa divertida.

—Ya te lo decía yo que no era muy normal ese humo negro.

Ella suspiró apesadumbrada.

—Lo sé.

—¿Necesitas que te pase a buscar?

—No, no te llamo por eso —su voz sonó tosca—. He llegado a casa caminando sin ayuda de nadie. Te llamaba porque no podré ir el martes a la biblioteca de tu universidad. Está demasiado lejos para ir caminando desde el instituto.

Jayden se sentó sobre la cama ignorando la soberbia de ella.

—Eso no es problema, te paso a recoger.

—¡Ni hablar!

—Oh, vamos, Eilean. No seas tan irracional. Te paso a buscar con la moto y no se hable más. Aunque intentes aparentar lo contrario, sé que te gusta —Dejó caer su cuerpo sobre la superficie acolchada que le ofrecía su edredón.

—No es por eso, es que no quiero que vayas sin casco en la moto.

—Pero, ¿qué oigo? ¿Te estás preocupando por mí, Eilean Walls?

—¡En absoluto! —Gritó—. Me preocupa el hecho de que te

pongan una multa y tenga que pagarla yo para no tener mala conciencia.

Jayden emitió un bufido cargado de indignación.

—No debes preocuparte por eso, da la casualidad de que he comprado un casco para llevar a *mis amigas* y no creo que les importe que lo uses.

—¡Bien! —bufó con furia. Estaba claro que ella no era amiga suya.

—¡Bien! —gritó él.

—Hasta el miércoles.

Jayden se sentó de nuevo en la cama reprimiendo su ira.

—Adiós —Colgó con rapidez el móvil y lo arrojó a la otra punta de la cama, como si con ello alejara su mal humor.

No comprendía a Eilean. En según qué momentos de su corta relación, hubiera jurado que algo parecido a la amistad estaba empezando a generarse entre ellos, pero cuando ese sentimiento se hacía más sólido, ella revelaba su lado más frío y déspota, construyendo un muro de hielo entre ellos.

Sus ojos observaron el calendario que descansaba sobre la mesa de su escritorio. Un par de meses y sería libre de aquella relación laboral tan extenuante. Y, sin duda, no volvería a ver nunca más a la irritante pelirroja.

En su cabeza se definía la lista de todas aquellas cosas que podía hacer aquel fin de semana en Washington con Emma y Chris. Aquello ayudó a sobrellevar con más ánimo la larga tarde de estudio que le esperaba junto a Eilean.

El pequeño sentimiento que había crecido en él el día que vio como aquellas chicas se reían de ella en la biblioteca se había vuelto a sumergir en un mar de ironía, distancia y frialdad. Y, en el fondo de su corazón, se debatía entre la lástima y la certeza de que ella se había ganado a pulso que la trataran tan mal. No entendía como una chica que, en apariencia, parecía normal, se automarginara de aquella manera.

Se sacudió la cabeza y volvió a divagar entre las posibles diversiones que le esperaban.

La puerta del instituto se cerró de golpe y los hábiles ojos de Jayden localizaron a Eilean al instante.

Caminaba deprisa, abrazando la carpeta contra su pecho y ocultando su cara en ella. Parecía disgustada.

Jayden resopló. Sin duda, ella venía dispuesta a no ponerle fácil su labor de profesor y se mentalizó para rebatir todos sus reproches.

—Hola —Su voz sonó apagada y sin ánimo.

—Hola —Le ofreció el casco para su copiloto ocasional e intentó ver por qué ocultaba su rostro—. ¿Estás llorando?

Ella se enfundó el casco con un rápido movimiento y se montó en la moto.

—Sí, estoy llorando de alegría por verte, no seas estúpido —Se mordió el labio al escuchar sus propias palabras. No había sido justa, pero su orgullo no le permitió disculparse.

—Tan encantadora como siempre —Arrancó la moto sin preocuparse por ella.

En cuanto el rugido de la moto fue lo suficientemente fuerte y el viento amortiguaba cualquier sonido, Eilean dio rienda suelta a su disgusto causado por una nueva oleada de burlas e insultos en clase, empezando a llorar, a sabiendas de que él no la oiría y no haría preguntas.

Pero aquello no pasó desapercibido ante el fino oído de Jayden que, al instante, supo que algo iba mal.

Cuando quedaban dos calles para llegar a la universidad, Eilean levantó la visera de su casco con la esperanza de que el viento secara sus lágrimas y se llevara su tristeza.

Para cuando se bajó de la moto, sólo una de las dos cosas se había cumplido.

Jayden se la quedó mirando a la espera de que mostrara su rostro, con la total seguridad de que en aquel instante ella era muy vulnerable. No sabía qué era lo que le había pasado, pero podía oler la sal de las lágrimas secas en sus mejillas y aquello volvía a avivar su sentimiento de compasión por ella.

—Aunque creo que estás muy graciosa con mi casco nuevo, deberías quitártelo ya —Golpeó con suavidad en la visera, como si llamara a una puerta.

Eilean acalló un sollozo.

Su pecho se hinchó al coger una honda bocanada de aire y se sacó el casco.

Su falsa sonrisa intentaba ocultar la tristeza que contaban sus enrojecidos e hinchados ojos.

—Aquí lo tienes —Intentó sonar amable.

—¿Un refresco?

Ella le miró con el ceño fruncido.

—¿Quieres ir a la cafetería a estudiar?

Jayden avanzó un paso invadiendo un poco el espacio personal de ella.

—Te estoy invitando a tomar algo. Hoy no hay clase, no en tu estado.

—¿Qué estado? Estoy perfectamente.

Jayden meneó la cabeza.

—Mira, voy a serte sincero. No sé qué es lo que pasa por esa cabecita pelirroja tuya, y sé que no quieres que seamos amigos, pero si quieres aprender has de estar aquí en cuerpo y mente y,

131

sinceramente, hoy sólo veo el cuerpo.

Eilean parpadeó confusa ante el arrebato sincero de Jayden.

—Llévame a casa, entonces.

—Luego, ahora tengo sed. ¿Vienes? —Ella le siguió entre suspiros de resignación.

El murmullo alegre de los alumnos de la cafetería no ayudó a sentirse mejor a Eilean, que caminaba arrastrando los pies.

Jayden compró dos refrescos de cola y se sentó en un mesa tranquila del fondo.

Ella se sentó frente a él.

—Toma, la cafeína te animará —Sin apenas esfuerzo por su parte, abrió la lata de refresco y se la ofreció a su acompañante.

—Gracias —Su voz se perdió entre el ruido del local.

—¿Te he contado alguna vez por qué nos fuimos de Londres? Ella negó con la cabeza.

—Ni siquiera sabía que fueras de allí.

—Sí, nací en Italia, pero crecí en Londres —Bebió un trago de su refresco—. Cuando tenía catorce años, era el marginado del instituto, ya sabes, el tipo raro que no habla con nadie porque se cree diferente y no encaja en ningún lugar. Pero, poco a poco, me convencí a mí mismo de que no era peor que los demás y que a esa edad todos estábamos igual de perdidos.

Eilean sonrió sin ganas.

—Pero las cosas te han ido muy bien desde entonces, ¿no?

—A ti también te pueden ir bien. Sé qué opinión tienes de mí. No te caigo bien en absoluto, pero no es bueno que te margines.

Ella bebió un largo trago de su refresco y le clavó la mirada.

—Sé que no es saludable que me intente evadir de las personas que me rodean, pero es mejor que unirme a ellos y saber a ciencia cierta que son hipócritas y mentirosos.

—Eso no lo puedes saber.

—Créeme, sí lo sé —Bufó.

—No puedes saber lo que piensan de ti, a no ser que seas una bruja —Le guiñó un ojo.

—Yo no he dicho que sea capaz de leer sus mentes, sólo digo que veo cuando mienten —Bajó la cabeza—. Déjalo estar, encima de marginada ahora también creerás que estoy loca.

Jayden palmeó amistosamente la mano que Eilean tenía sobre la mesa y ella la apartó al instante como si le hubiera quemado.

—¿Por qué te apartas? ¿Tanto me odias?

Los ojos de ella evitaron mirarle directamente y recorrieron con lentitud el contorno de su cabeza, como si dibujara las ondas de su cabello con la mirada.

—No te odio... me das miedo.

Jayden se echó atrás de manera instintiva y un poco más rápido de lo que era aceptable para un humano.

—¿Te doy miedo?

—Sí.

—¿Por qué?

Eilean ladeó la cabeza y su lacio cabello le ocultó el rostro.

—Es complicado, y muy raro.

—Ni te imaginas las complicaciones y rarezas que hay en mi vida, a estas alturas puedo creérmelo todo.

Los ojos esmeralda de ella se clavaron como flechas en los de él, manteniendo una conexión constante e intensa durante algunos segundos.

—Te comportas como los demás, pero tienes algo distinto que no me deja percibir exactamente como eres. No te pareces a nadie que haya conocido nunca y por eso me das miedo.

Jayden se sintió desnudo, desprovisto de su eficaz disfraz que durante toda su vida había sido infalible.

—Ahora eres tú la que me da miedo.

Ella sonrió enseñando una hilera de dientes blancos.

Sus ojos se volvieron a encontrar y el muro de hielo se fundió entre ellos.

—Jayden, lo siento.

—No debes sentirlo, estamos en paz. Los dos nos atemorizamos mutuamente —Rió sincero.

—No, siento lo que te he dicho antes y haber sido estúpida contigo. Quizás tengas razón y no deba ignorar a todo el mundo.

—Espera, espera —Rebuscó en su bolsillo y sacó el móvil—. Esto quiero grabarlo para la posteridad. ¿Te estás disculpando?

Ella puso la mano sobre el móvil reclamando su atención por completo.

—Estoy intentando decirte algo.

—Lo sé, simplemente le quitaba un poco de peso al asunto.

Eilean dejó vagar su mirada por las ventanas de la cafetería.

—¿Amigos?

—Amigos.

Ambos se quedaron en silencio unos segundos. Analizando lo sucedido y preguntándose qué secreto escondía el otro.

El misterio y el hecho de ser diferentes les habían unido sin remedio.

Sus miradas se encontraron y sonrieron sin poder ocultar sus nuevos sentimientos.

—Eilean, si ahora somos amigos, ¿quiere eso decir que ya no me pagarás?

Ella sonrió animadamente y él se le unió.

Cuando abandonaba su escudo de sarcasmo, Eilean era una persona encantadora.

Revisión

Los faros deslumbraron los ojos de Eilean, que miraba perpleja el Mini azul que conducía Jayden.

Sin esperar a su invitación y movida por la premura de saber qué había sucedido con la moto de su amigo, se subió al coche.

—¿Dónde está la moto?

Jayden la miró sonriente.

—Hola a ti también.

—Hola —carraspeó—. No sabía que también tenías este coche.

Él emprendió el camino hacia la universidad.

—Es de mi tía Galatea. Me lo ha prestado porque esta noche tengo que ir al aeropuerto.

—¿Te vas?

—No puedo seguir así —La miró de reojo para percibir su expresión—. Tengo que alejarme de ti, me das demasiado miedo.

Ella se cruzó de brazos enfadada y aquello hizo que el buen humor de Jayden se materializara en unas sonoras carcajadas.

—Imbécil —musitó con una media sonrisa asomándose en sus labios.

—Estúpida —La miró desafiante—. Me marcho a Washington este fin de semana a casa de unos amigos.

Ella se limitó a asentir mientras sonreía cortésmente.

La conducción de Jayden había cambiado drásticamente desde que tenía su apreciada moto y deslizaba el Mini entre los huecos que dejaban los coches en la carretera.

El silencio se hizo denso entre ellos.

—He pasado los últimos días dándole vueltas a lo que me contaste.

—No le des demasiada importancia. No la tiene.

Jayden cogió con fuerza el volante con las dos manos.

—Me tiene intrigado el hecho de que sepas lo que siente la gente. ¿Cómo lo haces?

Eilean miró al frente.

—¿Cómo es que tú eres distinto a los demás?

Jayden resopló dejando escapar una leve risa.

—Entendido, no te pregunto si no me preguntas.

Ella sonrió satisfecha arrellanándose en su asiento.

—Todo será más fácil si dejamos de lado nuestras rarezas.

Él asintió y el silencio volvió a caer sobre ellos.

La sala de espera del Centro Médico del Consejo estaba repleta de dhaphiros de todas las edades a la espera de que les llamaran por su nombre.

Emma se había ofrecido a acompañar a Jayden a su revisión, pero él, a sabiendas de la larga espera que tenía por delante, había preferido ahorrarle el mal trago a su amiga.

Por el momento, no estaba disfrutando de su fin de semana en Washington, ya que la revisión médica ocuparía toda la mañana de aquel radiante día.

—¿Jayden Savage?

Él se levantó de su asiento y se acercó a la enfermera que le sonreía sin muchas ganas.

La siguió por un pasillo de color azul, hasta una sala donde dos vampiros con bata blanca le estaban esperando.

—Buenos días, muchacho.

—Buenos días.

La enfermera entregó su historial a uno de los médicos y abandonó la estancia cerrando la puerta tras de sí.

—Jayden Savage, veinte años —Indicó uno de los doctores a su colega.

—Perfecto, ésta será tu última revisión —Jayden sonrió entusiasmado—. Por favor, súbete en esta báscula.

El médico que sostenía el historial apuntó el peso de su paciente en una ficha.

—El peso es correcto para su constitución.

—Intento cuidarme —La voz de Jayden sonó fanfarrona.

Los médicos le ignoraron.

—Vamos a hacerte la prueba de cicatrización. Siéntate en esta camilla y remángate, por favor. ¿Has observado algún cambio en ese aspecto de tu naturaleza?

Jayden negó con la cabeza mientras observaba al médico que empuñaba un afilado bisturí.

Conocía de sobras el procedimiento de la prueba y la odiaba.

—Veamos entonces.

Con un veloz movimiento, practicó una incisión de dos centímetros de longitud en el dorso del antebrazo de su paciente.

Jayden se mordió el labio inferior al notar las gotas de sangre resbalando por su piel.

El médicó miró su reloj.

—Mira esto, Patrick —El otro doctor se acercó—, se pueden apreciar indicios de cicatrización instantánea.

Jayden miró sorprendido la herida que había parado de sangrar y se estaba volviendo de un color granate.

Parecía un corte hecho el día anterior.

—Sorprendente. Le falta un año para ser adulto y ya es capaz de dejar de sangrar.

Los médicos intercambiaron una mirada cuyo significado pasó desapercibido para Jayden, que deslizaba uno de sus dedos sobre la tierna cicatriz.

—¿Tus sentidos se están desarrollando bien? —Él asintió, sin dejar de mirarse el brazo—. Veamos ese olfato.

El segundo médico se acercó con una caja de plástico alargada, dividida en varios compartimentos que contenían una sustancia gelatinosa dentro.

—En esta caja hay treinta olores de objetos que conoces, cada uno de ellos sintetizados en estos departamentos. Tendrás un minuto para decirme los que reconoces.

Jayden sonrió, aquella prueba siempre se le daba de maravilla.

—¿Preparado? —Él asintió—. Abre la caja, Patrick.

Los aromas se mezclaron con los que ya había en la sala pero, poco a poco, se fueron materializando ante Jayden con su forma y color.

No le costó en absoluto identificarlos todos.

—Lavanda, mazorca, amoníaco, pino, fresa... —Sus palabras salían a borbotones de sus labios—. Miel, alquitrán y sal.

Los médicos le miraron asombrados.

—Has dicho treinta y uno.

—Lo sé, es que hay treinta y uno. Esta prueba tiene trampa.

—Bravo, está claro que te falta bien poco para cumplir los veintiuno.

Jayden meneó la cabeza.

—Hasta febrero no los cumplo.

—Impresionante. Estás muy definido para tu edad.

Jayden, que conocía de sobras el proceso de la revisión, se

bajó la manga de su camisa y sonrió despreocupado bajando de la camilla de un brinco.

—Siempre he pasado estas pruebas sin dificultad, me sucede desde que hice la primera revisión a los quince años.

—Interesante. ¿Has notado alguna característica especial?

—Por desgracia, no.

El primer médico sacó una baraja de cartas del bolsillo de su bata y escogió una al azar sin mostrársela.

Los dos doctores miraron cuál era.

—¿Qué carta es?

Jayden enarcó las cejas divertido.

—No lo sé, ¿el tres de picas?

El semblante de los médicos se volvió serio.

—Así es, es el tres de picas.

—No puede ser, yo no tengo ese don —El médico cogió otra carta haciendo caso omiso a la incredulidad del chico—. El As de corazones.

—No, el cinco de diamantes. Ha sido casualidad.

Jayden se encogió de hombros.

—Bien, por nuestra parte esto es todo. Ahora, una enfermera te acompañará al recinto exterior donde harás la prueba de habilidad y velocidad. Dudo que eso sea un problema para ti.

Jayden sonrió descarado. Los obstáculos de la pista americana de la siguiente prueba eran siempre un juego de niños para él, pero aquello siempre le recordaba amargamente a la Sala del Áspid.

En tan sólo dos maniobras, Emma aparcó su coche y suspiró emocionada mientras Jayden la observaba fijamente.

—Pensaba que me habías pasado a recoger para ir a casa.

Ella le miró con un extraño brillo en los ojos.

—Es una sorpresa.

—¿Qué vamos a hacer?

Emma le sonrió y bajó del coche con un alegre brinco. Jayden la imitó sin tantos ánimos.

—En realidad, mi insistencia para que vinieras a hacerte la revisión médica aquí era sólo una excusa para que me ayudaras en algo de la boda.

Jayden intentó no mirar directamente los grandes ojos verdes de su amiga que pestañeaban dulcemente.

—Oh, no. Te dije que no pensaba ayudarte en los preparativos. Los chicos no hacemos eso.

Ella cogió de la mano a Jayden y le arrastró hasta el interior de una tienda de escaparate blanco.

—Jay, eres mi mejor amigo, mi hermano, mí... padrino.

Él se paró en seco en la entrada de la tienda.

—¿Padrino?

Ella sonrió haciendo que su rostro se iluminara como el de un ángel.

—Quiero que seas mi padrino, por eso es tan especial para mí que me des tu opinión sobre esto.

Él meneó la cabeza. Estaba aturdido con la noticia y apenas se había dado cuenta de dónde se encontraban.

Una tienda de vestidos de novia.

Emma esperaba su respuesta con los ojos clavados en los suyos.

Jayden sonrió. A ella no podía negarle nada.

—Será todo un honor ser tu padrino y darte mi opinión, aunque no sé si soy de fiar en cuestiones de moda femenina.

Emma dio un pequeño salto y se abrazó al cuello de su amigo.

—Gracias, me alegra tanto tenerte aquí, te echo demasiado de menos.

Una mujer de mediana edad se acercó a ellos y reconoció a Emma al instante.

—Señorita Neveau, la modista la está esperando para hacer los últimos arreglos. Cuando quieran, ya pueden pasar a la sala.

Emma sonrió y arrastró a Jayden a una habitación interior forrada de raso de color gris y provista de una tarima en miniatura en el centro.

Él se sentó en una de las butacas blancas y se preparó para el espectáculo.

—Señorita Neveau, la estábamos esperando —La modista le sonrió—. Su vestido está en el probador, la ayudaré a cambiarse.

—Gracias, Grace.

Emma guiñó un ojo a Jayden y desapareció tras una cortina de terciopelo beige.

Apenas habían pasado algunos minutos cuando una resplandeciente Emma apareció en la sala.

Jayden se quedó sin respiración.

La ya de por sí hermosa Emma irradiaba luz con aquel pulcro vestido de organza y raso. Sus verdes ojos destacaban sobre el blanco de su vestido, su pálida piel y su dorado cabello.

—¿Y bien?

Jayden gesticuló sin poder cerrar del todo la boca.

—Chris perderá el sentido cuando te vea.

Emma soltó una risilla coqueta.

—Dudaba si este escote palabra de honor me sentaría bien.

—Emma, a ti te sentaría bien un saco de patatas.

—Eres un pelota —Rió mirándose al espejo.

Ella se subió a la tarima para que la modista le pudiera coger el bajo, mientras Jayden estudiaba cada uno de los detalles del delicado vestido que le daba aspecto de hermosa aparición a su amiga.

Los gritos traspasaban la pared de la cocina, donde Jayden y Chris apuraban un trago de sangre recién calentada.

Emma vociferaba a todo pulmón, dándole órdenes a la mujer que se encargaba de hacer los arreglos florales para la boda.

—Está un poco estresada, ¿no?

Chris puso los ojos en blanco.

—Esta boda terminaría con ella si no fuera porque es inmortal. Al parecer, la florista no comprende que las lilas no van bien con las orquídeas blancas y eso está sacando de sus casillas a la perfeccionista Emma.

—Mujeres —Bufó.

—Oye, hablando de mujeres, ¿qué tal vas con tu problemilla? Jayden meneó la cabeza en un intento por hacerse el interesante.

—Ya no existe dicho problemilla. Las tengo a mis pies.

Chris dio un fuerte puñetazo al hombro de Jayden.

—Así me gusta. ¿Alguna en especial? Emma me contó que le estás dando clases a una chica.

—¿Eilean? —Rió—. Ella no es especial, la verdad es que no me atrae en absoluto. No es que sea una chica fea, la verdad es que es bastante guapa, pero no me van en absoluto las pelirrojas.

Chris sonrió a Emma, que entraba acalorada en la cocina.

—Con tu nuevo porte seguro que tú a ella la tienes loquita.

—Lo dudo, no es para nada una chica convencional.

El teléfono de Emma volvió a sonar y salió disparada para atender la llamada. Los gritos volvieron a oírse con más fuerza.

Chris buscó la mirada de Jayden en busca de soporte masculino.

—Si esto de la boda no os destruye como pareja, os hará mucho más fuertes.

—Necesito hacer algo de hombres, ¿echamos un pulso?

Jayden sonrió a la vez que se arremangaba la camisa.

Cambios

La primavera se había asegurado de hacer florecer todos los árboles del campus, y la buena temperatura y el sol habían animado a los estudiantes de la universidad.

El entrenador Somerset era una excepción que se escapaba a todo aquel ambiente colorido y relajado ya que, con la cercanía de la fecha del primer torneo estatal de natación, sus nervios estaban a flor de piel y su humor dejaba mucho que desear.

—Hace meses que este equipo de natación tendría que ser eso exactamente, un equipo. Pero, por alguna razón que desconozco, actuáis sin espíritu de cooperación entre vosotros —Caminaba a pasos lentos entre sus alumnos—. Dentro de un mes y medio, coincidiendo con el final del año escolar, deberemos exponer nuestra preparación y dedicación en el torneo estatal, y sin espíritu de equipo no seremos capaces de demostrar que la universidad de Oregón es tan capaz en esta disciplina como cualquier otra —Se paró frente la piscina y se cuadró como un militar—. Hoy, llevaremos a cabo un ejercicio de compañerismo, para limar las asperezas que hay entre algunos de vosotros y que, sin duda, nos afectan a todos.

Matt y Jayden se miraron de soslayo sin poder evitar sentirse aludidos. Algunos de los compañeros empezaron a murmurar.

—Haremos una carrera de relevos para calentar —Miró su cuaderno unos instantes y dispuso a los chicos por parejas.

Jayden y Matt fueron expresamente emparejados por el astuto entrenador.

—Savage, tú empiezas y le pasas el relevo a Simons.

Los ojos de los que en un día fueron amigos se encontraron intercambiando miradas de amargura y recelo.

Matt se situó tras Jayden a la espera de que llegara su turno. Le parecía estúpido aquel ejercicio, al fin y al cabo en su disciplina nadaban en solitario.

Cuando el silbato del entrenador sonó, Jayden saltó al agua sin apenas salpicar, haciendo gala de sus habilidades y logrando un tiempo récord.

Matt esperó a que él le chocara la mano y se lanzó al agua intentando ser tan elegante como su compañero.

Como era de esperar, la pareja formada por ellos ganó la primera carrera.

Algunos compañeros se quejaron al no estar de acuerdo en la formación de los equipos; evidentemente, si el primer y segundo mejor nadador del equipo estaban juntos, ganarían todas las carreras.

—Recordad que esto no es una competición, es un ejercicio para aprender a trabajar en equipo.

Matt se sacudió el agua del pelo junto a Jayden intentando disimular su gozo por el triunfo.

—Buen trabajo —musitó con un hilo de voz.

Jayden le dedicó una mirada a caballo entre el desdén y la sorpresa.

—Igualmente.

Los gritos de las habituales fans de Jayden reclamaron su atención y Matt se concentró en ver como sus compañeros terminaban la segunda tanda de carreras.

—Bien, el siguiente ejercicio es algo más complicado. Deberéis nadar de espalda en parejas, es decir, cada uno de vosotros sólo utilizará un brazo, mientras con el otro sujetará a su compañero, así os veréis obligados a coordinar vuestros movimientos. En esta ocasión el tiempo si es importante.

Matt y Jayden se miraron con recelo. Ya era todo un reto formar un equipo con una persona con la que se estaba enemistado, como para que ahora se tuvieran que abrazar y nadar juntos.

Ambos saltaron al agua y pasaron uno de sus brazos bajo la cintura del otro.

—A la de tres, empezamos.

Matt le miró con furia como si no le gustaran las directrices que Jayden imponía.

Con un golpe seco en el lateral de la piscina, ambos se encontraron haciendo el muerto boca arriba unidos pos sus caderas.

El silbato del entrenador dio de nuevo la señal.

Las parejas de nadadores en los diferentes carriles empezaron a reír, a gritarse y algunas a nadar en círculos a causa de la poca coordinación y la falta de similitud en la velocidad de las brazadas.

Matt y Jayden conseguían seguir un ritmo constante, ya que Jayden indicaba cuando daría una nueva brazada y aquello los mantenía coordinados.

La situación empezó a poner nervioso a Matt, que se desconcentró y perdió el ritmo, debatiéndose entre el sentimiento de hacer bien el ejercicio y acatar fielmente las órdenes de alguien a quien odiaba.

—Vamos, Matt, concéntrate.

—No me gusta ser tu subordinado, ¿sabes? Esto es una práctica de cooperación y no está hecha para que me des órdenes como si fueras mi jefe.

Jayden se separó de Matt bruscamente. Estaban en la otra punta de la piscina, mucho más lejos que el resto de nadadores.

—No te estaba dando órdenes, indicaba un ritmo a seguir. ¿Es que siempre te tienes que poner así de susceptible con todo lo que digo?

—Me pongo como me da la gana, tu problema es que te estás acostumbrando demasiado a ser la estrella, no eres el ombligo del mundo, ¿sabes?

Matt salpicó a Jayden.

—¿Pero a ti que narices te pasa?

—Tú, eres lo que me pasa —Empujó a Jayden hacía el fondo de la piscina como si quisiera ahogarle.

Jayden agarró a Matt por una pierna y lo hundió consigo.

El entrenador apenas era consciente de lo que sucedía, ya que el griterío y las risas del resto de integrantes del equipo le tenían demasiado ocupado.

Matt empezó a golpear a Jayden bajo el agua intentando impactar en su cuerpo.

Su visión era borrosa.

Pero para Jayden, y su vista perfectamente definida, aquello no era un problema y esquivaba cada uno de sus golpes con eficacia y rapidez.

Matt salió a respirar, esperando a que Jayden hiciera lo mismo. Pero no lo hizo. Por el contrario, y aprovechando la privacidad que la revuelta agua le proporcionaba, empujó a Matt contra la pared de la piscina con demasiada fuerza para un simple humano.

Los azulejos se quebraron bajo la espalda de Matt, que empezó a sangrar.

Jayden se lanzó contra él con la fuerza de un delfín y Matt empezó a darle puñetazos hasta que le alcanzó en la cara.

Enzarzados en una feroz lucha, entre la superficie y el fondo de la piscina, no se dieron cuenta de que el agua se estaba tiñendo con la sangre de ambos.

Sus compañeros, alertados por el escandaloso color rosado, los separaron con esfuerzo y los sacaron a rastras.

El corte de la espalda de Matt sangraba a borbotones, mientras que el labio partido de Jayden parecía una herida de varios días.

—Simons, Savage, quedáis expulsados del equipo hasta nuevo aviso. Simons, ve inmediatamente a la enfermería.

La voz del entrenador sonó con eco sobre sus aturdidas cabezas y Jayden ahogó un rugido de frustración.

Jayden jugueteaba con su bolígrafo, pasándolo entre sus dedos a la espera de que Eilean terminara el ejercicio.

Sin darse cuenta, lo dejó reposar sobre sus labios y lo mordisqueó.

—Uix, como me duele.

Eilean le dedicó una mirada reprobadora.

—¿Qué te ha pasado?

—Me he pelado con un tío.

Ella observó la herida.

—¿Hoy? Parece de hace varios días.

Él menó la cabeza y ella no quiso darle más importancia al asunto. Esa era la base de su relación. Los secretos eran simplemente eso, secretos.

—Esta parte del ejercicio no la tengo muy clara.

Jayden acercó su silla a la de ella y empezó a susurrarle la manera exacta de resolver el problema, minimizando así las posibles molestias al resto de compañeros de la silenciosa sala.

Rose se acercó a ellos con varios libros entre sus brazos.

—Hola —susurró.

Jayden levantó la cabeza y Eilean hizo lo mismo.

—Hola, preciosa.

—Soy Rose, ¿tú eres…? —Le tendió la mano a Eilean.

—Soy Eilean, Jayden me está dando clases de álgebra.

Rose sonrió satisfecha al ver la inocencia de los susurros de Jayden en la oreja de la pelirroja desconocida.

—Ah, encantada. Jayden, ¿es cierto que te han expulsado del equipo de natación? —Coqueteó, ignorando deliberadamente la presencia de Eilean.

—Sí, aunque no es permanente. El entrenador quiere que Simons y yo hagamos las paces y nos ha citado el lunes en su despacho —Levantó una ceja, dando a su rostro un aspecto pícaro y desvergonzado.

Rose se acercó a él y le plantó un sonoro beso en los labios. Sin duda, estaba marcando el terreno.

—Menos mal, temía que dejaras de ser mi nadador preferido. Llámame este sábado y hacemos algo divertido —Le lanzó un beso, desapareciendo ante la atónita mirada de Eilean.

—Qué descarada es tu novia.

—No es mi novia, es una amiga.

Eilean hizo un gesto con la cabeza indicando su desaprobación.

—¿Estás celosa?

Sus ojos sinceros se clavaron en los de él.

—Jayden, sé que tienes mucho éxito con las chicas, salta a la vista —Señaló en la dirección por donde Rose se había marchado— pero, sin ánimo de ofender, no eres mi tipo en absoluto, me gustan los chicos más humildes.

Él profirió una risilla sonora que hizo que algunos estudiantes le miraran enfadados.

—¿Y ahora mismo sales con algún chico humilde?

Ella desvió la mirada.

—No, al parecer escasean.

—Todo llegará —Ella le miró extrañada, esperaba otro tipo de respuesta menos compasiva por parte de su sarcástico amigo.

Sonrió y se volvió a concentrar en sus deberes.

El móvil de Jayden empezó a vibrar insistentemente.

Él buscó en el bolsillo de su chaqueta y contestó con un hilo de voz y una mirada lujuriosa.

—Shannon, ¿cómo estás? —Eilean resopló—. Mañana te paso a buscar y desayunamos juntos, no tengo clase hasta las diez.

Ella dejó caer el bolígrafo sobre su cuaderno y se cruzó de brazos.

—Cuelga ya, no puedo concentrarme con tus constantes coqueteos.

—Hasta mañana, preciosa —Su voz era de terciopelo.

—Jayden, te agradecería que dejaras tus flirteos para cuando no estés dándome clases, me distrae y es muy poco profesional por tu parte.

Él suspiró, mientras guardaba de nuevo su teléfono.

—Está bien, no responderé al móvil, pero si alguna amiga se me acerca no pretenderás que no la salude. Aquí todos me conocen —Ella resopló, el acuerdo no le gustaba en absoluto—. Tendríamos intimidad si pudiéramos estudiar en tu casa, o incluso en la mía.

—Sabes que eso no es una opción —Elevó un poco el tono de voz.

—Ah, claro es verdad, porque te doy miedo. Pero a pesar de eso te subes en mi moto y dejas que me acerque para explicarte los ejercicios. ¿Sabes qué pienso? Que eso de que tengo algo diferente que te asusta es todo una patraña porque, en realidad, lo que te asusta es que alguien como yo pueda gustarte y herirte.

Te has montado una vida perfecta con excusas para no dejar que nadie se te acerque pero estás deseando ser una persona normal; eres una hipócrita, lo que realmente te gustaría es que tonteara contigo para volverte popular —Sus últimas palabras sonaron como una rugido feroz que denotaba su irritación.

La gente de la biblioteca empezó a mirarles.

—Eres un creído egocéntrico —Se puso en pie y las lágrimas empezaron a caer por sus mejillas—. ¡Olvídate de mí!

Sus pasos sonaron con eco mientras corría hacia la salida a la mayor velocidad que sus pies le permitían. En su pecho, un dolor agudo por haber dejado a un lado su escudo de sarcasmo frente a él le indicaba lo vulnerable y tonta que había sido al exponerse ante alguien tan superficial como Jayden.

Un escalofrío recorrió la espina dorsal de él. Una de las lágrimas de Eilean había caído en su mano y la miraba atónito, mientras recorría la curva de sus dedos.

Su ira se había descontrolado, al igual que le había pasado con Matt aquella mañana en la piscina. Algo en él estaba madurando y tenía que controlarlo antes de herir a más gente inocente.

Se levantó de su asiento dispuesto a ir tras Eilean para disculparse pero, por mucho que la buscó, no dio con ella.

El trato

Las palabras del entrenador Somerset revoloteaban por su mente como moscas molestas. Le había entregado una carta con la expulsión del equipo durante dos semanas y, durante una larga hora, le había estado hablando sobre el valor del trabajo en equipo, el compañerismo y lo importante que eran las buenas relaciones con los compañeros.

Matt, que también tenía que haber asistido a aquella reunión, cuyo fin era reconciliarlos, había presentado su renuncia a formar parte del equipo de natación aquella misma mañana. El entrenador Somerset se encargó de hacerle saber que, a pesar de que en una situación normal él también debería ser expulsado, no podía permitirse aquel lujo. Jayden era su mejor nadador y la única posibilidad de no quedar en ridículo en el torneo estatal.

Él no encajó demasiado bien la noticia ya que, en el fondo, esperaba poder hablar con Matt para disculparse por su mal comportamiento.

Sus amigos deportistas parloteaban animados comentando los planes para el fin de semana alrededor de su mesa de la cafetería.

Jayden empezó a sentirse aburrido y hastiado de aquella situación. Ya no le parecía tan divertido ser popular y conseguir todas las chicas que quisiera.

Lo que en un tiempo fue emocionante, ahora era simplemente rutina.

Revisó la pantalla del móvil para asegurarse de que Eilean aún no había respondido a sus mensajes y llamadas de disculpa.

Habían pasado dos días y, a cada segundo, los remordimientos se hacían más pesados sobre sus hombros.

Con sus ligeros dedos, volvió a mandarle un mensaje, a sabiendas de que nunca sería contestado.

El rugido de la moto bajo su ventana rompió su escasa concentración en la novela que sostenía entre sus blancas manos.

Saltó de un brinco de la cama y miró por la ventana de su dormitorio.

—Esto tiene que ser una broma —Bufó indignada y voló escaleras abajo para evitar que su madre le dejara entrar en la casa.

Llegó demasiado tarde.

—Eilean, ahora subía a buscarte, está aquí Jayden. Ha venido a traerte unos ejercicios de álgebra.

—Pídele que se marche, por favor.

Jayden la miraba desde la puerta de la entrada sin atreverse a poner un pie dentro de la casa.

—Jovencita, sé más amable. Por lo menos, dale las gracias. Desde que estudias con él, tus notas han mejorado mucho —susurró la última frase.

Ella resopló y salió por la puerta, pasando junto a Jayden intentando no rozarle, hasta llegar a un lateral apartado del porche de su casa.

Él la siguió silencioso.

—¿Qué quieres?

—Vengo a disculparme en persona, ya que no respondes a mis llamadas.

Ella se cruzó de brazos y miró hacia el final de la calle intentando mantenerse serena.

—Perfecto, ya lo has hecho, ahora adiós.

Jayden se puso delante de ella para intentar recuperar su atención. Los ojos de Eilean estaban desprovistos de cualquier sentimiento.

—Me he comportado como un perfecto cretino y siento mucho todo lo que te dije.

—Si lo hiciste es porque, en el fondo, es lo que opinas de mí —Sonrió con ironía.

—Eso no es cierto, y de veras que lo siento mucho.

—La culpa es mía por bajar la guardia y creer que eras buena persona —Resopló.

Jayden bajó la cabeza, abatido. Intentar recuperar su confianza sería una ardua tarea.

—Tienes razón, te mostraste ante mí tal y como eras, dejando a un lado tu máscara de indiferencia y sarcasmo que te protegía, pero no eres consciente de algo muy importante.

—¿De qué?

Los ojos de Jayden brillaron sinceros.

—Ante ti, yo estoy tan indefenso como tú. Contigo yo no soy el nadador estrella del equipo, ni el chico guapo que consigue a todas las chicas que se propone, soy simplemente Jayden y eso te da a ti el mismo poder para hacerme daño.

Eilean se quedó un momento pensativa; aquel detalle era algo que no había tenido en cuenta y le gustó la idea.

—Aun y así, tú me has herido deliberadamente y ya no confío

en ti —Le dio la espalda y empezó a caminar hacia la puerta.

Jayden la frenó cogiéndola del brazo con delicadeza.

—Espera, por favor. ¿No lo entiendes? Contigo puedo ser yo mismo y, créeme, hace meses que ya no sé quién soy. Me he perdido.

Los ojos verdosos de ella se clavaron fieros sobre los suyos destilando sentimientos amargos en sus pupilas.

—¿Tú crees que con pedirme perdón y soltarme todo este rollo yo volveré a confiar en ti? Eres persuasivo, pero no tanto. Me has humillado y eso no te lo perdonaré nunca.

—Te lo estoy suplicando —Su rostro se volvió inocente como el de un niño desamparado—. Últimamente, estoy sufriendo muchos cambios. Mi mundo parece ir a una velocidad que no puedo seguir y mis actos no son los que mi antiguo yo habría considerado correctos. Te pido perdón de nuevo.

Los ojos de Eilean divagaron por la silueta de Jayden sin rumbo fijo y, poco a poco, su rostro se fue dulcificando.

—Deberías hacer carrera de comercial. Eres muy convincente, parece que lo estás diciendo de corazón.

—Así es. Me estás obligando a ser más sincero de lo que nunca he sido con ninguno de mis amigos, si es que se les puede llamar así —Ella suspiró sin saber qué hacer—. Quiero ser tu amigo. Aunque no te lo creas, disfruto de tu compañía y, sobretodo, me gusta nuestra complicidad a la hora de no preguntar sobre nuestras rarezas y secretos.

Eilean no pudo contener una media sonrisa.

—Esta amistad no va a ser fácil, ¿verdad?

—No, pero quizás sea lo mejor de la relación.

Jayden la miraba con una sonrisa inocente que jamás había visto y aquello la convenció para darle una segunda oportunidad.

—Tengo que volver dentro, mañana tengo un examen sobre un libro.

Jayden suspiró desolado.

—Siento haberte herido, no te molestaré más.

Ella sonrió para sí. Realmente, sí tenía poder sobre él cuando se mostraba vulnerable y sincero.

—Yo no he dicho que no nos volvamos a ver. Evidentemente, tardaré en volver en confiar en ti, pero has conseguido que te de una segunda oportunidad.

—Gracias, Eilean. Tú eres la única que puede ayudarme a que vuelva a ser yo mismo de nuevo.

Ella sonrió divertida.

—¿Te refieres al Jayden marginado del instituto? ¿Estás seguro? Ser popular parecía hacerte feliz.

—A mí también me daba esa impresión, pero al parecer el Jayden popular está desprovisto de buenos sentimientos y eso no termina de convencerme. Desde que él manda en mí, no hago más que herir a las personas que me rodean.

Eilean le miró a los ojos intentando sumergirse en el interior de su alma. Aquel chico, que se estaba despojando de su disfraz ante ella, parecía una persona completamente nueva y diferente.

—A tus amiguitas esto no les va a gustar.

Él se encogió de hombros indicando que aquello ya no le importaba.

—Tengo algo que proponerte. Ya he reunido casi todo el dinero que necesitaba y, a partir de ahora, te daré las clases gratis. Eso es lo que hacen los amigos.

—Jayden, no tienes porqué hacer eso, teníamos un trato.

El sonrió descarado.

—Te propongo un trato nuevo. Yo te ayudo gratis, si tú me ayudas a recuperar el espíritu del Jayden que un día fui.

Ella sonrió. Él parecía un escritor sacado de los libros de poesía que estaba estudiando.

—¿Ese Jayden no me hará daño?

—Ningún Jayden volverá a hacerte daño, créeme cuando te digo que lo mal que me he sentido estos días será recordatorio suficiente para no volver a herirte.

Ella movió sus manos y sonrió.

—Entendido. Basta ya de tanta sinceridad, me está abrumando con todo esto.

—Perdón.

Eilean se dirigió lentamente hacia la puerta y le miró por encima del hombro.

—¿Mañana me recoges como siempre?

Él se limitó a asentir con una enorme sonrisa en los labios.

Dhaphiro salvaje

El ruido de las hojas caídas sobre el húmedo suelo del bosque amortiguaba las pisadas del Grupo Especial de Élite del Consejo, encargado de contener a los miembros rebeldes de la comunidad.

Desde hacía varios años, se habían encargado de localizar y reinsertar con éxito en su sociedad a todos los dhaphiros que fueron creados genéticamente por la milicia de Enzo.

Pero faltaba uno.

El interior oscuro de la cueva no fue problema para los ojos diestros de los tres vampiros que entraron en busca del supuesto oso salvaje que tenía atemorizados a los habitantes de Aberfeldy. Los guardabosques habían alertado de la presencia de un fiero animal en los parajes contiguos a la población y el Consejo Escocés había mandado a su equipo antes de que más humanos resultaran heridos.

Bajo el manto protector de la oscuridad, y agazapada contra las rocas cubiertas de musgo, una silueta oscura, inamovible y cubierta de una espesa mata de pelo enmarañada con barro y hojas, rugía a los intrusos que acababan de allanar su morada.

Los vampiros intercambiaron unas miradas de complicidad. Sin duda, era uno de los dhaphiros que habían logrado escapar del laboratorio clandestino de los Túneles de Londres.

Cuando la luz de una de las linternas de los intrusos iluminó la cara del dhaphiro, sus ojos brillaron como el ámbar y un rugido feroz se escapó de su garganta.

—Tranquilízate, no te haremos nada —Uno de los vampiros se acercó con paso cauto.

El dhaphiro le seguía con la mirada y se agazapaba más con cada paso que el intruso daba.

—Creo que no nos lo vas a poner fácil. Jack, prepárate.

Su compañero fijó la mirada en el cuerpo cubierto de barro y mugre que rugía con fuerza.

—Vamos a llevarte a un lugar seguro —Alargó una de sus manos para intentar tranquilizarlo.

El dhaphiro, sintiéndose amenazado, saltó sobre el vampiro, enzarzándose ambos en una feroz lucha que les llevó a rodar sobre el húmedo suelo de la cueva.

El vampiro intentaba apartar a su atacante con sus fuertes brazos, pero el dhaphiro, a pesar de tener una apariencia frágil, se las arreglaba perfectamente para acercar sus afilados dientes al cuello de su agresor.

—¡Ahora!

Jack frunció el ceño y el dhaphiro salvaje se quedo inmóvil. A pesar de su cuerpo paralizado, de su pecho aún salían rugidos desesperados cargados de furia.

—Por los pelos. ¿En qué estabas pensando?, casi me muerde.

—Lo siento, Frank.

El tercer vampiro, que sostenía la lámpara, escrutaba con curiosidad aquel ser paralizado por su compañero.

—Es una hembra.

Sus compañeros se apresuraron a comprobarlo.

Ante ellos, y bajo aquella capa de barro y cabello encrespado, se apreciaban claramente las curvas femeninas propias de una mujer adulta.

—Llevémosla al camión. Jack, no pierdas la concentración. Nuestra pequeña salvaje es muy fiera.

Jack se limitó a asentir, mientras sus compañeros trasladaban el cuerpo petrificado de la dhaphiro hasta un lugar seguro.

Su bolígrafo se deslizaba a toda prisa por la hoja en blanco. En su mente, las palabras de Jayden resonaban recordándole todos los pasos para realizar correctamente el ejercicio.

Él la observaba orgulloso. Eilean aprendía muy rápido. Sus ojos divagaron por la página hasta el márgen superior izquierdo, donde ella había anotado su nombre y la fecha.

Sonrió. Nunca había pensado en lo curioso del nombre de su amiga. Un extraño nombre para una persona distinta de las demás.

—¿Tu nombre tiene algún significado?

El bolígrafo se paró en seco.

—Es una tontería romántica de mis padres —Él arqueó las cejas esperando más información—. ¿Has oído hablar del castillo de Eilean Donan, en Escocia?

Jayden meditó unos instantes.

—Es ese que sale siempre en las postales, ¿no? El que está en una islita alejado de todo.

—Exacto. Resulta que allí se conocieron mis padres. Él era guía del castillo y mi madre una apasionada de las antigüedades, que estaba de vacaciones. Así que, en honor a ese lugar me llamaron Eilean, que significa *isla* en gaélico antiguo.

El sonrió divertido.

—¿Te llamas Isla?

Eilean frunció el ceño demostrando su indignación.

—No te burles de mí.

—No, no lo hago. Es curioso, aunque la historia es bonita. Llamar a su hija con el nombre del lugar donde se enamoraron.

Ella le miró incrédula.

—Vaya, una nueva faceta de tu carácter. No sabía que eras un romanticón.

—No lo soy. No creo en el amor a primera vista, pero la historia de tus padres es bonita.

Eilean cruzó los brazos sobre la mesa y se inclinó hacia adelante. Su cabello tiñó de rojo la pulida superficie.

—¿No crees en los flechazos?

—No creo demasiado en el amor en general.

Ella fingió un puchero.

—Eso es muy triste, ¿no crees?

—Hasta ahora no me ha ido mal.

Jayden intentó que ella volviera a su ejercicio dando por zanjado el tema, pero Eilean quería saber más.

—No me creo que nunca te hayas enamorado —La nostalgia se adueñó del corazón de Jayden, volviendo sus ojos vidriosos como un espejo.

—Una vez sentí algo parecido al amor —susurró con calma, como si las palabras no quisieran salir de su boca—, pero salió muy mal.

Eilean se removió incómoda en su asiento.

—Perdona, no tenía que haber preguntado.

—No, no pasa nada. Aquella experiencia me enseñó que el amor no es para todos. Al parecer, la gente de mi alrededor sí lo ha encontrado pero, por alguna circunstancia, a mí me esquiva.

Ella se apartó el pelo de la cara con un movimiento rápido de la mano y le miró indignada.

—Eso es una tontería. Lo que te pasa es que te hirieron y ahora lo evitas por temor a salir herido de nuevo.

—Habló la experta en relaciones.

Ella le sacó la lengua.

—Por lo menos, a mí no me da miedo que alguien me quiera.

—Eres una mentirosa —Sonrió—. ¿Te tengo que recordar las veces que me tuve que disculpar la semana pasada para que volvieras a hablarme? Si te niegas a una simple amistad, dudo mucho que no lo hagas a una relación romántica.

Eilean miró en silencio su libreta y dejó que las palabras de Jayden revolotearan un segundo por su mente.

—Nunca nadie me la ha ofrecido.

—Claro que no. Vives en tu mundo donde no hay cabida para nadie más. Así no te casarás nunca —Su voz se elevó un tono y despertó la curiosidad de varios alumnos que se concentraban en sus lecturas.

—Hablas como mi madre, pero no eres el más indicado para darme consejos de amoríos, don ligues de una noche.

Jayden fingió una expresión de ofensa.

—Vaya par. La chica marginada y el chico con miedo al compromiso.

Ella sonrió dejando a un lado su ego malherido.

—Parece el título de una película mala.

—Yo iría a verla —Rió.

Ella sonrió animada.

—Yo no, seguro que los actores son malísimos.

Intercambiaron una mirada de burla.

—Somos amigos, ¿verdad?

—Sí, por el momento —Sus ojos brillaron con picardía.

—¿Y por qué no hacemos algo más que estudiar?

Eilean le miró extrañada, mientras empezaba a recoger sus cosas. Ya era la hora de volver a casa.

—¿Cómo qué?

—Vamos al cine —Sus ojos reflejaban el entusiasmo de su idea.

—No lo sé, siempre estoy muy ocupada y tengo mucho que estudiar. Me quiero graduar con buena nota.

—Un simple no, me bastaba —Su voz sonó desprovista de sentimiento.

Ella le miró intentando leer en su rostro lo que pasaba por su cabeza.

—Perdona, estoy actuando como tú —Le sonrió dulcemente—. Debo comprometerme y no tener miedo, ¿no? ¿Qué película propones?

En el rostro de Jayden se dibujó una sonrisa triunfal.

—¿Acción o romántica?

—Aventuras y misterio.

Él resopló.

—Qué complicada eres.

—Claro, lo dice un chico de lo más convencional.

Jayden menó la cabeza intentando no hacer caso de los reproches de su amiga.

—Creo que hay una reposición de *El nombre de la Rosa* en el cine Atenea.

—Vaya, una película vieja y un cine pequeño en la otra punta de donde se suelen reunir los jóvenes. No quieres que nadie nos vea juntos, ¿verdad?

Jayden levantó una ceja desafiante e hizo un gesto con la mano presentando la sala dónde se encontraban.

—Evidentemente, por eso te traigo a la biblioteca de mi universidad, donde nadie me conoce. Eres la chica más estúpida y susceptible que conozco. Baja la guardia conmigo o terminaremos mal —Eilean abrió desmesuradamente los ojos ante su amenaza—. Te propongo esa película porque es un clásico y una de mis preferidas. Además, da la casualidad que encaja en el género de misterio que tú me sugieres —sonrió.

Ella enmudeció durante unos minutos.

—¿Cuándo?

—Mañana por la tarde —Su voz tenia matices de ira.

—Con una condición. Sólo cine.

Él la miró como si hubiera pedido la luna.

—¿Sólo cine? —Ella asintió.

Jayden sonrió. A pesar de lo ridículo de la petición de Eilean, comprendía que quizás, para ella, añadir una cena a la salida sería demasiado para empezar a definir su amistad.

—¿Me recoges a las seis?

—Perfecto —Sus ojos repasaron la superficie limpia de la mesa donde estaban—. Ya veo que has puesto punto y final a la clase de hoy.

—Hablas demasiado y me distraes, eres una mala influencia.

—¡Será posible! —Ella rió, a la vez que se levantaban y se dirigían hacia la salida.

La Cita

Su madre asomó ligeramente la cabeza por la puerta entornada de su habitación. Eilean se miraba en el espejo, intentando que su lacio cabello quedara sujeto por una horquilla en el lateral de su cabeza.

Sobre la cama, había diferentes conjuntos de ropa amontonados, señal inequívoca de que Eilean había dudado a la hora de escoger su vestimenta.

—Qué guapa te estás poniendo.

Eilean dio un respingo, sobresaltada ante la intrusión de su madre.

—Mamá, ¿te importaría llamar a la puerta?

—Perdón —Sonrió sin maldad—. Pensaba que habías quedado con Jayden para estudiar y está claro que tendréis una cita.

Eilean no pudo evitar sonrojarse y la imagen que le devolvió el espejo de sí misma le crispó los nervios.

—No es una cita, sólo somos dos amigos que van al cine, simplemente eso.

Shannon sonrió dulcemente.

—Entiendo, pero no te hagas muchas ilusiones, cariño. Jayden me parece un chico estupendo, pero no creo que sea para ti. Es muy mayor.

—Tiene dos años más que yo, mamá, no es tan mayor —musitó—. Además, no es una cita —Su voz se elevó una octava.

Shannon asintió y le dedicó una tierna mirada a su hija antes de abandonar la habitación.

Las palmas de las manos de Eilean empezaron a sudar, materializando la ansiedad que sentía.

Era perfectamente consciente de que Jayden jamás sentiría nada por ella, ya que no era el tipo de chica con la que él solía salir. Pero, ¿y si estaba equivocada? Si bien era cierto, en aquel momento, con la única que mantenía una relación sincera, aunque sólo fuera de amistad, era con ella.

—No puede ser —Se dijo a sí misma frente al espejo.

Jayden no consideraba aquella salida inocente al cine como una cita, al igual que no la consideraba a ella como algo más que una amiga.

Su corazón se aceleró sin saber exactamente la causa. Su madre había sembrado una semilla de duda que había germinado y crecía por momentos resquebrajando su calma.

¿Y si Jayden quería algo más que amistad?

Ella no se sentía atraída por él, al menos por el momento. Pero Jayden no le desagradaba. Era un chico guapo, simpático e inteligente y, en cierto modo, la comprendía mejor que el resto de personas que la rodeaban.

—Eilean, es una tontería —La pelirroja del espejo le devolvió una sonrisa temblorosa cargada de nerviosismo.

El rugido de la moto de Jayden la alertó de su llegada.

Se quitó la horquilla del pelo para llevarlo como siempre y evitar parecer más arreglada de lo normal y bajó por las escaleras como una exhalación, antes de que él llamara a la puerta.

El dedo de Jayden estaba a unos centímetros del timbre cuando ella abrió la puerta y se abalanzó sobre él.

El golpe fue brusco, pero Jayden no se movió un ápice de su posición.

—¡Ay! ¡Perdona! No sabía que estabas tras la puerta —Se frotó la nariz dolorida.

—Qué prisa tienes por salir conmigo —Sonrió animado sin darle más importancia al asunto.

Eilean enrojeció. ¿Estaba saliendo con Jayden?

Su corazón latía en sus tímpanos como los tambores de una tribu indígena que se prepara para una gran ceremonia.

Jayden se enfundó el casco de la moto y se subió sin dar mucha importancia al color de las mejillas de su amiga, pero cuando Eilean presionó su pecho contra la espalda de él para no caer de la moto, los latidos de su corazón ocuparon sus sentidos.

Notaba el brincar del alterado corazón de ella y las vibraciones se extendían por su cuerpo acaparando todos sus sentidos.

—¿Estás bien? Pareces alterada —Se giró todo lo que su cintura le permitía sin llegar a ver a su amiga.

—Sí —contestó con una voz aguda—. Es que he discutido con mi madre y me ha puesto nerviosa —Su voz sonaba amortiguada por el casco.

Jayden sonrió y, sin darle más importancia, arrancó la moto y se dirigió al cine.

La maravillosa sensación de volar a ras del suelo pareció tranquilizar el ánimo de Eilean, hasta que su mente empezó a divagar imaginándose viviendo cada día aquella sensación.

"Si fuera la novia de Jayden él me llevaría siempre en su moto"

Su corazón dio un vuelco y el cuerpo de Jayden se tensó en respuesta a la vibración.

"No seas estúpida, Eilean. A él no le gustas y a ti él tampoco. Aunque… que yo sepa, jamás me he enamorado. ¿Y si estoy reaccionando así porque él me gusta?"

Meneó la cabeza angustiada, aquello no podía ser.

Jayden paró en un semáforo. El motor de la moto era un ronroneo que le calmaba los nervios.

—Eilean, ¿seguro que estás bien?

—Sí, ¿por qué crees que estoy nerviosa? —Carraspeó—. Estoy bien.

La mente de Jayden empezó a buscar una alternativa, ni mucho menos le podía decir que sentía el latido de su corazón.

—Estás muy tensa y eso se nota en la conducción de la moto.

—Vaya, lo siento.

—No pasa nada —Se sintió culpable ante la mentira—. Relájate, vamos a pasarlo bien. Sea lo que sea lo que ha pasado con tu madre, olvídate. Ahora estás conmigo.

La respiración de Eilean se aceleró. Estaba con Jayden.

¿Quién no querría estar con un chico con su físico, divertido y deportista, que era capaz de entender las rarezas de alguien como ella?

"¿Me gusta Jayden?"

Se mordió el labio confusa.

"Eilean, ten las cosas claras. Él es un amigo y nada más, no te gusta. Pero como mamá te ha dicho eso, ahora te hace dudar. Jayden y yo… menuda tontería. Sí, que chorrada"

Suspiró.

"Jayden y yo…"

Se aclaró la garganta e intentó dejar su mente en blanco.

Él aparcó su moto frente al viejo cine, se quitó el casco, e indicó a Eilean que ya podía bajar.

Ella le miró como nunca antes lo había hecho.

Repasó el contorno de sus manos, su altura y se sumergió en aquellos preciosos ojos grises que hasta aquel momento hubiera jurado que eran azules.

"¡Para! ¿Pero qué estás haciendo? Estoy sugestionada por mi madre, es eso. Jayden no me gusta"

Él la miró alarmado ante la expresión extraña que reflejaba su rostro.

—¿Quieres que hablemos de ello y dejemos el cine para otro día?

—¡¿Qué?! —Su pulso se aceleró y temió que su corazón se le saliera por la boca.

—Digo que si quieres hablar de lo que te ha sucedido con tu madre, pareces muy alterada.

Eilean rió nerviosa al comprender lo estúpido de su sobresalto. Él no sabía qué pasaba por su cabeza.

—Gracias, pero no te preocupes, en cuanto centre mi atención en la película se me pasará todo.

—¿Seguro? Puedes confiar en mí si necesitas desahogarte —Sonrió.

El tiempo pareció pararse para ella.

"Menuda sonrisa".

—Sí, sí. Estoy bien.

Jayden se encogió de hombros y se encaminó hacia la taquilla del cine. Ella seguía sus pasos de cerca evitando mirarle.

Quizás sí sentía algo por él, pero aquello no tenía futuro. Suspiró y decidió olvidarse de sus nuevas apreciaciones.

Jayden le sostuvo amablemente la puerta de la entrada y ella le sonrió.

—Gracias.

—Un placer.

El interior del viejo cine estaba perfectamente restaurado. Hacía poco que lo habían vuelto a tapizar con la clásica moqueta roja y las molduras doradas que le daban un aspecto elegante.

—¿Quieres palomitas? ¿O eso se consideraría cena? —Le dedicó una mirada provocadora a Eilean.

—Sí, quiero —Enrojeció.

"¡Serás boba!"

Jayden se acercó al mostrador y se hizo con una ración de palomitas gigante y dos refrescos.

Eilean le miraba paralizada a pocos metros de distancia, mientras su mente luchaba entre la realidad y sus nuevas fantasías sin fundamento.

Él se le acercó de nuevo con las manos completamente ocupadas y las entradas apresadas entre sus labios.

—¿Me ayudas? —farfulló acercando su cabeza para que ella las cogiera.

—Perdona, estaba embobada mirando los carteles de la pared —mintió.

Con la mano un poco temblorosa, se acercó a los labios de Jayden y cogió las entradas. Revisó el número de la sala y se encaminó hacia la puerta con un gran *dos* metálico.

En el interior, el hilo musical ambientaba la solitaria sala. No había nadie más.

—Creo que estaremos solos, este cine ya no es muy popular y la película menos —Sonrió divertido y se sentó en una butaca hacia la mitad de la sala.

—Qué bien —musitó ella sentándose a su lado.

Jayden la observó, escrutando su rostro en busca de algo que indicara su reciente cambio de humor.

—¿Qué quieres hacer cuando te gradúes?

Ella le miró sonriente.

—Olvidarme del álgebra.

Jayden empezó a reír llenado la sala con su musical voz.

—Lástima, echaré de menos darte clases —Cogió un puñado de palomitas y empezó a comérselas de una en una con la mirada fija en la blanca pantalla.

—Quiero estudiar Veterinaria.

—¿Te gustan los animales?

—A veces más que las personas —Él la miró fingiéndose ofendido—. Más que algunas personas —Se corrigió.

—Yo no les caigo bien a los animales.

Eilean cogió un par de palomitas y se las comió despacio.

—¿Qué quieres decir con eso?

—Los perros me ladran, los gatos me bufan…

Las luces se fueron atenuando y el proyector se puso en marcha arrojando a la pantalla imágenes con los primeros *trailers* de películas de moda.

—A mi gata seguro que le gustas, nunca ha bufado a nadie —Elevó la voz.

—Yo no apostaría por ello.

Jayden volvió a sumergir su mano en las palomitas con la vista sobre la pantalla. Eilean esperaba a que él terminara, para hacer lo mismo. Ni mucho menos quería que sus manos se rozaran.

La película no tardó en empezar y su mente se fue relajando absorbida por la trama de la historia.

Jayden se acomodó en su asiento y su codo invadió el asiento de Eilean rozándole las costillas suavemente.

Su corazón saltó y volvió a latir frenéticamente.

Él no pudo evitar mirarla. Estaba extrañado ante su reacción, la película no ofrecía ningún tipo de estímulo para que ella reaccionara de aquella manera.

Eilean percibió por el rabillo del ojo que los brillantes ojos de él la observaban y su respiración se aceleró al compás de su desbocado pulso.

Él se acercó para preguntarle cerca de su oído si se encontraba bien.

Eilean reaccionó con un salto apartándose de él todo lo que pudo y mirándole con sus verdes ojos abiertos de par en par.

—¡No me beses, aún no sé si me gustas! —Sus mejillas se tiñeron de escarlata.

—¿Qué?

Eilean se vio reflejada en los ojos de Jayden y comprendió al instante que había malinterpretado la situación.

Se levantó y salió corriendo de la sala completamente avergonzada.

Jayden la siguió.

—¡Eilean, espera!

Ella no paró de correr hasta que el aire de la calle refrescó sus mejillas.

"¡Estúpida! ¿Cómo has podido decir eso en voz alta?"

Jayden, al ver que se había parado, decidió acercársele con sigilo y calma.

—¿Estás bien? —Ella asintió sin mirarle—. Siento haberte asustado, sólo quería comentarte algo, no pensaba que creerías que quería besarte. Sabes que sólo somos amigos, jamás se me ocurriría.

—Vaya gracias, es muy halagador —Se mordió el labio. "¿Pero qué estoy diciendo?"

—Espera, espera. Aquí hay algo que no me cuadra. ¿Estás enfadada porque te has pensado que te iba a besar y no lo he hecho o porque has malinterpretado mi acercamiento y te has asustado?

Eilean empezó a repiquetear sus uñas sobre la superficie lisa del casco que sostenía.

—¿Podemos olvidarlo?

Jayden se situó frente a ella obligándola a mirarle a los ojos.

—Así que es eso.

—No.

—Eilean, me encanta tu compañía pero no me gustas de esa

manera y, la verdad, no me gustaría perderte como amiga.

Ella miró hacia el suelo y su cabello le cayó sobre la cara.

—Lo siento, pero es que mi madre ha empezado a hacerme preguntas sobre esta salida y me ha hecho pensar en ti de otra manera. Pero no es que me esté enamorando de ti, ni mucho menos —Su voz apenas era audible.

—Oye, no pasa nada, ¿vale?

Ella le miró por encima de sus pestañas.

—Lo siento, no sé por qué me he comportado así.

—Eilean, lo que yo no quiero es que uno de los dos sufra porque se encariñe demasiado del otro, ¿me entiendes?

Ella le miró con su corazón encogido. Su sinceridad era devastadora.

—Creo que ahí radica el problema.

—¿Qué problema?

Los ojos de Eilean se pasearon por el grabado de las baldosas de la acera.

—No sé cómo se siente uno cuando se encariña demasiado de alguien, creo que nunca me ha pasado, y si me sucede contigo no lo sabré.

Jayden sonrió nostálgico.

—Créeme que lo sabrías. Te sientes débil, pero a la vez eufórico. Cuando ves a esa persona tu mundo se ilumina como si un sol de verano arrojara sus rayos cálidos directamente sobre vosotros y sientes una agradable sensación en el estómago que no te deja ni respirar.

El rostro de Eilean mostraba su preocupación ante la tristeza implícita en las palabras de Jayden.

—Te hicieron mucho daño.

—Demasiado.

Por un segundo, los quebraderos de cabeza de ella desaparecieron embargados por la lástima que Jayden le evocaba.

—Lo siento.

—Es agua pasada y hace mucho que me recuperé de aquello.

—No lo parece.

Él la miró sorprendido. A veces parecía ser completamente transparente para ella.

—¿Me quieres? —Sonrió pícaro para desviar el tema de su corazón roto.

—No —Su latido suave y constante verificaba su respuesta—, creo que mi madre me ha hecho ver cosas que no son.

Jayden sonrió.

—Es un alivio. ¿Volvemos dentro?

—Creo que es la primera vez en la historia que alguien le dice a otra persona que no la quiere y ambos se sienten tan bien.

—¿No es maravilloso?

Jayden se adelantó un paso y volvió a sujetar la puerta para ella.

—Es genial.

Ambos se adentraron de nuevo en la sala y retomaron el hilo de la historia.

Eve

El Director del Laboratorio de Contingencia de Rebeldes presionó una tecla y envió un *e-mail* informativo a todos los Consejos, notificando el hallazgo de una dhaphiro completamente salvaje.

La habían llamado Eve, por las condiciones en las que la habían encontrado.

En la sala contigua, varios doctores con bata blanca se paseaban alrededor del recinto acristalado desde donde Eve les observaba atemorizada en una esquina.

Su aspecto había cambiado notablemente. Se habían encargado de lavarla, vestirla y cortarle un poco aquella larga cabellera chocolate que jamás había sido cuidada.

—Doctor Parker, las pruebas genéticas confirman que Eve es una de los dhaphiros de los Túneles de Londres.

El doctor sonrió a su ayudante, que sostenía varios informes entre sus manos.

—Eso explica su velocidad de crecimiento y que sea salvaje. Habrá estado sola desde que nació.

—Es impresionante que haya podido sobrevivir a sus años de mortal —Los ojos de Eve no se apartaban de ellos—. ¿Cree que podremos rehabilitarla para que se adapte a nuestra sociedad? Por lo que hemos comprobado, al verse privada de cualquier contacto mortal o inmortal, no sabe ni hablar.

El Doctor Parker clavó su mirada en aquellos ojos ambarinos cargados de misterio.

—Eso depende de lo inteligente que sea. Como bien sabe, muchos de los dhaphiros rescatados de aquel terrible experimento apenas alcanzaban el nivel intelectual de un niño de cinco años.

El ayudante asintió.

—Procederemos a realizarle algunas pruebas de aprendizaje para ver cómo responde.

Una mujer de ojos negros y piel pálida como la cera se acercó a la puerta de la celda de Eve.

Con un rápido movimiento, marcó un código de seguridad y la puerta se abrió.

—Hola, Eve. ¿Cómo estás hoy? —Los rugidos de la dhaphiro resonaron por toda la cámara—. No te enfades, sabes que yo no te haré daño.

La científica se sentó en una silla de madera frente a ella y le mostró una lámina con dibujos.

Señaló una sencilla ilustración de una casa.

—Esto es una casa —Los ojos de Eve mostraban su asombro—. ¿Puedes decir casa?

La dhaphiro rugió lentamente intentando dar forma al tono de su voz.

—Ca…

—Casa.

Eve rugió suavemente.

—Casa.

—Muy bien, eso es estupendo.

Algo parecido a una sonrisa se dibujó en el rostro de la dhaphiro.

El doctor y su ayudante observaban en silencio tras el cristal los progresos de Eve, sorprendiéndose con cada nueva palabra que aprendía.

Ella era más inteligente que cualquiera de los dhaphiros huérfanos de los Túneles de Londres.

Su instinto hizo que ocultara su rostro tras la carpeta, al ver a Jayden esperándola con su habitual posición de motorista orgulloso junto a su *CBR*.

Él le sonrió.

—Empezaba a pensar que un grupo de alienígenas te había secuestrado, o algo parecido.

Eilean bajó la mirada.

—No, estoy bien.

—Me estás evitando.

—No.

Jayden posó su mano sobre la carpeta, obligándola a mostrar su rostro por completo.

—No intentes engañarme. Desde hace una semana no recibo más de ti que excusas para no verme. ¿He vuelto a hacer algo mal?

—No, no es eso. Es que estoy preparando los exámenes de primavera y voy muy liada.

—Más excusas.

Eilean evitó mirarle a los ojos.

—Lo siento.

—Está bien —Suspiró intentando controlar sus nervios—. ¿Qué pasa ahora?

—Nada.

Jayden cruzó los brazos para intentar reprimir su frustración.

—Eres muy complicada. A veces, parece que tú sabes todo lo que me pasa por la cabeza, pero yo soy incapaz de ver más allá. Volveré a intentarlo. ¿Qué pasa?

Ella apretó sus manos fuertemente contra su carpeta hasta que sus nudillos se pusieron blancos.

—Me siento avergonzada —musitó con un hilo de voz.

—¿Avergonzada?

—Sí —Sus ojos brillaron con una pizca de ira—. La última vez que nos vimos, me comporté como una adolescente tonta y siento mucha vergüenza de cómo reaccioné.

Jayden rió despreocupado.

—¿Aún estás con eso? Si yo ya me he olvidado. Fue un malentendido y punto.

Ella le miró sin saber cómo reaccionar exactamente. La alegría y la humillación por cómo Jayden no le daba importancia al asunto luchaban en su mente.

—A veces, me haces sentir como una niña pequeña.

—No es mi intención.

—Ahora entiendo a mi madre, cuando dice que no eres adecuado para mí porque eres mayor.

Jayden frunció el ceño molesto.

—¿Eso dice tu madre? Menuda tontería, sólo tengo dos años más que tú y, aunque no lo veas, eres más madura de lo normal en algunos aspectos.

—¿En cuáles?

Él sonrió haciéndose el interesante.

—En los importantes.

Eilean se quedó un segundo pensativa. Aquella respuesta no terminaba de convencerla.

—Defínelos.

Jayden bufó.

—Eres muy responsable y consecuente con tus actos, la mayoría de las veces —Sonrió divertido—. Tienes un carácter fuerte y definido, impropio de tu edad, y sabes diferenciar perfectamente entre lo que es correcto y lo que está mal. Pero…

—¿Pero?

—Por otro lado, eres aún muy inocente y vulnerable, rasgos que se irán difuminado con el paso de los años.

Los ojos de ella se entrecerraron brillando con odio.

—¿Soy una niña que en ocasiones parece adulta?

—Eres una adolescente a la que le faltan muchas cosas por vivir.

Eilean se calló y se limitó a ver como él le devolvía una gentil mirada.

—Pareces más mi hermano mayor que mi amigo.

—Eso no me desagrada —Se subió en su moto con aire triunfal—. ¿Te llevo a casa?

Un suspiro de pura resignación se escapó de la boca de Eilean y, sin replicar más, cogió el casco que él le ofrecía y se subió a aquel vehículo que tanto le gustaba.

El pitido del móvil le indicó la llegada de un nuevo mensaje de texto. Llevaba algo más de quince minutos discutiendo con Eilean sobre si era mejor leer un libro o ver una película en el cine.

Jayden le llevaba la contraria simplemente por el placer de hacerla rabiar y, al ver el sarcasmo implícito en las últimas líneas del mensaje, dio su objetivo por alcanzado.

Una carcajada se le escapó al escribir su nueva réplica.

Sus amigos deportistas le miraban confusos ante su nueva ocupación, que le mantenía alejado de las conversaciones durante toda la hora del almuerzo.

—Jayden, deja ya ese trasto y da tu opinión sobre los planes para la escapada de las vacaciones de primavera.

Él miró a Rose, que le observaba con el ceño fruncido.

—Lo siento, no podré ir. Tengo trabajo.

—¿Clases particulares? —La voz de Steve sonó con una nota de reproche.

—Exacto.

—Al parecer, esa niñita pelirroja te tiene bien cogido.

—¿No sabía que salías con ella? —la voz de Rose sonó llena de asombro.

Jayden guardó su móvil y negó lentamente con la cabeza.

—Simplemente somos amigos.

Steve y Rose intercambiaron una ligera mirada de complicidad.

—Tío, desde que te suspendieron del equipo de natación no has vuelto a ser el mismo.

—Es cierto, Jayden. Hasta las chicas lo comentan. Apenas has salido con nadie estas últimas semanas.

Jayden se pasó la mano por el pelo intentando aclarar su mente.

—¿Me estáis recriminando algo?

—No —Aclaró Steve rápidamente.

Rose le miró enarcando una ceja.

—Claro que sí, intentamos decirte que si no quieres salir con nuestro grupo porque estás a disgusto, puedes buscarte otros amigos cuando quieras.

Jayden entrecerró los ojos.

—¿Me estás echando, Rose?

—Eso lo decides tú.

Él resopló.

Con toda la tranquilidad del mundo, se levantó de la mesa y salió de la cafetería bajo la atenta mirada de los que un día fueron sus amigos.

Para cuando había llegado a la puerta de su taquilla, una sensación agradable se había adueñado de él.

Se sentía como si se hubiera quitado un peso de encima.

Su móvil volvió a emitir un pitido y una gran sonrisa iluminó su cara.

Traslado

Sus labios se movían a gran velocidad, a la vez que sus ojos amarillos captaban las palabras que salían de boca de los médicos y científicos que custodiaban su prisión de cristal.

Su cerebro estaba saturado de nueva información pero, aún y así, era eficaz a la hora de almacenar sus nuevos conocimientos.

Sonrió.

Entendía perfectamente todo lo que las personas que la rodeaban decían con tan sólo leer sus labios.

—Doctor Parker, parece que Eve se ha estancado en su aprendizaje. No es capaz de construir frases complejas, aunque sí de comprender y hacerse entender con palabras simples.

—Es una lástima. Pensaba que estábamos ante una dhaphiro extraordinaria.

La científica de ojos negros pasó una página del informe que sostenía.

—Al parecer, su grado de violencia ha descendido a los mínimos esperados. Yo recomendaría trasladarla al pabellón de rehabilitación para que pueda relacionarse con sus semejantes.

El doctor lo meditó durante unos segundos.

—Creo que es factible, quizás entre el resto de dhaphiros rescatados encuentre el estímulo que necesita para liberar su potencial.

La científica sonrió.

—Dispondré todo para su traslado.

Eve sonrió con malicia.

La cremallera de la mochila, llena hasta arriba con su material deportivo, no opuso demasiada resistencia a las diestras manos de Jayden.

Sin pensárselo dos veces, elevó la bolsa por los aires y la lanzó al fondo de la estantería más alta de su armario.

Al rincón del olvido.

Kate llamó a su puerta con la preocupación perfectamente definida en los rasgos de su cara.

—¿Quieres hablar del tema?

Jayden le dedicó una amplia y serena sonrisa.

—Estoy bien, mamá.

—No puedes estarlo, acabas de dejar el equipo de natación y te encantaba.

Jayden ajustó con cuidado las puertas de su armario y se acercó a su madre.

—Me encantaba ser el centro de atención y, por culpa de eso y las malas compañías, he estado durante muchos meses insoportable.

Kate sonrió dulcemente mientras pasaba su mano por el cabello de su hijo, intentando recolocar una traviesa ondulación.

—Por suerte, has vuelto.

—He vuelto.

El móvil de Jayden, olvidado sobre su mesilla de noche, empezó a sonar con una estridente canción. Él saltó sobre la cama para alcanzarlo.

Aquella canción era la que tenía asignada a Emma.

Kate sonrió y se marchó silenciosa.

—Aquí un padrino casi inmortal, ¿en qué puedo ayudarle?

Las risas se distorsionaron a través del teléfono.

—Jay, estamos cerrando la lista de invitados y necesito saber si vienes solo o acompañado.

—¿Acompañado? No había barajado esa posibilidad.

Emma resopló.

—¿Hay alguien especial que quieras llevar como acompañante?

—La verdad es que se me ocurre alguien, pero no estoy seguro de poder convencerla.

—Te doy de plazo hasta mañana; esto me corre mucha prisa, faltan menos de dos semanas para la boda.

Jayden sonrió al imaginarse el rostro estresado de Emma.

—Tranquila, mañana te llamo. No te agobies, todo saldrá genial.

—Eso espero.

—Cuídate, fea.

—Contéstame pronto —Colgó.

—Menudo estrés —susurró, meneando la cabeza.

Ante Jayden, un nuevo reto se abría paso en sus pensamientos. Convencer a Eilean de que asistiera con él a la boda de Chris y Emma.

No sería una tarea fácil.

Sostuvo el móvil entre sus manos un segundo barajando la posibilidad de llamarla. Se puso en pie y sonrió.

En persona era más persuasivo.

Bajó las escaleras de dos en dos y cogió al vuelo la chaqueta de piel del colgador de la entrada.

—Mamá, vuelvo en un rato, tengo que hablar con Eilean.

Antes de que Kate pudiera responder, la puerta de la calle se cerró con un fuerte golpe.

Las siete manzanas que separaban la casa de Jayden de la de

Eilean no fueron una distancia larga para sus ágiles pies, incluso a una velocidad apropiada para los mortales.

Llamó al timbre con su maravillosa sonrisa esculpida en su cara.

Eilean apareció tras ella.

—Hola, ¿qué haces aquí?

—¿Quién es? —La voz del señor Walls sonó lejana.

—Es para mí papá —gritó.

—Tengo que preguntarte algo.

Ella salió al porche y ajustó la puerta tras de sí.

—¿Qué pasa?

—Verás, mi amiga Emma se casa dentro de dos semanas y me gustaría que vinieras conmigo.

Los ojos de Eilean reflejaron su pánico.

—¡No!

—¿Por qué no?

—Jayden, no te ofendas. Me halagas, en serio, pero ¿qué pinto yo en la boda de tu amiga? Ese es exactamente el acto al que uno debe llevar a su novia.

Jayden llenó sus pulmones de aire, venía preparado para las réplicas.

—También se puede llevar a una buena amiga.

—Lleva a otra.

Él negó con la cabeza sin apartar sus ojos de los de ella.

—No tengo más.

—Rose, aquella chica de la biblioteca, seguro que está encantada de que la lleves.

Él puso su mano sobre la pared donde Eilean estaba apoyada, tomando una posición amenazante sobre ella.

—Quiero llevarte a ti.

Eilean tragó saliva sonoramente.

—¿Por… por qué?

—Te has convertido en mi mejor amiga —Volvió a su posición normal—. Me divierto contigo, con nuestras peleas y me apetece que compartamos esto.

—Es raro.

—Quieres dejar de analizarlo todo y pensar por una vez en divertirte —Su voz sonó amenazante.

Sus ojos conectaron durante unos segundos hasta que ella parpadeó rompiendo el enlace.

—Lo siento, pero no me parece adecuado.

—Por favor —ronroneó.

Ella negó con la cabeza.

El rostro de Jayden reflejó al instante su decepción y ella bajó la mirada sintiéndose culpable.

—Si te enfadas, lo entenderé.

—Oye —Inclinó la cabeza en busca de sus ojos—. No me enfado, me hubiera gustado que vinieras, pero no te obligaré —Sonrió.

—No se me da muy bien esto de ser amiga de alguien.

—No lo haces mal, pero eres muy distinta al resto de la gente —Le guiñó un ojo con burla.

—Tu tampoco eres normal —Hizo un gesto con la mano señalándole.

—No lo sabes.

Ella sonrió pagada de sí misma.

—Sí, sí lo sé.

—Hace tiempo que no pensaba en ello, pero me gustaría conocer tu secreto.

—Cuéntame tú el tuyo —Jayden sonrió despreocupado apoyándose en la pared junto a ella.

—No existe ningún secreto.

—¿Me tomas por tonta? Eres diferente y lo sabes, aunque ahora te quieras hacer el loco.

Jayden le clavó sus brillantes ojos grises intentando leer en su mente.

—Si vienes a la boda conmigo, te lo cuento.

Eilean abrió la boca, emitiendo un gritito de ofensa.

—Chantajista.

—Se hace tarde. ¿Te apetece hacer algo el viernes?

Eilean siguió, con los ojos entrecerrados de pura indignación, el recorrido de Jayden mientras se alejaba del porche de su casa.

—Llámame —Su voz era seria.

Él se despidió con la mano, mientras desaparecía por la calle.

Descubrimiento

Los grandes ventanales con barrotes iluminaban a la perfección la enorme sala de ocio del pabellón de rehabilitación destinado a los huérfanos de los Túneles de Londres.

Eve, sentada en una silla en una punta de la habitación, observaba su entorno con atención, memorizando cada rostro y cada palabra que emitían sus compañeros.

Ella era la mayor de los dhaphiros rescatados, a causa de su desarrollado gen del crecimiento. El resto de huérfanos rondaban entre los doce y los quince años de edad.

Una dhaphiro de las más jóvenes se le acercó sonriente. Las similitudes físicas entre ambas las hacían parecer hermanas.

—Hola —Sonrió—. ¿Eres una enfermera?

Eve la observó con curiosidad. A pesar de aparentar más de diez años, hablaba como un niño mucho más pequeño.

—No, soy una huérfana, como tú.

—Mi mamá murió en el accidente, ¿la tuya también?

—¿Qué accidente?

La niña corrió hacia una mesa y cogió un folio donde había dibujado una escena en la que una habitación se consumía por las llamas.

—Todos vivíamos aquí, pero ellos lo quemaron y mataron a nuestras mamás —susurró sin que las enfermeras la oyeran.

Eve miró curiosa el dibujo de la pequeña. Ella no recordaba nada.

Uno de los enfermeros vio como la niña se exaltaba al describirle con las manos la explosión y el incendio de los Túneles.

—Nine, vuelve a tus tareas o te castigaremos en la celda oscura.

La niña abrió sus ojos ambarinos de par en par y corrió hacia su mesa.

Eve bajó la cabeza y empezó a juguetear con uno de los mechones de su pelo, aparentando ser frágil e inocente.

El olor a humo le llenaba los pulmones y no la dejaba respirar correctamente.

Se hallaba tumbada en una camilla en una sala de paredes curvas y la gente de su alrededor, vestida con batas blancas, corría alarmada por toda la estancia.

Se sentó en el borde de la camilla y una barriga enorme y redondeada le llamó la atención.

Un dolor agudo hizo que se doblara sobre sí misma.

Una bella mujer de cabello lacio se le acercó alarmada.

—He de sacarte de aquí, tenemos que poner a salvo a tu hijo. El Consejo ha mandado a su ejército para mataros a todas.

Unos hombres vestidos de militares irrumpieron en la sala y empezaron a pelearse con los médicos de las batas blancas.

El dolor era insoportable.

Gritó.

Sus ojos tardaron apenas unos segundos en reconocer su habitación a oscuras. Las imágenes de la real pesadilla inundaban su mente y una sensación fría recorría su cuerpo.

No tardó en darse cuenta de qué era lo que le había sucedido. Durante toda su vida, aquella pesadilla había inundado su subconsciente pero, hasta el día en que la rescataron, no había comprendido quiénes eran aquellos hombres ni qué eran los extraños sonidos que salían de la boca de aquella mujer.

Eran los recuerdos de su madre, impresos en su cerebro de bebé cuando aún estaba en el vientre materno.

Una oleada de ira la inundó.

Aquellos hombres que la habían capturado como a un animal, apartándola a la fuerza del único mundo que ella había conocido, eran los responsables de la muerte de su madre y de su propia desdicha.

Ahogó un leve rugido y sus ojos brillaron en la oscuridad como los de un gato salvaje.

Sonrió ampliamente al comprobar que la sombra que proyectaba su árbol favorito del campus estaba libre. Miró en todas la direcciones para asegurarse de que Matt y Penny no se estuvieran acercando para ocupar su habitual lugar y se preparó para tomar posiciones.

Había añorado tanto aquel árbol.

La brisa de la primavera y los brillantes rayos de sol definían a la perfección su buen humor en aquella tranquila mañana.

Abrió sus apuntes y se preparó para una provechosa sesión de estudio al aire libre.

Unos pasos amortiguados por la hierba reclamaron su atención.

Era Matt.

—Hola.

El rostro de Jayden reflejó al instante su disgusto.

—Yo he llegado primero. Dile a Penny que hoy os buscaréis otro nidito de amor —Intentó localizar a aquella chica que tanto le irritaba.

Matt se mordió el labio inferior.

—Penny y yo hemos roto.

—Lo siento.

—¿Puedo sentarme contigo?

—Sí —Jayden se sorprendió del tono afable de la conversación.

Matt se recostó contra el tronco del árbol y dejó que sus ojos vagaran por la copa llena de hojas verdes recién nacidas.

—Me han dicho que tú también has dejado el equipo de natación.

—Así es, he descubierto que ser una estrella deportiva no es beneficioso para mí.

Jayden pasó la mano por el césped intentando desvanecer la incomodidad de aquella extraña situación.

—Qué curiosa es la vida.

—¿A qué te refieres?

Matt se aclaró la garganta.

—Cuando empezó el curso, éramos amigos inseparables y ahora prácticamente ni nos hablamos.

—Yo diría más que eso. Casi nos ahogamos mutuamente la última vez que nos vimos —Rió divertido.

Matt Sonrió.

—¿Qué nos ha pasado?

—Es sencillo, tú encontraste una novia que me odiaba y yo me volví excesivamente popular.

—Penny no te odiaba.

Jayden le miró con una ceja levantada y los ojos cargados de sarcasmo.

—¿No?

—Bueno —Rió—. Quizás un poco si te odiara, en realidad por eso rompimos.

—¿La dejaste porque me odiaba?

Matt se inclinó hacia delante para ponerse a la altura de su amigo.

—No exactamente. No comprendía que me extrañara tu actitud y que me preocupara por tus idas y venidas.

—¿Estabas preocupado por mí?

—No te lo creas demasiado —Le dio un puñetazo amistoso en el hombro—. Sólo me preocupé al principio, luego empezaste a caerme mal a mí también.

Jayden inclinó la cabeza a la vez que asentía.

—Tú también a mí.

Se miraron intercambiando unas sonrisas inocentes.

—Estamos en paz, supongo.

Matt volvió a recostarse sobre el árbol y cerró los ojos disfrutando de la brisa primaveral.

—Me gustaría que todo volviera a ser como antes.

—¿Te estás disculpando?

Los ojos de Matt se abrieron de par en par.

—Deberías disculparte tú. ¿Sabías que me tuvieron que dar cinco puntos en la espalda?

Jayden bajó la mirada avergonzado por el fantasma de sus malas acciones.

—Tienes razón, lo siento.

—Yo también —musitó—, no ha sido todo culpa tuya.

El silencio se cernió sobre ellos y los minutos pasaron lentamente al son de sus heridos corazones.

—Me gustaría recuperar tu amistad —La voz de Matt no era más que un leve susurro que se llevó el viento.

—Y a mí la tuya —Sonrió—. Dicen que estos baches hacen más fuerte la relación si se superan.

—Me gustará comprobarlo —Se sonrieron—. ¿Cómo se llama tu novia?

Jayden hizo una mueca confuso.

—No tengo novia.

—¿Y la pelirroja?

Jayden soltó una carcajada divertida.

—Sólo somos amigos, le estoy dando repaso de álgebra.

Matt asintió sonriente.

—Yo he conocido a alguien.

—¿En serio? Espero que ésta no me odie —Soltó una carcajada burlona.

—No creo, es muy distinta a Penny, se llama Gabrielle. Nos conocimos hace un par de semanas. Es la nueva recepcionista de la consulta de mi padre.

Un escalofrío recorrió la espina dorsal de Jayden al recordar al padre de Matt. Nunca le había gustado la manera como le miraba e intentaba analizar sus actos con aquellos pequeños ojos de psiquiatra.

—Me alegro mucho por ti —Agitó la cabeza para borrar la imagen del padre de Matt.

—Teníamos pensado salir a cenar mañana a la pizzería nueva que hay frente la bolera, ¿por qué no vienes?

Jayden sonrió. Le alegraba mucho volver a contar con Matt. Hasta aquel preciso momento, no se había dado cuenta de cuánto le había echado de menos.

—Será un placer.

—Tráete a la pelirroja, si quieres.

—Se lo propondré. Por cierto, se llama Eilean.

Matt arrugó la frente.

—Nunca había oído ese nombre, es bonito.

Jayden sonrió al pensar en el significado del nombre de su amiga y, por un momento, se vio transportado a los verdes parajes de Escocia.

Su vida estaba retornando a un perfecto equilibrio.

Elle

Se sacó el casco entre lamentos ahogados bajo la atenta mirada de un divertido Jayden.

—Aún no sé cómo me he dejado convencer para hacer esto.

—¿Qué tiene de malo?

Eilean abrió exageradamente sus brillantes ojos verdes.

—Son tus amigos, ¿y si nos les caigo bien?

—Les caerás bien, además yo aún no conozco a Gabrielle, ¿y si es ella la que no nos cae bien?

—Creerán que soy una cría de instituto y se preguntarán por qué me has traído —Jayden la empujó para que empezara a andar camino a la pizzería—. No sé qué hago aquí.

Se plantó frente a ella con los brazos cruzados sobre el pecho.

—Has venido a cenar y a pasártelo bien con más gente, algo nuevo para ti —Le guiñó un ojo.

Eilean llenó de aire sus pulmones y lo dejó salir lentamente antes de proseguir con su camino.

La pizzería estaba llena de gente que se reía y parecía estar disfrutando de su cena.

Jayden localizó enseguida a Matt, sentado junto a una chica de su misma edad. Sin lugar a dudas, era Gabrielle.

Le dio un pequeño empujoncito a Eilean, que parecía haber echado raíces en el suelo y se acercaron a ellos.

—Hola —Jayden sonrió sin muchas ganas.

—Ya habéis llegado, que bien. Os presento a Gabrielle.

Ella le estrechó la mano a Jayden y ambos intercambiaron una fría mirada.

—Prefiero que me llaméis Elle, es más corto —Sonrió de una manera muy dulce y cautivadora.

Eilean empezó a sentirse incómoda y se escondió tras la espalda de Jayden.

Matt asomó la cabeza.

—Tú debes de ser Eilean.

—Sí —La voz se le quebró—. Encantada.

Todos se sonrieron cordialmente y los recién llegados se sentaron a la mesa.

La camarera se les acercó con las cartas y cada uno de ellos empezó a estudiar el menú con detenimiento.

Los sagaces ojos de Jayden observaban los movimientos de Elle.

El cabello castaño le caía con perfectas ondulaciones sobre su cara ovalada, haciendo resaltar sus perfectos ojos azules.

Jayden ahogó un rugido.

Eilean pareció percibir su incomodidad y se asombró a sí misma al ver que también estaba estudiando a Elle.

La camarera se les volvió a acercar con una sonrisa teatral.

—¿Ya sabéis que queréis?

—Sí —Elle sonrió—. Por cierto, es precioso este escarabajo egipcio que hay dibujado en la carta.

Jayden le dedicó una mirada desafiante.

La camarera pareció dudar un momento y miró a los acompañantes de Elle.

—Representa el corazón del faraón —musitó.

—Interesante —Matt parecía distraído mientras seguía leyendo el menú.

—Hoy creo que no me saltaré la dieta —Cerró la carta y miró de nuevo a la camarera—. Me traes un zumo de fruta, si puede ser en el mismo envase y con una cañita.

La camarera asintió.

—Elle, ya te he dicho muchas veces que estás estupenda. Me preocupa que no comas.

Ella dejó caer su peso sobre el hombro de Matt.

—Eres un encanto, pero estoy bien.

Jayden respiró hondo.

—Para mí una pizza de atún y champiñones.

La camarera tomó nota del pedido de Matt y sonrió a Eilean a la espera de su elección.

—Yo quiero una de bacon con jamón.

—Para mí lo mismo —Añadió Jayden con un tono neutro de voz.

La camarera le sonrió aliviada.

—¿Para beber?

Jayden miró a Eilean.

—¿Una cola? —Ella asintió—. Para nosotros dos colas.

—Otra para mí —Añadió Matt.

La chica garabateó en su bloc las bebidas y desapareció en dirección a la barra.

Elle parecía pletórica.

—Eilean, me ha dicho Matt que estás en tu último año de instituto —Ella se limitó a asentir nerviosa—. Mucha suerte en los exámenes finales.

—Gracias.

—Recuerdo el día de mi graduación como si fuera ayer. Ya verás, es una experiencia preciosa.

Jayden le dedicó una fría mirada que sólo fue perceptible por Elle.

La camarera se acercó con las bebidas y las repartió eficazmente, dejando para el final el zumo de frutas, de envase de aspecto extranjero.

Matt empezó a reírse de Elle al ver cómo le sentaban los zapatos de la bolera con el vestido azul que llevaba.

—No sé por qué os habéis empeñado en hacer una partida de bolos, estos zapatos son ridículos.

Eilean se rió, a ella tampoco le gustaban.

—Vamos, Eilean. Te enseñaré a tirar.

Ella se puso en pie y se acercó hasta el carril que les habían asignado.

Jayden esperó a que se encontraran lo suficientemente lejos para sentarse junto a Elle, que no apartaba los ojos del trasero de Matt.

—¿A qué estás jugando? —rugió.

—Al parecer, a lo mismo que tú —Sus ojos no se apartaban de su pareja.

—Eres un vampiro, no puedes salir a cenar con mortales como si fueras una de ellos.

—Claro que puedo, ¿es que no lo has visto?

Intercambiaron una dura mirada.

—Algún día, Matt se dará cuenta de que no comes.

—Algún día, Eilean se dará cuenta de que no envejeces —Le replicó con sorna.

—Ella es sólo una amiga para mí. Además, mi caso es distinto, yo puedo fingir ser humano con más eficacia.

Elle le miró de pies a cabeza para, finalmente, clavar sus ojos azules en los de Jayden.

—Eres un dhaphiro muy bien camuflado, pero yo también

estoy integrada y, sinceramente, nada de lo que me digas me apartará de Matt —Volvió a mirarle—. Me gusta mucho.

—¿Te has enamorado de un mortal?

Ella le devolvió una mirada dulce y sincera.

—Sí, es lo más probable.

—Supongo que conoces las normas —Ella asintió—. ¿Y crees que él será aceptado por un Consejo y lo dejará todo por ti?

Elle se encogió de hombros.

—Es pronto para saberlo, apenas hace dos semanas que salimos.

Los ojos de Jayden se entrecerraron con el brillo de la amenaza en ellos.

—No le hagas daño, ni le pongas en peligro.

—No es mi intención, te lo prometo —Sonrió y volvió a fijarse en Matt que se reía de los tiros fallidos de Eilean.

Las ondulaciones del cabello de Jayden volvieron a su lugar exacto en cuanto las liberó de la presión que el casco ejercía sobre ellas.

—No ha sido tan horrible, ¿no?

Eilean sonrió animada.

—Matt es muy divertido y Elle... —Hizo una mueca extraña con la boca—. Es simpática.

Jayden se sumergió en la falsa expresión de Eilean para leer su auténtico significado.

Tal vez, ella había percibido que Elle era diferente, al igual que le pasaba con él.

—¿No te ha caído bien?

—No, no, es estupenda —Miró distraída su reloj de pulsera—. Tengo que irme, gracias por todo.

Jayden sonrió. La había puesto nerviosa y aquello contestaba a su pregunta.

—Te llamo.

—Perfecto —Se despidió con la mano y desapareció en el interior de la casa.

Eilean subió a toda prisa las escaleras hasta llegar a la seguridad de su habitación y empezó a hacer cálculos con los dedos.

En Londres era muy temprano, pero su abuela siempre madrugaba mucho.

Cogió su teléfono móvil y marcó un número sin pensárselo demasiado.

Enseguida obtuvo respuesta.

—¿Nana? Soy yo, creo que le pasa algo raro a mi don.

Felices para siempre

Con un pulso firme y perfecto, Iris terminó de colocar las pequeñas rosas blancas en el cabello de su hija.

Emma intentaba memorizar cada rasgo del reflejo de sí misma que le devolvía el espejo. Se veía hermosa vestida de novia, con su cabello recogido a un lado.

Sus ojos verdes contaban la historia de una vida llena de amor y felicidad.

Kate y Galatea se cogieron de la mano e intercambiaron una dulce mirada. Aquel era un día muy especial para la familia que habían formado entre todos.

Unos suaves golpes en la puerta advirtieron a la nerviosa novia de que había llegado la hora.

Emma sonrió y se puso de pie, alisando con la mano los pequeños pliegues que se habían formado en la organza de su vestido.

—Adelante —Su voz aparentaba una calma divina.

Jean apareció tras la puerta acompañado de un curioso Jayden.

—Cariño, estás preciosa —Ella sonrió—. Todos los invitados ya están en sus asientos, ha llegado la hora.

Emma suspiró.

Kate y Galatea salieron de la habitación dedicándole unas últimas miradas de ternura a la hermosa novia.

Iris se acercó a su hija y, con mucho cuidado para no estropearle el maquillaje, la besó en la mejilla.

—Muchas felicidades, mi niña.

—Gracias, mamá —La voz de Emma se quebró y, por una vez en su corta vida de dhaphiro adulta, agradeció su incapacidad para llorar, mientras seguía con la mirada a su madre que abandonaba la estancia.

—Hola, fea.

—Hola, enano —Sonrió divertida—. Está guapísimo de esmóquin.

Jayden imitó una pose de modelo cruzando los brazos sobre su pecho y mirándola con descaro.

—¿A que soy el padrino más guapo del mundo?

—Eres el mejor padrino del mundo —Se abrazó a él en un arrebato de ternura.

Jayden la rodeó con los brazos. Siempre le parecía curiosa su reacción a las muestras afectivas de Emma. Con otras mujeres, era incapaz de sentirse tan cómodo y sincero como lo era con ella.

Su amor puro y fraternal era la clave de su natural intimidad.

—Se me olvidaba darte esto —Jayden le ofreció un ramo de orquídeas lilas que caían en forma de cascada.

—Es precioso.

—Jayden, se hace tarde. Ve hacia el jardín y dile a Anthony que la ceremonia ya puede comenzar—. Jayden sonrió y salió por la puerta con una dulce sonrisa dibujada en los labios.

Los ojos de Emma y Jean se encontraron.

—Que rápido has crecido mi chiquitina.

—Era inevitable, pero sabes que siempre seré tu niña.

Ambos se abrazaron y el corazón de Emma se desbocó. Estaba a punto de casarse.

El rumor del bosque del pequeño hotel era la ambientación perfecta para aquella inusual boda.

Por las condiciones que una boda de semejantes características requería, los novios habían decidido celebrar una ceremonia íntima en un diminuto hotel rural a las afueras de Oregón.

Exceptuando media docena de invitados mortales, el resto se repartía por partes iguales entre vampiros y dhaphiros, muchos de ellos compañeros de trabajo de Chris en el Departamento de Seguridad del Consejo.

Los últimos rayos de sol se desvanecían entre colores púrpuras y violáceos en el horizonte.

Bajo una hermosa carpa de color burdeos, decorada con orquídeas blancas y rosas rojas, los invitados inmortales se guarecían de los restos de luz, a la espera de la llegada de la novia.

Al final de un pasillo, custodiado por amigos y familiares, esperaba un nervioso Chris.

Jayden se acercó seguro hacia el altar.

—Ya podemos comenzar.

Anthony, el padre a efectos prácticos de Chris, ya que había sido él quien le había convertido en inmortal, había sido el escogido por los novios para oficiar la sencilla ceremonia, ya que ninguno de los dos era devoto creyente y lo extraordinario de la situación permitía dejar volar su creatividad.

Chris le dedicó una ansiosa mirada a Jayden, que corría para sentarse junto a su madre.

Jayden levantó el pulgar en un pequeño intento por sosegar los nervios crispados de su amigo.

Casiopea Geller, una nueva amiga de Jean, empezó a tocar un piano de cola blanco situado en un extremo de la adornada carpa.

Los invitados al completo, a sabiendas de lo que aquella música que invadía el lugar significaba, se giraron para ver avanzar una hermosa Emma cogida del brazo de su orgulloso padre.

Los ojos de la novia recorrían los montones de rostros familiares que le sonreían y le dedicaban palabras hermosas a medida que avanzaba.

Su respiración se aceleraba con cada nuevo paso, temiendo hiperventilarse presa de los nervios de la situación.

Jean notó como la mano de su hija se aferraba fuertemente a su brazo.

Un terrible estado de ansiedad se estaba apoderando de ella, mientras su corazón latía feroz contra sus costillas.

Intentó fingir una sonrisa, mientras sus ojos deambulaban por los rostros cada vez más borrosos de sus invitados.

Hasta que miró hacia el altar.

Chris había percibido que algo no iba bien y sus preocupados ojos estaban clavados en los de ella.

Emma le miró y una conexión invisible les unió al instante.

Él oyó como los latidos de ella se ralentizaban, asemejándose cada vez más a los suyos, hasta que prácticamente latían como uno solo en sus oídos.

A medida que se acercaba más a él, el pánico y la ansiedad se difuminaban en la mente de Emma.

Jean suspiró. Había barajado por un momento fugaz, la posibilidad de que Emma no quisiera casarse.

—Muchas felicidades a los dos —Jean le tendió la mano de Emma a Chris y éste, sin dejar de mirar a la hermosa novia, le dio las gracias a su futuro suegro.

—Estás preciosa.

—Tú tampoco estás nada mal —Sonrió despreocupada.

La melódica música de piano paró, dando comienzo a la ceremonia.

＊＊＊

Culminó la montaña de comida de su plato con un panecillo y sonrió ante el copioso buffet de la boda.

Sin duda, una elección perfecta para disimular que la mitad de los invitados se limitaban a tomar tazas de *café*, que una corte de eficientes camareros se afanaba a retirar de las mesas prácticamente antes de que se apurara su contenido y algún mortal notara el color rojizo de los posos.

Los novios se paseaban por las mesas, repletas de divertidos invitados intercambiando anécdotas y comentando la belleza de la novia.

Jayden se sentó en la mesa principal, junto a Galatea y empezó a devorar su plato.

—Qué boda más bonita —La voz de Kate sonaba cargada de romanticismo—. Espero que algún día la tuya sea así —Suspiró.

Un trozo de pollo se le atragantó en la garganta a Jayden y se apresuró a beber un trago de agua.

—Para el carro, mamá, que aún no he cumplido los veintiuno.

Galatea disimuló una pícara risa, mientras intercambiaba una mirada de complicidad con Iris y Jean.

—Tranquilo, hijo. No digo que te vayas a casar mañana, pero sí que me gustaría que algún día lo hicieras.

Jayden resopló. El amor, y mucho menos el matrimonio, no estaba en absoluto en sus planes de futuro.

Chris se acercó a la mesa, acompañado de un hombre de cabello rubio y aspecto rudo.

—Jean, te presento a Simon Jones. Es el coordinador del equipo de rescate de los dhaphiros huérfanos.

Los ojos de Jean se iluminaron como dos faros de coche en medio de la noche.

—Encantado de conocerle, Sr. Jones —Le tendió la mano nervioso.

—Llámame Simon, por favor.

Chris sonrió divertido a Iris, que había puesto los ojos en blanco. Llevaba semanas acribillando a preguntas a su futuro yerno sobre si algún alto cargo del Consejo asistiría a la boda y poder resolver, así, sus preguntas sobre los temas más ocultos y peliagudos de su sociedad secreta.

—¿Quieres bailar, Iris?

—Será un placer, Chris. Algo me dice que si no bailo ahora contigo, no tendré otra ocasión en toda la noche.

Todos rieron, a excepción de Jean y Simon, que habían entablado una seria conversación sobre el incidente sucedido en Londres.

Galatea le tendió la mano a Kate y ambas también se dirigieron a la pista de baile.

Jayden, dispuesto a terminar con los restos de comida de su plato, empezó a sentirse atraído por la conversación que mantenían Jean y su nuevo amigo.

—A decir verdad, Jean, esto que te voy a contar lo hago como un favor personal a Chris, porque es alto secreto —Bajó la voz hasta que fue un leve susurro prácticamente inaudible para Jayden—. Hace unas semanas que encontramos a la última dhaphiro huérfana. Al principio, parecía ser algo excepcional, ya que ha alcanzado su estado adulto pero, al igual que el resto, no supera el coeficiente intelectual de un niño de cinco años.

—Es sorprendente, adulta. Ha tenido que desarrollarse a una velocidad impresionante.

—Sí —Su voz sonaba cargada de un mal fingido misterio—.

Está recluida junto a los demás y es increíble ver cómo está aprendiendo a relacionarse con el resto.

—Impresionante.

Jayden, aburrido de la falta de sustancia de los cotilleos del Consejo y a la vista del fondo de su plato, buscó en la sala alguien con quien hablar. Por suerte, Chris estaba sirviéndose una taza de *café*.

Sin que Jean y Simon se dieran cuenta, se levantó y se acercó en busca de su amigo.

Anthony se le adelantó y empezó a hablar con Chris. Parecía que hubiera una conspiración en aquella boda contra Jayden para que no pudiera pasar un rato divirtiéndose con sus amigos.

Pensó en volver a la mesa, pero era demasiado tarde, Chris le había visto y le hacía un gesto con la mano para que se acercara a ellos.

Otra conversación por compromiso, justo lo que menos le apetecía en aquel momento.

—Anthony, quiero presentarte a Jayden —Ambos se estrecharon la mano cordialmente—. Es prácticamente el hermano pequeño de Emma.

—Es todo un placer.

—Igualmente, tengo entendido que eres el... —Agudizó su olfato para asegurarse de que ningún mortal estaba cerca— creador de Chris.

—Sí, así es. No me quedó más remedio —Chris rió divertido.

—¿Cómo fue? —Sonrió, por fin había algo interesante que oír. Anthony le dedicó una cordial mirada a Chris.

—¿Quieres contarlo tú?

—No, hazlo tú, en realidad mi esposa me reclama —Hizo un gesto con la cabeza hacia donde estaba Emma—. Creo que quiere presentarme a alguien, si me disculpáis.

Ambos vieron como Chris se perdía entre la multitud de la sala.

—En fin, te contaré yo la historia —Jayden se limitó a asentir ansioso por conocerla.

Oahu, Hawai 7 de Diciembre de 1941.

Las pisadas en las escaleras metálicas alertaron a los muchachos de la inminente llegada de un superior a la sala de máquinas del barco.

Chris, el más joven de ellos, se apresuró a meter en una caja de madera las cartas y las tuercas que hacían las veces de fichas de póker.

—Cabo Morgan, el Capitán quiere verle en cubierta ahora mismo.

—Sí, señor —El compañero del chico subió a toda prisa por las escaleras y desapareció en un instante.

—¿Qué tiene en esa caja, Cabo Bowen?

—No es nada señor.

—No me mienta muchacho, o terminará fregando la cubierta el resto de días que dure esta guerra.

Chris le mostró el interior de la caja y el Capitán sonrió.

—¿Póker?

—Sí, Capitán.

—Demonios, Cabo, no me importaría jugar un par de manos. Esta tranquilidad me está alterando los nervios.

Chris sonrió, y su superior tomó asiento frente la improvisada mesa que habían hecho con una caja de madera.

Los minutos fueron pasando rápidamente, mientras ambos dejaban a un lado sus rangos y disfrutaban de su mutua compañía.

Un estruendo lejano les sacó de su estado jovial.

—¿Ha oído eso, Capitán?

—Sí —Se puso en pie dispuesto a averiguar qué era lo que sucedía en cubierta.

Apenas había avanzado unos peldaños en la escalera de metal, cuando un estruendo mayor, acompañado de una fuerte onda expansiva y una gran vía de agua, le hizo caer de las escaleras golpeándose fuertemente contra el suelo.

—¡Capitán Wood, nos están atacando!

Anthony se puso en pie, asegurándose de que no había sufrido daños graves.

—¿Estás bien, muchacho?

—¿Qué?

—¡Digo que si estás bien! —Chris negó con la cabeza. No podía oírle a causa del ruido de la explosión.

Anthony se le acercó y comprobó que tenía una brecha en la frente que no dejaba de sangrar; a pesar de ello, parecía estar bien.

Chris estaba inmóvil, sin poder apartar la vista de lo que minutos antes habían sido las escaleras que llevaban a la cubierta.

—Están destrozadas. No podemos salir de aquí.

El agua salada entraba a borbotones por el agujero que el torpedo había hecho en el casco del barco. Por suerte para ellos, el impacto no había sido directo.

—Reacciona, Cabo. Hemos de encontrar la manera de salir de aquí; está claro que este barco se hundirá en minutos.

La mirada de Chris seguía fija en las maltrechas escaleras, mientras el agua ascendía implacable hasta sus rodillas.

Los gritos de los heridos en la cubierta y las bombas que

explotaban por todas partes aumentaban el estado de alerta de Anthony.

—Escúchame, muchacho, no te mentiré, esto no pinta bien— Chris le entendía con dificultad—. La escotilla de ahí arriba está cerrada y no es posible usarla como vía de escape, pero cuando el agua inunde por completo la sala de máquinas tendremos una oportunidad de salir por el agujero que ha hecho el torpedo, ¿me comprendes?

Chris negó con la cabeza aterrado.

—No sé nadar, Capitán.

—¡¿Qué demonios haces en la marina si no sabes nadar?!

Un sonido seco, precedido del derrumbamiento del resto de la escalera, les indicó que empezaban a hundirse.

Poco a poco, se fueron inclinando y el agua empezó a entrar con más fuerza.

—¡Vamos a morir! —En el rostro de Chris se leía el terror.

—No. Escúchame, yo te ayudaré a salir de aquí, simplemente haz lo que te diga.

—¡No! ¡Moriremos aquí abajo los dos! —Gritó.

El agua ya les llegaba por los hombros.

—He perdido demasiados chicos jóvenes como tú en mi larga carrera de militar, y no dejaré que eso te suceda a ti también.

Chris no paraba de temblar.

Los crujidos del metal del barco cediendo bajo la presión del agua, vaticinaban sus últimos minutos de vida.

El muchacho se aferraba con fuerza al cuello de su superior, que les mantenía a ambos a flote con una gran fuerza y destreza.

Sus ojos se encontraron.

—Había ganado esa mano de póker y Tim me iba a regalar una noche con una prostituta hoy. Que irónico, moriré virgen y aterrado como una niña.

—¿Qué darías por no morir hoy?

El metal crujía a su alrededor y las máquinas se hacían trizas bajo la presión del agua.

—Todo.

—Serías capaz de serme fiel y guardarme un secreto —Sus ojos aterrados le dieron la respuesta.

El agua había llenado casi por completo la sala y apenas les quedaban unos centímetros de aire.

—Vamos a morir.

La estancia se inundó y ambos permanecieron sumergidos sin despegarse.

Chris estaba aterrado ante su inminente muerte y la mirada serena de su superior.

Sin previo aviso, Anthony se lanzó sobre el muchacho, mordiéndole en el cuello.

Chris forcejeaba, sin saber qué era lo que estaba sucediendo. Con cada grito de horror, su boca se llenaba de agua salada y sangre diluida.

Empezó a sentirse débil, sumido en una calma que sólo podía indicarle una cosa, se estaba muriendo. Ya nada importaba.

Todo se volvió negro para él.

Anthony hizo verdaderos esfuerzos para que el debilitado muchacho bebiera de su sangre en aquella difícil tesitura pero, cuando una gota rozó los labios de la inerte boca de Chris, vio cumplido su objetivo.

El joven se aferró a su muñeca bebiendo desesperado el líquido que le salvaría de una terrible muerte, mezclado con el que casi se la proporcionaba.

Sangre. La sangre que le haría inmortal.

ه‌ه

Jayden sonrió satisfecho con la historia. Tal y como había supuesto, aquello le animó.

—El ataque a Pearl Harbor.

—Así es.

—¿Por qué no le dejaste morir?

Anthony miró hacia la pista de baile donde los recién casados disfrutaban de una preciosa balada.

—Mi carrera como militar no fue brillante, y algo me decía que no podía permitirme cargar en mi conciencia con otro joven inocente que apenas había vivido.

—Fue muy noble por tu parte.

Anthony levantó su taza a modo de brindis.

—Muchas gracias. Viéndole ahora junto a su alma gemela, tengo la certeza absoluta de que actué correctamente.

Emma tenía enterrada su cabeza en el cuello de Chris y ambos bailaban lentamente, entrelazados como un solo ser, al ritmo de la música.

—Es afortunado —Suspiró.

Anthony le miró, escrutando su rostro en busca del motivo que hacía sonar sus palabras melancólicas.

—¿Celoso?

—En parte sí. Al parecer, no todos estamos hechos para experimentar esa clase de amor.

—Eso es una supina tontería, eres demasiado joven para estar tan amargado —Jayden se encogió de hombros—. ¿No crees en las almas gemelas?

—Sí, sí creo, es evidente que existen —Señaló hacia los recién casados—. Todos los que me rodean han encontrado la suya, pero ese no parece ser mi destino; el amor no está hecho para mí.

Anthony soltó una sonora carcajada y Jayden no pudo evitar

mirarle un tanto ofendido.

—No he conocido a nadie más ansioso por enamorarse que tú.

—¿Cómo? —Sus ojos se abrieron de par en par.

—Todo llegará, créeme. He vivido mucho y para los inmortales eso es algo que no nos falla jamás. La encontrarás —Casiopea le dedicó a Jayden una coqueta mirada desde la otra punta de la sala—. Quizás ya la has encontrado.

Él le miró incrédulo.

El examen

Los golpes sonaron fuerte tras la puerta de madera maciza, antes de dar paso a un joven de aspecto frágil que retorcía su gorra con las manos.

—¿En qué puedo ayudarle, soldado Kadow?

El joven entró con paso firme, pero con la mirada baja.

—Vengo a presentarle mi baja voluntaria, señor —Le entregó un sobre blanco.

—¿Es que a caso no está a gusto formando parte del Equipo Especial del Consejo, soldado?

El chico se movió nervioso.

—Quisiera dedicarme a otros menesteres, mi teniente. En mi carta encontrará los motivos exactos.

—Puede marcharse.

El joven le miró con ojos sorprendidos. Esperaba que su superior le pusiera más inconvenientes para abandonar su puesto de militar, pero algo le había facilitado las cosas. Quizás era el hecho de que él no fuera precisamente uno de los militares más destacados de su regimiento, o su falta de destreza en las maniobras.

Sonrió y cerró la puerta tras de sí.

El teniente abrió uno de los cajones de su escritorio y depositó la carta junto a diez más.

Por algún motivo que desconocía, los soldados menos hábiles se estaban viendo empujados a abandonar el ejército.

Miró las cartas preocupado.

El ambiente tenso propio de los exámenes de final de curso se agravaba para los alumnos que aquel año iban a graduarse.

Los profesores se encargaban, en aquellas semanas prévias, de repasar los temarios que saldrían en los exámenes.

Eilean estaba guardando sus libros en la taquilla con el alegre pensamiento de que ésa sería una de las últimas veces que lo haría.

Gracias a Jayden, y sus clases particulares, ahora tenía la certeza de que se graduaría sin ningún problema.

Kristen Burke se acercó a la taquilla contigua acompañada de su novio Mike y Eilean no pudo evitar ponerse tensa.

La ignoraron.

—Mike, ya sé que este viernes tienes partido, pero no pases de estudiar para el examen de mañana. Si suspendes las mates no te graduarás y ya te puedes despedir de tu beca de deportista.

—No te preocupes, ya está todo controlado, Joshua me ha enseñado a hacer las ecuaciones indeterminadas.

Ella le sonrió divertida.

—Sí, menos mal que Joshua te ha ayudado, el profe se ha pasado un montón añadiendo eso al examen a última hora.

Las palmas de las manos de Eilean empezaron a sudar a la vez que su corazón empezaba a latir desbocado.

Ella no había estudiado las ecuaciones indeterminadas con Jayden, ya que estaba segura de que, ese tema en concreto, no saldría en el examen.

El pasillo pareció darle vueltas y su visión se volvió borrosa.

Iba a suspender y no se graduaría.

Cerró su taquilla con un fuerte golpe y corrió hacia la calle rebuscando en su mochila, hasta que dio con su teléfono móvil.

El aire de la calle pareció calmar un poco su estado de ansiedad.

Su dedo se deslizó torpemente por el teclado del móvil y tuvo que hacer dos intentos antes de llamar correctamente al número de Jayden.

—Eilean, estoy en la biblioteca estudiando, ahora no puedo hablar —Su voz era un susurro apagado.

—Las ecuaciones indeterminadas entran en el examen de matemáticas y no las hemos estudiado y ahora voy a suspender y no me graduaré —Sus palabras salían a borbotones y sin pausas.

—Tranquila. Respira, estás muy alterada, mañana las repasaremos y para el día del examen estarás preparada, seguro que aprenderás a hacerlas enseguida.

Eilean tuvo ganas de gritar.

—No hay tiempo, el examen es mañana a las nueve.

—¡Mañana! —Varios estudiantes miraron con reprobación a Jayden que se había puesto en pie y salía corriendo de la biblioteca con sus libros y apuntes colgando de sus brazos—. ¡Son las seis de la tarde!

Eilean caminaba en círculos intentando no ponerse más nerviosa.

—¿Es que crees que no me he dado cuenta?

—Sí, claro, perdona —Guardó de mala manera sus libros en una mochila negra y rebuscó las llaves de su moto en el bolsillo de su pantalón—. Está bien, voy a buscarte y estudiaremos toda la noche si hace falta, tenemos quince horas hasta el examen.

Eilean paró en seco. No podía creer que Jayden fuera capaz de semejante gesto por ella.

—Pero tú también tienes exámenes.

—Mañana tengo un examen de historia política, pero mientras tú haces los ejercicios yo estudiaré. No sufras por mí, tengo memoria fotográfica. El único inconveniente es que la biblioteca está llenísima de gente y además dudo que nos podamos quedar hasta pasadas las diez.

Eilean respiró hondo.

—Por esta vez, podemos estudiar en mi casa —Jayden se quedó mudo—. ¿Estás ahí?

—Realmente estás desesperada para dejarme estudiar en tu casa.

Una sonrisa se dibujó en el rostro de ella.

—Tranquilo, esa norma es aplicable sólo a mi cuarto. Estudiaremos en la cocina.

Jayden rió.

—¿Te veo en tu casa?

—Perfecto —Colgó.

Jayden se enfundó su casco, arrancó la moto y se perdió por la calle que llevaba a casa de Eilean acompañado del rugido feroz de su vehículo.

Los golpecitos del bolígrafo de Jayden sobre su libreta la hicieron dejar de mirar el gran reloj de la cocina.

—Concéntrate en el ejercicio.

Ella le miró ansiosa.

Jayden parecía tenerlo todo bajo control. Sus ojos apenas se apartaban de sus apuntes de historia, pero controlaba cada uno de los movimientos de su alumna.

—Son las tres de la mañana y aún no consigo hacerlo bien.

Él dejó su cuaderno sobre la mesa y miró el ejercicio a medio hacer.

—El problema está aquí —Rodeó con el bolígrafo un cálculo incorrecto—. Estás fallando en cosas que ya sabías hacer porque estás demasiado nerviosa.

Eilean enarcó sus rojizas cejas en un tono desafiante.

—¿Tú cómo estarías en mi situación?

—Vamos —Se levantó, intentando no arrastrar la silla para no despertar a los padres de Eilean—. Salgamos al jardín.

Ella le miró como si estuviera loco.

—Tengo mucho que estudiar.

Jayden salió de la cocina como si no la hubiera oído.

Eilean, resignada, le siguió hasta el jardín musitando palabras malsonantes a cada paso que se alejaba de la cocina.

La luna bañaba de tonos plateados la tranquila calle residencial.

—Jayden...

—¡No! —La interrumpió con un gesto amenazador de sus manos—. Llevas muchas horas estudiando y no ves las cosas con claridad. Debes descansar y te prometo que, cuando volvamos dentro, verás las cosas de otra manera.

Él se sentó en un balancín que había en el porche de la casa e invitó a Eilean a que le acompañara.

Se dejó caer con desgana, e instintivamente sus uñas empezaron a repiquetear contra la madera del asiento.

—Tranquilízate —La voz de Jayden era un leve susurro.

Ella resopló y miró hacia donde lo hacían los ojos de él. Hacia la brillante luna.

—¿Está creciente o menguante?, nunca estoy segura.

—Creciente —Ella se limitó a hacer un ruido de afirmación—. Siempre se ha dicho que la luna es una mentirosa. Ahora forma una D, ¿verdad?

—Si.

—Una D, de decreciente. Por tanto, como es una embustera, está creciente.

Eilean sonrió entusiasmada.

—Qué truco tan bueno, así cuando forme una C, de creciente, estará decreciente.

—Correcto.

Ambos sonrieron sin dejar de mirar el brillante satélite.

—Deberíamos seguir estudiando.

Jayden la miró con una chispa de crispación en sus ojos grises.

—¿Quieres hacer el favor de relajarte unos minutos? Deja tu mente en blanco.

—Eso es imposible —Bufó.

—Está bien, mira a la luna —Ella le hizo caso—. ¿Ves esa mancha un poco más alta que el centro?

—Sí.

—Se llama el Mar de la Tranquilidad.

Un bufido irónico se escapó de los labios de Eilean.

—Muy oportuno, ya me gustaría estar allí.

—Cierra los ojos.

—¿Qué? —Le miró extrañada.

—Ciérralos —Su voz sonaba como la de un padre que regaña a su hija con ternura y Eilean cerró los ojos obediente—. Estás en el Mar de la Tranquilidad, flotando en unas aguas cristalinas que desprenden destellos plateados a tu alrededor. El silencio es absoluto y sólo eres consciente de tu propio cuerpo, mecido por las calmadas aguas —La voz de Jayden era como de terciopelo y con cada palabra disminuía el volumen.

Ella fue dejando caer su cabeza, hasta que la reclinó por completo sobre el respaldo del balancín, dejándose seducir por el ronroneo que emitían las palabras de su amigo.

—La tranquilidad es absoluta. Tu espíritu está en calma.

La respiración de Eilean se ralentizó y Jayden sonrió al ver que se había quedado dormida.

Se quedó inmóvil para no despertarla; apenas osaba respirar.

Poco a poco, su cabeza se fue deslizando hasta aterrizar en el duro hombro de Jayden.

—¡Me he dormido! ¿Qué hora es? ¡El examen!

—Tranquila, no han pasado más que unos minutos —Rió.

Eilean saltó del balancín y bostezó como si se hubiera levantado de un largo y reparador sueño.

—Será mejor que sigamos con el estudio. Prepararé un poco de café —Sin darle tiempo a Jayden para que replicara, entró en la casa directa a la cocina.

Él sonrió y la siguió con pasos silenciosos.

Un ruido seco y sordo llamó su atención alertando su instinto más primitivo.

—¿Pero qué te pasa? Es Jayden, es un amigo mío —Eilean pasó la mano por el erizado lomo de una gata tricolor que bufaba sobre la encimera de la cocina.

—No recordaba que tenías una gata.

—Se llama Mussy —Un rugido sordo salió de la profundidad de la garganta del felino —Ya está bien, Jayden no te hará daño.

Él miró fijamente a los negros ojos del animal y éste salió corriendo a la vez que bufaba con más fuerza, luciendo una cola hinchada como un plumero.

—Ya te lo dije, los animales me odian.

—No lo entiendo, es muy cariñosa con todo el mundo.

Jayden se encogió de hombros mientras se sentaba en la mesa y redactaba un nuevo ejercicio para Eilean.

—Siempre se ha dicho que los animales se parecen a sus dueños, así que está claro que lo que te asusta de mí, también le asusta a ella.

—Tú no me asustas —Con un dedo accionó el botón de la cafetera, que empezó a emitir sonidos mecánicos—. Ahora ya no.

—Es un alivio —Sonrió—. ¿A qué se debe?

—Al aparecer, aquello que creía ver diferente en ti, no es nada excepcional, simplemente es un defecto de mi percepción.

—¿Por qué?

—Porque lo que percibo en ti, últimamente también lo he visto en otras personas, así que no es cosa tuya, soy yo que estoy perdiendo facultades —Se acercó a la mesa con dos tazas de café recién hecho.

—¿Qué personas?

—Elle, sin ir más lejos.

Jayden disimuló su interés, fingiendo estar concentrado contando las cucharadas de azúcar que ponía en su café.

Sabía que el pacto mutuo que mantenía con Eilean no le permitiría nunca conocer su secreto, pero le intrigaba saber en qué se basaba para detectar tan eficazmente a los inmortales que se cruzaban con ella.

—¿Seguimos?

—Claro —Sonrió, apartando de su mente la curiosidad que sentía.

Soleado

Jayden y Eilean habían trasladado su campamento de estudio al salón de la casa y, en concreto, al mullido sofá de la habitación para intentar paliar un poco el cansancio de haber pasado la noche en vela.

En la cocina, los padres de Eilean tomaban su primer café de la mañana, dispuestos a afrontar su jornada laboral con las energías completamente renovadas.

Su padre asomó la cabeza discretamente por la puerta del salón.

—Eilean, nosotros ya nos vamos a trabajar, mucha suerte en el examen —Ella sonrió.

—Jayden, muchas gracias.

—No hay por qué darlas, Sr. Walls.

Tras intercambiar unas cordiales sonrisas, los padres de Eilean abandonaron la casa y el silencio volvió a tomar protagonismo.

—Creo que ya está dominado —Sonrió entusiasmada.

—Sí, te ha costado un poco por los nervios, pero ya estás preparada.

Eilean se levantó del sofá y se estiró con la agilidad de un gato.

—Aún queda una hora y media para mi examen, subiré a darme una ducha para despejarme pero, si no te importa, ¿podrías quedarte hasta que me marche por si me surge alguna duda?

—No te surgirán, pero no me importa esperarme —Ella sonrió satisfecha.

—Puedes usar el baño de aquí abajo si quieres lavarte la cara y refrescarte un poco mientras esperas.

—Gracias.

Sin mediar más palabras, Eilean corrió escaleras arriba y sólo quedó de ella el ruido de sus pisadas en el piso superior.

Jayden apartó las cortinas del salón y miró el cielo despejado. Prometía ser un día de primavera de lo más soleado.

Se acercó al lugar dónde había dejado su mochila y rebuscó en una cremallera lateral hasta que encontró un pequeño bote de crema solar.

El diseño de la etiqueta, cargado de tonos rojos y naranjas, no dejaba lugar a dudas de que aquel producto estaba especialmente diseñado por y para inmortales.

Su reducido tamaño había sido estudiado para llevarlo encima con comodidad y hacer uso del producto en situaciones como en la que se hallaba Jayden en ese preciso momento.

Se encaminó hacia el baño que había junto a la cocina.

Las baldosas amarillas y el olor a lavanda le indicaron al instante que la madre de Eilean había sido la encargada de decorar aquella reducida estancia, que emanaba feminidad por los cuatro costados.

Miró su propio reflejo en el espejo y se quitó la camiseta para no mancharla con la crema.

Apretó con dos dedos el bote, y éste vomitó, con un sonido seco, un escueto pegote de crema blanca.

Jayden agitó el envase y repitió la operación. La cantidad que salió era aún menor que la anterior.

Hacía tanto tiempo que no usaba su crema solar de emergencia que no recordaba que estaba casi vacía.

Miró la ínfima cantidad de crema que se escurría por la yema de su dedo y, con cuidado, la extendió por su rostro intentando que cundiera al máximo.

Apenas alcanzó para la nariz y las mejillas.

Su mente empezó a buscar un plan alternativo para llegar a casa sin que el fiero sol hiciera demasiados estragos en su vulnerable piel.

La cara no debía preocuparle, ya que el casco de la moto le protegería, al igual que los guantes lo harían con sus manos y la chaqueta...

—¡Mierda!

Sus propios ojos le devolvieron una mirada furiosa.

Había olvidado su chaqueta en la taquilla de la universidad. La tarde anterior, con las prisas de acudir en ayuda de Eilean, no había reparado en la falta de la prenda que, ahora, era la única manera de evitar que sus antebrazos se quemaran bajo el sol de la mañana.

Sin pensarlo dos veces, empezó a rebuscar en el armario que había bajo la pila. Cierto era que los mortales también usaban crema solar y, si bien no era de factor extremo, si daba con un bote con algún tipo de protección retardaría las quemadas del sol.

Repasó con las manos nerviosas el contenido del armarito, pero sólo encontró toallas limpias y recambios para el ambientador de lavanda junto al papel higiénico.

—Con lo blancos de piel que son en esta familia han de tener crema solar en algún lado. ¿Es que nunca se bañan en el lago? —murmuraba para sí mismo.

Por mucho que miró en todos los rincones del baño, no logró localizar su objetivo. Evidentemente, los productos de ese tipo no se suelen tener en un baño de huéspedes y las pisadas de Eilean bajando por las escaleras le indicaban que era demasiado tarde para hacer una rápida incursión en el baño de los padres de su amiga.

Tendría que soportar las consecuencias.

Se vistió con la camiseta a toda prisa y se dispuso a enfrentarse al brillante sol. Nunca lo había temido hasta aquel momento.

—Ya estoy lista, Jayden —Sonrió animada—. Cuando quieras, ya puedes marcharte. Te libero de tu carga.

Él sonrió sin ganas.

—No te pongas nerviosa.

—Lo intentaré, aunque hemos bebido tanto café que eso será algo imposible.

Jayden se puso su mochila y, antes de salir, se enfundó su casco negro y los guantes.

Ella le miró sorprendida, pero no hizo preguntas.

Ambos estaban demasiado cansados como para actuar de una forma coherente.

—Suerte con tu examen de historia política.

—Gracias —Su voz sonó amortiguada por la visera del casco.

Eilean le abrió la puerta de la calle amablemente y Jayden salió reprimiendo las ganas de correr en busca de una sombra cercana a su moto.

Apenas había dado unos cuantos pasos bajo el cálido sol, cuando Eilean salió corriendo tras de él.

—Soy una maleducada —Sonrió sonrojándose un poco—. No sé como agradecerte lo que has hecho por mí esta noche.

—No tienes por qué agradecerlo, este tipo de cosas son las que hacen los buenos amigos —Su voz se quebró al notar como el calor de los rayos solares calentaban de una manera como nunca antes había experimentado su piel de dhaphiro.

—Aún y así, quiero darte las gracias —Bajó la cabeza un tanto avergonzada—. Sin duda, te has convertido en mi mejor amigo y quiero que sepas que valoro mucho tu amistad.

—Y yo, pero tengo que irme —Intentó que su voz no sonara

irritada, pero el sol empezaba a quemar su piel, produciéndole un dolor agudo como si le desgarraran la carne con un hierro candente.

Dio un paso y ella le frenó cogiéndole de uno de sus doloridos antebrazos sin darse cuenta del tono rojizo que estaba adoptando la piel de Jayden.

—Lo que intento decirte es que te has convertido en alguien especial en mi vida y que, gracias a ti, ahora veo el mundo de una manera que jamás me había permitido hacerlo. Tú has cambiado mi mundo.

El dolor se hizo insoportable para él y los finos dedos de Eilean se clavaban en su piel como alfileres de fuego.

—¡Suéltame! —De un tirón se deshizo de la mano de ella.

Salió corriendo hacia su moto. Bajo los atónitos ojos de Eilean, la puso en marcha y se fue velozmente, perdiéndose en las sombras que arrojaban los árboles en la calle.

Los ojos de Eilean se llenaron de lágrimas. No entendía qué había hecho mal ni por qué Jayden se había enfadado de aquella manera, simplemente porque le había abierto su corazón.

La coraza de frialdad e ironía, que a Jayden le había costado tanto arrancar del espíritu de su amiga, volvió a su sitio como si nunca se hubiera ido, tras una única lágrima que Eilean se permitió liberar.

Movió la cabeza altiva sacudiéndose el pelo y la tristeza de la cara, y se dispuso a ir al instituto para aprobar el examen de álgebra.

Las sombras de los árboles de la calle eran como pequeños soplos de hielo sobre su maltrecha piel.

Cuando aparcó la moto frente a su casa, agradeció en silencio al destino por vivir tan cerca de Eilean, de lo contrario quizás no habría soportado el intenso dolor o incluso las heridas habrían sido demasiado graves para recuperarse.

A sabiendas de que su madre y Galatea no estarían en casa a esas horas de la mañana, corrió al piso superior y entró como un rayo en su baño.

Con las manos temblorosas y aún cubiertas por sus guantes buscó un bote de crema hidratante. La apretó sin importarle ser cuidadoso y el líquido blanco cayó sobre su rojiza piel llena de ampollas oscuras como una medicina ancestral capaz de curarlo todo.

Los suspiros de alivio empañaron la visera de su casco.

Tras unos segundos, que le transportaron al más tranquilo de los cielos, su piel empezó a tomar un color marrón y, poco a poco, cicatrizó bajo sus ojos.

Con un hábil movimiento, se quitó los guantes y el casco para observar con los ojos desnudos la evolución de sus heridas.

Cicatrizaba de una manera tan rápida que casi parecía un dhaphiro adulto.

El dolor ya no existía.

Sentado en el suelo del baño, lleno de restos de crema hidratante, suspiró y miró su reloj de pulsera.

Faltaban unas horas para su examen.

Se puso en pie y, sin preocuparse de las manchas de crema en sus pantalones, se dejó caer en la cama y se durmió.

La noche en vela, sumada al intenso dolor, le había dejado agotado.

ॐ ॐ

El lápiz temblaba en su mano como si tuviera vida propia y quisiera escaparse de entre sus dedos.

Intentó fijar la vista en los números, que no paraban de bailar en el papel.

Su respiración era cada vez más agitada y una presión en sus aletargadas cervicales le empezaba a dar un dolor de cabeza terrible.

Enderezó su postura y miró al frente.

Sobre la pizarra, un póster del sistema solar captó su atención y, sin pensarlo dos veces, se recitó a sí misma las palabras que Jayden le había susurrado sobre el Mar de la Tranquilidad.

Cuando estuvo un poco más sosegada, volvió a mirar la hoja de su examen y, sin ningún problema, fue resolviendo uno a uno los ejercicios.

Ausencia

Habían pasado dos días desde que Jayden había visto a Eilean por última vez. Dos días en los que apenas tuvo tiempo de respirar entre entregas de trabajos y exámenes finales.

No se había puesto en contacto con ella, a pesar de sus ganas de saber cómo le había ido el examen, ya que cuando se acordaba de ello resultaba ser a horas intempestivas o en medio de alguna tarea importante que no podía dejar a medias.

Pero, por fin, se abría ante él el período más tranquilo de su agitada vida universitaria.

Las vacaciones de verano.

A sabiendas de que las notas que se publicarían en pocos días serían de resultado favorable, se sentó relajado tras su último y agotador examen para disfrutar de la brisa de la libertad académica.

Miró la pantalla de su móvil para asegurase de que no tenía ningún mensaje o llamada sin contestar y suspiró dejando caer su cabeza contra el tronco del árbol.

Sin duda, Eilean también debía de estar agotada por el esfuerzo de sus exámenes y, por ese motivo, aún no había llamado para explicarle cómo le había ido el final de álgebra.

Sonrió y buscó en la agenda su número.

El suave viento cálido y los colores violetas del cielo, acompañaron su espera hasta que alguien atendió a su llamada.

—¿Sí?

—¿Eilean? —Sonó confuso al no reconocer la voz del otro lado del auricular.

—No, soy su madre. ¿Quién es?

—Hola, Señora Walls. Soy Jayden.

—Hola —Su tono era muy cordial—. Eilean está en Londres, en casa de su abuela. Se marchó ayer por la noche. Pensaba que te lo habría dicho.

—No, no lo sabía —musitó decepcionado.

—Estará allí hasta su cumpleaños.

La mente de Jayden trabajó deprisa para intentar recordar la fecha señalada, pero ella nunca se lo había dicho.

—¿Cuándo es?

—El cuatro de Julio.

—¡El cuatro de Julio! Pero, ¿y su ceremonia de graduación y el baile?

—Ya la conoces, ese tipo de cosas no le interesan, así que ha preferido pasar estas semanas con su abuela. Seré yo misma la que recogerá sus notas.

Algo de todo aquello no encajaba en la revolucionada cabeza de Jayden.

—Gracias por todo, Señora Walls.

—Gracias a ti —Colgó.

Una sensación extraña se cernió sobre su espíritu, susurrándole al oído que algo había sucedido para romper la confianza entablada con Eilean durante aquellos últimos meses.

Pero, ¿qué?

Empezó a repasar mentalmente qué era lo que podía haber hecho mal para que ella se marchara a Londres sin ni tan sólo mandarle un mensaje, pero no recordaba nada más que buenos actos por su parte.

Una sombra se cernió sobre él.

—¿Te vienes a tomar algo para celebrar que por fin hemos terminado otro curso?

Jayden miró la silueta de Matt recortada sobre el atardecer.

—Sí.

Su amigo le sonrió. Se alegró de volver a contar con él en un momento de dudas como aquel.

El sonido ambiental de la pizzería indicaba que era la hora de más trabajo para los eficientes camareros.

Jayden, Matt y Elle, habían ocupado la que se había convertido en su mesa habitual y mantenían una animada conversación cuando la camarera les sirvió las bebidas y una cesta de patatas fritas para compartir.

—La verdad es que sí que es extraño que no llamara para decirte que se iba a Londres —Matt cogió una de las patatas y se la comió a pesar de que quemaba.

Elle sonrió divertida al ver las muecas de dolor de su pareja, mientras luchaba por tragar la patata.

—Quizás, como no se llevó el móvil, no recuerda tu número y por eso no te ha llamado. Los estudiantes en época de exámenes se vuelven muy despistados con las cosas mundanas.

Jayden sonrió sin ganas ante el intento de animarle.

—Creo que se dejó el móvil a propósito. Si me hubiera querido llamar lo hubiera hecho el mismo día del examen. Está molesta por algo pero no recuerdo porqué.

—Siento ser yo quien te diga esto, pero ¿y si te ha estado utilizando para aprobar el examen?

—Esa es una acusación sin sentido —Matt se encogió de

hombros y volvió a coger otra patata—. Ella no es de ese tipo de personas, jamás abusaría de mí de esa manera. No, esa no es una posibilidad que vaya con el carácter de Eilean, es una amiga sincera y muy buena persona —Su voz había tomado un tono pasional.

Matt y Elle se dedicaron una mirada de divertida complicidad, que no pasó inadvertida ante los ojos de Jayden.

Elle cogió una patata para disimular.

—¿Qué pasa?

—Nada —Matt reprimió una sonrisa y Elle empezó a juguetear con la patata entre sus dedos.

—¿Qué es lo que pensáis?

—¿No es evidente? —Rió ella.

—¿El qué?

—Eilean te gusta —Jayden dedicó una mirada furiosa a su amigo.

—No, es sólo una amiga.

—Una amiga a la que defiendes a capa y espada a pesar de conocerla sólo desde hace unos meses —Elle ladeó la cabeza dulcemente.

Jayden cogió varias patatas y las engulló enfadado. No entendía que obsesión tenía la gente de su alrededor con querer emparejarlo.

—Sólo somos amigos. Ahora mismo, no quiero saber nada de las mujeres en ese sentido, son complicaciones —Miró a Elle, que dejaba la patata con la que había estado jugueteando en un lado de la cesta vacía—. No te ofendas, Elle.

—No me ofendo —Sonrió—. Pero sí me marcho. Mañana tengo que trabajar y se hace tarde para mí.

—Te llamo luego.

—Vale —Se inclinó y besó a Matt en los labios—. Jayden,

ten paciencia con Eilean. Quizás sí has hecho algo que la ha molestado y no lo recuerdas —Le palmeó un hombro.

Jayden negó con la cabeza confuso y se despidió de Elle con la mano mientras abandonaba el local.

Lo ojos de Matt miraron la patata que ella había vuelto a dejar en su sitio.

—¿Qué te pasa?

—Mira —Señaló la cesta—. Creo que Elle tiene un secreto.

Un escalofrío recorrió la espalda de Jayden. Matt no lo podía haber adivinado.

—¿Qué secreto?

—Es evidente, no come —En su rostro se dibujó una mueca triste.

—¿Qué quieres decir? —preguntó cauto.

—Elle sufre un trastorno alimenticio. Desde que la conozco, nunca ha comido delante de mí y está muy delgada.

Jayden suspiró aliviado.

—Yo la veo bien, quizás es una de esas chicas a las que no les gusta que su novio las vea comer.

Matt le miró incrédulo.

—No, está claro. Creo que hablaré con mi padre para que tenga una sesión con ella. Por suerte, trabaja con un buen psiquiatra.

Jayden se limitó a asentir mientras daba un largo trago a su refresco.

Tenía que advertir a Elle cuanto antes; aquello se estaba poniendo feo.

La voz aterciopelada de Elle contestó al teléfono recitando el nombre del padre de Matt.

—¿Elle?

—¿Sí?

—Soy Jayden.

—Hola. ¿Qué pasa?

—Hemos de hablar urgentemente, se trata de Matt.

Elle miró a su alrededor para asegurarse de que el único paciente que había en la sala de espera no le prestaba atención.

—¿Él está bien?

—Sí, pero sospecha algo.

Los ojos de Elle reflejaron su pánico.

—Salgo a las cinco, quedamos en la pizzería de siempre.

—Perfecto —Colgó.

Elle no tardó en localizar a Jayden sentado en una de las mesas que había junto a los grandes ventanales del establecimiento.

Cuando se sentó frente a él, sus ojos mostraban el estado de sus alterados nervios.

—¿Qué pasa, Jayden?

—Matt cree que sufres de anorexia, porque nunca te ve comer y quiere que su padre te ayude.

—¿Qué?

Jayden asintió con la cabeza lentamente.

—Este tipo de cosas suelen pasar cuando te involucras con mortales.

—Podría fingir que sí lo soy —Se reclinó en su asiento y habló para sí misma—. Nunca se me había ocurrido, es una gran tapadera.

—¡Elle! —Golpeó con sus manos sobre la mesa—. No permitiré que dejes que Matt se preocupe por ti por una enfermedad que jamás podrías tener. ¿Es que no te das cuenta de que está sufriendo?

Los ojos de ella se clavaron en los de Jayden.

—Tienes razón, no puedo hacerle eso.

—¿Y qué vas a hacer?

Elle se quedó pensativa unos segundos, dejando su mirada perdida sobre la pulida superficie de la mesa.

—Supongo que debería explicarle la verdad.

—O terminar con la relación —Las duras palabras de Jayden la golpearon como una maza de demolición.

—No, la única manera de que esta relación llegara a su fin sería si Matt decidiera dejarme. Yo nunca le dejaré.

Aquellas palabras, sumadas a la vulnerabilidad de Elle, enternecieron el duro corazón de Jayden.

Ella amaba de verdad a Matt.

—Entonces, cuéntaselo.

—Sí, me gustaría llevarle ante el Consejo, pero el problema es que no sé si su amor es tan fuerte como para dejarlo todo por mí. Sé de lo que soy capaz yo, pero no sé hasta qué punto él me quiere.

Jayden se encogió de hombros.

—Eso sí que no te lo puedo contestar yo, deberás preguntárselo tú misma.

Elle sonrió.

—Eres un gran amigo. Muchas gracias por avisarme.

—Me caes bien y quiero que Matt sea feliz.

—Siento que Eilean esté molesta contigo y espero que pronto se solucione todo —Posó una de sus manos dulcemente sobre la de Jayden y le dedicó una mirada compasiva.

Él le sonrió.

Unos golpes en el cristal de la ventana llamaron su atención y ambos miraron a través de ella.

Matt les miraba furioso y vociferaba palabras inteligibles. Sin previo aviso, salió corriendo e irrumpió en la pizzería consumido por los celos.

El rostro de Elle parecía más pálido de lo normal.

—Se suponía que hoy no podías quedar conmigo porque te encontrabas mal, o al menos eso es lo que me has dicho esta tarde cuando te he llamado y, mira por dónde, paso por aquí y te veo haciendo manitas con él —Lanzó una mirada furiosa a Jayden—. Se suponía que volvíamos a ser amigos. Qué cara tienes.

Jayden se levantó despacio y respiró profundamente.

—Ahí tienes la prueba que buscabas —Sonrió sin darle importancia a los gritos que seguía dando Matt.

—Gracias, Jayden.

—¡¿Pero de qué narices va esto?¡

Jayden hizo un amable gesto cediendo su asiento a su amigo.

—Pronto lo sabrás. Suerte, Elle —Ella le sonrió mientras su amigo se marchaba.

—Matt, ni te imaginas lo que te quiero —Aquello descolocó por completo al furioso chico—. Jayden y yo no estamos liados, pero compartimos un secreto, un secreto que también comparten muchos seres de este planeta. Un secreto que, si me amas, te será desvelado.

Matt la miró confuso mientras ella sonreía orgullosa.

Fuga

La noche empezaba a cobrar protagonismo en el cielo, que cada vez era de un azul más oscuro.

El murmullo habitual en la sala de ocio del centro, donde tenían recluidos a los dhaphiros huérfanos de los Túneles de Londres, había disminuido considerablemente, ya que varios de ellos, los más mayores, se habían empezado a sentar en el suelo formando un círculo perfecto dominado por Eve, que mantenía sus ambarinos ojos cerrados.

Nine, una de las más pequeñas, disfrutaba coloreando unos dibujos que la enfermera le había dado.

De pronto, como si una fuerza superior a ella la dominara, saltó de su silla y salió corriendo hasta el lado de Eve.

Se sentó en silencio y se limitó a mirar al suelo.

Una de las enfermeras, alertada por el extraño comportamiento de la pequeña, salió en busca del médico de guardia.

En la sala, apenas quedaban cinco dhaphiros demasiado jóvenes y débiles para ser del interés de Eve, que jugaban con tres enfermeras que les prestaban toda su atención.

El médico, alertado por la enfermera, entró en la sala y observó con detenimiento, y a cierta distancia, el comportamiento de los dhaphiros.

—Parece como si Eve les estuviera contando un cuento —La enfermera le miró sorprendida—. Pero no veo que se dirijan la palabra.

—Intentaré que vuelvan a sus tareas.

—No —La frenó agarrándola del brazo—. Esto no me gusta. Vaya a buscar a al guarda de seguridad.

La enfermera asintió y, con la velocidad propia de un vampiro, desapreció por el pasillo.

Una fina sonrisa se dibujó en el rostro de Eve y varios de los dhaphiros se movieron inquietos.

Sin apenas hacer ruido, el guarda de seguridad, seguido de cerca por la enfermera, se plantó junto al doctor.

—¿Qué ocurre, Doctor Parker?

—No estoy seguro —Empezó a caminar despacio hacia donde estaban reunidos los niños, seguido de cerca del guarda.

Las enfermeras, que también ocupaban la sala, se miraron entre ellas al ver entrar al doctor.

Un silencio perturbador invadía la estancia.

—Eve, ¿qué hacéis?

Uno de los dhaphiros más mayores rugió al percibir la presencia del guarda de seguridad. Aquel chico en concreto, había sido reducido por él en varias ocasiones por ser uno de los especímenes más violentos.

La enfermera que había ido a buscar al doctor esperaba junto a la puerta con una extraña y alarmante sensación recorriéndole la espina dorsal.

—¿Eve?

Nine empezó a llorar con unos gritos agudos y desconsolados, que hicieron vibrar los cristales de los grandes ventanales.

Los cinco dhaphiros más jóvenes huyeron de la gran habitación, seguidos por las tres enfermeras entre sollozos y lágrimas.

El guarda de seguridad llamó por su radio a los refuerzos del resto de pabellones.

Nine abrió los ojos y dejó de gritar.

—Pequeña Nine, ¿qué te sucede? —El doctor pretendía sosegarla.

La niña estaba inmóvil, al igual que el resto de compañeros que formaban la forma geométrica.

—¿Mamá? —Su voz era como un violín desafinado.

—Estás a salvo, Nine —Ella le miró con los ojos inexpresivos, desprovistos de cualquier sentimiento.

Los pasos en el pasillo anunciaron la entrada de tres militares del Consejo.

Miraron desconcertados la silenciosa escena.

—Zack, esto no es una emergencia —Regañó uno de los militares al guarda de seguridad.

—Lo siento, Coronel, pero a mí me parece una situación extraña —Se apresuró a rebatir el Doctor.

—Disculpe que discrepe, Doctor Parker, pero debemos acudir al laboratorio donde nos encontrábamos; allí sí hay una verdadera emergencia y, como bien sabe, a causa de las bajas militares de este centro, andamos cortos de personal —Sin esperar respuesta, se encaminó de manera altiva hacia la puerta de salida, seguido de sus dos compañeros.

Eve abrió sus ojos cargados de un odio amarillento.

Ante ellos, la enfermera que custodiaba la salida, cerró la puerta y rugió desde el otro lado del cristal de seguridad, encerrando a los dhaphiros con los cinco vampiros.

Sus ojos no mostraban expresión alguna.

Nine empezó a rugir como una fiera salvaje y el resto de chicos la siguieron, adoptando diferentes posiciones de ataque como hienas rabiosas.

—Fergusson, intenta abrir la puerta —El militar corrió hacia la salida, pero Nine saltó a sus tobillos arrancándole el cuero de una de las botas con un poco de carne de una sola dentellada.

El militar cayó al suelo, y dos de los dhaphiros mayores que Nine se le lanzaron al cuello seccionándole la yugular y desfigurándole el rostro a mordiscos.

El doctor y el guarda de seguridad se vieron acorralados por tres dhaphiros mayores, que murmuraban palabras ininteligibles mezcladas con algo parecido a un lamento ronco y gutural.

—¡Coronel! —El grito del doctor fue silenciado por uno de los chicos que, con una fuerza descomunal, lo lanzó por uno de los grandes ventanales, rompiendo el cristal y saltando al vacío con él.

El eco de los gritos de la víctima atemorizó al guarda se seguridad y a los dos militares, que lidiaban con los seis dhaphiros que les acechaban en círculos como tiburones.

El militar que acompañaba al Coronel intentó neutralizar a uno de los chicos, pero la agilidad de éste y su pequeño cuerpo le volvían inalcanzable y, con cada nuevo golpe que intentaba darle, sólo recibía mordiscos y arañazos en sus manos y brazos.

El guarda de seguridad, aprovechando un descuido del ágil dhaphiro, le agarró de un brazo fracturándoselo con la porra metálica que llevaba.

Pero aquello no sirvió de mucho, ya que sus compañeros se lanzaron sobre el vampiro como si sintieran el dolor de su compañero en sus propias carnes, mordiendo y dejando fuera de combate al guarda.

Eve, sin haber modificado un ápice su posición, sonreía inmóvil disfrutando del caos y de la sangre que se derramaba a su alrededor.

En pocos segundos de lucha, sólo se mantenían en pie los jóvenes dhaphiros, algunos con heridas graves, y el militar de mayor rango, que cicatrizaba sus múltiples heridas lentamente.

Los niños le tenían acorralado entre varias mesas de la sala.

Eve se levantó lentamente.

Nine miró a sus compañeros con sus ojos cargados de confusa inocencia y empezó a llorar al ver los restos de sangre y carne inmortal que ensuciaban sus manos y su diminuto cuerpo.

Los demás jóvenes hicieron lo mismo y corrieron hacia la puerta, donde la enfermera les cedió el paso, para volver a cerrar tras su rápida huida.

—Les estabas usando como marionetas —La voz del militar sonó confusa.

—Son muchos meses los que llevo preparando esta huida y ellos me parecieron una manera estupenda de vengarme de vosotros. Al fin y al cabo, son mis hermanos y hermanas.

—Sabes que te darán caza, al igual que lo hicieron la primera vez.

Eve avanzaba con pasos lentos, con sus pies desnudos sobre el suelo teñido de rojo.

—Ahora soy consciente de mucho más de lo que era antes. Soy consciente de lo que soy y de mis habilidades —Sonrió como una muñeca de porcelana digna de una película de terror.

—¿Qué quieres?

—Matar a aquellos que asesinaron a mi madre para dejar de tener la misma pesadilla noche tras noche —Rió—. Quiero sangre.

Saltó como una pantera sobre el cuerpo del militar y empezaron a rodar por el suelo, confundiéndose los dos cuerpos teñidos por la roja sangre.

El coronel esquivaba a duras penas los ágiles mordiscos de Eve directos a su punto más débil, su yugular, intentando hallar la manera de reducir a aquella dhaphiro que parecía estar loca.

A pesar de su apariencia frágil, Eve levantó por los aires al coronel, que se estrelló contra las mesas de la otra punta de la sala creando un gran estruendo.

Antes de que él pudiera levantarse y arrancarse los trozos de

240

madera que se habían clavado en sus duros músculos, Eve se le echó encima y empezó a succionar la sangre de su cuerpo directamente de una de las heridas abiertas.

El coronel empezó a caer en un estado de debilidad que ralentizaba sus intentos de fuga.

Su piel empezó a tomar un aspecto grisáceo ante la velocidad de succión de Eve.

Antes de que su alma abandonara su cuerpo para siempre, ella mordió la carne del cuerpo casi muerto de su víctima y sonrió.

La sangre fluía cálida por su garganta, proporcionándole una sensación dulce y vigorizante, pero la carne del coronel era el alimento perfecto para una fiera salvaje como lo era ella.

En sólo unos minutos, desfiguró el cuerpo del militar y saltó por la ventana rota, abandonando su prisión con una roja sonrisa dibujada en sus labios.

Conversión

Los gritos parecían rebotar en cada una de las paredes de la habitación y golpearla en la cara multiplicados por cien.

El dolor que estaba experimentando Matt, retorciéndose en la cama de la casa del lago de Emma y Chris, hizo que su cuerpo empezara a temblar.

La culpabilidad y su propio sufrimiento parecieron volverla loca.

Emma se le acercó y la cogió de la mano, intentando transmitirle algo de ánimo.

—Pasará enseguida —Le susurró dulcemente.

Chris se limpió, con el dorso de la mano, una única gota que se le había derramado al convertir a Matt.

La cama se movía por completo ante las convulsiones del chico, que seguía agonizando, mientras su cuerpo sufría los primeros cambios para ser inmortal.

Elle se abrazó a Emma y ésta la estrechó con fuerza.

Un grito desgarrador culminó su sufrimiento y, al instante, se vio sumido en un coma profundo.

Su respiración empezó a serenarse y su cuerpo se quedó inmóvil.

Chris le cubrió con una manta e hizo un gesto para que todos le dejaran descansar.

Elle temió no poder caminar, ya que le temblaban las piernas.

—Te traeré una taza de sangre, Elle.

Ella se limitó a sonreír a Chris, que se adentraba en la cocina.

—No recordaba que fuera tan horrible. A decir verdad, apenas recuerdo el día en que me pasó a mí.

—Es normal —Emma se sentó junto a ella en el sofá del salón—. El cerebro bloquea estas cosas.

—¿Él tampoco se acordará? Si lo hace, seguro que no me lo perdona nunca. Me odiará —Su mirada estaba perdida en un punto fijo como si estuviera loca.

Chris entró con tres tazas de sangre humeante y las dejó frente a ellas.

—No te atormentes, Elle. Ha sido él quien ha tomado la decisión.

—Pero ha sido por mí.

Emma la rodeó con sus brazos.

—Ha sido porque te quiere. Si no fuera así, habría salido corriendo.

—Gracias por dejar que nos quedemos con vosotros mientras encontramos un lugar donde vivir.

—Es todo un placer. Los amigos de Jayden son nuestros amigos —La sonrisa de Emma pareció tranquilizarla.

El silencio se adueñó de la estancia, mientras los tres contaban las horas de aquella larga semana en la que Matt se convertiría en uno de ellos.

Con sumo cuidado, ordenó el escaparate donde las novedades en cámaras digitales tomaban un gran protagonismo.

Como cada año, Jayden volvía a ocupar su habitual puesto de trabajo veraniego en la tienda de fotografía del señor Foster, y aquello le era de gran ayuda para distraerse en su nueva y solitaria vida.

Elle y Matt se habían marchado a Washington tras una breve reunión con el Consejo.

Jayden se sentía feliz por la pareja, pero su partida había dejado vacía por completo su lista de amistades.

Miró de soslayo el calendario que colgaba de la puerta del almacén y suspiró. Aún faltaba una semana para que Eilean volviera de Londres. Pero, a pesar de que sabía que ella regresaría a su casa, no sabía con certeza si lo haría a su vida, ya que, al parecer, algo que desconocía se había interpuesto en su amistad.

Abrió una de las cajas del almacén con el nuevo material que acababa de recibir y miró su contenido. Varios osos de peluche con camiseta se agolpaban en el interior. Cogió uno con cuidado y lo observó detenidamente.

Era uno de esos regalos personalizados en los que cada cliente podía imprimir, en la camiseta del peluche, su fotografía favorita o incluso alguna frase graciosa.

Le pareció el regalo ideal para el cumpleaños de Eilean.

Aprovechando la ausencia de su jefe y la falta de clientela de aquella mañana, se encaminó al ordenador del mostrador y empezó a buscar en los archivos una fotografía que le recordara a ella.

Pasaron varios minutos y, por mucho que revisaba entre los cientos de imágenes, ninguna le parecía la adecuada.

Pasó con el ratón sobre una carpeta que ponía *nocturnas* y la abrió. Ante él, varias imágenes de la luna dieron la respuesta a su búsqueda.

Así era ella.

Inconstante y cambiante como la luna, pero de una belleza tan pura que era imposible no admirarla.

Se sorprendió a sí mismo recordando las facciones de porcelana de Eilean y carraspeó incómodo.

Volvió a mirar el animal de peluche, intentando visualizar cómo quedaría la imagen impresa.

Entró en el programa de personalización de regalos, buscó su objetivo y, en pocos minutos, lo encargó.

Llegaría el cuatro de Julio, justo el mismo día que ella.

El móvil vibró encima de la mesita de noche y Elle lo cogió sin hacer ruido.

—¿Sí?

—Hola, Elle.

Una amplia sonrisa se dibujó en el preocupado rostro de la chica.

—Jayden, me alegro mucho de oírte.

—¿Cómo va todo?

—Igual —Acarició el rostro de Matt inmóvil en la cama—. Chris dice que es muy posible que esta noche despierte; ya hace una semana.

—En cuanto suceda, me llamáis.

—Por supuesto. Gracias por todo lo que has hecho, Emma nos está cuidando muy bien; tenías razón, es un encanto.

Jayden se sintió orgulloso de su amiga.

—Sabía que con ella estaríais bien. ¿Ya has encontrado casa?

—Sí, un modesto apartamento en las afueras. Es pequeño, pero para empezar es ideal.

—Me alegro.

—Creo que Chris está intentando conseguirnos unos trabajos en el Consejo. Tienes unos amigos estupendos.

—Lo sé —Su voz se tiñó de nostalgia.

—¡Jayden, he de dejarte, creo que Matt se está despertando!

—Espera… —Su súplica no fue atendida, la comunicación se había cortado.

245

Se dejó caer sobre su cama, embargado por una mezcla de sentimientos enfrentados.

Era feliz por sus amigos, pero la distancia le hacía sentir desdichado.

Estaba completamente solo.

El olor de su habitación le confirmó que volvía a estar en casa. Mussy se desperezó sobre la cama y empezó a ronronear en cuanto su dueña se le acercó.

—Hola, yo también te he echado de menos —Acarició a la gata entre sus orejas.

Colocó la maleta sobre una silla y se dispuso a deshacerla con tranquilidad.

Su madre apareció con una gran sonrisa, satisfecha de volver a tener a su hija en casa.

—Te traigo el móvil, cariño —Eilean lo cogió y vio las llamadas perdidas de Jayden—. Ha llamado varias veces.

—¿Contéstaste?

—Sólo una, para decirle que estabas en Londres. Parecía triste.

Eilean hizo una mueca de desprecio y continuó vaciando su maleta.

—¿Qué hay para cenar?

Shannon decidió no hacer más preguntas.

—Voy a prepararte tu plato favorito para celebrar que ya estás de nuevo en casa y lo has aprobado todo.

Eilean sonrió sin ganas.

—Gracias, mamá.

Shannon abrazó a su hija, consciente de que algo la atormentaba. Le acarició el pelo y la dejó a solas en su habitación.

Mientras estuvo en Londres junto a su abuela, todos los problemas parecían haberse quedado allí, en aquella habitación, y ahora volvían a ocupar su mente.

Sobre la mesa, estaba su diploma de graduación, junto a las calificaciones.

Había sacado un notable en álgebra.

Su corazón se encogió. Echaba de menos a Jayden, a pesar de que las cosas no hubieran terminado bien entre ellos.

Fuegos artificiales

El tranquilo barrio residencial de *Green Spirit* se había transformado por completo aquella tarde del cuatro de Julio.

Las familias se reunían con amigos en sus jardines, celebrando barbacoas y preparando los castillos de fuegos artificiales que toda la comunidad esperaba ansiosa.

La familia de Jayden preparaba una discreta cena en el jardín trasero, pero él no se sentía muy animado por la ausencia de Emma y Chris. No podían a asistir aquel año porque tenían que atender a sus nuevos invitados.

Sentado en su cama, miraba de reojo el oso de peluche con un gran lazo azul al cuello.

Era el cumpleaños de Eilean. Hoy cumplía dieciocho años, pero no sabía cómo presentarse y entregarle el regalo que le había preparado con tanto cariño.

Su móvil sonó.

El Sr. Walls se lucía frente a su nueva barbacoa cocinando en aquel día doblemente especial para ellos.

En un arrebato de querer dar una gran sorpresa a Eilean, había invitado a gran parte de la familia que vivía en Londres. Tíos, primos y hermanos invadían el jardín de la casa adornado con banderitas y guirnaldas de colores.

Eilean, abrumada ante tanta concurrencia, se había acomodado discretamente en un rincón del jardín, dispuesta a disfrutar de los fuegos artificiales sobre una manta vieja.

Por suerte para ella, el griterío de sus primos más pequeños distraía la atención de la gente y pudo disfrutar de la despejada noche por algunos minutos.

—Tu prima Gisele ha llamado a unas amigas para salir esta noche. Ahora ya tienes los dieciocho y puedes *salir de marcha*.

Eilean miró a su padre, que se esforzaba por hablar como la juventud.

—Prefiero quedarme aquí, papá.

—Como quieras. Toma, te he traído algo para comer —Dejó frente a ella un plato con una hamburguesa y una manzana verde.

—Gracias —Sonrió.

Su padre le besó en la cabeza y volvió a ocupar su sitio en la barbacoa.

La música y el griterío de los invitados la empezaron a poner nerviosa y decidió coger la manzana y entrar en la casa hasta la hora de los fuegos artificiales.

En el interior, podía oír hasta sus propias pisadas.

Se sentó en la mesa de la cocina y dio un generoso mordisco a la manzana, disfrutando de su soledad, hasta que el timbre de la puerta llamó su atención.

Su madre apareció de la nada.

—Abre tú, cariño —Su sonrisa delataba que esperaba a alguien.

Con un largo y penoso suspiro se dirigió a abrir la puerta.

El brillo de los ojos grises que le esperaban tras ella hicieron que se atragantara con el pedazo de fruta que aún tenía en la boca.

Lo engulló.

—Hola, Eilean —Su voz sonaba a súplica.

—¿Cómo sabías que estaba aquí?

—Tu madre me ha llamado.

—¿Qué quieres? —Le empujó con fuerza haciéndole retroceder, y ambos salieron al jardín delantero.

Era como si ella no quisiera que Jayden estuviera cerca de su casa.

—He venido a felicitarte —Le enseñó el oso de peluche.

Ella lo miró confusa.

—¿Disfrutas jugando conmigo? ¡Quiero que te marches y no vuelvas jamás!

—¿Se puede saber qué te he hecho para que te pongas así? —Su voz ya no era dulce.

Eilean se alejó un poco más de la casa hasta un árbol de la calle.

—¿Te parece poco largarte de mi casa mientras yo te abro mi corazón y te digo lo mucho que significa tu amistad? —Sus ojos destilaban pura furia.

Jayden se quedó mudo, procesando aquella frase y repasando el último día que pasó con ella.

De pronto, lo recordó todo con claridad. Las palabras sinceras de ella y el candente sol sobre su piel.

—Lo siento, aquel día no me encontraba bien y por eso me fui tan deprisa. No creí que te hubiera sentado tan mal. Perdona.

Por un momento, ella creyó en la sinceridad de sus palabras.

—¿Qué te pasaba?

—Lo siento —Negó con la cabeza—. No puedo decírtelo.

—¿Sabes? El asunto de mantener secretos era divertido cuando eran ciertos y no excusas.

Jayden dio un paso hacia ella, haciendo que se viera obligada retroceder hasta el árbol.

—Si quieres, te lo cuento. Pero tú también tendrás que hacerlo —Algo en sus ojos le indicó a Eilean que hablaba en serio y ella no quería revelar su secreto.

—Me sentí como una idiota, allí plantada.

—Yo me sentí utilizado cuando, después del examen, pasaste de mí y te fuiste a Londres —Aquello la hirió como una daga.

Sus ojos conectaron durante varios segundos y sus respiraciónes se acompasaron.

—Eilean, ha sido un malentendido. Si pasara de ti, ¿crees que te habría traído esto? —Hizo que el oso bailara ante sus ojos.

Ella sonrió disimuladamente.

—Es todo un detalle —musitó.

—Feliz cumpleaños —Le alargó la mano con el peluche para que lo cogiera.

Eilean, consciente de que aún tenía la manzana en la mano, le dio un último mordisco y la tiró en una papelera cercana para disponer de las dos manos libres a la hora de inspeccionar con cuidado su regalo.

—Lleva escrito mi nombre sobre una luna —Sus palabras eran ininteligibles mientras terminaba de masticar el gran trozo de manzana que tenía en la boca.

Se dio cuenta de su mala educación y se preparó para tragarlo.

Cuando se disponía a masticarla por última vez, se mordió la lengua y empezó a sangrar.

—¡Que estúpida, me he mordido! —Se llevó la mano a la boca con una mueca de dolor.

El sutil aroma de sangre dulce, mezclada con la acidez de la manzana, hizo aparecer en los ojos de Jayden un salvaje brillo que ella jamás había visto.

Un suave pero constante rugido empezó a vibrar procedente de la garganta de su amigo.

Jayden estaba fuera de control. Su pulso se había acelerado y cada fibra de su cuerpo deseaba aquellas pequeñas gotas de sangre que brotaban en la boca de ella.

Sin darle tiempo a reaccionar, la aplastó contra el árbol con el peso de su cuerpo y la besó con la excusa de que su lengua pudiera saborear cada partícula de sangre que había depositada en la de ella.

Eilean intentaba apartarle sin éxito. Parecía una losa de piedra maciza.

Sobre ellos, el castillo de fuegos artificiales empezó a arrojar colores brillantes.

La sangre de ella se deslizaba suave y cálida por la garganta de él pero, transcurridos unos segundos en aquella posición, un sentimiento se aclaró en la mente de Jayden.

No ansiaba su sangre.

Ansiaba su esencia, quería fundirse con ella, hacerla suya y besarla hasta que le dolieran los labios.

Estaba enamorado de ella.

Aquella realidad le heló la sangre y se apartó lentamente temiendo verse reflejado en los ojos de su amiga que le empujaba con fuerza.

Ella le miró atemorizada ante su atrevimiento.

Jayden la vio como si fuera la primera vez. Su piel blanca era el lienzo perfecto para aquellos expresivos ojos verdes enmarcados por su pelo de fuego.

La envolvía una atmósfera de colores vibrantes que bailaban sobre ella como hadas caprichosas confiriéndole el aspecto de un ángel multicolor.

El estruendo de un cohete hizo que Jayden saliera de su ensueño.

Eilean se mordió el labio inferior y le atizó una sonora bofetada antes de salir corriendo hacia la seguridad de su casa.

Él se recostó en el árbol, dejándose caer hasta quedar sentado en el suelo.

Su corazón palpitaba desbocado y, en su boca, el gusto de sangre y la manzana ácida nublaba sus sentidos.

ॐ ॐ

Corrió hacia su habitación a toda prisa, mientras su pulso retumbaba en sus oídos como tambores.

Se asomó con cuidado por la ventana, oculta entre las cortinas, para asegurarse de que Jayden ya no estaba.

Pero allí estaba él, sentado bajo el árbol con las piernas encogidas y las manos enterradas en su negro pelo.

Parecía que algo le atormentaba.

Poco a poco, las piernas dejaron de temblarle y empezó a sentir compasión por aquel ser que se consumía bajo el árbol.

Jayden había enterrado su cabeza entre los brazos y daba la sensación de estar llorando.

En su mano, aún sostenía el peluche con la luna. Lo miró. Una luna creciente.

Sonrió. De no ser por él, no sabría en qué fase lunar se hallaba. Sin él, no habría aprobado álgebra.

Pero todo aquello y su amistad no le daban derecho a besarla sin su consentimiento.

Ella no le quería, al menos no de esa forma.

Volvió a mirar por la ventana, dispuesta a tragarse su orgullo y perdonarle su atrevimiento si aún estaba allí.

Pero ya no estaba.

La mano de Eilean aún palpitaba sobre su mejilla cuando entró en silencio en su casa. Aprovechando que su madre estaba distraída con Iris en el jardín trasero, corrió a resguardarse en su habitación evitando preguntas.

Hacía mucho tiempo que no sentía una vulnerabilidad así en su alma, y aquello le aterraba.

No quería que alguien le volviera a herir como lo había hecho Andrea. Pero un sentimiento más fuerte colapsaba su mente.

Eilean se había vuelto a enfadar con él y esta vez dudaba que pudiera perdonarle.

Washington

Custodiado por las sombras de los árboles del paseo donde estaba la tienda de fotografía, Jayden esperaba paciente a que el Sr. Foster abriera.

Sus dedos jugueteaban sobre el teclado de su móvil, debatiéndose entre llamar a Eilean o no hacerlo.

Habían pasado dos días. Cuarenta y ocho horas insoportables para él, viéndose sumido en un mar de angustia e incertidumbre.

Sabía perfectamente, por la reacción de ella, que su repentino enamoramiento no era correspondido y, por si fuera poco, había vuelto a meter la pata una vez más, formando otra grieta en su frágil amistad.

Sus ojos se clavaron en el nombre de ella que aparecía escrito en la pantalla del teléfono.

De pronto sonó.

—¿Sí?

—¿Jayden Savage?

—El mismo.

—Hola, soy Madison, la hija del Sr. Foster. Llamo para decirte que esta semana la tienda permanecerá cerrada.

—¿Por qué?

—Hemos tenido que ingresarle en el hospital por una angina de pecho y está en observación.

Se quedó mudo por un instante.

—¿Se repondrá?

—Sí, los médicos dicen que es fuerte, pero durante estos días no quiero que se preocupe por el negocio, así que te doy una semana de vacaciones.

—Espero que se recupere pronto, transmítele mis saludos.

—Gracias, lo haré. Adiós.

—Adiós —Colgó.

De pronto, se vio solo en aquella calle, frente a la tienda cerrada y con toda una semana por delante, completamente desocupado.

El sol perdió su poder de calentar el ambiente y el suelo pareció volverse líquido bajo sus pies.

Toda una semana para pensar en lo que le había hecho a Eilean y aceptar el fatídico hecho de que ella jamás volvería a dirigirle la palabra.

Una presión en la boca del estómago le provocó náuseas y empezó a hiperventilarse.

No entendía por qué estaba reaccionando así ante aquella situación, pero estaba al borde de un ataque de ansiedad.

Se subió a su moto e intentó que la potencia de los caballos de la *CBR* dejara atrás sus problemas.

Los gritos entre la multitud de gente que esperaba a los pasajeros del vuelo que acababa de aterrizar indicaron a Jayden la posición exacta de Emma, que saltaba como si estuviera sobre un suelo cubierto de brasas.

Animado por Kate y Galatea, había cogido el primer vuelo que salía hacia Washington para pasar aquella semana junto a sus amigos.

En cuanto le tuvo cerca, Emma saltó a sus brazos y él la estrechó con tanta fuerza que la dejó sin aliento.

—¡Hola, enano!

—Hola, fea.

Emma percibió un leve temblor.

—¿Estás bien? —Susurró cerca de su cuello.

—No —Ella le miró abrumada ante la sinceridad de aquella respuesta y todo lo que conllevaba—. ¿Podemos hablar en el coche? —Se le quebró la voz.

Emma le abrazó con más fuerza, sintiendo un arrebato de compasión ante la repentina fragilidad que mostraba su amigo.

El silencio en el parking del aeropuerto era absoluto en la planta donde Emma había aparcado su coche.

Jayden tenía la mirada perdida entre los vehículos que tenían enfrente y apenas se le oía respirar.

Ella sintió un arrebato maternal y protector hacia él y posó su mano sobre la del que era prácticamente su hermano.

—Nunca te había visto así.

—Nunca me había sentido así —La miró con los ojos vidriosos.

—¿Qué te pasa?

—Siento… —Tragó saliva lentamente— siento que una parte de mí ha cambiado, y hay un vacío en mi vida tan potente como un agujero negro que esta succionando la alegría de mi entorno por momentos, hasta el punto de que temo desaparecer en él.

Emma le miraba preocupada.

—¿Es porque Matt y Elle se han ido de Eugene?

—Ese fue el inicio, pero no es todo —Su respiración empezó a agitarse conforme las imágenes de Eilean se dibujaban con claridad en su mente.

—¿Qué es lo que te hace estar tan triste, Jay? —Él apretó su mano con fuerza.

—No es *qué*. Es *quién*.

—Eilean —Cada una de las letras de su nombre desgarraron su herido corazón como pedazos de cristal afilados—. ¿Qué ha pasado?

—Al parecer, lo que era evidente para todos vosotros —Cogió aire y lo soltó lentamente—. Estoy enamorado de ella.

Emma sonrió dulcemente.

—¿Por fin has encontrado a tu alma gemela?

—No —Bajó la mirada—, no es correspondido.

—¿Te lo ha dicho ella?

—No con palabras.

Emma le zarandeó con delicadeza intentando animarle.

—Entonces, no cuenta. Dile lo que sientes. Ninguna mujer se resistiría a un chico como tú mostrándose tan vulnerable como te veo yo ahora.

—¡No, Emma! —Su voz se elevó casi hasta ser un grito—. No lo entiendes, la besé y ella me abofeteó.

Ella se mordió el labio inferior con una mueca de sorpresa.

—Lo siento —Le acarició con ternura el brazo.

—Ya me habían roto el corazón antes, pero esto de ahora es como si me lo hubieran arrancado, llevándose con él todo lo que un día fui. ¿Por qué me siento así, Emma? —Sus ojos grises destilaban desolación.

Ella le abrazó.

—No lo sé, cariño, pero pasará. Todo pasará —Su voz era un susurro entre los sollozos que emitía Jayden.

จ๛

El murmullo del agua hirviendo sobre el fuego tenía fascinado a Matt, que disfrutaba de sus nuevos sentidos de vampiro neonato.

Elle le miraba con auténtica devoción.

Emma estaba preparando unos *spaghetti* con albóndigas medio crudas para la cena de Jayden y ella, mientras Chris calentaba en el microondas una jarra de sangre de cerdo.

Jayden observaba la escena como si no estuviera presente, pero con una sonrisa fija en su rostro. Le había hecho prometer a Emma que no revelaría sus sentimientos para no preocupar al resto y ahora fingía a la perfección ser el Jayden de siempre, sentado en la mesa de la cocina de Emma a la espera de la cena.

—Chris, ¿me abres el tarro de tomate y me lo pasas? —Le hizo un gesto indicando el estante con el bote.

Matt se levantó usando su nueva velocidad y se lo arrebató de las manos a Chris.

—Déjame a mí, por favor —Chris sonrió y le entregó el objeto de su deseo—. Mira Jayden qué fuerza tengo, lo abriré sólo con dos dedos.

Jayden le miró con la expresión con la que mira un padre a su hijo cuando cree que está a punto de hacer una gran proeza.

—Veamos.

Matt presionó con cuidado el borde de la tapa metálica y giró su muñeca.

El bote de cristal se partió por la mitad, derramando el tomate por todas partes, como si hubiera sido una bomba roja.

—¡Matt! —Elle le riñó cariñosamente—. Cuidado, aún no controlas esa fuerza.

Él miró a sus amigos salpicados de pequeñas manchas rojas.

—Lo siento mucho, apenas he hecho fuerza.

Emma empezó a reír y todos la siguieron.

Elle se le acercó y le besó llenándose la cara de tomate. Chris, imitando a su amiga, intentó besar a Emma, que tenía una gota de salsa en la comisura de la boca, pero ella le esquivó entre risas.

Los ojos de Jayden se encontraron con los de su amiga, agradeciéndole en silencio el gesto.

Emma no quería hacer gala de su felicidad delante de él.

La incomodidad del sofá del salón, combinada con su maltrecho ánimo, impedía conciliar el sueño a Jayden, que se retorcía entre los cojines.

Unos pasos le alertaron de la presencia de alguien en la habitación. Su olfato le desveló la identidad del rondador.

—¿No puedes dormir, Matt? —Se sentó en el sofá.

—¿Te he despertado?

—No —Sonrió.

Matt se sentó junto a su amigo.

—Me está costando acostumbrarme a dormir con tantos olores y sonidos que me llaman la atención.

—Te acostumbrarás, mi madre lo hizo.

—¿Sabes que eres un tramposo? —Le golpeó con el puño en el hombro y Jayden sintió un gran dolor—. Claro que nadabas rápido, eres un dhaphiro.

Jayden empezó a reír mientras se frotaba el golpe.

—¿Tú que hubieras hecho?

Meditó durante unos segundos y su semblante se volvió algo serio.

—Siempre te habría ganado —Le miró de soslayo—. Pero tú no lo hiciste, dejaste que yo ganara hasta que... —Jugueteó con sus dedos.

—Eso es lo que hacen los amigos —Jayden sonrió desviando el tema—. ¿Cómo llevas la separación con tus padres?

—Es lo único que hace que no sea plenamente feliz. Les dejamos una nota en la consulta de mi padre, diciendo que nos habíamos fugado para viajar en plan mochilero por toda Europa. Me llamó hecho una furia, prácticamente para desheredarme por ser tan irresponsable y mal hijo —Suspiró.

—Lo siento, es el precio que ha de pagar nuestra sociedad.

Matt le miró confundiendo la tristeza que ya habitaba en Jayden con compasión hacia su situación.

—Ha merecido la pena. Jamás he querido a alguien como quiero a Elle. Chris me ha dejado un libro que tienen donde explica todo ese rollo sobre las almas gemelas, porque Emma está convencida de que el destino nos ha unido. Al parecer, es otra de las ventajas de los inmortales, sentimos un amor tan fuerte que nos hace unirnos de por vida a otra persona.

—No es exactamente así. Nos es más fácil encontrar a la otra persona porque sentimos más que cualquier otro ser en este planeta los sentimientos y las sensaciones.

Matt se levantó de un torpe brinco y corrió hasta un estante, cogió un libro de lomo negro y rebuscó entre las hojas.

Casi desgarró algunas al usar más velocidad de la deseada.

—Tienes razón, tengo que centrarme. Es mucha información sobre este mundo nuevo.

—No es nuevo, es el mismo, sólo que ahora aprecias cosas que antes no podías.

Matt le sonrió, dejando el libro de nuevo en su sitio.

—Me alegro de formar parte de tu mundo.

—Y yo.

Ambos se miraron con una sincera sonrisa.

—Será mejor que me vuelva a la cama —Jayden asintió y vio

como su amigo intentaba no chocar contra los muebles al ir más deprisa de lo que estaba acostumbrado.

Los ojos de Jayden se clavaron sobre el lomo del libro y leyó el título: *El estudio de las almas gemelas, por Platón*.

—En la escuela, a mí no me enseñaron que Platón era un vampiro —musitó para sí mismo.

Sin dudarlo un segundo más, se levantó y cogió aquel libro entre sus manos.

Empezó a pasar las páginas en busca de respuestas. Estaba claro que Eilean no era su alma gemela, pero algo en el fondo de su corazón empezaba a quedarse afónico de tanto gritar que sí lo era.

Sus ojos empezaron a recorrer párrafos al azar, sin llegar a una conclusión exacta.

Se sentó en el sofá y empezó a leer capítulo tras capítulo hasta que el sueño por fin le venció.

En su mente, se materializó un último pensamiento antes de dejarse llevar por sus sueños.

Debía hacer como Matt, entregarse por completo a su mundo y dejar todo lo que era mortal para los humanos. Empezaría una nueva vida allí, en Washington, con sus amigos. Formaría una pequeña familia, como la que en su día formó su madre con los padres de Emma.

Pero esa idea que aliviaba su alma tendría que esperar un año más, ya que su madre jamás permitiría que abandonara su carrera.

Sonrió y se durmió con sus nuevos planes de futuro flotando como nubes en sus sueños.

Pérdida

A pesar de la fina lluvia y de la negativa de su madre, Jayden había decidido salir a dar una vuelta con su moto para intentar ocupar su última tarde de vacaciones tras haber desecho su equipaje.

Las gotas que caían sobre la visera de su casco, cada vez eran más grandes y decidió poner rumbo a casa antes de que el agua calara por completo su ropa.

Giró la esquina y se encaminó dirección a su calle.

Sus diestros ojos no pudieron evitar reconocer la silueta femenina que corría bajo la lluvia intentando llegar a su casa lo antes posible.

Eilean se paró en seco al reconocer el faro de la moto de Jayden, que se acercaba a toda velocidad.

Sus ojos conectaron tan sólo un segundo y el tiempo pareció detenerse para ambos.

Le echaba de menos, pero sabía que, por mucho que consiguieran arreglar su maltrecha confianza, su amistad nunca volvería a ser lo mismo después de aquel beso robado.

Quiso saludarle, pero su orgullo se lo impedía.

Jayden tragó saliva para hacer bajar el nudo que se le había formado en la garganta.

Ante él, como una visión en mitad de un sueño borroso, estaba ella, plantada bajo la lluvia, con su cabello rojo pegado sobre la cara y su pequeño cuerpo completamente definido bajo su vestido de verano empapado.

Aceleró para dejar atrás aquella visión que sabía que le atormentaría toda la noche, pero pisó una de las líneas pintadas en el asfalto y la moto empezó a patinar.

Eilean se llevó las manos a la boca, pero Jayden logró controlar su potente moto y salir airoso de la situación.

El corazón le latía a toda prisa y sus ojos no podían dejar de mirar la imagen de Eilean en el retrovisor, que cada vez se hacía más y más pequeña.

Las nubes del día anterior habían dejado paso a un radiante sol de verano que, por desgracia, tenía recluidas a Kate y Galatea en el interior de su casa.

Jayden pasaba la tarde de aquel aburrido domingo junto a su madre revisando el manuscrito, casi completo, sobre la vida de Galatea.

—Has tenido una vida sorprendente.

—Cualquier vida inmortal es sorprendente.

Kate le sonrió con autentica devoción.

—No, tu historia es cautivadora. Estoy convencida de que a mi editor le va a fascinar. Es una lástima que sólo se pueda vender como *ciencia-ficción*. Si supieran que es una historia real se vendería mucho mejor.

—Jayden, tu madre me valora demasiado.

—No, yo también opino que será un libro muy interesante.

Galatea le sonrió y sus ojos pasaron a ser dos finas líneas con una chispa gris.

El teléfono del salón empezó a sonar y Kate saltó de la silla para atender la llamada.

Galatea empezó a garabatear, en el margen de una de las hojas, pequeñas correcciones sin importarle el asunto de la llamada.

Su bolígrafo se paró en seco y miró a Jayden.

—¿Qué pasa?

—Ve con tu madre.

Jayden resopló. Envidiaba que se pudieran comunicar sin una sola palabra dicha en voz alta.

Entró en la sala resignado.

Kate colgó el teléfono y le miró con los ojos llenos de compasión.

—¿Qué pasa, mamá?

—Era la madre de Eilean —Un escalofrío recorrió la espalda de él al oír su nombre—. Hace dos días que su padre está en Londres porque su abuela se encontraba mal y hace unas horas que ha fallecido de un infarto mientras dormía —El rostro de Jayden expresó su sorpresa—. Shannon me ha pedido si podíamos cuidar de Eilean estos días mientras se reúne con su marido en Londres. Dice que ahora está dormida porque le ha tenido que dar un par de tranquilizantes y no cree que sea buena idea que la acompañe. Van a traer el cuerpo para enterrarlo aquí.

Galatea entró en la habitación y posó sus manos sobre los hombros de Jayden. Él no les había contado nada pero, después de tantos años, tanto Kate como Galatea podían leer en sus ojos su sufrimiento aunque no supieran con exactitud la causa.

—Jayden, Eilean te necesita.

—Lo sé. No es un momento fácil para ella. Adoraba a su abuela.

Kate sonrió ante la nobleza de su hijo.

—Shannon se marchará en diez minutos. Será mejor que vayas a su casa para que cuando Eilean despierte vea una cara conocida.

—No sé si querrá ver la mía.

—Seguro que sí.

Jayden tomó una larga bocanada de aire y se encaminó hacia la puerta con el corazón encogido.

Habían pasado dos horas desde que Shannon se había marchado con los ojos enrojecidos de tanto llorar, dejando a un desconcertado Jayden sentado en el sofá de su casa.

El único sonido que se oía era la respiración sosegada de Eilean en el piso superior, hasta que un sonido de cristales rotos quebró la armonía.

Alarmado, y a sabiendas de que estaba a punto de romper una de las normas más firmes de Eilean, subió a la primera planta y entró en su cuarto para asegurarse de que estaba bien.

Dos ojos brillantes se le clavaron desde los pies de la cama y un largo y grave rugido le avisó de la presencia de Mussy, que velaba por su adormecida dueña.

Jayden dio un paso y entró en aquella habitación que olía a claveles blancos.

Mussy saltó de la cama pasando por su lado entre bufidos y lamentos de enfado. No podía haber dos animales salvajes en la misma estancia.

Uno de los brazos de Eilean colgaba del borde de la cama y su mano reposaba sobre un lecho de cristales rotos.

El olor de la sangre hizo que su corazón diera un brinco al rememorar aquel beso con sabor a manzana ácida.

Se arrodilló para evaluar la magnitud del corte, arropado por la oscuridad que le brindaban las persianas y las tupidas cortinas de color lavanda.

Apenas era un rasguño.

Recogió los cristales del suelo y recompuso lo que unos segundos antes había sido un marco de fotos.

Con cuidado, puso la mano de Eilean sobre su cintura y dejó la fotografía en la almohada.

Rebuscó entre las sombras una papelera para tirar los cristales rotos y, tratando de no hacer ruido, fue tirándolos uno a uno.

La habitación de forma cuadrada expresaba a la perfección el carácter de Eilean. Decorada con tonos lavanda y amarillo pastel, era el lugar más cálido de la casa. En las estanterías, se amontonaban los libros, a la par que los peluches que en su día ocuparon un importante lugar en sus largas horas de juego. Sobre el escritorio, estaba el oso que él le había regalado. Lo acarició con la mano como si él pudiera decirle qué había estado haciendo ella durante aquella última semana.

—¿Mamá? —Su respiración se agitó.

Jayden la miró a sabiendas de su mala reacción cuando supiera que él estaba allí.

—¿Mamá? ¿Qué haces? —Alargó su mano y encendió la lámpara que había en su mesita de noche.

Jayden estaba petrificado a los pies de su cama, sin saber exactamente cómo debía reaccionar.

Los enrojecidos ojos de ella mostraban un color verde más oscuro de lo habitual y las lágrimas se habían secado dejando rastros silenciosos de su dolor en sus mejillas.

—¡Mamá! —Se sentó en la cama un tanto mareada—. ¡Mamá! —Sus gritos eran desgarradores.

—Eilean —Dio un paso lento y muy corto hacia ella con una mano por delante para tranquilizarla—. Se ha ido a Londres con tu padre y ha pedido a mi madre que cuidemos de ti.

—¡¿Qué?! —Le miró como si él fuera el culpable de todo—.

Le he dicho que quería ir con ella.

Intentó levantarse, pero el efecto del tranquilizante aún la embriagaba. Se dejó caer de nuevo sobre la cama y su mano rozó la fotografía sin marco.

Su expresión era de pánico absoluto.

—¿Qué ha pasado? —Le miró y Jayden se deshizo disimuladamente de un par de cristales que aún tenía en la mano—. ¡Tú! —Se levantó gritando hacia él con la ira marcada en sus facciones—. ¡Lo has roto tú! —Empezó a golpearle en el pecho con furia, mientras las lágrimas volvían a rodar por sus mejillas.

Jayden se quedó inmóvil, mientras su propio dolor le consumía por dentro. No soportaba verla sufrir.

Los golpes que recibía cada vez eran de menor intensidad hasta que, por fin, paró y se dejó caer en el suelo como una muñeca de trapo rota, entre sollozos y lamentos ahogados.

Jayden no podía apartar los ojos de ella. Jamás la había visto tan frágil como en aquel momento. Allí, sentada en el suelo.

—Yo no lo he roto —Su voz era un ronroneo ligero.

Ella le miró con los ojos llenos de lágrimas, mientras presionaba aquella fotografía contra su pecho.

—Lo sé, se me ha debido caer de las manos mientras dormía —Miró la imagen con cariño y empezó a llorar desconsoladamente—. No sé qué haré sin ella.

Él permanecía inmóvil, luchando contra su instinto protector. Quería abrazarla, consolarla y susurrarle al oído que su abuela estaba ahora en un sitio mucho mejor.

—¿Por qué, Jayden? —Su pulso se aceleró, tenía ganas de salir corriendo de allí—. ¿Por qué me ha dejado? —Sollozó—. ¡La necesito! Sólo ella me comprendía de verdad —Se hizo un ovillo en el suelo y empezó a llorar con más fuerza, sumida en una de las tristezas más grandes y profundas que Jayden jamás había presenciado.

Se arrodilló junto a ella y Eilean saltó a sus brazos sin pensarlo dos veces.

La rodeó cauto con sus brazos y su diminuto cuerpo empezó a temblar bajo el suyo.

Acercó su cara a su cabello y aspiró su aroma. Olía a vainilla mezclada con la sal de sus lágrimas.

—Ella no querría que estuvieras así, se pondría muy triste —musitó sobre su pelo.

Su llanto fue aminorando a medida que Jayden la iba meciendo, al igual que su respiración.

Una hora después, Eilean seguía durmiendo entre sus brazos.

Jayden intentó moverse con cuidado de no despertarla, para alcanzar el móvil que tenía en el bolsillo trasero de su pantalón, con el fin de avisar a su madre, que sin duda se estaría preguntado por qué no estaban en casa.

La fotografía que sostenía Eilean cayó como una hoja en otoño y Jayden se quedó mirando la instantánea.

Era una imagen vieja. En ella se veía una mujer mayor junto a su nieta pelirroja cubiertas de curiosas ardillas en un parque de Londres.

A lo lejos, un chico sentado en un banco con un libro entre las manos, que las miraba fascinado.

Un joven Jayden de catorce años.

Dolor

Su mente rememoró aquel día en concreto en el *Regent's Park* de Londres. Recordaba la intensidad del sol de invierno sobre su rostro. Las palabras del libro que se había llevado para leer. Pero sobretodo, la recordaba a ella. Aquella niña que envidió por poseer una felicidad e inocencia absolutas, ajena a todo mal y problema, rodeada de ardillas juguetonas que parecían adorarla.

Sus ojos recorrieron el cuerpo de Eilean, que aún seguía acurrucado en el hueco que formaban sus piernas y sus brazos.

Quizás no era envidia lo que había sentido aquel día hacia ella. Tal vez, en aquel preciso momento, se había enamorado de su risa pueril y de su cabello de fuego.

Su corazón empezó a latir rápidamente y la habitación pareció encogerse con ellos dentro.

La cercanía y el calor del cuerpo de Eilean, avivaban el dolor que Jayden sentía por no poder demostrarle su amor.

El movimiento acelerado de su pecho, obedeciendo a su agitada respiración, despertó a Eilean, que levantó los ojos muy despacio hasta ver los de él.

Tardó unos segundos en reconocerle.

—No ha sido una pesadilla, ¿verdad? —Su voz sonaba serena.

—Lo siento.

Se levantó con un poco de dificultad y Jayden la cogió de un brazo para que no perdiera el equilibrio.

Una única lágrima silenciosa surcó su rostro.

—Si no te importa esperarme abajo, recogeré un par de cosas y me reuniré contigo.

Jayden asintió, con la sensación de que Eilean había madurado en aquellas pocas horas.

Kate y Galatea la recibieron en su casa con una amplia sonrisa, que Eilean intentó corresponder sin éxito.

Sus ojos recorrieron la casa y el aroma le recordó vagamente a Jayden.

En otras circunstancias, al conocer en persona a la familia de su amigo, Eilean se habría hecho preguntas evocadas por su don, pero en aquella situación ya no le importaba nada.

La tristeza de la pérdida de su abuela inundaba por completo su mundo.

Jayden se sentó frente a ella en la mesa de la cocina y Galatea les sirvió la cena.

—No tengo hambre, si no le importa —Rechazó con un gesto de la mano el pedazo de pastel de carne que le ofrecía.

—Come sólo un poco, has de recuperar fuerzas y, por favor, no me llames de usted, no soy tan mayor.

Se oyó una risilla disimulada procedente de la puerta de la cocina donde estaba Kate.

Eilean miró su plato y cogió un diminuto trozo de pastel con el tenedor. El ambiente relajado y amistoso de aquella casa calmaba un poco su ansiedad.

Jayden permanecía frente a ella, inmóvil, percibiendo sus movimientos y palabras sin apartar los ojos de su plato.

Un hormigueo nervioso le consumía por dentro.

Se sentó en el borde de la cama de Jayden y miró curiosa la habitación. A pesar de sus negativas, Kate se había asegurado de que Eilean ocupara la estancia proporcionándole la intimidad y el descanso que necesitaba.

Se arrellanó en la almohada y se durmió sin mucho esfuerzo.

Jayden había cogido una almohada y una manta y se había retirado, sin poner objeción alguna, a la planta baja para dormir en el sofá-cama del despacho de Kate.

Se tumbó y la fragancia de Eilean impresa en su camiseta le invadió.

Su mundo estaba perdiendo el sentido y lo único que deseaba era volver a consolarla entre sus brazos.

Saltó de la cama como si las sábanas estuvieran al rojo vivo y rebuscó en los objetos que había bajado consigo hasta encontrar el libro sobre las almas gemelas.

Emma se lo había prestado sin poner demasiadas objeciones, pero con un tono de preocupación en sus palabras.

No quería que se obsesionara con la búsqueda de aquel mito.

Sus dedos recorrían las frases impresas sobre el papel de color hueso, como si ellas pudieran calmar su desconsuelo pero, por mucho que leía, no encontraba la paz para su herido corazón.

Tiró el libro sobre la cama en un arrebato de furia impotente.

Sus ojos lo miraron de soslayo y la pregunta obtuvo su respuesta. Escrito a mano con pluma en la última hoja ponía: *Propiedad de Jean Neveau.*

❦ ❧

Un llanto, apenas audible para un mortal, le sacó lentamente de su sueño profundo, mezclándose con sus sueños, hasta que abrió los ojos y se enfrentó a la realidad.

Justo sobre él, en el piso superior y en su propia cama, se hallaba Eilean, llorando contra la almohada con la alegría deshecha por la pérdida de su abuela.

Algo en él pareció romperse.

Apretó los puños con fuerza y reprimió sus ganas de llorar. Su propio dolor le consumía, pero la angustia de ella reclamaba cada una de las fibras de su ser.

Se levantó lentamente de la cama y, como un alma en pena, subió por las escaleras mientras en su cerebro se amontonaban los sentimientos.

Sabía que consolarla no ayudaría a su espíritu herido, pero no podía soportar dejarla sola.

Aquella noche no había luna. Las farolas de la calle eran las únicas que arrojaban un atisbo de claridad dentro del oscuro pasillo.

Golpeó suavemente la puerta de su propia habitación con los nudillos y acercó el oído a la espera de la respuesta.

Eilean ahogó un sollozo, con la esperanza de que el visitante pensara que estaba dormida.

Jayden permaneció en silencio escuchando el interior durante algunos minutos.

Una tormenta de lágrimas casi inaudibles estalló dentro de la habitación y Jayden arañó lentamente la puerta intentando disipar su frustración.

Sentía su dolor como si fuera propio.

Apoyó la espalda contra la pared y se dejó caer desolado, hasta quedar sentado frente a la puerta, como un guardián abatido.

Las horas fueron pasando y, finalmente, el sueño le venció de nuevo.

La suave caricia de los dedos de Kate enredándose en su cabello hizo que abriera los ojos lentamente.

—Llegarás tarde, cariño —Su dulce voz era un susurro que se colaba en la aturdida mente de Jayden, aún entre restos de sus sueños.

Jayden se puso en pie y le sonrió. Kate le miraba sin hacer preguntas, a sabiendas de por qué había dormido en el pasillo.

El instinto materno le susurraba los sentimientos de su hijo como si los llevara escritos en la frente.

Le pasó la mano por la cara dulcemente, al ver que los ojos de él se clavaban en la puerta de su dormitorio.

—Cuidaremos bien de ella mientras estás trabajando, no tienes de qué preocuparte.

Cogió una bocanada de aire y se encaminó hacia la planta baja para prepararse para ir al trabajo.

Sentía como si su alma se quedara allí, mirando aquella puerta, mientras su cuerpo, como una marioneta sin vida, se dirigía a realizar sus tareas diarias.

Las nubes opacas impedían el paso del brillante sol, dejando la calle donde estaba la tienda de fotografía completamente sumida en las sombras. Una metáfora perfecta para el ánimo de Jayden que, apoyado en su moto, esperaba que el Sr. Foster abriera la tienda.

Una sensación nerviosa se retorcía en su pecho, mezcla de su nueva situación sentimental y la incomprensión por su parte.

Inevitablemente, comparaba lo que una vez sintió por Andrea con todo lo que le sucedía ahora.

Era muy distinto.

Ante él, se materializó como una aparición la imagen de la última página del libro sobre las almas gemelas.

Debía hablar con Jean. Eilean no podía ser su alma gemela, era evidente que no existía una pasión correspondida. Pero aquella intensa masa de sentimientos era demasiado fuerte para ser un amorío fugaz.

Una mujer de treinta años y larga cabellera negra se acercó a la persiana metálica y la abrió con un poco de dificultad.

Jayden apenas fue consciente de su belleza latina.

La mujer se le acercó jugueteando con las llaves y le sonrió descarada.

—¿Jayden?

—Sí.

—Soy Chloe, la hija del Señor Foster.

—Hola —Respondía sin ganas y de manera automática.

—Esta semana seré yo la que te abra la tienda antes de ir a mi propio trabajo. Mi padre aún necesita reposo por lo ocurrido, pero me ha comentado que eres de absoluta confianza para encargarte de todo hasta que él vuelva —Los ojos de Chloe repasaron el cuerpo de Jayden con absoluto descaro.

Él se limitó a sonreír, sin percibir el tono de flirteo de la mujer, mientras entraba en la tienda como un zombi movido por la rutina.

—Gracias, hasta mañana.

—Adiós —El tono de Chloe mostraba su irritación ante la falta de atención.

El sonido de las agujas del reloj de la tienda fue su única compañía hasta que la mañana llegó a su fin y la tienda se llenó de compradores ávidos por hacerse con una nueva cámara para sus vacaciones.

Apretó con fuerza el puño sobre el acelerador de la moto y voló por la calle en dirección a su casa. La simple idea de volver a compartir el mismo espacio con Eilean parecía lo único que insuflaba un poco de alegría a ese nuevo y oscuro mundo que se había cernido sobre él.

Deseaba ir a hablar con Jean, por si él podía desvelarle algo que le ayudara a calmar su desconsolada alma, pero las ganas de volver junto a Eilean eran más fuertes que su curiosidad.

Entró en el garaje chirriando las ruedas de la moto y, en pocos segundos, se adentró en la casa.

Los olores que le invadieron le ayudaron a posicionar a cada uno de sus inquilinos.

Kate trabajaba en su despacho, seguramente con el manuscrito del libro, y Eilean estaba junto a Galatea en el salón viendo una película.

Colgó su chaqueta, intentando no parecer ansioso, y entró en el salón casi sin hacer ruido.

Galatea se giró al instante con una brillante sonrisa enmarcada en su rostro.

—Está dormida —Susurró casi sin hablar.

Jayden miró a Eilean, que estaba aovillada en un extremo del sofá con una expresión de calma en su rostro.

Galatea se levantó como un gato silencioso, dispuesta a salir del cuarto.

—Voy a ayudar a Kate con el libro, si no te importa, cuida de

Eilean —Sonrió a sabiendas de lo evidente de la petición—. Querrá verte cuando despierte. Ha preguntado cuándo volvías un par de veces. Te necesita.

Aquellas palabras ahondaron en su herida hasta dejar sus sentimientos en carne viva.

Se sentó en el extremo opuesto a su amiga, justo donde había estado Galatea y se dedicó a memorizar cada uno de los rincones del rostro de Eilean.

Galatea le sonrió y abandonó el salón.

El pecho de ella subía y bajaba lentamente, señal de que estaba sumida en un profundo y tranquilo sueño.

El olor de su cabello había invadido sin permiso la habitación y, poco a poco, fue calando hondo en Jayden que, por minutos, acortaba la distancia entre ellos con movimientos lentos sobre el sofá, diciéndose a sí mismo que era para coger un mejor ángulo del televisor, a pesar de que no podía apartar sus ojos de ella.

Eilean musitó algo ininteligible entre sueños y sus rojos labios captaron su atención. Aquellos labios de los que una vez había robado un beso.

Se acercó hasta que sintió su calor cerca de su propio cuerpo y respiró hondo hasta quedar ebrio de su aroma.

Destino

El murmullo constante de las calles de Nueva York se colaba por los ventanales rotos de aquel almacén desvencijado, donde una docena de inmortales de mirada perdida revisaban con atención unas cartas que la mujer de ojos ambarinos les había entregado en silencio.

Apenas habían pasado unos minutos, cuando la reunión se disolvió y los miembros que la formaban se disgregaron, desapareciendo en direcciones opuestas.

En el centro del almacén, Eve sonreía triunfal al ver como su plan se llevaba a cabo sin problemas.

La música estridente de los títulos de crédito despertó a Eilean, que se hallaba acurrucada sobre el pecho de Jayden.

Su calor y la seguridad que le ofrecían sus brazos no la hicieron sentirse violenta hasta que recuperó por completo el sentido.

Se apartó de él con un brinco y le miró asustada.

—Lo siento, me senté a tu lado y te acurrucaste sobre mí.

Eilean recordó la escena en su dormitorio donde, sin dudarlo y desinhibida por los tranquilizantes y el momento, se había echado a sus brazos.

Pero ahora estaba serena y las imágenes de aquel beso robado volvían a su mente cuando miraba a Jayden.

Se apartó y deslizó sus dedos tras la oreja, llevando un mechón de pelo con ellos.

Estaba incómoda.

Jayden se mordió el labio inferior presa de la culpabilidad.

—Siento haber invadido tu espacio y haber roto nuestra confianza. Otra vez.

—No pasa nada, al fin y al cabo, soy yo la que se ha dormido sobre ti.

Jayden la miró fijamente a los ojos y un escalofrío recorrió la espalda de ella.

—No me refiero a hoy, me refiero al día de tu cumpleaños. Actué como un auténtico idiota.

Eilean se removió nerviosa sobre su asiento.

—Sé que lo sientes —Bajó la mirada—. Estos días me estás demostrando mucho apoyo y te estoy muy agradecida por ello.

Un hormigueo se apoderó del estómago de Jayden.

—Me importas —Carraspeó—, como amiga.

Ella sonrió sutilmente, sin saber el verdadero trasfondo de aquella frase.

El pulso de Jayden se aceleró y buscó algo que le ayudara a calmar sus nervios. La fotografía maltrecha que había entre ellos fue la solución.

Eilean miró hacia donde lo hacía él y cogió la instantánea doblada por la mitad.

—Tendré que sacar otra copia, la he destrozado. ¿Quieres conocer a mi abuela? —Una sonrisa melancólica acompañaba a sus cristalinos ojos mientras le enseñaba la imagen.

—Ya la conocía.

—¿Cómo?

Jayden señaló el joven sentado tras ella en la fotografía y Eilean se la acercó a la cara para ver el rostro del desconocido con detalle.

—¿Quién es? —Jayden sonrió y ella reconoció el parecido al instante—. ¡Eres tú!

—Sí. Al parecer, ya nos habíamos visto, al menos yo te vi.

—Es verdad. Tú, por aquel entonces, vivías en Londres —Ambos volvieron a mirar la instantánea y sonrieron—. Supongo que el destino ha querido que nos volvamos a encontrar.

—¿Crees en el destino?

—Sí, me gusta creer en esas cosas. El destino de dos almas perdidas en este mundo que, por algún motivo, están unidas y cuando por fin se encuentran, algo en el universo vuelve a su lugar —Jayden se movió ansioso—. ¿Crees que son tonterías?

Le dedicó una mirada tan directa que Eilean notó como atravesaba su alma.

—Últimamente, creo demasiado fervientemente en esas cosas.

—Le habrías caído bien —Pasó su dedo sobre el rostro de su abuela acariciándola—. Mi madre me ha llamado antes. Llegarán esta madrugada y la enterraremos mañana por la mañana —Una lágrima se dejó caer por su cara acompañada de un largo suspiro.

Jayden quiso abrazarla.

—¿Puedo ir?

Ella le miró con cariño.

—Sí. Para mí sería muy importante —Su respiración se aceleró acompañada de nuevas lágrimas.

Él levantó una mano instintivamente para secarle la cara, pero al instante se frenó y la dejó caer sobre el sofá.

Sus ojos se encontraron y ella decidió romper los últimos muros que mantenían presa su confianza, echándose a llorar sobre su pecho.

Jayden la rodeó con sus brazos lentamente para no asustarla y se dejó llevar por aquella sensación que le invadía.

Las lágrimas empezaban a empapar su camiseta bajo el rostro

de ella.

Le pasó la mano por el pelo, intentando calmarla.

Jayden se sentía bien. En aquel momento, él era su refugio, su amigo, su consuelo.

Bajo la sombra de un árbol, la familia de Jayden se resguardaba del poco sol que brillaba en aquella amarga mañana.

A pocos metros de ellos, la familia al completo de Eilean lloraba la pérdida de su ser querido.

El padre de Eilean la abrazaba con fuerza sin poder evitar sus propias lágrimas de dolor ante la pérdida de su madre.

—Es tan poco habitual que nosotros perdamos a alguien, que se nos olvida el dolor que puede llegar a causar —Kate cogió la mano de Galatea y la besó con cuidado.

—Supongo que es una bendición que los que quieres sean inmortales —Miró a Jayden—, o casi.

Él no prestaba atención a las palabras de su madre, sus ojos estaban fijos en la escena y en el dolor que su amiga sentía.

Kate se acercó y posó su mano sobre el hombro de su hijo.

—No te atormentes, cariño.

—Lo sé. Con su familia estará bien.

Galatea dio un paso y acarició la espalda del chico.

—No quiere decir eso.

Jayden tembló.

—Sabemos qué es lo que te ocurre, no hay lugar a dudas de ello cuando la miras.

—Quizás, con el tiempo, ella también te vea como tú lo haces ahora —Kate le acarició el pelo—. Mientras tanto, debes ser fuerte y ser el amigo que ella necesita.

Los ojos azules de su madre le transmitieron su apoyo y comprensión. Jayden temió echarse a llorar.

Unas gaitas escocesas hicieron que los tres volvieran a concentrar su atención en el funeral, que ya llegaba a su fin.

Los amigos y familiares intercambiaron palabras de consuelo y apoyo y. Poco a poco, la multitud de gente se fue disipando.

Kate y Galatea se acercaron a los padres de Eilean, aprovechando una nube que eclipsaba por completo el sol, amenazando con llover sobre ellos.

Jayden estaba inmóvil, clavado en el suelo.

Eilean miró hacia él secándose con el dorso de la mano una última lágrima.

Se le acercó.

—No te había visto.

—Te dije que vendría.

—Me hubiera gustado que Elle también estuviera aquí —Bajó la mirada.

—Ella y Matt no saben nada de esto, no se lo tengas en cuenta. Están en Washington de vacaciones. En cuanto se lo diga, te llamarán sin duda.

Eilean sonrió, recuperando parte de la alegría que solía tener.

—Estás cambiando mi mundo, Jayden.

—¿Qué quieres decir?

—Has logrado que tenga amigos y, últimamente, has conseguido que llorara delante de alguien que no fuera yo misma. Nunca me había mostrado tan vulnerable como lo he hecho contigo.

Jayden intentó aparentar una calma inexistente.

—Eso es por lo triste de la situación, no porque yo sea especial.

—Sí lo eres —Rebuscó algo en su bolso—. Toma.

Jayden miró la fotografía del parque que ella le entregaba.

—Nuestra relación ha pasado por momentos algo extraños, incluso llegué a pensar que esta amistad no era cierta, pero aquí está la prueba de que sí lo es y de que debe ser así. Recuerda que el destino así lo ha querido. Quiero que guardes esta copia de la foto por si alguna vez dudas de que soy tu amiga.

—Eres mía —musitó bajito.

—¿Cómo?

—Digo que si es mía, la foto.

—Sí, sí, he hecho una copia para ti.

Eilean le dio un rápido abrazo y salió corriendo hacia sus padres, que se dirigían hacia el coche de acompañantes.

—Tendré que conformarme con que seas mi amiga, pero lo que despiertas en mí jamás se silenciará.

Como si le hubiera oído en la lejanía, Eilean se giró hacia donde él estaba y, antes de subir al coche, le saludó con la mano.

Madurez

Las semanas fueron pasando y, poco a poco, las cosas volvieron a una normalidad aparente.

Eilean volvía a ser la de siempre, pero se mostraba mucho más cariñosa con Jayden, ahora que por fin las cosas habían quedado claras entre ellos y su amistad se había vuelto más sincera e íntima.

Gracias a aquella proximidad y a las visitas diarias de ella a la tienda de fotografía, haciéndose pasar por una compradora exigente, el dolor que se había extendido en el maltrecho corazón de Jayden, se había adormecido un poco. A pesar de ello, en alguna situación no podía reprimir sus deseos de acariciarla o querer besarla, desatándose en su interior una lucha constante.

El domingo era el día que menos le gustaba a Jayden porque no trabajaba y tenía que idear excusas para ver a Eilean.

Pero aquel domingo en concreto, la visita de Jean e Iris le habían frustrado todas sus posibles opciones.

Mientras las dos parejas charlaban animadas en la mesa del jardín, Jayden, estirado en una tumbona, se entretenía buscando en Internet información sobre las almas gemelas.

Las pisadas sobre el césped le advirtieron de que alguien se acercaba.

—Hoy estás más callado que de costumbre.

—Lo siento, es que tenía curiosidad por algo y estaba buscando información en la red.

Jean se dispuso a sentarse junto a él en otra tumbona y apartó la funda del portátil.

Un libro negro cayó al suelo.

—Vaya, ese libro es mío.

—Sí, Emma me lo dejó cuando estuve en Washington.

Jean se reclinó sin dar mucha importancia al asunto.

—¿Mal de amores?

Jayden se incorporó incómodo y escuchó su entorno. Las mujeres estaban en el interior de la casa.

—Simplemente, tenía curiosidad por el tema de las almas gemelas.

—¿Dudas de si has encontrado la tuya?

Jayden cerró su portátil y lo dejó sobre la funda que estaba en el suelo entre ellos.

—Según Platón, se sabe inmediatamente si la has encontrado.

—Platón está anticuado respecto ese tema —Hizo un gesto con la mano despreciando el libro—. Ahora hay muchos estudios nuevos.

Jayden cada vez se mostraba más interesado.

—¿Y qué dicen?

—Muchas cosas —Le miró de soslayo sin levantar la cabeza de su tumbona—. ¿Qué te interesa saber en concreto?

—¿Existen las almas gemelas no correspondidas?

Jean empezó a reír melódicamente.

—Eso se llama amor no correspondido, Jayden.

—Pero, ¿es posible que una de las dos partes sienta que son almas gemelas antes que la otra?

—Eso ya es otra cosa. Y, últimamente, se ha demostrado que sólo se siente si se está preparado. En ocasiones, suele ser en la mayoría de edad. Evidentemente hablo de dhaphiros, para los vampiros es otra cosa.

Jayden se sentó en el borde de su tumbona presa de su excitación.

—¿Quieres decir que hasta los dieciocho no te puedes dar cuenta de quién es tu alma gemela?

—No, exactamente a los veintiuno, que es vuestra edad adulta —Jean puso sus manos bajo la cabeza y se acomodó aún más—. ¿Quién es ella?

Jayden no pudo evitar un sobresalto ante la pregunta directa.

—Nadie.

—Estás enamorado, se te nota, al igual que sé que por el momento parece no correspondido.

—¿Por qué últimamente todos sabéis qué es lo que me pasa?

Jean se sentó y sus rostros quedaron a la misma altura.

—Tu familia y la mía han formado un vínculo tan fuerte estos años que somos como una sola. Entre nosotros siempre sabemos qué nos pasa. No hay secretos para una familia inmortal unida.

—¿Conoces a los Walls de esta misma calle?

—La pelirroja, sin duda.

Jayden bajó la cabeza un poco avergonzado. Jamás había compartido tantas intimidades con Jean.

—Ella es mortal.

—Lo sé, es un problema.

Jean rió divertido.

—No, no lo es. Tu tía Iris también lo era. Si se diera el caso, te aseguro que eso no sería problema para ninguno, te apoyaríamos al máximo. No obstante, sí hay un pero.

—¿Cuál?

—La falta de sensibilidad mortal. Si ella fuera tu alma gemela y llegada la fecha de tu veintiún cumpleaños no reacciona, es posible que jamás te corresponda — Aquello cayó como una losa sobre Jayden—. Ya sabes que los inmortales sentimos mucho más que los humanos y a veces se les escapan cosas.

—Iris lo sintió.

Jean dio unas palmaditas en el hombro a Jayden, que se mostraba abatido ante el amplio abanico de posibilidades.

—No siempre es igual para todos. Sea como sea, sólo te queda esperar. Cuando seas un dhaphiro adulto, quizás ella empiece a sentir algo o es posible que tú te des cuenta de que ella no es tu alma gemela.

La realidad le dejó sin respiración.

—No hay manera de saberlo antes, ¿verdad?

Jean meneó la cabeza y se incorporó ágilmente.

—Lo siento, chico —Le sonrió.

Jayden se dejó caer en la tumbona mientras Jean se alejaba.

Le quedaban varios meses para ser un dhaphiro adulto, para pensar en las posibilidades y para torturarse con las opciones.

En el bolsillo de su pantalón, el móvil vibró.

En la pantalla bajo su nombre apareció la fotografía del parque.

—Hola, Eilean.

—¿Te apetece un helado?

—Siempre.

—Te esperaré en la puerta de casa —Colgó.

—Yo también te esperaré.

El ruido de unas llaves estrellándose contra el suelo despertó a Emma de su apacible sueño.

—Chris, ¿qué pasa?

—Me han llamado del Consejo, hay una crisis con uno de nuestros exsoldados. Al parecer ha enloquecido y ha empezado a atacar a gente en un centro comercial.

—Eso es terrible, ¿cómo lo vais a justificar?

Chris corría de un lado a otro de la habitación terminándose de vestir.

—La verdad es que no lo sé, le han visto muchos mortales.

Emma se puso en pie y le besó rápidamente antes de que se fuera.

—Mantenme informada.

—Lo haré, te quiero.

Ella sonrió con una extraña sensación en la boca del estómago. Jamás había vivido una situación tan grave como aquella. Si no se trataba con mucha delicadeza, podría ser el fin de su gran secreto.

El sonido de la cucharilla en el fondo de la copa de helado era como de cencerros golosos, ansiosos por rebañar las últimas gotas de helado de coco.

Jayden sonrió cautivado por la dulzura de Eilean.

—Ayer me llamó Elle.

—¿Cómo están? Hace un par de días que no sé nada de ellos.

—Me hizo una propuesta muy interesante —Le miró poniendo ojos misteriosos lamiendo la cuchara—. Me ha propuesto que pasemos un fin de semana los cuatro juntos en una cabaña en *Crater Lake*.

Jayden no pudo evitar una mueca de desaprobación.

—Pero eso está a poco más de cien kilómetros de aquí.

—Sí, en una hora podemos estar en el lago, pasando un fin de semana en plena naturaleza con nuestros amigos. ¿No es genial?

Él meditó en silencio el peligro que aquello comportaba para Matt y su reciente conversión, estaría muy cerca de Eugene.

—Pero ellos están en Washington.

—Sí, pero nos echan de menos y han pensado que un fin de semana perdidos en el bosque, alejados de todo, sería divertido. No pareces ilusionado.

—No, si me apetece mucho.

Eilean sacó de su bolso unas hojas dobladas por la mitad y se las enseñó.

—Mira, ésta es la casa que quieren alquilar, es una pena que quieran ir este fin de semana, hay previsión de tiempo nublado y con lluvia.

Jayden no pudo contener una sonrisa que le iluminó la cara. Al parecer Elle lo tenía todo controlado. La falta de sol, la cabaña perdida en mitad del bosque para evitar ser reconocidos por alguien que se hubiera apartado unos kilómetros de su anterior entorno, y el hecho de convencer a Eilean primero, para que él no pudiera negarse.

—Si llueve, tendremos que ir con el Mini de Galatea, no quiero que te constipes.

—En realidad no es necesario, mi padre nos deja su todo-terreno.

Jayden se dejó caer contra el asiento acolchado de su silla.

—Lo tienes todo planeado.

—Es que me apetece mucho. Es la primera vez que me voy de excursión con mis amigos.

Sus ojos se iluminaron a la par que su sonrisa y una fuerte presión estranguló el corazón de Jayden.

Crater Lake

Sus pasos se aceleraron, al igual que su corazón, al ver a Eilean apoyada contra un todoterreno negro con unos cortísimos pantalones de color crema.

El Sr. Walls le daba las últimas directrices de seguridad a su hija, nervioso ante su primer fin de semana fuera de casa con sus amigos.

No estaba acostumbrado a ello y le inquietaba la seguridad de su pequeña.

Jayden se acercó silencioso.

—Buenos días.

—Hola —Los ojos de Eilean brillaron de pura felicidad.

—Buenos días, Jayden. Le comentaba a Eilean que quiero que tengáis cuidado en la cabaña. Tened siempre el móvil encendido.

—Oh, vamos, papá. Ya no somos unos niños.

El Sr. Walls torció la boca.

—Mírala, hace dos días que tiene los dieciocho y ya habla como si fuera adulta.

—Es que lo soy, papá.

—Toma —El señor Walls lanzó las llaves del coche a Jayden, que las agarró al vuelo sin problemas—. Que conduzca él, que sí es mayor —Eilean entrecerró los ojos enfadada.

—Prometo no correr.

—Buen chico, es justo lo que quería oír.

Eilean dio un rápido beso en la mejilla a su padre y se subió al coche.

—Te mandaré un mensaje cuando lleguemos —Él sonrió.

—Pasadlo bien.

El todoterreno rugió demostrando su potencia al encender el motor y se perdieron por el final de la calle bajo los preocupados ojos del padre de Eilean.

A medida que se acercaban a su destino, el paisaje iba cambiando hasta estar rodeados completamente de grandes y frondosos árboles que inspiraban tranquilidad y armonía.

Jayden no podía evitar que de vez en cuando sus ojos se desviaran hacia ella y contemplar sus piernas de blanca y suave piel.

Cada vez que eso sucedía, el coche daba un ligero acelerón y Eilean se removía en su asiento sobresaltada.

—¿Quieres que conduzca yo?

—No, estoy bien, es que se me ha resbalado el pie.

Ella asintió despreocupada.

—Menudos nubarrones negros, no sé por qué me he molestado en traer el bañador.

Aceleró.

—Hay otras cosas que podemos hacer.

—Sí, por eso he traído varios juegos de mesa.

Una nueva canción empezó a sonar en el potente equipo de música. Eilean empezó a mover la cabeza al son de la música y a canturrear casi en silencio.

—Casi se me olvida —Se soltó el cinturón y se estiró entre los dos asientos para coger algo de su mochila, que estaba en el asiento trasero.

Jayden apretó los dientes e intentó no dar un nuevo acelerón. Ella podía lastimarse.

—Aquí está —Un flash cegó a Jayden—. Quiero fotos de todo. Sonríe.

—Estoy conduciendo. Ponte el cinturón.

—Eres peor que mi padre, estamos de vacaciones. Sonríe —suplicó.

Jayden apartó un segundo la vista de la carretera e hizo una mueca divertida delante de la cámara.

Eilean disparó y miró el resultado en la pantalla.

—¡Menuda cara! —Estalló en carcajadas.

Jayden sonrió mientras pasaban junto a un cartel que anunciaba la entrada a la Reserva Natural de *Crater lake*.

Tras los saludos y abrazos típicos del reencuentro, las dos parejas se acomodaron en una preciosa cabaña de madera en mitad del bosque y se repartieron las habitaciones.

Matt y Elle se habían apoderado de la habitación de matrimonio, Eilean se quedó con una pequeña y coqueta habitación situada en la buhardilla y Jayden se acomodó en una habitación junto a la de Matt con dos camas individuales.

Eilean bajó y apartó las cortinas de la ventana para ver el nublado exterior.

Matt se le acercó sigiloso.

—¿Llueve?

—No, pero lo hará. Hoy no será posible que nos demos un baño.

Elle se les acercó sonriente.

—¿Y por qué no?

—Sí, Elle tiene razón, hace calor y podemos bañarnos igualmente. Vamos a cambiarnos.

Matt salió disparado demasiado deprisa hacia la habitación y Eilean le miró intrigada. Algo en él había cambiado notablemente.

Se sacudió la cabeza. Su don cada día fallaba más.

—¡Jayden, vamos al lago, ponte el bañador! —Los gritos de Elle invadieron la cabaña por completo.

Un ruido sordo se oyó en la habitación de Jayden. Sonaba como si se hubiera caído por la noticia.

Unos minutos después, admiraban la belleza de aquel lago formado en el cráter que había dejado un meteorito décadas atrás. Una verdadera maravilla de la naturaleza.

Elle dejó su toalla y su vestido de algodón en el suelo y, sin previo aviso, saltó al agua.

Matt la siguió de cerca.

—Vamos, el agua está estupenda —Elle les hizo unas señas antes de sumergirse en el azul agua jugueteando con Matt.

Eilean se quitó las sandalias, seguidas de sus pantalones y su camiseta de tirantes. Jayden intentaba no mirarla pero le costaba resistirse.

Su esbelto cuerpo parecía esculpido en alabastro mate y su pequeño bañador no disimulaba sus curvas.

—¿No vienes? —Se plantó frente a Jayden y él se sentó de golpe en el suelo, rodeándose las rodillas con los brazos.

—Sí, dame unos minutos —Ella ladeó la cabeza sin comprender que sucedía—. Ve con ellos, tranquila.

Eilean salió corriendo hacia el agua y Jayden apretó los puños.

—¿Por qué me pasa esto ahora? Parezco un adolescente hormonado —Habló hacia su ombligo.

Matt se divertía haciendo volar a Elle y a Eilean por los aires con una fuerza sobrehumana, pero Eilean no parecería notar nada fuera de lo normal.

Después de unos minutos de meditación y pensamientos castos, Jayden consiguió sobreponerse y, tras deshacerse de su ropa, saltó al agua con sus amigos, evitando en todo momento el roce con el semidesnudo cuerpo de Eilean.

Las horas fueron pasando entre juegos acuáticos y carreras de natación entre los chicos hasta la hora de comer.

—Vamos a hacer una carrera de caballos.

Jayden negó con la cabeza la sugerencia de Elle y ella le miró extrañada.

—Matt yo voy contigo —Eilean empezó a nadar hacia él y Jayden suspiró aliviado.

—Así que esas tenemos, pequeña pelirroja, me robas a mi novio porque crees que es más rápido —Se acercó a Jayden—. Vamos a darles una paliza.

Jayden la subió sobre sus hombros sin problemas y sonrió relajado por no tener que llevar a Eilean.

—Preparados, listos… ¡Ya! —La voz de Eilean sonaba con eco.

Matt empezó a nadar velozmente y Jayden le siguió de cerca. Sobre sus hombros, las dos chicas vitoreaban a su nadador e intentaban tirar a la otra para que la pareja perdiera.

—Coge aire, Eili.

Ella obedeció y se sumergieron en el agua reapareciendo en la roca que habían fijado como meta sin ningún problema.

Matt elevó por los aires a Eilean como si no pesara nada y se abrazaron triunfales.

Una ira descontrolada se apoderó de Jayden. Unos celos en estado puro que se reflejaron como fuego sobre sus ojos grises.

—La quieres —La voz de Elle fue un susurro ahogado.

Jayden volvió a sentirse frustrado por la transparencia que mostraba ante sus amigos y familia.

—No lo cuentes, por favor.

Ella sonrió y nadó hacia Matt que aún celebraba su victoria.

Elle se las había ingeniado perfectamente para preparar comidas a base de buffet, donde ella y Matt simplemente se limitaban a beber sus zumos sin despertar demasiadas sospechas.

Paseaban durante un buen rato una rebanada de pan con jamón o un trozo de tortilla en su plato, hasta que Eilean estaba despistada y lo añadían al plato de Jayden.

En la cena fue bastante sencillo, ya que el vino tinto ayudaba a que los sentidos de Eilean no estuvieran alerta.

Jamás había probado el alcohol.

Para cuando hubieron terminado de cenar, Eilean se reía de su sombra y Matt se divertía tomándole el pelo.

Habían formado un semicírculo, sentados frente a la chimenea apagada, aprovechando la comodidad de una alfombra de piel de vaca.

—¿Por qué no jugamos a *Yo nunca he...*?

—Elle, ya hemos bebido mucho.

Eilean se dejó caer sobre el hombro de Jayden con ojos de súplica.

—Yo quiero jugar a eso. ¿Cómo se hace? —Su voz sonaba más aguda de lo normal.

—Consiste en decir una afirmación que empiece con *Yo nunca he...*, a sabiendas de que es algo que los demás han hecho para que, así, beban un trago de vino —Le rellenó la copa.

—Y si no lo han hecho, ¿no beben?

—No —Jayden parecía incómodo. Sabía que Elle y Matt bebían sangre pero ellos beberían vino y Eilean empezaba a estar muy achispada.

—Empezaré yo, para que veas cómo funciona —Elle miró las caras de sus amigos—. Yo nunca me he afeitado.

Matt y Jayden brindaron con sus copas y bebieron un trago.

—Con que esas tenemos, ¿eh? —Matt fingía rencor—. Yo nunca me he depilado —Elle le sacó la lengua y bebió de su rojizo líquido a la vez que Eilean apuraba su copa.

—Oye, tranquila, no hace falta vaciarla —Ella sonrió a Jayden—. Me toca. Yo nunca he llevado vestido.

—¿Pero qué es esto?, ¿una guerra de sexos? —Eilean bebió un sorbo de la copa que le había rellenado Jayden.

—Está bien. Yo nunca he llevado moto.

—¡Oye!, esa ha ido directa para mí —Bebió.

—Lo siento.

Matt encabezó una nueva ronda entre risas e idas y venidas de las dos botellas, la de vino y la de sangre que custodiaba Elle dejándola oculta tras su espalda.

—Eilean, te toca.

La habitación se movía sin que ella pudiera detenerla, pero se sentía eufórica y risueña.

—Ahora os voy a pillar a todos. Yo nunca he besado a nadie.

—No, no, jovencita, si lo que dices es mentira tú también has de beber.

—No es mentira.

Elle se puso a cuatro patas y acercó su rostro al de Eilean que la miraba sonriente.

—No me lo creo —Escrutó su mirada.

—Nunca he besado a nadie.

Jayden soltó una carcajada aguda predominada por el alcohol.

—Tú y yo nos besamos una vez.

—No, tú me robaste un beso y yo no te lo devolví —Arrastraba las palabras.

Elle y Matt se miraron sorprendidos.

—Eso es posible —Gesticuló y parte del vino de su copa se derramó sin remedio sobre la alfombra.

Elle sonrió con un brillo de malicia en sus ojos.

—Eilean, eso no puede ser. Véngate. ¡Róbale un beso! —Jayden le dedicó una mirada de pánico.

Eilean se acercó a Jayden y le acarició la mejilla con la mano. El pulso de Jayden se disparó.

—No puedo hacerle eso —musitó.

—¿Por qué no?, es lo justo —Matt disfrutaba del aparente juego inocente.

—No puedo porque él está enamorado de mí y eso le heriría. Vi como sufrió con aquel beso y no quiero verle nunca más así.

Jayden pareció metabolizar el alcohol y volver a su estado sereno de golpe reprimiendo su ansiedad.

Ella era consciente de sus sentimientos.

Ante la asombrada mirada de todos, y con mucha dificultad, Eilean se puso en pie.

—Me voy a dormir. Éste es mi límite —Se tambaleó y Elle se puso en pie para ayudarla.

Jayden las siguió con los ojos, aún atónito, hasta que se perdieron por las escaleras que llevaban a la buhardilla.

—Tío, ¿de qué va esto?

—Es una larga historia, pero ahora te la cuento. Al parecer, por mucho que intente ocultarla, es de dominio público hasta para la interesada.

Misterios

Los sonidos agudos de la planta superior despertaron a Jayden.

Enseguida, reconoció el característico ruido que provocaba la fricción entre un mueble y el suelo.

Se levantó lentamente de su cama y notó que el alcohol aún corría por su organismo. Apenas había pasado una hora desde que se habían ido a dormir.

Salió sigiloso de su habitación y se encaminó, con la agilidad de un felino silencioso, por las escaleras que llevaban a la buhardilla que ocupaba Eilean.

Unas gruesas gotas de lluvia repicaban furiosas contra los cristales.

Tras la puerta rústica de madera de la habitación de Eilean, los ruidos eran más fuertes y evidentes.

—¿Eilean?

Se hizo el silencio.

—Pasa —Jayden abrió la puerta lentamente, temiendo lo que aquella le desvelaría—. ¿Te he despertado? —Aún arrastraba las palabras.

Jayden la miró sorprendido.

Estaba a los pies de la cama de madera maciza, intentando apartarla, sin mucho éxito, ya que una gotera en el techo la había dejado empapada.

Él se acercó y, de un fuerte tirón, la movió más de un metro, mostrando más fuerza de la que tenía que haber usado para mantener las apariencias.

Ella le miró jadeante y con las mejillas coloradas por el esfuerzo. Su pijama de verano también estaba algo mojado y se le adhería al cuerpo.

Una sensación parecida a un rayo atravesó por completo el ser de Jayden.

—Gracias, ahora podré dormir.

Jayden miró las sábanas completamente húmedas.

—Aquí no, baja conmigo, tengo una cama de sobra en mi habitación completamente seca.

—Pero mis sábanas están empapadas y me da repelús dormir sobre un colchón desnudo que ha usado mucha gente.

Jayden soltó una carcajada divertida.

—Ya me la quedo yo, tú puedes usar mi cama con sus sábanas recién puestas.

Eilean se cruzó de brazos indignada y su rostro evocó al de una niña enfurruñada.

—¡Ni hablar!

—No me importa. Te espero abajo mientras te cambias el pijama, la lluvia te ha calado.

Antes de que él diera un paso hacia la puerta, ella echó a correr torpemente, para cortarle el paso y le miró con furia.

—¿Por qué siempre haces lo mismo?

—¿Qué? —Estaba confuso.

—Me rescatas. Es como si no pudiera hacer nada por mí misma —Jayden negó con la cabeza asombrado—. Vienes y mueves la cama, me ofreces la tuya… No soy una princesa en apuros.

—Lo siento, no era mi intención.

Eilean mostraba una expresión extraña en su rostro, a caballo entre la ira y la frustración.

—Siempre me cuidas, me ayudas y eres muy bueno conmigo —Su tono se fue dulcificando con cada palabra—. Y yo me siento mal, porque sé por qué lo haces y no soy capaz de corresponderte.

—Eilean, yo… —Ella levantó la mano para callarle.

—Te juro que me lo he planteado, porque eres una persona maravillosa. Pero no soy capaz de quererte de esa manera y, por eso, cuando me cuidas y me proteges me siento mal —Se acercó a él abatida.

Las palabras sinceras de ella y la cruda realidad que le planteaba fueron como un jarro de agua fría que le dejó inmóvil.

—Soy egoísta, porque sé que te hago daño con mi presencia, pero no puedo alejarme de ti. Eres mi mejor amigo —Sus ojos verdes fulminaron a Jayden, que creyó derretirse y filtrarse por las lamas del parquet.

Tragó saliva e intentó recomponerse.

—Nunca dejaré de ser tu amigo. Mis sentimientos no deben condicionarte a nada. Yo no te pido nada que tú no quieras ofrecerme.

—Odio la idea de verte tan vulnerable y dolido por mi culpa.

Jayden le dedicó una dulce sonrisa completamente falsa enmascarando la realidad.

—Estoy bien.

Eilean desvió su mirada y recorrió el contorno de su cuerpo con los ojos medio cerrados.

—No me mientas, sabes que sé cuándo lo haces.

—¿Cómo lo sabes?

Ella sonrió ampliamente.

—Si te lo digo, deberás desvelarme tu secreto también.

Jayden miró hacia el suelo y bufó resignado. Ya se habían desvelado demasiados secretos y sentimientos aquella noche.

—Te esperaré abajo —Sonrió y cerró la puerta tras de sí.

＊✥✥

El sonoro suspiro de Matt al ver el reluciente sol que se filtraba por las cortinas del comedor llamó la atención de Elle, que le dedicó una sonrisa de apoyo.

—Te acostumbrarás, al principio es duro.

—Ser dhaphiro es mucho mejor.

Jayden le dedicó una media sonrisa, mientras terminaba de untarse crema solar en los brazos.

—Por lo menos, tú no tienes resaca por el vino de anoche.

Elle se movió sinuosa en su silla y pestañeó haciéndose la interesante.

—Hablando de anoche. ¿Por qué está Eilean en tu cama?

—No, no es lo que parece. En la buhardilla hay una gotera sobre su cama y tuve que darle alojamiento en mi habitación.

Matt suspiró de nuevo.

—Me gustaría que fuera tu novia.

—No siempre pasa lo que uno desea —Miró hacia la puerta de la habitación en la que estaba Eilean.

Elle miró hacia la misma dirección alertada.

—Shhh, se ha despertado.

Pasaron unos minutos antes de que la puerta se abriera y diera paso a una despeinada Eilean, que hacía muecas ante la brillante luz.

—Jayden —Hizo una mueca, su propia voz la molestaba—, ¿por qué me permitiste beber tanto?

Él sonrió divertido.

—Iré a buscarte un analgésico.

—Eres un ángel —Se sentó junto a Matt.

301

—Felicidades, has sobrevivido a tu primera borrachera —Le palmeó la espalda.

Elle le sirvió una taza de café y ella dio un pequeño sorbo con temor a quemarse.

Jayden le acercó una pastilla redonda junto a una tostada.

—Come algo antes de tomártelo.

Ella le sonrió agradecida por sus cuidados.

—¿Por qué he dormido en tu cama?

—Por la gotera.

—¿Qué gotera?

—¿No recuerdas nada?

—Vagamente. Recuerdo el vino y un juego estúpido que hacía que bebiera sin parar, pero no sé ni qué hice ni qué dije ayer.

Elle le rellenó la taza de café.

—No pasó nada fuera de lo normal. Te reíste mucho.

—Eso sí lo recuerdo —Mordió la tostada—. Jay, ¿hace un buen día?

Una sensación cálida invadió el estómago de Jayden. Sólo Emma solía llamarle así y el hecho de oírlo de sus labios le hacía estremecerse.

—Sol y calor.

Ella se tomó el analgésico y sonrió.

—¿Nos damos un baño?

Elle, Matt y Jayden intercambiaron miradas de complicidad.

Eilean se dejó caer boca abajo sobre su toalla, completamente empapada y con una sonrisa en sus labios.

Jayden la miraba de cerca, volviendo a ponerse crema solar sobre su vulnerable piel de dhaphiro.

—Eres un exagerado, no han pasado más que cuarenta minutos desde la última vez que te has puesto crema.

—Hay que prevenir. Tú deberías ponerte más o te quemarás.

Ella arrugó la nariz mientras negaba con la cabeza.

—Es una lástima que a Elle le haya sentado mal el desayuno y no hayan podido venir.

—Sí —Rió para sí mismo y se tumbó boca abajo como ella.

El murmullo del viento meciendo las hojas de los árboles y el fluir del agua les dejó sin conversación durante algunos minutos.

Jayden percibió un movimiento rápido de Eilean y abrió los ojos.

—¿Qué te pasa?

Ella estaba sentada y manoteaba sobre su cuerpo.

—¡Hormigas!

Jayden la ayudó a quitarse un par de ellas que se paseaban por su hombro.

—Se te están comiendo.

Ella se levantó y apartó su toalla.

—¡Pobres! Me he puesto encima de su hormiguero, por eso me atacan —Siguió con la vista el recorrido de los insectos—. Qué curioso.

Jayden se puso en pie y miró hacia donde señalaba ella.

—Han rodeado por completo tu toalla, pero ninguna ha pasado de ella.

—Eso es porque estaban demasiado ocupadas contigo.

Ella le dedicó una mirada de divertida desaprobación.

—Es como si te evitaran —Se acercó a él y olió la crema que había esparcida sobre su cuerpo —No creo que esta crema las pueda repeler, huele como la mía —Se olió su propio brazo.

—Te dije que no les gusto a los animales.

—Pero es un comportamiento rarísimo —Se inclinó y dejó

que un par de hormigas se subieran a su mano— ¿Puedo probar algo?

Él asintió sorprendido.

Eilean movió la mano anticipándose al camino que seguirían las hormigas para que pasaran de ella a la mano de Jayden.

Cuando los insectos percibían el cambio de piel, giraban sobre sí mismos y volvían a pasearse sobre Eilean.

—¡Te evitan! —Volvió a intentarlo con el mismo resultado—. Es fascinante.

—No es para tanto —Empezó a ponerse nervioso—. Déjalo ya.

—¿Qué pasa? —Miró sobre su cabeza—. Tu secreto…

Jayden cogió su toalla y fingió estar enfadado para evitar preguntas, mientras se cobijaba bajo la sombra de un árbol cercano.

Ambos empezaban a sentir demasiada curiosidad por el secreto del otro.

—Espera —Corrió junto a él—. Si me cuentas cómo lo haces, yo te cuento mi secreto.

—No.

—¿Por qué no? Sabes que puedes confiar en mí.

Jayden evitaba su mirada.

—Si te lo cuento, tendría que matarte.

Ella se echo a reír sin percibir la verdad de aquella frase.

—Lo descubriré sola.

—No podrás —Se tumbó.

Ella sonrió recostándose junto a él.

—No menosprecies el poder de una mujer curiosa.

—¿Mujer? Yo solo veo una niña curiosa.

Eilean se inclinó sobre él y le dedicó una fría mirada. Jayden sintió como se le aceleraba el pulso, mientras los mechones de cabello pelirrojo rozaban sus mejillas.

—Eres un idiota.

Jayden rió y cerró los ojos para evitar aquella visión que le quitaba el aliento.

Ella volvió a su anterior posición y cerró los ojos fingiéndose ofendida.

Incidente

Percibió su presencia antes de que la llave entrara en el cerrojo de la puerta y salió corriendo a su encuentro en mitad de la noche.

Chris apareció abatido y con signos de cansancio en sus ojos.

—Empezaba a estar muy preocupada —Le besó.

—Lo siento, Emma, ha sido un fin de semana durísimo —Entró arrastrando los pies y, con el ánimo por los suelos, se dirigió hacia el baño.

Ella le siguió de cerca.

—¿Habéis logrado contener a la prensa?

—Por el momento, pero nuestros infiltrados no creen que puedan retener la noticia mucho más tiempo —Se empezó a quitar la ropa que presentaba manchas rojizas.

—¿Eso que huelo es sangre? —Chris se metió en la bañera y accionó el agua— ¿Cariño?

—Ha sido terrible —Su voz sonaba amortiguada por el ruido del agua y la cortina de la ducha. Emma se puso en pie y la apartó en busca de la mirada de su marido.

—¿Qué ha pasado?

Los ojos de Chris desvelaban el horror vivido durante aquellos dos días.

—Estuvimos interrogando al vampiro del centro comercial, pero se limitaba a hablar sin sentido, mientras nos miraba con unos ojos inexpresivos. Parecía estar loco —Emma le acarició su húmedo pelo—. Hace apenas unas horas, cuando nos disponíamos a usar a uno de nuestros agentes especializados en hipnosis, ha empezado a automutilarse de una manera tan feroz que se ha desangrado en unos segundos.

—¿Se ha suicidado?

Él se limitó a asentir.

—Su carne y su sangre me han salpicado y ninguno de nosotros sabía qué hacer exactamente. Ha pasado muy rápido.

—No ha sido culpa tuya, no te atormentes —Sus ojos se encontraron.

—Tengo un mal presentimiento.

Emma saltó al interior de la bañera y abrazó a Chris. Ella también lo sentía.

Los negros nubarrones que trajo el viento a la hora de comer, hicieron volver a la cabaña a Jayden y Eilean antes de lo esperado.

Junto a la puerta, Matt y Elle miraban con detenimiento un mapa y ella le señalaba el lugar exacto de su descubrimiento.

Los recién llegados se les acercaron.

—Hola. ¿Qué hacéis?

Matt sonrió a Jayden, que miraba con curiosidad el mapa de la Reserva.

—Elle ha encontrado una cueva muy cerca de aquí, que está llena de un mineral que la hace brillar como si estuviera llena de diamantes.

—Qué bonito, ¿nos daría tiempo de ir a verla antes de marcharnos?

Elle sonrío ante la propuesta de su amiga.

—Yo creo que sí.

—Prepararé unos bocadillos para el camino, Eilean y yo venimos famélicos.

Jayden entró en la cabaña, dejando atrás a sus amigos que trazaban la ruta por el bosque.

Escondida entre la vegetación del frondoso bosque, había una grieta en una inmensa roca.

Elle apartó con la mano las ramas de los arbustos que la custodiaban y sonrió triunfal.

—Hay que entrar por aquí.

Matt no se lo pensó ni un instante y desapareció por el agujero, seguido de una aventurera Elle.

Jayden le cedió el paso a Eilean, que parecía estar asustada.

—¿Es muy estrecho?

—Tranquila, el paso se ensancha rápido —La voz de Matt se oía con eco desde el interior.

—¿Claustrofobia? —Jayden le dedicó una sonrisa compasiva.

—Un poco. Me imaginaba la entrada a la cueva más ancha.

—Si quieres, me quedo aquí contigo y no entramos.

Ella negó con la cabeza rápidamente y llenó de aire sus pulmones.

—Ve tu primero —Jayden la miró preocupado y se perdió por la obertura.

El silencio se cernió sobre ella.

—Hay que ser valiente —Introdujo un pie en la grieta y entró de lado dando pequeños y cautos pasos.

Apenas había un palmo entre su rostro y las afiladas rocas del angosto pasadizo y su aliento rebotaba contra las paredes.

Intentó avanzar rápidamente, pero su mochila se enganchaba con las rocas y le frenaba los movimientos.

La oscuridad del lugar y el olor a humedad empezaron a hacer mella en su aparente calma.

Uno de sus pies se deslizó sobre la resbaladiza superficie y el pánico la dejó inmóvil, temiendo ponerse a gritar.

Alargó uno de sus brazos a la espera de encontrar el final, pero aún no lo había alcanzado.

La oscuridad la rodeaba por completo y todo empezó a darle vueltas.

Un sonido de piedrecitas que se desprendían y una suave brisa llegó hasta ella sin que se diera cuenta.

—Estoy aquí contigo, tranquila.

—¿Jay? —su respiración pareció calmarse un poco.

—Dame la mano —El suave tacto de la piel de Jayden la hizo sentirse un poco más segura—. Estamos muy cerca, sólo quedan diez pasos.

El pecho de Eilean empezó a moverse rápidamente aplastándose contra las rocas.

—No me dejes —Apretó fuerte su mano.

—Tranquila, vamos a contar los pasos, ¿vale? —Jayden estiró suavemente de su mano—. Uno… sigue tú.

—Dos… —Empezó a moverse lentamente—. Tres.

Una luz brillante que provenía de la linterna de Matt les indicó la salida y Eilean empezó a sentirse ansiosa, acelerando los pasos.

—Diez.

—Lo has hecho muy bien —Jayden le soltó la mano con delicadeza.

Elle se le acercó y la abrazó con fuerza al percibir el pánico en sus ojos.

—No pretendía que lo pasaras tan mal. Si llego a saberlo, no te hubiera dejado entrar.

Eilean cerró los ojos y dejó que poco a poco sus nervios se tranquilizaran.

—No ha sido culpa tuya, Elle, ya me encuentro mejor —Miró a Jayden con dulzura—. Gracias por rescatarme.

—Un placer —Le guiñó un ojo, quitándole importancia al asunto.

Matt iluminó el techo de la cueva de forma ahuevada y los microcristales del mineral que la formaban brillaron como estrellas.

—Mira, Eili. Ha valido la pena.

Todos miraron hacia el haz de luz y la maravilla de la naturaleza les cautivó.

El interior parecía una geoda gigante de colores azulados y grises, completamente ajena al mundo exterior.

—Sí, valía la pena.

Jayden se agachó ante una grieta similar por la que habían entrado, pero de menor altura e introdujo la cabeza.

—Dudo que mucha gente haya accedido a esta maravilla —Sacó la cabeza y sonrió.

Sobre él, había un saliente con cristales de mayor tamaño que los del techo. Eilean vio el potencial para una preciosa fotografía.

—Matt, ponte junto a Jayden y os haré una foto —Rebuscó en su mochila y sacó su cámara digital, mientras Elle se encargaba de iluminar la escena con la linterna.

Matt saltó junto a su amigo en un alarde de habilidad, pero el resbaladizo y húmedo suelo le jugó una mala pasada haciendo que perdiera el equilibrio.

Alarmado, clavó su mano derecha sobre la roca de la pared con demasiada fuerza, generando una grieta que empezó a avanzar sobre la piedra.

Las miradas de los dos chicos se encontraron en un instante fugaz antes de que el incidente tuviera lugar a una velocidad astronómica.

Sobre Jayden, las rocas empezaron a crujir y, en milésimas de segundos, se desprendieron como pesadas gotas de lluvia.

No tuvo escapatoria.

Ante los atónitos ojos de sus tres amigos, quedó sepultado bajo unas enormes y pesadas rocas, que no dejaron rastro visible de él.

El instinto de Matt le hizo coger una de las grandes piedras con sus manos, dispuesto a apartarla sin demasiados problemas.

—¡Matt, no! —La experiencia de Elle le alertaba del peligro de sus inmortales movimientos—. Eilean, vete.

Ella la miró sin comprender qué quería decir y Matt supo al instante el peligro de la situación.

—Muévete, Eilean. Vete de aquí —La voz de Matt era un rugido.

—Fuera no conseguiré encontrar ayuda. Hay que sacar a Jayden de ahí abajo ahora mismo —Corrió hacia el montón de piedras y empezó a mover las menos pesadas.

—¡Lárgate! —Matt la cogió por la muñeca agresivo.

—¡No! ¡Jayden está atrapado! —Le fulminó con la mirada—. ¡Ayúdame!

Matt y Elle intercambiaron una mirada incomprensible para Eilean y se abalanzaron sobre las rocas como dos fieros animales.

Eilean se hizo a un lado atónita ante el espectáculo que apreciaban sus ojos.

Las piedras volaban a una gran velocidad en todas direcciones como si fueran almohadones.

Su corazón se aceleró y Elle le dedicó una fría mirada acompañada de un leve gruñido.

—¡Jayden! —Matt levantó la roca de mayor tamaño dejando al descubierto el cuerpo inmóvil del chico.

Eilean corrió hacia él, apartando de su mente la inusual escena y dedicando su total atención a socorrer a su amigo.

El polvo de las piedras y la sangre de sus múltiples heridas emborronaban su rostro sin expresión ninguna.

Eilean posó su oído sobre su pecho, en busca de los latidos de su corazón.

Eran lentos y débiles.

—Tiene la pierna fracturada —Matt miró hacia donde indicaba Elle y chasqueó la lengua al ver la fractura abierta—. Hay que recolocarle el hueso o no cicatrizará —Sin pensarlo demasiado y con un rápido movimiento alineó las dos mitades de la tibia de Jayden.

—¡Eso debería hacerlo un médico! —Eilean estaba en estado de shock y su cerebro no asimilaba todo lo que estaban viendo sus ojos.

Matt echó un poco del agua de su cantimplora sobre el rostro de Jayden, limpiándole las heridas.

—Menos mal que casi roza la madurez. ¡Mira! Es impresionante cómo cicatriza. Si hubiera sido un año más joven seguramente habría muerto.

Elle miró el rostro de Jayden y sonrió.

Ante los ojos de Eilean, los cortes en la cara de su amigo fueron difuminándose como si el agua los hubiera diluido, dejando sólo restos de sangre y barro.

Asustada, saltó hacia atrás, pegando su espalda contra la pared.

Aquello no podía ser real. La fuerza sobrehumana, la velocidad, las heridas que se curaban como por arte de magia.

Su corazón se aceleró.

—Eilean, no te asustes.

Su pulso empezó a resonar en sus oídos dejándola prácticamente sorda y la vista empezó a fallarle hasta el punto de que lo vio todo negro.

Gritó y se desmayó.

Mentiras

Los muebles de diseño y alta calidad, se habían colocado con un gusto exquisito en aquella suite de lujo del ático del Hotel *Waldorf Astoria*.

Sentada sobre la alfombra persa cubierta de sangre, Eve miraba el televisor de plasma anclado en la pared del dormitorio principal, pasando furiosa por todos los canales.

Ninguno mostraba la noticia del ataque de su títere en el centro comercial. Al parecer, se había acallado el suceso y aquello la enfureció.

La lista de nombres no había sido revelada y su juego no era divertido si sus víctimas no sabían que ella iba a por ellos para vengar la muerte de su madre.

Mordió furiosa el antebrazo del ejecutivo que yacía muerto a su lado y la sangre mancho su carísimo vestido de cóctel. Ya no le importaba demasiado tener buen aspecto. Aquello había terminado en cuanto aquel estúpido hombre la había seducido para llevársela del bar del hotel a su cara habitación.

Se levantó dejando huellas rojas sobre el parquet e hizo una rápida llamada de teléfono.

Con sus ágiles dedos, pasó rápidamente una a una las fotografías de la cámara de Eilean hasta dar con la única imagen del interior de la cueva.

La borró y volvió a dejar la cámara dentro de la mochila de su amiga, que aún estaba inconsciente en el sofá del salón.

Jayden apareció con ropa limpia y sin muestra alguna de haber sufrido un brutal accidente.

Elle se sentó en el brazo del sofá que ocupaba Matt y los tres miraron fijamente el cuerpo inmóvil de su amiga a la espera de que volviera en sí.

Pasaron varios minutos antes de que Eilean diera señales de que estaba consciente.

Sus ojos se abrieron perezosos y su cabeza tardó unos minutos en reconocer y enfocar su alrededor.

Estaba muy aturdida.

Jayden se le acercó con un vaso a agua y se lo ofreció.

—¿Estás bien?

Ella le miró con una expresión de horror en su rostro y saltó como si estuviera sobre brasas, posicionándose en el extremo del sofá más alejado de Jayden.

Elle, alertada por la ansiedad de su amiga, se puso en pie y se le acercó con las manos por delante intentando calmarla.

—Tranquila, estás a salvo en la cabaña.

—¿Qué sois? —Parecía no escuchar las palabras sosegadoras de Elle—. ¡No os acerquéis!

Matt se limitó a quedarse inmóvil en el sofá.

—¿De qué hablas? —Elle sabía mentir muy bien y su tono confiado lo demostraba.

—He visto como Jayden estaba casi muerto sepultado por las rocas y vosotros… —Miró asustada a Matt y Elle—, habéis apartado las piedras como si no pesaran nada —Sus palabras eran atropelladas y su respiración acelerada.

Jayden dio un paso hacia ella.

—Estabas soñando, Eilean, yo estoy bien, ¿lo ves?

—¡No! He visto como las heridas se te curaban como por arte de magia —Miró el contorno del cuerpo de su amigo con los ojos entrecerrados—. Estáis mintiéndome —Saltó del sofá torpemente y recogió su mochila del suelo.

—Eili, cálmate, no ha pasado nada —Matt la miraba, mientras rebuscaba ansiosa en los bolsillos de la mochila.

Sacó su cámara de fotos y visualizó las últimas fotografías.

Evidentemente, la que ella buscaba ya no existía.

Se sentó en el suelo confundida, mientras su respiración se calmaba un poco. Volvía a estar en estado de shock.

—Hice una foto del interior de la cueva antes de que pasara todo.

Elle se le acercó sigilosa.

—Sufriste un ataque de claustrofobia en la grieta que daba paso a la cueva y Jayden tuvo que sacarte porque te desmayaste.

Eilean la miró con desconfianza.

—¿No llegué a entrar?

—No —Elle miró a Jayden buscando su soporte para verificar la mentira.

—Me costó mucho sacarte de allí.

Eilean se acercó a él dejando de lado su temor a lo desconocido, para mirarle directamente a los ojos.

—Me estás mintiendo, lo sé —Miró a Matt y a Elle, que se mostraban relajados el uno junto al otro—. ¿Qué sois?

—Estás en shock por lo ocurrido y confundes los sueños con la realidad —Matt rió despreocupado.

Los ojos verdes de Eilean se clavaron en los de Jayden, que sintió como un escalofrío le recorría la espalda.

—No me mientas, Jay —susurró—. Quizás no esté del todo

segura de lo que vi, pero sé que me estáis mintiendo. Vi como te curabas solo.

Jayden abrió la boca, pero las mentiras no salían de ella.

—Estás cansada, Eilean. Necesitas meterte en tu cama —Elle sonrió quitándole importancia al asunto.

—Debemos marcharnos, ya se ha hecho muy tarde y no queremos conducir de noche —Matt levantó la pesada mochila que compartía con Elle fingiendo un sobreesfuerzo. Eilean le miró sin creer su actuación —Aprovecha para dormir en el viaje de vuelta a casa, Eili, está claro que aún estás aturdida por el miedo que has pasado en la grieta. Nos vemos pronto, chicos —Salió de la cabaña camino a su coche.

Jayden estaba inmóvil temiendo la hora de vuelta que le esperaba junto a ella.

Elle se acercó con cuidado a Eilean y la abrazó.

—Espero volver a verte pronto. Id con cuidado con el coche —Eilean se dejó abrazar y le sonrió sin muchas ganas—. Cuídate. Jayden, nos llamamos.

—Saluda a Emma y a Chris.

—Dalo por hecho —Agitó su mano y desapareció por la puerta.

Jayden cogió su mochila y la de Eilean dispuesto a imitar a Matt, pero Eilean le detuvo reteniéndolo por el brazo.

—¿Por qué me mientes? ¿Intentáis que crea que estoy loca?

—Eilean, lo has soñado todo.

—Sé cuándo sueño, al igual que sé cuándo me mientes, Jayden Savage. Desde que te conozco, sé que eres diferente, pero lo que he visto me ha cogido desprevenida. Cuéntamelo, por favor.

Jayden dio un paso liberándose de la mano que le retenía.

—No ha pasado nada, déjalo ya —Salió por la puerta sin mirar atrás.

Eilean agitó su cabeza, apartando su cabello de la cara. Sabía perfectamente lo que había visto y, a pesar de su reacción inicial, ya no le asustaba aquella anormalidad en sus amigos.

Al fin y al cabo, ella tampoco era del todo normal.

Las luces de las farolas de su calle se encendieron justo en el preciso momento en el que Jayden paró el coche frente a la casa de Eilean.

Se quedaron en silencio en el interior del vehículo.

Durante todo el camino de vuelta a casa, no se habían dirigido ni una sola palabra y la ansiedad se acumulaba en el corazón de Jayden. No soportaba mentirle.

Ella rebuscó en su mochila y sacó las llaves de su casa. Jayden la observaba por el reflejo del retrovisor del copiloto sin atreverse a mirarla directamente.

—No confías en mí y eso me duele —Su voz sonaba rota a causa del largo silencio.

—No pasó nada. Lo soñaste.

Eilean le miró desafiante.

—Puedo pasar por alto la mentira, pero no que me taches de loca —Una punzada fría atravesó el corazón de Jayden—. Ni siquiera puedes mirarme a la cara y mentirme.

Él tragó saliva y giró su rostro lentamente hasta que sus ojos conectaron.

—Olvídalo, por favor —musitó.

—No puedo. Sabes que mantendré el secreto.

Jayden apretó fuertemente las manos sobre el volante y hundió su cabeza entre sus brazos extendidos.

—No hay secreto.

—¿Me estás diciendo que si te clavo esta llave en la piel no cicatrizarás al instante? —Jayden asomó un ojo por encima de su brazo—. Soy capaz de hacerlo.

—¿Por qué ahora?

—¿Qué quieres decir?

Jayden se reclinó en su asiento y la miró fijamente.

—Hasta ahora, siempre has sabido que yo era diferente y siempre has respetado mi secreto. ¿Por qué ahora quieres saberlo?

Eilean pestañeó mientras intentaba ordenar sus ideas.

—Supongo que, en cierto modo, pensaba que no eras diferente, que algo en mi don estaba fallando, pero ahora sé que nunca me ha fallado y quiero saber por qué eres distinto.

—¿Por qué lo eres tú? —Su voz se volvió gélida.

—Sabes que no tengo reparo en contártelo, ambos somos diferentes en algo al resto de personas —Jayden ahogó una risilla irónica—. Sólo los que somos distintos podemos aceptar las rarezas de los demás.

—Si te lo digo, tendría que matarte —Sonrió y bajó del coche dejándola con la palabra en la boca.

Eilean salió en su busca, corriendo alrededor del coche.

—Esa frase típica de película no te librará de este asunto —Empuñó una de las llaves más grandes que llevaba e intentó arañar la mano de Jayden.

Él la cogió por la muñeca, frustrando su ataque.

—Te lo pido por nuestra amistad, olvida el tema. Sigamos como hasta ahora, guardando nuestros secretos. El mío no es algo que una mortal quiera saber —Las últimas palabras sonaron como una fiera amenaza que heló la sangre de Eilean.

—Necesito saber qué eres —Su respiración se aceleró—. Necesito saberlo ahora más que nunca.

—No —Rugió como una fiera acorralada—. Si intentas averiguar más sobre el tema no tendré más remedio que romper nuestra amistad —Le soltó la mano con violencia.

El pulso de Eilean se disparó ante la amenaza y Jayden contuvo las ganas de tranquilizarla. Su actuación había sido de lo más convincente y no podía estropearla ahora.

—Está bien —Sus palabras apenas se sostenían por un hilo de voz—. Pero quiero que sepas que lo que siento por ti no cambiará seas lo que seas —Sus ojos verdes reflejaron algo distinto a lo que Jayden estaba habituado a ver en ellos.

Su corazón se desbocó, pero enseguida su razón se impuso, para no malinterpretar las palabras de ella.

—Si no indagas más en mi secreto, nuestra amistad seguirá intacta.

Ella sonrió sin ganas.

—¿Me paso mañana a verte por la tienda?

—Si no te importa, prefiero pasar un par de días solo.

Eilean se sintió mareada.

—Lo comprendo. Llámame cuando quieras verme.

—Lo haré —Sus ojos siguieron el recorrido de ella hasta que llegó a la puerta y empezó a andar hacia su propia casa con una presión en el corazón que le dejaba sin aliento.

En su mente, se repetía una y otra vez que la frialdad de sus palabras había sido necesaria para que ella dejara en paz su secreto y, así, mantenerla apartada de su mundo.

Aquella noche, ninguno de los dos durmió en paz.

Revelación

El ruido del motor de una moto adelantando frente a la casa de Eilean la hizo asomarse ansiosa por la ventana.

No era Jayden.

Habían pasado dos días. Dos largos e interminables días, en los que apenas había probado bocado ni había conseguido dormir más de dos horas sin despertarse sobresaltada por la pérdida de su amigo.

Perderlo.

Aquello era una idea que se había establecido en su mente y en su corazón, negándose a marcharse por mucho empeño que pusiera en ello.

Miró la fotografía sobre su mesilla de noche. No la contemplaba porque en ella apareciera su abuela, sino porque allí, en un segundo plano borroso, estaba él. Con su cara de niño y sus ojos clavados en ella.

Un dolor agudo en el estómago la hizo retorcerse en la cama.

Sabía que Jayden la estaba castigando por querer saber más sobre su secreto y poniendo a prueba su amistad.

Cogió el móvil entre sus manos y le clavó la mirada.

Aún no la había llamado.

Hundió sus dedos entre su espesa cabellera rojiza y dejó que su mente divagara en busca de algo que diera sentido a lo que había presenciado.

Cuando su sentido común la hizo regresar en sí, descartó todas las absurdas opciones que se habían dibujado en su alterada mente y decidió que obligaría a Jayden a contarle su secreto.

Después de haber visto aquel alarde de fuerza, velocidad y cicatrización antinatural, no concebía el hecho de vivir junto a él sin saber qué era lo que le hacía tan maravilloso.

Sonrió.

Fuera lo que él fuera, le parecía increíblemente atractivo.

Sus ojos volvieron a mirar la fotografía y suspiró.

Sus pasos se volvieron acelerados formando un círculo alrededor de la moto, mientras conversaba por el móvil con Emma.

—Creo que, cuando termine contigo, la llamaré.

—¿Has pensado qué harás si vuelve a insistir?

Jayden suspiró.

—No se lo puedo contar, ¿verdad?

—Jay, sólo hay una excepción en nuestras leyes que permite contarle el secreto a un mortal y creo que ese no es vuestro caso.

—Si ella me quisiera, podría revelarle la verdad.

—Si ella jurara dejarlo todo por ti, sí. Sabes que sólo así lo permiten. Mira, no debería decirte esto porque ya sabes que el trabajo de Chris es alto secreto, pero hemos estado a punto de ser descubiertos ante la sociedad mortal por un accidente bastante grave. Créeme que ahora mismo los Consejos no permiten ningún caso que se tome a la ligera las normas impuestas.

Jayden se recostó contra su moto y se pasó la mano que tenía libre por el pelo.

—A veces pienso que sería mejor dejar de escondernos.

—¿Estás loco? Los mortales nos repudiarían.

—Creo que Eilean me aceptaría.

Emma suspiró al otro lado del teléfono y calmó sus ánimos antes de hablar, para no sonar demasiado mandona.

—Ella no puede saberlo, Jay —Él no respondió—. ¿Jay?

—Sí, Emma, lo sé. ¿Te llamo mañana?

—Vale, cuídate —Colgó con la sensación de que él no le haría caso.

Miró la pantalla de su móvil y fijó los ojos en la fotografía que tenía como contacto de Eilean.

Aquellos dos últimos días habían sido un infierno sin su presencia, pero eran necesarios para terminar de forjar su imagen de tipo duro y tajante que no pensaba revelarle su secreto.

Nada más lejos de la realidad.

Pulsó con su dedo sobre la tecla que iniciaría la llamada que tantas horas había soñado que realizaba y mantuvo la respiración hasta que ella contestó al otro lado con tono cauto.

—Hola —Intentó sonar neutro, reteniendo las ganas de decirle cuánto la había echado de menos y que estaba dispuesto a todo por ella, a pesar de que los miembros del Consejo le castigaran por infringir las normas.

—¿Cómo estás? —su voz tembló.

—¿Quieres hacer algo esta noche?

El corazón de Eilean empezó a latir desbocado ante la proposición y vio su rostro reflejado en el espejo de su armario.

Un halo brillante enmarcaba su cara y supo en el acto qué era lo que le provocaba aquella extraña sensación.

Un sentimiento dormido.

Una verdad más grande que el mismísimo cielo estaba a punto de cambiar su vida por completo.

La silueta de ella recortada contra los últimos rayos de sol de aquel día hizo que Jayden perdiera por un segundo el control de su moto, antes de pararse frente a su casa.

Su pelo de fuego estaba suelto y ondeaba libre, bailando una danza furiosa con el viento.

Jayden bajó de la moto y esperó unos segundos antes de quitarse el casco, temiendo que sus ojos desvelaran la verdad que anidaba su corazón.

Aquellos días separados no habían hecho más que reafirmar el hecho de que él la quería y aquello destrozó su maltrecha alma.

El viento se filtraba entre los pliegues de la camisa de hilo verde de Eilean, pero no calmaba el calor repentino que la imagen de Jayden acercándose le había empezado a corroer por dentro.

Parecía moverse a cámara lenta y cada movimiento correspondía a un latido de su inestable corazón.

No entendía aquel cambio de actitud por su parte, pero tenía la certeza de que la posible pérdida de su mejor amigo le había abierto los ojos, mostrándole una verdad que la aterraba.

Ambos se acercaron.

—¿Hace mucho que esperas?

—No.

—¿Te apetece ir a la Pizzería?

Eilean se hizo a un lado y le señaló una cesta que había en el suelo.

—Me he tomado la libertad de preparar un picnic para que me perdones.

—No hay nada que perdonar.

Ella hizo una mueca y cogió la cesta del suelo.

—No te esperes gran cosa, son sólo unos bocadillos y unos refrescos, casi no me has dado tiempo. ¿Te parece que vayamos al parque que hay cerca de mi instituto? Dudo que a estas horas la gente esté usando el merendero que instalaron hace poco.

Él asintió, quitándose la chaqueta de piel.

—Ponte esto, no quiero que vayas con los brazos desnudos encima de la moto, si algo nos pasara te destrozarías la piel.

Ella asintió sin poner objeciones.

La chaqueta olía a Jayden. Un olor que hasta aquel preciso momento no se había dado cuenta de lo que la atraía y embelesaba.

Jayden pasó el asa de la cesta por uno de sus brazos y ella se subió a la moto sin decir nada.

Se abrazó a él y el contacto de sus cuerpos la hizo sentirse mareada.

En los tímpanos de Jayden retumbaba el corazón de ella, como aquella vez que fueron juntos al cine.

Pero ahora, Eilean no debía temer nada, a no ser que le temiera a él.

—¿Estás bien?

—Sí, ¿por qué lo dices?

—Por nada —Mintió.

Arrancó la moto y ella intentó serenarse aprovechando los minutos que le esperaban de trayecto.

Como ella había predicho, el parque estaba desierto cuando llegaron.

Los niños y los paseantes con sus perros hacía horas que se

habían retirado a sus casas. Ante ellos se abría una explanada de césped recién cortado y árboles frutales perfectamente cuidados, bañados por la anaranjada luz del atardecer.

Ella abrió la cesta y extendió un mantel de cuadros al más puro estilo campestre.

Jayden se sentó frente a ella y la observó mientras sacaba los refrescos y las bebidas de la cesta de mimbre.

—Te has tomado muchas molestias.

—Quería celebrar que volvías a ser mi amigo.

—Nunca he dejado de serlo.

—Pero casi lo consigo, te agobié demasiado con el tema de tu secreto y no fui justa contigo.

Jayden desenvolvió su bocadillo y dio un mordisco.

—Está muy bueno.

—Gracias, son los famosos sándwiches de pavo de mi padre. Cuando era pequeña, y mi madre no estaba, era lo que siempre me hacía para comer —Sonrió sinceramente.

Un silencio incómodo se instauró entre ellos.

—¿Elle y Matt están bien?

—Sí —Cogió uno de los refrescos y se lo acercó a Eilean.

—Gracias —Lo abrió sin demasiada destreza y la anilla le rasgó la piel de la yema de su dedo pulgar.

Hizo una mueca de dolor y se llevó el dedo a la boca.

El sabor de la sangre sobre su lengua le hizo recordar aquel beso de Jayden que rechazó, sonrojándose al pensar que en aquel momento lo aceptaría.

—¿Te has cortado?

—Sí —Sonaba decepcionada, él no había saltado sobre ella.

—Déjame ver —Le hizo un gesto con la mano y ella le mostró el dedo —Apenas es un rasguño. Sobrevivirás.

Ella inspeccionó con cuidado la herida y sonrió.

—¿Puedo proponerte algo un poco infantil?

—¿Qué?

Eilean dejó vagar su mirada por los cuadros del mantel.

—¿Has hecho alguna vez un pacto de sangre?

—No.

—Haz uno conmigo, para prometerme que pase lo que pase jamás me dejarás.

La manera de formular aquella proposición hizo que un fuego quemara en el pecho de Jayden.

—Ya sabes que nunca dejaré escapar tu amistad.

La palabra *amistad* golpeó a Eilean en su alegre ánimo reduciéndolo a escombros de sentimientos confusos.

No sabía cómo explicarle a Jayden su nueva situación y él no se lo estaba poniendo fácil.

—Aún así, quiero hacerlo. Toma —Le alargó la mano con un cuchillo para la fruta.

Jayden se apartó instintivamente.

—No voy a cortarme para que verifiques si era cierto tu sueño.

Eilean perdió la sonrisa de su rostro.

—Ah, eso… si te soy sincera sólo jugaba, no pretendía ir con dobles intenciones.

—¿De verdad?

Ella acercó su rostro al de él.

—Mira mis ojos y dime si miento.

—Supongo que no lo haces —Apartó la mirada y se retiró hacia atrás bruscamente temiendo no poder contener sus impulsos.

—Ojalá tuvieras mi don y pudieras leer mi alma, me sería mucho más fácil.

Jayden se recostó hacia atrás y miró el cielo estrellado intentando alejar la imagen de ella de su mente.

—Leer el alma. Un concepto muy bonito.

—No es ningún concepto, es mi don.

Él la miró extrañado sin comprender lo que estaba pasando.

—Yo no te he pedido que me revelaras tu secreto.

Eilean se dejó caer hacia atrás, tumbándose en el suelo. Su cabello se extendió por el oscuro césped como un río de lava.

—Quiero contártelo, pero no para que tú lo hagas también. Eso que te quede claro.

—Gracias —La miró sin que ella pareciera darse cuenta—. ¿Lees el alma?

Ella se rió divertida.

—Pareces confuso.

—Créeme, lo estoy. No sé qué es exactamente lo que haces.

Ella se reclinó, apoyándose sobre sus codos, y sonrió.

—¿Sabes lo que es el aura?

—No.

Eilean chasqueó la lengua mientras negaba con la cabeza y se volvía a estirar sobre la hierba.

—Todo ser vivo está hecho de energía vital. Esa energía se materializa en un halo de colores que describe el estado físico y espiritual. En las personas, suele estar compuesta de siete capas, una para cada uno de nuestros chacras, que son unos puntos clave de energía situados a lo largo de nuestro cuerpo —Trazó una línea vertical sobre ella.

Jayden la escuchaba absorto.

—¿En serio puedes verla?

—Sí, mi abuela también lo hacía. Supongo que es por eso que estábamos tan unidas —Sonrió melancólica—. Pero tú... tú eres distinto, porque en ti sólo puedo ver un color, como si tu aura sólo tuviera una capa que apenas cambia levemente de color con tus emociones.

—¿Sólo yo?

—No, en general tu familia y amigos tienen esa misma característica. Matt era normal, hasta que se marchó con Elle. Cuando volvió, era como vosotros.

Eilean se sentó y sus ojos se encontraron.

—No puedo contártelo, Eilean.

—Necesito saberlo, Jayden —Él negó con la cabeza, apartando la vista del rostro suplicante de su amiga—. Necesito saber qué te hace tan especial, pero puedo esperar.

Jayden se puso en pie y miró su reloj, dando por finalizada la conversación.

—Será mejor que te lleve a casa. Mañana tengo que madrugar.

Eilean se levantó a sabiendas de que aquella noche él no le revelaría el secreto.

Celos

Los tonos violetas de su aura fueron cambiando hasta un rosado intenso, que iluminó aquella noche en el parque como una gran luz.

Sus ojos no podían apartar la mirada de él, a sabiendas de que aquel color representaba un gran sentimiento hacia ella.

Su propia aura desprendía las mismas tonalidades, mezclándose con otras que representaban su miedo y sus dudas.

Estaba segura de que no podía imaginarse la vida sin él. Aquella tarde en la cueva, y la sensación de que él podía estar muerto bajo aquel montón de rocas, le quitó el velo sobre sus ojos.

Pero necesitaba que él le contara su secreto porque algo en el fondo de su ser, aquel sentimiento que desde que le conoció le dijo que no le dejara acercarse demasiado a ella, la alertaba de un peligro primario.

—Cuéntamelo —Su voz tenía un extraño eco.

—Todo fue un sueño. Olvídalo.

Eilean cogió una de las manos de él sin dejar de mirarle a aquellos hipnóticos ojos grises.

—La causa de que me diera cuenta de que te necesito no pudo haber sido un sueño —Jayden pareció estremecerse y ella aprovechó su descuido.

Cogió con su mano libre el cuchillo de la fruta y le hizo un corte en su mejilla sin dudar un instante. Jayden empezó a sangrar en el acto, quedándose inmóvil.

—No era un sueño —Vio como la herida empezaba a cerrarse, desdibujándose sobre la piel de él —¿Cómo lo haces?

Jayden seguía sin hablar y sin moverse, mientras su aura se difuminaba y parecía apagarse.

Un viento fuerte como un huracán empezó a soplar y él se desintegró ante sus ojos convirtiéndose en una brisa que la dejó impregnada de su olor.

—¡Jayden! —Se incorporó en su cama y recorrió la estancia aún a oscuras alertada por su propio grito.

La casa de Jayden apareció al final de la calle y Eilean aceleró el paso. Necesitaba hablar con él, aclararle lo que sentía y dejarle claro que no podía corresponder lo que era evidente por parte de él, si la sinceridad no era la base de su relación.

La sensación de pérdida ocasionada por su pesadilla la había atormentado toda aquella mañana de sábado.

Un taxi se paró frente a la casa y ella ralentizó su marcha al ver bajar a una preciosa mujer de cabello rubio y esbelta figura.

Jayden salió corriendo de la casa para estrecharla entre sus brazos y ambos permanecieron susurrándose palabras en los oídos bajo los atónitos ojos de Eilean.

Su respiración se aceleró y un frío intenso recorrió su cuerpo, desafiando al sol veraniego que brillaba sobre su cabeza.

La chica danzó con pasos lentos hasta la entrada de la casa, seguida de un feliz Jayden.

Eilean salió corriendo en dirección contraria, perseguida por la extraña sensación de que el rosado del aura de Jayden no brillaba por ella, sino por la hermosa desconocida de cabello dorado.

Emma se sentó con un ágil brinco sobre el escritorio de Jayden, junto a su portátil. Él la miro de soslayo y sonrió.

—¿Estás bien? —Ella fingió una sonrisa divertida enmascarando la preocupación en sus ojos—. A mí no me engañas, Em.

—Lo sé. Estoy preocupada por Chris. Las últimas semanas apenas ha estado en casa. Las cosas no marchan bien. Al parecer, alguien ha decidido alterar la paz en nuestra sociedad.

Jayden se recostó en la silla de su escritorio y sonrió despreocupado.

—No sufras, el equipo de Chris está formado por inmortales excepcionales y seguro que pronto eliminan el problema.

Emma pasó su mano por el cabello de Jayden.

—Mírate, dándome ánimos como un auténtico adulto.

—Oye, no te pases, fea.

Ella miró hacia el cielo evadiendo las consecuencias de sus palabras.

—¿Qué vamos a hacer con la entrada de Chris para el concierto?

Jayden se quedó pensativo varios minutos. Hacía meses que habían adquirido aquellas entradas para el concierto de *Contrasts*.

—¿Quieres conocer a Eilean?

—Bueno, no creo que un concierto ruidoso sea el mejor entorno para conocer a alguien, pero me parece buena idea; detesto que se desperdicie una entrada.

Jayden sonrió animado ante la prometedora noche que les esperaba y llamó a Eilean.

Los celos evocados por aquella bella aparición rubia se disiparon en cuanto Jayden le propuso asistir con él a un concierto. El grupo no le gustaba demasiado pero, aún y así, había aceptado de buen grado la invitación.

Puntual como siempre, el sonido de un motor la alertó de su llegada, pero sonaba distinto del habitual ronroneo de la *CBR*.

Se asomó por la ventana y vio el Mini de Galatea. Dentro, Jayden la estaba esperando hablando con otra persona.

La chica rubia.

Los cristales de la ventana parecieron aumentar su grosor y textura empañando la visión de Eilean.

Pegó su espalda contra la pared e intentó sosegar su ánimo.

Un nudo se formó en su garganta, dificultando el paso del aire y sus ojos se empañaron.

Era demasiado tarde.

En su mente, una voz le gritaba desesperada. Jayden se había cansado de esperar que ella sintiera algo por él y, sin duda, aquella hermosa chica había ocupado su lugar en el corazón de él.

Se mordió los labios y buscó una excusa para no ir con ellos, pero su aturdida mente funcionaba con lentitud.

—Eilean, Jayden está abajo esperándote —La voz de su madre sonaba lejana al final del pasillo.

Llenó de aire sus pulmones y se preparó para afrontar la que prometía ser la noche más desastrosa de su vida.

Cuando abrió la puerta de la calle, la imagen de Jayden de pie junto al coche la hizo temblar.

Había estado ciega y ahora ya era tarde para ella.

Emma salió del coche y una oportuna brisa veraniega hizo que sus cabellos ondearan como cuerdas de una silenciosa arpa.

La odió al instante.

—Eilean, quiero presentarte a Emma.

—Hola —Evitó acercarse a ella saludándola de lejos con un rápido movimiento de la mano.

—Encantada, Jayden me ha hablado mucho de ti —La ligera tensión en el cuerpo de Eilean no pasó desapercibida para Emma, mientras se subían al coche.

Los ojos de Eilean se clavaron en ella desde el asiento trasero.

—A mí, Jayden no me ha hablado de ti —musitó. Los celos hablaban por ella.

—¿Nunca le has hablado de mí, Jay? —Le acarició la mejilla con deliberada lentitud a la espera de la reacción de Eilean.

Ella se removió incómoda en el asiento trasero y Emma vio confirmadas sus sospechas.

Estaba celosa.

—Emma es una gran amiga.

—Bueno, soy algo más que eso, ¿no?

Él rió ajeno a todo lo que estaba pasando.

—Claro, Em, somos casi como her...

—Almas gemelas —Le interrumpió.

Jayden la miró confuso y ella le guiñó un ojo.

—Felicidades —El tono seco de la voz de Eilean denotaba su humor.

Emma dibujó una sonrisa divertida en su rostro, mientras Jayden buscaba explicaciones con una mueca.

El aparcamiento habilitado para el concierto, situado cerca del pabellón donde se había organizado, estaba abarrotado de gente. Por suerte, Jayden localizó una buena plaza y en cuestión de minutos los tres se hallaron haciendo cola para entrar en el recinto.

Emma no podía dejar de sonreír y aquello desconcertaba aún más a Jayden.

—Jay me ha dicho que tus padres son escoceses.

—Sólo mi padre —Contestó sin mirarla.

—Mi padre es de Edimburgo.

—Genial —Sonrió sin ganas y Jayden empezó a preocuparse por su extraño comportamiento.

Poco a poco, la cola fue avanzando y, sin apenas darse cuenta, se encontraron en el interior del pabellón rodeados de una multitud ansiosa por ver aquel esperado espectáculo.

El bullicio de la gente hizo que Eilean, que encabezaba el grupo, se sintiera mareada y sin aire, perdida entre aquel mar de desconocidos que gritaban a su alrededor.

—¿Estás bien? —Jayden se le acercó por la espalda.

—Sí, tranquilo ve con Emma.

—No, voy contigo —Ella se giró y le miró confusa, seguía siendo leal a su amistad—. Ponte tras de mí, yo abriré paso hasta encontrar un buen sitio.

Emma se sintió culpable al ver a la frágil chica entre ellos, que mostraba signos de ansiedad ante la situación y empezó a custodiarla por la espalda.

Fueron avanzando sin ningún tipo de problema. Era como si la gente se apartara a su paso.

Nadie se interponía en su camino, como si les envolviera un pequeño campo de fuerza.

Eilean miró a su alrededor.

Aquella multitud ruidosa actuaba como las hormigas del lago. Evitaban a Jayden y a Emma como si su instinto les advirtiera de algo.

Jayden se paró y les sonrió.

—¿Qué os parece este sitio? Se ve bastante bien el escenario.

—Es perfecto —Emma dejó la retaguardia de Eilean y se colocó junto a él.

La gente reapareció tras Eilean empujándola levemente, pero estaba demasiado aturdida para darse cuenta.

Jayden le sonrió y le indicó que se pusiera frente a él.

—Las bajitas delante —Ella pareció no captar la broma y se colocó frente a ellos.

Las luces del escenario no tardaron en cambiar de intensidad, dando inicio al concierto.

El grupo apareció y la gente empezó a corear su nombre, mientras las primeras notas de una de sus canciones más conocidas sonaban a todo volumen.

Eilean apenas se movía. Su mente estaba demasiado ocupada barajando posibles explicaciones ante el comportamiento de las personas que la rodeaban respecto a Jayden y Emma.

—¿A qué ha venido tu comportamiento en el coche? —La voz de Jayden sonaba a un volumen completamente normal, inaudible para los mortales que sólo oían la música, pero alta y clara para Emma.

—¿Es que no lo has visto?

—¿Ver qué? —Ella sonrió triunfal y, mientras hacía ver que bailaba, señaló a Eilean.

—Está celosa.

—¿Celosa?

—Cree que soy tu novia y me detesta —Rió, haciendo un nuevo paso de baile.

Jayden observó el cuerpo inmóvil de Eilean que mostraba claras señales de no pasar un buen rato.

—¿Estás segura?

—Jay, a las mujeres eso nunca se nos escapa. Le gustas y mucho.

Él negó con la cabeza y dejó su mente en blanco empezando a cantar la canción que sonaba.

Emma resopló y se abrazó a Jayden asegurándose de darle un codazo a Eilean para que se girara.

Sus ojos verdes reflejaron su sentimiento al ver a la pareja abrazada, dándose la vuelta de nuevo para ocultar sus emociones.

—¿Quieres más pruebas?

—Está celosa —Sonrió—. ¿Crees que le gusto?

—Jayden, reacciona, mírala.

Ante ellos, una desprotegida Eilean respiraba con dificultad, acallando una lágrima que, camuflada entre la alegría de los presentes, se había atrevido a caer por una de sus mejillas.

Emma se sintió mal al ver su reacción.

—¡¿Estás bien?!

Eilean dio un respingo al oír la voz de Emma en su oído y se secó la cara sin atreverse a darse la vuelta y enfrentarse a ella.

—¡Me voy! No me encuentro bien —Se escurrió entre la multitud que se agolpaba a su derecha y en segundos desapareció.

Jayden y Emma intercambiaron una rápida mirada.

—Ve tras ella, corre, yo estaré bien —Sin esperar demasiado, Jayden se perdió por el mismo lugar por el que lo había hecho Eilean.

La gente saltado y bailando al son de la música no hizo fácil el camino hasta la salida para Eilean.

Cuando cruzó las grandes puertas del recinto, echó a correr hasta la calle e intentó recobrar el aliento, pero una presión en el pecho no le dejaba respirar.

Sollozó y sintió ganas de vomitar.

No fue difícil para Jayden seguir su rastro y encontrarla allí

337

fuera, apoyada con ambas manos sobre la pared intentando reponerse.

—Eilean.

—Vete, vuelve con tu novia —Ocultaba su rostro entre sus cabellos.

Aquella frase confirmó del todo lo que Emma le había dicho.

—Emma no es mi novia, es como mi hermana y está casada con uno de mis mejores amigos —Un ojo verde se coló entre algunos mechones rojizos—. Ella sólo intentaba probar algo.

—¿Qué? —Levantó su rostro y el corazón de Jayden se encogió al ver sus lágrimas.

—Que estabas celosa —Se puso repentinamente serio —. ¿Lo estabas?

Las mejillas de Eilean se tiñeron de rojo y bajó la cabeza para ocultar su vergüenza.

—Pensaba que te habías olvidado de mí —susurró.

Un grupo de gente pasó por la calle, animado por la música del concierto que se filtraba por las paredes del pabellón.

—Vamos a un sitio más tranquilo. Tenemos que hablar —Le alargó la mano y ella se la cogió con total naturalidad.

—¿De qué quieres hablar?

Empezaron a caminar al mismo ritmo sin que sus manos se soltaran.

—De mi secreto.

Sacrificio

Jayden sorteaba con facilidad la multitud de coches aparcados en busca del Mini. Le seguía de cerca, sin soltarle la mano, una aturdida Eilean que aún estaba asimilando lo ocurrido.

Localizaron el coche y, sin decir una palabra, ambos se subieron.

Una gran ansiedad invadió a Eilean al soltarse de la mano de él por unos segundos.

Jayden puso la llave en el contacto y arrancó. Sin prestar demasiada atención a sus actos, que parecían ser instintivos, le alargó de nuevo la mano y cogió la suya como si siempre lo hubieran hecho.

Ella sonrió calmada.

—¿Nos marchamos sin Emma?

—Tranquila, está disfrutando del concierto y luego se las apañará para conseguir un taxi. No te preocupes por ella.

Eilean pareció conforme con la explicación y el silencio volvió a invadir el habitáculo.

Jayden conducía hábilmente con una mano y no apartaba la vista de la carretera, mientras ella le miraba con admiración.

Cuando llegaron a casa de él, aparcó el coche y Eilean salió disparada hasta la puerta del conductor para volver a retomar el contacto con su mano.

Eran como dos piezas imantadas que no podían permanecer separadas demasiado tiempo.

Él sonrió al notar su cercanía constante.

—Mi madre y Galatea están en una exposición de arte —Abrió la puerta de la casa y ambos entraron—. Llegarán tarde a casa.

Ella se limitó a sonreír, siguiéndole de cerca por las escaleras hasta su habitación.

Ya había estado allí pero, hasta ese preciso momento, no se había dado cuenta de que el aroma de él lo invadía todo.

Se sofocó.

Jayden le soltó la mano con delicadeza y se acercó a la ventana para correr las cortinas.

—¿Desde cuándo te sientes...? —Se señaló a él mismo y a ella varias veces ayudándose con los gestos para terminar la frase.

—Desde el accidente en la cueva, creí que te habías muerto —Se balanceó nerviosa.

—Entonces, es cierto eso que dicen de que no sabes lo que tienes hasta que lo has perdido—. Sonrió.

—En mi caso, la frase correcta sería que no sabes lo que quieres hasta que casi lo pierdes —Se sonrojó al instante—. No quiero decir que te quiera —Él empezó a caminar hacia ella lentamente, sonriendo con sus labios y sus ojos—. Bueno, quiero decir que me gustas, pero yo no sé cómo se siente una cuando... —Su voz sonaba aguda—. Ya entiendes lo que quiero decir —Bajó la mirada ante la proximidad de él.

Jayden posó sus manos sobre la cintura de Eilean y notó como ella dejaba de respirar.

Acercó lentamente su rostro al de ella, rozando su nariz contra la suya en una dulce caricia.

Sus labios se encontraron y la besó con delicadeza durante escasos segundos.

Se apartó y vio como ella aún tenía los ojos cerrados.

Se sentía mareada.

En los oídos de Jayden, el latir de ambos corazones sonaba como uno solo, perfectamente acompasados. En armonía.

Eran almas gemelas.

Eilean le miró con deseo y se le acercó efusiva iniciando un beso mucho más apasionado y duradero que rebasó los límites de la inocencia en pocos segundos.

Sus dedos se fusionaron con los mechones azabaches del cabello de él, sintiendo una calidez que la llenaba de alegría y desconcierto a la vez.

Se separaron jadeantes y él acarició su mejilla con el dorso de sus dedos.

Eilean se tambaleó y se sentó a los pies de la cama para evitar caer al suelo. Sus piernas eran de gelatina y su visión poco definida.

Jayden se sentó junto a ella y sus manos volvieron a unirse.

—Creía que jamás podría besarte y contártelo todo.

—Siento que hayas sufrido tanto por no darme cuenta antes de lo evidente.

Él la rodeó con sus brazos, acurrucándola en su pecho.

—No tienes que disculparte, ahora soy feliz, aunque queda lo peor.

Ella levantó la vista en busca de los ojos de Jayden.

—¿Tu secreto?

—Sí.

Eilean se separó y paseó sus dedos sobe el antebrazo de él.

—Sabes que puedes confiar en mí.

—Lo sé —Su voz había perdido la alegría—. Pero lo que te pediré a cambio de enseñarte mi mundo es un precio muy alto.

—¿Tu mundo?

Eilean se centró en el aura de Jayden y él bajó la cabeza como si su naturaleza le avergonzara.

—En cuanto te revele qué soy, deberás hacer un sacrificio muy grande por mí y no sé si es justo pedírtelo.

—Sabes que haría cualquier cosa por ti.

Él se puso en pie y empezó a pasear por la habitación ansioso. Hasta aquel momento, no se había dado cuenta de lo que debería afrontar ella y se sentía culpable.

—Estúpidas normas. Si no fuera por ellas yo no me sentiría como alguien horrible que te obliga a cumplirlas. Quizás deberíamos olvidar este asunto y ser tan sólo amigos.

Eilean se puso en pie y corrió a su lado con la furia brillando en sus ojos.

—¡¿De qué estás hablando?! —Le zarandeó para que la mirara—. Hace apenas una hora he vivido el peor momento de mi vida porque creí que te había perdido al creer que estabas con Emma. No voy a dejar que absolutamente nada nos separe ahora —Su voz pasó del enfado a la desolación—. Sin ti, mi mundo no tiene sentido.

Jayden la abrazó sintiendo su pena como propia y la besó con dulzura.

—No te dejaré.

—¿Cuál es mi sacrificio?

Él le clavó sus ojos grises, mientras la hacía sentarse de nuevo a los pies de su cama. Se arrodilló frente a ella.

—Cuando te revele mi secreto, deberás romper todo contacto con tu familia. Será como si hubieras muerto para ellos.

Eilean se quedó inmóvil, sin pestañear.

—¿No podré ver a mis padres?

—No—La negación hizo que su propio corazón se encogiera—. Tendremos que mudarnos lejos de aquí y empezará tu nueva vida.

—¿Juntos? —Jayden se limitó a asentir—. Mi familia se compone de muchos miembros, de los cuales la mayoría son prescindibles para mí, ya que viven en Londres y les veo muy poco. Además, nunca he tenido buena relación con mis primos y tíos, siempre me han considerado rara —Sonrió mirando hacia el cielo—. Mis padres son importantes para mí, pero es inevitable el hecho de que yo no viviré junto a ellos siempre —Sus palabras implicaban una madurez que su rostro inocente enmascaraba a la perfección.

—No has de decidirlo ahora.

—No hay nada que decidir. Es ley de vida. He de dejar mi nido y, si eso implica no volver a verles para estar contigo, lo haré —Un hormigueo se adueñó del estómago de Jayden.

—¿Estás segura? Si lo haces, no habrá vuelta atrás.

Ella posó sus manos sobre los hombros de él, acercando su rostro al suyo.

—No sé exactamente por qué, pero algo me dice que mi sitio está junto a ti. Es como si mi vida no hubiera tenido sentido hasta el día que te presentaste en mi casa.

Jayden no pudo contener una carcajada.

—Aquel día, creí que me morderías. Qué estúpida eras.

Ella se encogió de hombros, fingiendo una mueca de niña buena.

—Yo pensaba que eras un creído.

Jayden besó con delicadeza una de las manos de Eilean.

—Menuda pareja, el chulillo y la antipática.

—Los candidatos ideales a reyes del baile —Empezó a reír animada.

La expresión de Jayden se volvió seria, acallando las carcajadas de ella.

—Acaban de llegar mi madre y Galatea —Miró hacia la puerta un segundo—. Bajemos. Ha llegado la hora de que lo sepas todo.

Ambos se pusieron de pie y Jayden notó como el pulso de ella se aceleraba ante la inminente noticia que cambiaría su mundo.

Inmortal

La voz de Jean sonaba animada ante el nuevo éxito de su exposición artística. Galatea sonreía junto a él, acompañada de Kate e Iris, que comentaban las críticas que habían recibido los cuadros de Jean.

Al pie de la escalera les esperaba un inmóvil Jayden.

Eilean se limitaba a asomar un ojo por encima del hombro de él.

—Hola, ¿qué hacéis aquí? Pensaba que el concierto terminaba más tarde —Kate saludó con la mano a Eilean.

—Me alegro de que estéis todos —Bajó un peldaño y Eilean se situó junto a él.

Galatea reparó en la sólida unión de sus manos.

—¿Vosotros…? —Sonrió ampliamente con orgullo.

—Sí, ella es mi alma gemela —Miró a Eilean con dulzura y ella se sonrojó.

Todos parecieron felices con la noticia a excepción de Kate, que fruncía el ceño.

—¿Le has contado algo? —Jayden negó con la cabeza—. Mañana iremos al Consejo para que evalúen vuestro caso.

Kate empezó a andar hacia el salón y Jayden se interpuso en su camino con una rapidez que dejó sin aliento a Eilean.

—Mamá, en realidad pensaba explicárselo yo, con vuestra ayuda.

—No funciona así. El Consejo evaluará si es apta para aceptarlo todo.

Kate volvió a retomar su camino y Jean, Iris y Jayden la siguieron.

Galatea sonrió a Eilean, que se mostraba desconcertada.

—Vamos, tenemos mucho de qué hablar.

Ambas entraron en el salón donde Jayden aún replicaba a su madre.

—¿Y si el Consejo decide que no puedo estar con ella? —Empezaba a estar nervioso—. Si la convertimos no podrán negarse.

Los ojos de Kate brillaron con el azul del hielo, señal inequívoca de que empezaba a perder los nervios.

—¡Hay que seguir las normas!

Eilean se quedó en la puerta de la habitación observando asustada la escena.

—Tranquilicémonos todos —Jean se acercó a Eilean y la acomodó en un silla junto a Iris y Galatea—. Estamos asustándola.

—¿Estás bien? —su preocupación fue sincera.

—Sí, Jay.

Kate se sintió conmovida ante la preocupación de su hijo por aquella frágil mortal.

—Creo que, tal y como están las cosas, deberíamos explicarle la verdad —Iris sonó calmada.

—Opino lo mismo. Además, Jayden no está dispuesto a aceptar un no por parte del Consejo, lo que reduce las posibilidades de que ella siga siendo mortal, sea lo que sea lo que dictaminen —Eilean miró con grandes ojos a Jean.

Galatea pareció percibir el nerviosismo en la joven y le palmeó la mano con cariño.

"Es tarde para hacer las cosas de otro modo, cariño. Ahora

mismo ya sabe demasiado"

—Está bien —Kate se acercó a Eilean y le sonrió—. No me malinterpretes, estoy segura de que harás muy feliz a mi hijo, pero tenemos unas normas muy estrictas que, al parecer y por consenso de todos, vamos a romper.

Jayden se sentó frente a Eilean y sonrió sin poder ocultar su nerviosismo.

—¿Por dónde empezamos?

—Por llamar a sus padres, esta noche no creo que llegue a casa antes de su toque de queda —Galatea desapareció en dirección a la cocina dispuesta a convencer a los padres de Eilean de que se quedara a dormir allí.

Iris le dedicó una cordial mirada a Eilean, que parecía una estatua.

—Sé lo que sientes, a mí me pasó lo mismo. Pero no temas, todo saldrá bien.

El sonido del timbre y un saludo con la mano por parte de Galatea, que hablaba por el teléfono inalámbrico, dio paso a Emma en la silenciosa habitación.

—¿Hay reunión? —Sus ojos se fijaron en Eilean, que se encogía en la silla atormentada por la incertidumbre del momento—. ¿Se lo habéis contado?

—¡No! ¡Aún no! Y si no lo hacéis pronto creo que voy a explotar —Eilean sonó desesperada y Jean ahogó una risa.

—Mira, ya vuelve Galatea, ahora mismo lo hacemos.

Galatea sonrió triunfal y se sentó a la mesa.

—Tu madre no ha puesto ningún impedimento. Le he dicho que mañana querías ir de compras con Emma a primera hora de la mañana y se ha alegrado de saber que tenías una nueva amiga.

Emma guiñó un ojo a Eilean, quien aún mantenía cierto rencor hacia la despampanante belleza rubia.

—Jayden, creo que ha llegado el momento.

—Gracias, mamá —Le dedicó una dulce mirada a Kate y se aclaró la garganta antes de clavar sus ojos en Eilean—. Mi familia y yo formamos parte de una sociedad secreta formada por inmortales. Algunos de ellos son vampiros y otros somos dhaphiros, hijos de una mortal y un vampiro.

Los ojos de todos se clavaron en el rostro de la chica, que no pudo evitar empezar a reír.

—¿Me tomas el pelo?

Jayden miró confundido a Kate buscando su apoyo.

—No, es verdad —Se levantó y rebuscó en una estantería cercana el libro de cuero con la *V* grabada en la tapa—. Éstas son nuestras leyes y su historia —Le entregó el libro.

La sonrisa de Eilean fue desapareciendo mientras ojeaba el libro.

—¿Sois vampiros?

—No nos gusta mucho ese término, preferimos inmortales, pero sí —Jean le sonrió.

—Pero, ¿matáis a gente y bebéis de su sangre?

Las amables risas de los presentes la hicieron sentirse estúpida por su pregunta.

—Hace décadas que eso ya no sucede. Por suerte, nos hemos civilizado y hemos aprendido a obtener la sangre sin herir a nadie —Galatea le enseñó un envase de zumo tropical que había traído con ella de la cocina—. Tenemos empresas que comercializan la sangre de varios animales, que dan menos problemas que la humana.

Eilean sostuvo entre sus manos el zumo y empezó a asimilar la noticia, poco a poco.

Jayden percibió el ritmo acelerado de su corazón.

—Tómate tu tiempo, es algo difícil de digerir.

—¿Tú eres un vampiro?

—No, soy un dhaphiro. Mi madre —Miró a Kate con cariño— era mortal cuando un vampiro la dejó embarazada de mí.

El silencio se adueñó de la sala y Eilean se reclinó sobre el respaldo de su silla, pensativa.

—Pero, salís a la luz del día —Miró a todos—. Y Jayden no bebe sangre, come comida normal.

—Olvida los mitos sobre vampiros de Transilvania, no son ciertos —Emma sonrió divertida—. Y sí, los dhaphiros comemos de todo.

Eilean miró asombrada a Emma.

—¿Tú eres como Jayden?

—Sí.

Su respiración se volvió agitada a medida que la nueva información se acumulaba en su mente.

—Es increíble —susurró.

Kate se levantó y le acarició el pelo para tranquilizarla.

—Te traeré una tila para ayudarte a asimilar todo esto, créeme, te ayudará. Galatea, ¿por qué no le cuentas la historia sobre los *homo sapiens* que me contaste a mí?

—Es buena idea.

Jayden observó como con cada nueva frase de la historia de Galatea, Eilean se iba relajando, empezando a formar parte de su mundo.

El negro cielo empezaba a aclararse lentamente, anunciando el inicio de un nuevo día.

Kate despidió a Jean e Iris, que volvían a casa tras una agotadora noche resolviendo las dudas y preguntas de Eilean.

En el salón, Emma y Jayden le narraban su infancia y cómo sus características se desarrollaban con la edad.

—¿Feromonas?

—Sí, aunque no siempre son útiles —Emma enarcó una ceja.

Kate entró en la habitación disimulando un bostezo.

—Va siendo hora de que nos vayamos a dormir —Eilean la miró suplicante—. Necesitas descansar, todas tus dudas no podrán ser resueltas ahora.

Emma se levantó de un brinco y su cabello dibujó unas hipnóticas ondas.

—Eilean, siento de corazón que te disgustaras conmigo en el concierto, pero los celos me parecieron una buena manera de saber si te gustaba Jayden.

—Yo siento haberte odiado —Sonrió.

—Oh, entonces estamos en paz —Se inclinó y la abrazó—. Bienvenida a la familia.

Se alejó rápidamente y, junto con Kate, desapareció por la puerta.

Jayden se acercó a ella y le pasó un brazo por encima de los hombros.

—¿Qué opinión te merezco, ahora que sabes que soy inmortal?

—Hasta dentro de cinco meses no serás inmortal del todo.

Jayden empezó a reír divertido.

—Estabas atenta —Posó su cabeza sobre la de ella.

—Estoy aturdida por toda la información pero, de alguna manera, ya me esperaba algo así. El hecho de ser inmortal y que vuestro aura sólo tenga un color tiene sentido.

Jayden se apartó de ella para dedicarle una mirada acusadora.

—Es verdad, se me olvidaba que tú tampoco eres muy normal que digamos.

—Oye, no te pases dhaphiro.

Ambos empezaron a reír.

—¿Qué pasará ahora?

—Tendremos que ir al Consejo y allí te dirán todo lo que te hemos contado nosotros. Te pedirán que te marches lejos conmigo y que dejes a tu familia —Su semblante se volvió serio—, y le pediré a Chris que te convierta.

Eilean acarició el preocupado rostro de Jayden y le besó.

—No me importa dejarlo todo por ti —susurró.

Jayden la abrazó con fuerza y se recostó en el sofá con ella entre sus brazos. En pocos minutos, el cansancio les venció, sumiéndoles en un profundo sueño.

Sin rastro

Sus ojos se abrieron despacio. Notaba el cansancio en su cuerpo y una sensación que la aturdía por completo.

Poco a poco, su vista se fue acostumbrando a la tenue luz que se filtraba por las tupidas cortinas de la habitación de Jayden. Estaba tumbada en su cama, pero él no estaba.

Un suave y rápido repicar de teclas la hizo mirar hacia el escritorio. Oculto entre las sombras estaba él, escribiendo compulsivamente en su portátil a una velocidad que difuminaba el contorno de sus manos.

—¿Jay?

Se giró al instante y, en una fracción de segundo, corrió hacia ella, sentándose a su lado en la cama.

—¿Te he despertado?

—No —Le sonrió—. ¿Cómo he llegado hasta aquí?

—Te he subido yo, dormías profundamente y yo no tenía más sueño.

Eilean repasó cada uno de los rasgos del rostro de Jayden, intentando memorizar su expresión. Quería que aquellas facciones fueran la primera imagen del día que viera el resto de su vida.

—¿Que hacías?

—Mira —Se levantó de un salto, cogió el portátil de la mesa y volvió junto a ella. Eilean sólo notó una brisa que despeinó su cabello y una sombra que corría por la habitación.

—Eres rapidísimo.

—Gracias —Sonrió—. He estado preparando varias alternativas para explicar a tus padres.

Un nudo se formó en la boca del estómago de ella. Tenía que abandonar a sus padres. Miró a Jayden, buscando el motivo por el que hacía aquel sacrificio.

En cuanto se vio reflejada en sus ojos grises, lo recordó al instante.

Leyó con cuidado el texto perfectamente redactado de la pantalla e hizo una mueca.

—¿Decirles que me voy de vacaciones y no volver nunca?

—Sí, es lo que hizo mi madre cuando dejó su vida mortal.

—En mi caso no funcionaría. Mi padre está tan acostumbrado a ir a Londres a ver a la familia que no le importaría viajar donde fuera para verme —Deslizó su dedo por el mouse del portátil y leyó la siguiente opción.

Siguió leyendo en silencio las diferentes alternativas propuestas por Jayden.

—¿No te gusta ninguna?

—No es que no me gusten, es que son difíciles de realizar. Mis padres vendrán a verme esté donde esté y haga lo que haga. Sólo veo una opción factible.

—¿Cuál?

—Fingir mi propia muerte.

Jayden hizo una mueca y el corazón se le encogió sólo de pensar en que ella aún podía morir de verdad.

—Es una opción válida, desde luego, pero ¿no crees que tus padres sufrirían mucho? Es cruel.

—Es muy duro, pero es la mejor alternativa. Si escogiera ésta, por ejemplo… —Eilean señaló una de las opciones—, por mucho que les hiciera pensar que les odio y que estoy enfadada moverían cielo y tierra por solucionar las cosas. Les conozco.

Jayden volvió a sentirse culpable de hacerla cambiar su vida.

Unos golpes en la puerta dieron paso a una sonriente Emma.

—Buenos días.

—Buenos días —Jayden y Eilean hablaron al unísono.

—Oh, sois una monada —Sonrió y se sentó al otro lado de Eilean en la cama—. ¿Qué es eso?

—Jayden ha hecho una lista con posibles tácticas para que mis padres no sospechen de mi cambio de vida.

Él cerró el portátil y lo dejó sobre su mesilla de noche.

—Pero habrá que pensar alguna mejor, éstas no sirven.

—Yo ya he sugerido una muy fiable —Él frunció el ceño.

—¿Cuál? —Emma se mostró curiosa.

—Fingir mi muerte.

Emma se encogió de hombros como si le hubieran echado por encima un jarro de agua fría y negó con la cabeza.

—Se pondrán muy tristes.

—Eso mismo le he dicho yo.

Eilean se cruzó de brazos y resopló.

—Que hagáis un frente común contra mí, no ayuda a que piense en alternativas. Además, conozco a mis padres y seguro que es la mejor opción.

Emma se puso en pie de un ligero movimiento y sonrió.

—Yo conozco una opción similar y menos drástica.

—¿Cuál?

—Tendrás que ser muy fuerte, porque ellos no sufrirán, pero tú sí.

Eilean abrió los ojos esperando la solución a sus problemas.

—Emma, ¿qué propones? —Jayden empezaba a mostrarse inquieto.

—Es algo muy sencillo, usaremos mis feromonas para convencerles de que Eilean nunca existió. Pero deberemos borrar cualquier rastro de sus vidas.

Jayden notó al instante el pulso acelerado de Eilean y la cogió de la mano.

—¿No me recordarán?

—Será una sugestión. Si alguna vez te cruzas con ellos, es posible que recuperen sus recuerdos, pero viviendo a varios cientos de kilómetros de aquí no será posible ese encuentro.

Un denso silencio se cernió sobre ellos.

—Es muy buena idea. Así no sufrirán por mi pérdida.

—Eres muy valiente afrontando todo esto —Emma le sonrió.

—No estoy sola.

Jayden la abrazó con fuerza contra él.

—Nunca estarás sola.

Emma cogió el portátil y empezó a redactar un documento con el plan a seguir.

Las velitas de decoración que había sobre las mesas bailaban al son de las conversaciones de los comensales.

Una falsa sonrisa se dibujaba en el rostro de Eilean, mientras disfrutaba de la última cena junto a sus padres, que pronto se olvidarían de su existencia.

Había convencido a sus padres para salir a cenar a aquel restaurante italiano que tanto le gustaba a su madre para despedir el verano y dar la bienvenida a su vida universitaria. De esa manera, la familia al completo de Jayden tendría tiempo de buscar todos los objetos personales de Eilean y borrar cualquier rastro de ella en su casa.

Había escrito en un papel dónde estaban las fotografías que guardaba su madre de cuando ella era un bebé, los cuadernos repletos de dibujos que a su padre tanto le gustaban y todos sus efectos personales.

Sus ojos intentaron grabar cada uno de los movimientos de sus padres, como si fuera una película de vídeo.

Sin duda, era un alto precio para disfrutar de su romance con Jayden. Pero, a pesar de todo, estaba dispuesta a pagarlo y sabía que hacía lo correcto, porque cuando se separaba de él, aunque sólo fueran unas horas, un vacío se adueñaba de su pecho reclamando su presencia.

Después de que su padre se quejara, como de costumbre, de la alta propina que tenía que dejar, se encaminaron hasta su casa dando un paseo bajo la noche estrellada.

Al tomar su calle, las lágrimas se agolparon en los ojos de Eilean volviendo difusa su visión.

Se agachó, haciendo ver que se ataba una de sus sandalias, siguiendo al pie de la letra el plan trazado por Emma.

—¿Qué pasa, cariño?

—Nada, mamá. Se me ha desabrochado una sandalia, ahora os alcanzo.

Shannon le sonrió y volvió a emprender la marcha.

Frente a ella, sus padres se alejaban calle abajo, hacia un futuro sin su presencia.

Esperó unos segundos y echó a correr hacia el Mini que la esperaba a la vuelta de la esquina.

Cuando cerró la puerta, sonrió a Jayden, que intentaba ocultar sin éxito su culpabilidad.

—¿Estás bien?

—Sí —Sonrió sin ánimo—. Arranca el coche por favor.

Jayden le hizo caso y, en pocos segundos, se alejaron del que un día fue su barrio.

Un ardor punzante se adueñó de los lagrimales de Eilean, pero no se permitió llorar delante de Jayden. Sabía que, de hacerlo, él se sentiría aún más culpable. Al fin y al cabo, ella era la única responsable de aquella decisión.

Las luces del coche de policía alertaron a Shannon, que corrió hacia su casa seguida de su marido.

Una atractiva policía rubia tomaba declaración a algunos vecinos, mientras custodiaba la entrada de la casa de Eilean.

—¿Qué ha pasado?

—¿Son los señores Walls?

—Sí.

Emma se retiró de la curiosa multitud entre las que estaban Kate y Galatea.

—Siento comunicarles que han sido víctimas de un robo.

—¿Nos han robado? —El padre de Eilean la buscó sin éxito para compartir la noticia—. ¿Eilean?

Emma pestañeó y sonrió ampliamente.

—¿Se refieren ustedes a la chica pelirroja a la que tenían alquilada la habitación del primer piso?

—¿Cómo? —La madre de Eilean sonó desorientada.

—Sí, una chica escocesa, creo. Estaba aquí de intercambio. Según sus vecinos, se marchó la semana pasada de vuelta a Edimburgo.

Las feromonas de Emma se disgregaron entre todos los presentes y los vecinos más cercanos a ellos empezaron a hablar de la estudiante como si la conocieran.

—¿Cree que ella puede haber tenido algo que ver con el robo?

—El padre de Eilean sonaba preocupado.

—No, seguramente ha sido una banda organizada a la que investigamos, que se dedica a robar casas de esta zona. Pero ya no deben temer nada —Sonrió—. Todo está bien, en calma. Sean felices —Su voz era un susurro que se mezclaba con la brisa de la noche.

Kate y Galatea se cogieron de la mano mientras vieron entrar a los padres de Eilean en su casa, completamente desordenada por el ataque de unos vándalos inmortales.

El viaje

Llevaba conduciendo poco más de una hora hacia el motel donde pasarían la noche antes de tomar el vuelo hacia Washington, cuando su móvil sonó en su bolsillo. Con un ágil movimiento, lo sacó y se lo entregó a Eilean, que mantenía su vista al frente.

—Es Emma, ¿puedes contestar tú?

Eilean se limitó a asentir.

—Hola.

—Hola —Su tono de voz se dulcificó al oír a Eilean—. Todo ha salido bien, Kate y Galatea me han dicho que los vigilarán de cerca para informarte de cómo les va. ¿Cómo estás?

Un nudo en la garganta impidió momentáneamente el paso de sus palabras.

Jayden aceleró sin darse cuenta, intentando reprimir su frustración. Sentía el dolor de ella reflejado en el palpitar de su pulso y la cadencia de su respiración.

—Estoy bien, Emma. Era necesario y quiero agradecerte todo lo que has hecho.

—Bueno, conseguir el coche de policía me ha dado un poco de trabajo, pero lo que sea por vosotros.

Jayden tomó un desvío y entraron en una carretera de tierra que llevaba a un discreto motel.

—¿Quieres hablar con Jayden?

—No, no hace falta. Os veo mañana a las nueve en la recepción del motel. Traeré los billetes.

—Gracias.

—Un placer —Colgó.

Eilean jugueteaba con el móvil, mientras Jayden aparcaba el coche en una plaza libre.

—Mañana a las nueve vendrá a buscarnos.

—Perfecto.

Ella le miró. Parecía mucho más serio de lo habitual, casi enfadado.

Se bajaron del coche en silencio y él cogió una bolsa de deporte del asiento trasero.

—Emma ha metido lo necesario para hoy en esta bolsa. El resto de tus cosas, junto con los recuerdos de tus padres, los mandará por un servicio de paquetería a su casa de Washington.

—Bien.

Él empezó a andar, moviendo entre sus dedos la llave de la habitación que había reservado horas antes en previsión de la tardía llegada.

Las luces de neón, que indicaban la ubicación del motel y las vacantes, le recordaron a Eilean las típicas películas de terror.

Las habitaciones eran como pequeños apartamentos, colocados en dos hileras a frente a una piscina vacía.

Jayden se paró ante la puerta que lucía un gran siete cromado y la abrió.

La colcha, a juego con las cortinas y los almohadones del sillón que había frente al antiguo televisor, indicaba el escaso gusto del propietario en cuanto a decoración.

Jayden cerró la puerta tras Eilean.

—Siento que sea un sitio tan sórdido. Me ha sido imposible encontrar un lugar mejor con tan poco tiempo y en esta ubicación.

Ella se sentó en la cama de matrimonio y sonrió.

—Sólo será una noche —Miró al suelo—. Y parece que está limpio, con eso basta.

Se sonrieron y todas sus preocupaciones parecieron difuminarse.

—Como sólo hay una cama, yo dormiré en el sillón.

—¿Por qué? —Se levantó y se acercó hasta él— ¿Qué hay de malo en dormir juntos?

Jayden le apartó un mechón de la frente con cuidado y le sonrió.

—En realidad es lo que quiero, pero no quería que me malinterpretaras. Sólo quiero dormir.

Ella le abrazó, quedándose inmóvil durante algunos segundos, intentando fundirse en uno con él.

—¿Qué ha sido de ese chico que sólo tenía ligues de una noche? —Le miró desafiante.

—No sé quién era y, tal y como apareció, se fue. Éste que ves ahora es el auténtico Jayden.

Eilean se puso de puntillas y le besó.

—Mi Jayden —musitó.

Aquellas palabras desencadenaron un deseo irrefrenable que le hizo besarla con una mezcla de dulzura y pasión que les dejó sin aliento.

Una sensación de ansiedad y angustia se apoderó de ella al abrir los ojos y no reconocer la habitación en la que estaba.

El suave tacto de los brazos de Jayden, que la habían rodeado desde que se tumbaron juntos en la cama, la calmó al instante y se situó.

Su mundo había dado un vuelco y ahora todo era una novedad para ella.

Se levantó con cuidado de no despertarle y se encaminó al baño con los pies descalzos y de puntillas.

Él se dio la vuelta y siguió durmiendo profundamente. El aroma de ella se había impregnado en su camiseta y eso le hizo permanecer tranquilo.

La puerta del baño hizo un leve crujido al cerrarse y el fluorescente titubeó antes de encenderse completamente.

Se miró en el espejo y sus propios ojos la entristecieron.

Unas lágrimas silenciosas empezaron a rodar por sus mejillas ante el recuerdo de la pérdida de sus padres. A pesar de que sabía que ellos seguían felices con sus vidas, ella no podría olvidarles nunca.

Se lavó la cara intentando borrar la tristeza de su rostro y suspiró.

Aquello era lo mejor para todos. Sin duda, la opción de fingir su propia muerte hubiera resultado devastadora para sus frágiles padres, que aún lloraban la muerte de su abuela.

Miró hacia la puerta y sonrió.

Tras ella le estaba esperando su futuro, lleno de nuevas sensaciones y experiencias.

Un futuro junto a su alma gemela.

Unos suaves golpes sobre la puerta la hicieron dar un brinco.

—¿Eili?

—Ahora salgo.

—¿Te encuentras bien?

Ella se aclaró la garganta.

—Sí.

—No me mientas, puedo oler la sal de tus lágrimas desde aquí —Su corazón se aceleró y se llevó la mano al pecho—. Eso también lo oigo.

Eilean abrió la puerta con una mezcla de admiración y sorpresa en su rostro.

—Es increíble —Sonrió.

—Tú eres increíble. Te has encerrado para que no viera que llorabas y evitar hacerme sentir mal.

Ella asintió, sin poder reprimir que la sangre tiñera sus blancas mejillas.

—Sé que te sientes mal, pero no es culpa tuya.

La atrajo hacia él y la estrechó entre sus brazos con fuerza.

—Tengo suerte de haberte encontrado.

—La suerte la he tenido yo —Le sonrió.

La besó lentamente y la llevó hasta la cama cogiéndola de la mano.

Eilean no pudo evitar un hormigueo que invadió todo su ser, al notar como él se tumbaba junto a ella y volvía a abrazarla.

Lentamente, le empezó a acariciar el trozo de cintura que no cubría su camiseta de tirantes y, en pocos segundos, se vio sumida en un profundo sueño.

Custodiada por Emma y Jayden, Eilean se preparó para el despegue del avión.

A pesar de sus frecuentes viajes a Londres, nunca se había acostumbrado a aquella sensación, que cada vez parecía ponerla más nerviosa.

Jayden la cogió de la mano para intentar tranquilizarla.

Una azafata de cabello negro se les acercó con una bandeja llena de envases de zumo tropical. Eilean no pudo evitar señalarlos y soltar un sonido de exclamación, que se apresuró a disimular tapándose la boca con las manos.

—Tranquila —Emma contuvo sus carcajadas—. Esta compañía aérea es únicamente para inmortales. El nombre, *Aeternum Airlines*, lo deja bien claro —Cogió uno de los zumos y brindó con Jayden.

—Estáis por todas partes —Miró a su alrededor observando las caras de los pasajeros.

—Sí, a veces creo que somos más inmortales que mortales en este planeta.

Jayden sonrió ante la cara de asombro de Eilean.

—Pero yo soy mortal y estoy a bordo.

—Porque eres mi novia —Ella se sonrojó—, y pronto dejarás de ser mortal.

—Hablando de eso —Emma rebuscó en su bolso y sacó unos formularios que Chris le había mandado por *e-mail*—. Será mejor que rellenes estos papeles para el Consejo, así nos ahorramos tener que hacerlo allí. No tengo nada contra ellos, pero cuanto menos tiempo permanezcamos bajo sus dominios mejor.

Eilean la miró asustada.

—No te preocupes, Emma nunca ha sido partidaria de cómo se hace todo en el Consejo, al igual que yo, pero son inofensivos.

—Vendrás conmigo, ¿verdad?

—A decir verdad, seré yo la que vaya contigo —Emma le dedicó una brillante sonrisa—. Chris y yo coincidimos en que, si por algún motivo no fueras apta, ya que últimamente el Consejo se está mostrando algo esquivo a la hora de admitir a nuevos miembros, mis feromonas podrían ser de gran ayuda.

Jayden apuró su zumo y meneó la cabeza.

—¿Eso no va contra las normas?

—Sí, pero la quieres, ¿no? —Jayden se limitó a asentir.

Un repentino calor se apoderó de Eilean y se encogió abrumada en su asiento.

Emma se levantó sonriente.

—Voy a dar una vuelta, a ver si hay alguien conocido en el avión —Guiñó un ojo—. Sed buenos.

Los ojos de Jayden brillaron ante el rubor de Eilean.

—¿En qué piensas?

—Me quieres —Él soltó una carcajada.

—¿A caso lo has dudado en algún momento?

Eilean se sentó en el borde de su asiento y le miró indignada.

—No es justo. Para ti todo esto parece algo fácil y de lo más normal, y para mí es un sobresalto cada vez que te refieres a mí como tu novia o dices tan tranquilo que me quieres —Bufó—. ¡Me quieres!

Jayden empezó a reír con unas sonoras carcajadas que no hicieron más que alimentar la indignación de ella.

—Para mí es algo natural. Hasta hace poco, no sabía que llevaba muchos años buscándote y supongo que mi vasta experiencia en romances hace que ya no me sonroje como cuando tenía quince años.

—¡Ah! Muy bonito, ahora soy como una niña.

—Déjame ver —Le pasó una mano por la nuca atrayéndola hasta él y la besó con lujuria. Se pasó la lengua por los labios divertido —No, no besas como una niña.

Ella le empezó a pegar con sus puños en el pecho.

—Eres un cretino. Te ríes de mí porque soy inocente e inexperta.

—¡Que va! —Sonrió seductor, hasta que notó como el pulso de Eilean se aceleraba—. Precisamente eso es una de las cosas que más me gustan de ti. Eres transparente.

Se cruzó de brazos y se dejó caer en el respaldo de su asiento frustrada.

Jayden acarició con un dedo el contorno de su cara y disfrutó al ver como ella se estremecía.

—No es justo, yo no causo este efecto en ti.

—No haces que me ruborice, pero causas otros efectos mucho más importantes. Al fin y al cabo, tú tampoco te vas a poner roja siempre. Te acabarás acostumbrando.

Ella suspiró.

—Supongo que tienes razón.

—Vamos a practicar —Se recostó junto a ella y acercó sus labios a su oído. La respiración de Eilean se aceleró —Eres mi novia y te quiero —susurró.

Sus mejillas se sonrojaron y Jayden la besó en el cuello.

—No funciona, mírame —Se señaló la cara—. Tú estás completamente sereno.

—Eso no es cierto —Le cogió la mano y se la puso sobre su pecho—. ¿Notas mi corazón?

—No.

Se acercó a ella y la besó.

—Dime que me quieres —musitó sobre sus labios.

—Te quiero, Jay.

Bajo su mano, unos latidos acelerados y fuertes como los de ella le indicaron la consecuencia de sus palabras.

Sus ojos se encontraron.

—Los latidos de los inmortales suelen ser muy lentos y silenciosos. ¿Entiendes ahora el efecto que tienes sobre mí?

Ella asintió y le volvió a besar sin apartar la mano de su corazón. Se sentía feliz y poderosa haciendo reaccionar a Jayden de aquella manera.

El Consejo de Washington

El ascensor de madera de caoba empezó a subir rápidamente a las oficinas del Consejo.

A medida que se iluminaban los números en el indicador de las plantas, sus nervios parecían aumentar.

Se mordió el labio inferior.

El sabor del beso que Jayden le había dado antes de subir al ascensor aún permanecía en sus labios y aquello la hizo serenarse un poco.

—Todo saldrá bien.

Eilean sonrió sin humor a Emma, que iba cogida de la mano de Chris.

—He conseguido que un viejo amigo sea quién evalúe tu caso. No debes temer nada.

—Gracias, Chris.

El timbre metálico de la botonera del ascensor sonó antes de que se abrieran las puertas.

Aquel sonido agudo pareció crispar sus nervios aún más.

Ante ellos, apareció una oficina de paredes de cristal y muebles de aluminio mate, que daban al lugar un aspecto frío e impersonal.

Varias personas caminaban por los pasillos con documentos.

Se respiraba un ambiente frenético y tenso.

Chris empezó a caminar y ellas le siguieron.

Un hombre joven sonrió ampliamente al verlos.

—Hola, Chris. Me alegro de verte.

—Lo mismo digo, Peter.

Siguieron por el pasillo sin detenerse y Emma sonrió orgullosa.

—Chris nunca lo aceptará, pero hace tantos años que trabaja para el cuerpo especial del Consejo que empieza a ser una persona influyente —susurró cerca de Eilean.

—Eso me tranquiliza.

Tras pasar por varios despachos, llegaron a una luminosa sala de espera colmada de plantas y con una música ambiental perfectamente estudiada para relajar el ánimo de los tensos entrevistados.

Una mujer de mediana edad y un chico adolescente estaban esperando su turno.

Se sentaron y el pulso de Eilean se disparó ante la inminente entrevista.

—Tranquila, no pasará nada.

—¿Y si no supero la prueba?

Emma miró un segundo a Chris como si se comunicaran mentalmente y él asintió.

—Estás muy relajada —Sonrió y sus pestañas bajaron lentamente dándole un aspecto de muñeca de porcelana—. Lo harás muy bien y contestarás sin miedo.

El adolescente de la otra punta de la sala la miró embobado.

—Sí, todo saldrá bien.

Eilean sintió una paz que la embriagaba y una atracción algo extraña por Emma, que seguía clavándole sus ojos verdes como esmeraldas recién pulidas.

Chris se levantó de un ágil movimiento al ver a un chico de aspecto muy juvenil y cabello rubio que les hacía una señal desde la entrada de la sala.

—Vamos, Harry nos ha venido a buscar.

Emma se levantó y Eilean la siguió, aún hipnotizada por su belleza.

Siguieron al joven hasta un despacho al final del pasillo y entraron sin mediar una palabra entre ellos.

De no ser por el influjo de Emma, Eilean hubiera sentido pánico ante el rostro impertérrito del chico rubio, que parecía tener mal carácter.

En cuanto la privacidad del despacho les hizo sentirse a salvo, Chris y Harry se abrazaron con cariño y sonrieron.

—Gracias por tirar de algunos hilos para ser tú quien evalúe el caso de mi amiga.

—Ya sabes, Chris, que por ti y por tu padre hago lo que sea, al fin y al cabo vosotros me habéis ayudado siempre —Sonrió y miró a las dos chicas—. ¿Tú debes de ser Emma?

—Hola, Harry. Es todo un placer conocerte en persona después de todas las historias que me ha contado Chris sobre ti —Sonrió y él le besó la mano dejando claros sus modales de época medieval.

—El placer es mío —Se apartó de Emma y sus ojos se posaron en Eilean. Le cogió la mano y ella se ruborizó—. Sin duda, tú eres Eilean. Debes de ser muy especial para que ellos se impliquen tanto para que pases las pruebas.

Ella se limitó a sonreír sin saber qué decir, mientras él besaba su mano al igual que había hecho antes con su amiga.

Harry se sentó tras la mesa de cristal y acero de su despacho e hizo un elegante gesto, invitándoles a tomar asiento frente a él.

—Veamos —Empezó a ojear los formularios que Chris había dejado sobre su mesa—. La mayoría de tu familia es de Londres y tus padres creen que te has marchado a California para familiarizarte con el entorno de tu nueva universidad —

Eilean tragó saliva y sonrió haciendo verosímil la mentira.

—Sentimos haberle contado ya el secreto, Harry, pero es que vivió un lamentable incidente en una cueva y teníamos que decírselo.

—Tienes suerte de tu reputación y tus amigos Chris, de lo contrario ya sabes que le esperaría a esta jovencita.

Emma acarició la espalda de la tensa Eilean. Las feromonas de su amiga dejaban de hacer efecto.

—Durante los próximos meses, irá espaciando las llamadas con sus padres y fingirá un cambio de actitud hasta romper con la relación.

Harry asintió sin dejar de leer los formularios.

—La clásica estrategia, me parece bien —Siguió leyendo unos segundos y, finalmente, se puso en pie de un salto—. Por mí, el papeleo es correcto. Ahora queda lo más difícil —Se acercó a Eilean y le tendió la mano—. ¿Me acompañas?

Ella le miró confusa y se puso en pie.

—¿Qué es lo difícil? —Apenas se oía su voz.

—Verás, querida, últimamente nuestros jefes están un poco saturados de solicitudes de mortales enamorados de inmortales, que juran haber encontrado a su alma gemela, por lo que nos obligan a realizar una sencilla prueba para demostrar que realmente, el inmortal en cuestión, es especial. Te sorprenderías de los falsos romances que nos han llegado.

Situó a Eilean en medio del despacho.

—¿Y si no supero la prueba?

—En tal caso, ya hablaríamos de lo que pasaría, pero no creo que te agrade demasiado.

Eilean miró asustada a Emma, que le sonreía intentando calmar su estado de ansiedad.

Harry se acercó a una puerta de la otra punta de la habitación y, tras abrirla, aparecieron cinco hombres vestidos con unas largas túnicas negras de un grueso material y una capucha que no dejaba ver sus rostros.

Se colocaron en línea, inmóviles, frente a la asustada joven.

—Uno de ellos es Jayden. No puedes tocarlos y ellos no pueden moverse ni hablarte. Deberás fiarte de tu instinto para saber cuál de ellos es tu alma gemela.

—Es muy difícil, todos parecen clones.

—Ahí está la gracia.

Eilean paseó frente a ellos, a la espera de un mínimo gesto que le revelara la posición exacta de Jayden, pero todos permanecían como estatuas.

Ahora comprendía porqué él no se había opuesto a no asistir a aquella reunión con ella.

Su mente empezó a barajar opciones para encontrarle, mientras los nervios se adueñaban de todo su ser.

Cerró los ojos y respiró profundamente, intentando encontrar el característico olor de él, que tan nerviosa la ponía. Pero el olor de la ropa que les envolvía era tan fuerte que enmascaraba cualquier rastro. Habían perfumado las túnicas para evitar esa pista.

—Déjate llevar por tu instinto, Eilean —Harry miró a Emma pidiéndole silencio—. Lo siento.

—Mi instinto —Caminó algunos pasos hacia atrás para encajar a los cinco hombres en su campo de visión.

Su pulso era acelerado y las nauseas amenazaban con hacerla vomitar en aquel elegante despacho, presa de un pánico absoluto. Estaba arriesgando su futuro con un estúpido juego.

Harry se acercó a ella con un ligero movimiento, sin apenas hacer ruido.

—Si no puedes diferenciarle, igual no es tu alma gemela —

susurró cerca de su oído derecho.

—¡Claro que lo es! —Se mordió el labio acallando su furia.

De pronto, uno de ellos le llamó la atención en especial. Por mucho que lo intentara, sus ojos acababan siempre mirando al mismo encapuchado, pero no estaba segura del todo de que fuera Jayden.

Su mente empezó a pensar deprisa, buscando una manera de asegurarse de que su elección sería la correcta. Algo que le hiciera saber cuál de ellos tenía ciertos sentimientos por ella.

—Sentimientos —musitó.

Su mirada concentrada repasó uno a uno el contorno de los cinco encapuchados, hasta que unos colores rosados y violetas la hicieron sonreír.

Allí estaba la prueba que necesitaba. El aura de una persona enamorada.

—Intuyo, por tu sonrisa, que ya le has encontrado.

—Sí —Miró a Harry con una luz que iluminaba su rostro.

—Bien, acércate a él y descubre si es tu alma gemela.

Sin esperar demasiado, salió corriendo hacia el último de la fila y le liberó de la capucha de un tirón suave.

Los destellos de unos grises ojos y una brillante sonrisa hicieron palpitar con fuerza su corazón.

—Lo has hecho muy bien —La abrazó.

—Bueno, podéis marcharos. Creo que es el caso más claro que he visto nunca de almas gemelas, realmente impresionante. Os deseo mucha suerte —Sonrió.

Chris se despidió de su amigo con un apretón de manos y, como si tuvieran que hacer un millón de cosas, los cuatro amigos se dispusieron a dejar aquellas frías oficinas.

Apenas habían andado unos metros por los ruidosos pasillos, cuando una mujer bajita de cabello castaño y ojos asusrados, les impidió seguir adelante.

—Chris, ha surgido un problema y te reclaman en la central. Es muy grave.

Emma intercambió una rápida mirada con él.

—Lo siento —La besó en la mejilla y salió corriendo tras la mujer a una sala de reuniones.

Emma no pudo disimular su preocupación.

—Será mejor que nos marchemos de aquí, parece que algo grave pasa y no creo que sea un lugar muy seguro para una mortal —Empezó a andar deprisa hacia el ascensor, seguida de Jayden y una asustada Eilean.

El murmullo del lago y el trino de los pájaros se filtraban por la ventana de la habitación de invitados de casa de Chris y Emma.

Eilean estaba sentada a los pies de la cama viendo el ir y venir de Jayden con un semblante preocupado.

Emma había salido a buscar algo para cenar, intentando distraer su preocupada mente.

Empezaban a ser demasiados los casos urgentes que requerían la presencia de Chris y aquello cada vez la tenía más asustada.

—Tenemos que hacerlo ya.

El corazón de Eilean dio un vuelco.

—¿Tan de repente?

—Sí, tal y como se están poniendo las cosas, es mejor no pensárselo mucho, tengo un mal presentimiento —Seguía caminando sin mirarla esquivando su equipaje aún por deshacer.

—¿Quieres hacerlo aquí?

La miró tan sólo una milésima de segundo.

—Sí, éste es un lugar seguro donde estarás cómoda.

Ella se levantó de la cama intimidada por lo que representaba aquel mueble.

—¿Ahora? —Su voz tembló.

—No, sabes que yo no puedo. Lo hará Chris cuando vuelva. Es como mi hermano y me parece el candidato perfecto.

Eilean se sintió desorientada y la habitación le empezó a dar vueltas.

—¿Tú no puedes hacerlo?

—No, los dhaphiros no tenemos la fuerza necesaria, nuestra parte humana nos lo impide. Pero Chris está acostumbrado y es de confianza.

Ella se le acercó y frenó su marcha poniéndole su mano sobre el pecho.

—No quiero que lo haga él. Si tú no puedes, no quiero hacerlo —Miró al vacío confusa—. Me parece innecesario.

Jayden tomó la cara de Eilean entre sus manos y le sonrió con dulzura.

—El Consejo lo exige y yo quiero que lo hagas.

Ella se liberó de su caricia y dio un paso atrás, asustada.

—¡¿Tú quieres?! ¿Y Emma no se pondrá celosa?

—No. ¿Por qué? No eres la primera a la que Chris convierte, hace poco lo hizo con Matt.

Una sensación fría invadió el cuerpo inmóvil de Eilean, sintiéndose completamente estúpida al comprender el malentendido.

—Estabas hablando de convertirme en vampiro —Se sonrojó.

Jayden se le acercó hasta que vio su propio reflejo en sus ojos verdes.

—¿De qué creías que hablaba? —Abrió la boca sorprendido al comprenderlo de repente—. ¡No! Eso es cosa mía, jamás dejaría que otro te tocara, y claro que puedo hacerlo —Sus palabras sonaron atropelladas y rápidas.

Eilean rió al percibir un atisbo de celos y posesión en su voz.

—Es un alivio saberlo —Bajó la mirada intentando ocultar su rubor.

Jayden se acercó a ella y la estrechó entre sus brazos obligándola a mirarle.

—¿Cómo has podido pensar que hablaba de un tema tan delicado con esa ligereza?

Ella se encogió de hombros.

—No lo sé, quizás porque todo va muy deprisa.

—Eso no irá deprisa. Pasará cuando estés lista.

Eilean reposó su cabeza sobre su pecho y cerró los ojos.

—Ya lo estoy.

El corazón de él golpeó contra su pecho y Eilean sonrió satisfecha ante la reacción.

—¿Seguro que puedes *hacerlo*? —Se burló.

Jayden la apartó cogiéndola por los hombros.

—¿Es que no recuerdas la fama que tenía yo hace unos meses?

Ella miró hacia el techo e hizo una mueca con los labios.

—Para mí sólo eran rumores.

Él le dedicó una mirada a caballo entre la ironía y el deseo. Eilean reaccionó al acto y se apartó de él de un brinco.

—Si te pillo, verás si eran ciertos los rumores pelirrojilla.

—¡Ja! —Se alejó aún más—. No me lo creo.

Jayden empezó a perseguirla por la habitación dando vueltas y esquivando las cajas con objetos de Eilean y bolsas con ropa, mientras ella reía y gritaba cada vez que él estaba cerca.

Después de unos minutos, la acorraló en uno de los laterales de la cama que presidía el centro de la estancia.

—¡Ya eres mía!

—¡No! —Con un rápido movimiento se deshizo de sus sandalias y rodó por la cama hasta quedar de pie al otro lado de ésta.

Sin que pudiera preveerlo, Jayden realizó la misma maniobra a una gran velocidad atrapándola por la cintura.

Su cabello se arremolinó entre ellos con una perfumada brisa.

—Te pillé.

—Esto no vale —Se zafó de su abrazo con esfuerzo y empezó a correr descalza, riendo con una risa nerviosa que llenaba la habitación.

De pronto su pié se trabó con la pata de la cama.

Un dolor agudo recorrió su dedo meñique hasta su rodilla y, sin pensárselo mucho, se sentó en el suelo apretando entre sus manos su dolorido pie.

Jayden se arrodilló frente a ella tan deprisa que volvió a despeinarla.

—¿Te has hecho daño?

—No —Le miró con un puchero dibujado en su rostro de niña indefensa—. Me he torcido el dedo con esta estúpida cama.

Jayden le hizo un gesto con la mano.

—Déjame ver —Ella extendió la pierna y él revisó con cuidado su pie. El tacto de su piel suave hizo que se le acelerara el pulso—. Estás bien, no parece ser nada grave.

Ella le sonrió, mientras disfrutaba de sus caricias intentando, en vano, no sonrojarse.

—Lo siento, ha sido culpa mía, no tenía que haberte perseguido —Se inclinó sobre su pie y lo besó. Ella se puso tensa ante el inusual beso y sintió un calor repentino.

—No tienes porque hacer eso —Jadeó.

—¿Te molesta?

Ella negó rápidamente con la cabeza mientras se sonrojaba aún más.

Jayden le dedicó una larga y potente mirada que hizo que su pulso se acelerara, mientras volvía a besarle el pie.

Sonrió con un brillo pícaro en sus ojos.

—Te huelen los pies —Rió.

Eilean se movió rápidamente y cambió su posición, para quedar sentada sobre sus pies como una geisha.

—¿Me huelen? Lo… lo siento —La preocupación era clara en su voz.

Jayden se dejó caer hacia atrás quedando tendido sobre el suelo, presa de un ataque de risa que hizo que se le saltaran las lágrimas.

—Era broma —Apenas se entendían sus palabras entre las carcajadas.

Eilean abrió la boca y entrecerró los ojos con furia.

—¡Me las pagarás! —Saltó sobre él a horcajadas y empezó a hacerle cosquillas en la cintura.

Ambos reían.

—¿Sólo sabes hacer esto? —Levantó una ceja desafiante y la hizo rodar hasta quedar él sobre ella.

Le apresó las muñecas con una sola mano sobre su cabeza y sonrió triunfal.

—Nunca podrás con un dhaphiro, pequeña.

Eilean rodeó con sus piernas las caderas de Jayden e intentó moverlo sin éxito. Se quedó inmóvil y sus ojos se encontraron.

Aquella íntima posición y su cercanía hicieron que una nueva oleada de calor sofocante invadiera todo su cuerpo.

Jayden le liberó las manos y se apoyó junto a sus hombros. Él también sentía la intimidad de la posición y su cuerpo había reaccionado con los movimientos de ella.

—Quiero *hacerlo* —susurró, sin atreverse a decirlo más alto.

—No —Se tumbó junto a ella y la cogió de la mano—. No,

quiero que sea especial y no en el suelo de una habitación cualquiera.

Eilean se reclinó sobre él.

—¿No me deseas?

Sus ojos grises destilaban pasión.

—Más de lo que puedas imaginar. Pero quiero que sea algo que recuerdes siempre —Con una mano la atrajo hacia él y la besó—. Mi primera vez fue desastrosa y eso jamás se olvida, no quiero lo mismo para ti.

Eilean se acurrucó sobre el hombro de Jayden y se abrazaron.

—Soy tan feliz que parece que de un momento a otro algo terrible tenga que pasarnos.

—No pienses eso, nada malo nos pasará.

Unos suaves golpes en la puerta de la habitación les hicieron ponerse en pie de un brinco.

Emma apareció tras la puerta con una bolsa de papel con la cena y una amplia sonrisa.

—Ya está aquí la cena. Vamos, os espero en la cocina —Suspiró y desapareció a gran velocidad, dejando una estela rubia formada por el borrón de su pelo.

Eilean miró a Jayden divertida.

—Me alegro de haberte hecho caso, Emma nos habría pillado.

—Sin duda, una primera vez desastrosa.

Romántico

El silencio en el despacho del ático de diseño del Coronel era absoluto cuando Chris hizo acto de presencia en la habitación.

Algunos murmullos del equipo de detección de pruebas criminales rompieron el silencio al dejar aquella estancia que olía a óxido y sal, fruto de la cantidad de sangre y sudor de dhaphiro que había en las paredes de mármol blanco.

Los ojos de Chris recorrieron una y otra vez las palabras escritas con la sangre de la víctima que yacía muerta y mutilada encima de su escritorio de cristal traslúcido.

> *Nueve inmortales fueron los causantes de la muerte de mi madre y de algunos de mis hermanos.*
> *Nueve inmortales serán asesinados y vuestro secreto será revelado.*

—No comprendo cómo le ha podido pasar esto al Coronel Lyons, era uno de los dhaphiros mejor preparados de nuestra unidad —Chris miró a Jack, uno de sus compañeros de la Unidad Especial.

—¿Crees que tiene que ver con el incidente en el centro comercial?

Jack asintió.

—Estamos en alerta roja, amigo mío. Es posible que, a partir de ahora, no puedas pasar tanto tiempo en casa como antes.

Chris volvió a mirar las palabras de las paredes, entrecerrando los ojos como si buscara algo.

—Huelo lejía.

—Siempre tan hábil —Le entregó un sobre—. Esto es sólo para conocimiento de nuestra unidad y por el momento tú no eres necesario en ella, pero se nos ha encargado proteger a esta persona. Tú no sabes nada —susurró.

Chris se metió el sobre en el bolsillo trasero de su pantalón y siguió como si nada hubiera sucedido.

—Gracias, amigo —No le miró.

—Vuelve a casa con Emma, por el momento no te necesitamos. Pero algo me dice que pronto estaremos muy ocupados.

Se estrecharon rápidamente la mano y Chris abandonó la casa a toda velocidad metiéndose en el ascensor sin mirar atrás, donde sus compañeros procedían a retirar los restos del Coronel.

Cuando las puertas se cerraron frente a él, sacó el sobre y, sin esperar demasiado, miró su contenido.

Había una fotografía. En ella se veía la escena del crimen. Bajo el texto escrito con sangre, había un nombre que el equipo especial de Jack había borrado para evitar que el pánico cundiera entre sus compañeros de menor rango.

—Teniente Norton —dijo para sí.

Volvió a introducir la fotografía en el sobre y la rompió en mil pedazos con la velocidad de un huracán reduciéndola a polvo, mientras un escalofrío recorría su espalda reafirmando sus malos presagios.

El jefe directo de su unidad era la próxima víctima.

～～

El semblante de Emma se transformó, volviéndose más dulce y calmado al ver a Jayden limpiando con esmero unos tarros de cristal.

Chris entró tras ella sin decir palabra.

—¿Qué haces?

—Estoy preparando una sorpresa para Eilean —Chris se apoyó contra la nevera y Jayden le miró preocupado—. ¿Qué pasa?

—Las cosas no están bien y me preocupa que Eilean siga siendo mortal, no sé cuándo habías pensado hacerlo, pero será mejor que no lo retrasemos mucho.

—Había pensado en hacerlo mañana por la mañana.

Chris sonrió.

—Siento las prisas, pero ya sabes que el Consejo está en alerta máxima desde lo sucedido en el centro comercial y digamos que ahora mismo la situación ha empeorado.

Emma volvió a mostrarse preocupada y disimuló secando los tarros de cristal que había limpiado Jayden.

—Lo sé, además no estaré tranquilo hasta saber que ella es inmortal y que nada puede apartarla de mi lado.

Un suspiro se escapó de los labios de Emma.

—Mírale que enamorado está —Se acercó a él—. Protégela, Jayden. Hazlo siempre. Las cosas van a ponerse muy feas.

Los tres intercambiaron miradas sin decirse nada en particular. Chris había roto su juramento de confidencialidad con Emma ante la gravedad de los hechos, pero Jayden no necesitaba saber exactamente qué era lo que había mantenido toda la noche a su amigo fuera de casa para intuir que algo terrible estaba a punto de suceder.

ॐ ॐ

Las ramas secas crujían bajo sus pies mientras tomaban el sendero a la orilla del lago. La oscuridad era absoluta con un cielo sin luna y Eilean se dejaba llevar por Jayden que tiraba de ella guiándola por la sombría senda.

—Ve más despacio, acabamos de cenar y no es bueno correr tanto —Jadeó.

—Lo siento —Frenó el paso y un sonido de cristales sonó en su mochila.

—¿Qué llevas ahí? —La única respuesta que obtuvo Eilean fue una misteriosa carcajada.

Anduvieron durante algunos minutos más hasta llegar a un claro junto al lago de aguas negras.

Jayden la soltó y un escalofrío recorrió la espalda de ella. Aquello era aterrador.

—¿Qué haces? Apenas puedo verte.

—Siéntate aquí —La cogió por la cintura y la guió hasta una manta que él había extendido sobre la mullida y húmeda hierba.

Eilean entrecerró los ojos, intentando definir las sombras que la rodeaban.

El sonido de cristales se hizo más intenso.

—No te muevas de aquí, yo volveré en un minuto.

Antes de que ella pudiera responder, sus cabellos se despeinaron por la rápida huida de Jayden.

Se rodeó las rodillas con los brazos e intentó calmarse.

Él le había prometido una noche romántica junto al lago, pero por el momento aquello no alcanzaba sus expectativas.

De pronto, unas diminutas luces brillaron en la oscuridad y, poco a poco, se fueron reagrupando.

No sabía exactamente a qué distancia estaban de ella, pero parecía que cada vez se acercaban más, brillando con intensidad; bailando ante sus ojos.

La silueta de Jayden se hizo clara.

—Vigílalas mientras llenó el resto de tarros —Sonrió con dulzura.

Eilean sostuvo entre sus manos el bote de cristal lleno de luciérnagas que revoloteaban en busca de la salida.

Una sonrisa dulce se dibujó en su rostro cuando Jayden volvió con tres tarros más.

Los colocó alrededor de la manta donde ella estaba y la luz cálida y tenue los iluminó.

—Es precioso.

Jayden se sentó frente a ella y sonrió satisfecho.

—Me alegro de que te guste, quiero que esta noche sea mágica.

Eilean se acercó a él y le acarició la mejilla, su mano tembló un poco a causa de los nervios del momento.

—No hacen falta luciérnagas, ni un bosque nocturno —Miró a su alrededor y la belleza del lugar borró de su mente la imagen oscura y tétrica—. Tu sola presencia llena mi mundo de magia.

Jayden no pudo contenerse y la besó lentamente con pasión. Sus labios se movían sobre los de ella, percibiendo el latido de su corazón, que reaccionaba con sus actos.

—Te quiero —musitó sin apenas despegarse de ella.

Eilean simplemente jadeó. Había perdido el control de sí misma con tan sólo un beso y sus manos se aferraban al pecho de él, reclamando todo su ser por completo.

Jayden abrió con su boca la de ella y profundizó el beso mientras se dejaban caer sobre la manta.

Abrió los ojos para ver a Eilean bañada por la amarillenta luz de las luciérnagas que le conferían un aspecto de ondina.

Ella le devolvió la mirada. No podía dejar de mirar los brillantes ojos de Jayden, que parecían dos estrellas sobre el negro cielo.

Sus respiraciones agitadas se acompasaron y Jayden volvió a besarla mientras, con cuidado, deslizaba su mano por debajo del vestido de ella.

El íntimo contacto hizo que un gemido se escapara de la boca de Eilean, acallado por los constantes y profundos besos que recibía.

El mundo parecía un lugar líquido, cálido, casi sofocante, que la dejaba sin aliento. Sólo era consciente de él, pero sin percibir exactamente sus movimientos.

Estaba embriagada de su aroma, su tacto y las íntimas caricias.

Sin darse cuenta, su piel desnuda percibió el tacto suave de la manta que les protegía de la húmeda hierba nocturna, pero aquella suavidad no era comparable a la del tacto de la piel de Jayden, que se estiraba sobre ella colmándola de besos en el cuello y transportándola a un mundo donde no era necesario respirar.

Jayden se movía lento, frenando su deseo e instinto para no lastimar a Eilean que, con cada gemido, alimentaba su excitación.

Sus miradas se encontraron y el mundo se paró para él. Sólo existía ella.

Vivía por y para Eilean.

Aquella experiencia no era comparable a ninguna otra relación que hubiera tenido antes. Bajo él, había una frágil criatura que, por instantes, se estaba fusionando con su propia alma, convirtiéndolos en un único ser, que respiraba y sentía lo mismo.

Los jadeos de ambos se aceleraron y Eilean clavó sus uñas sobre la espalda de él, creando a su paso unos arañazos que se desdibujaron al instante.

El mundo de ambos pareció perder el color. La oscuridad los arropaba como furtivos que querían escapar del mundano planeta donde vivían, llevándoles a un universo paralelo, donde su amor y su pasión era lo único que les llenaba por completo.

Una cálida y repentina sensación le recorrió el cuerpo como un millón de agradables voltios, e hizo perder por completo el control a Eilean, a la vez que Jayden gimió, arrugando la manta entre sus dedos presa de sus emociones.

Un sonido de cristales rotos les devolvió a la realidad y Eilean fue consciente del peso de él sobre ella.

Se miraron.

—¡Las luciérnagas! —Eilean sonrió.

Con sus movimientos apasionados habían roto los tarros de cristal y ahora las luciérnagas revoloteaban a su alrededor, poniendo punto y final a la experiencia más hermosa que Eilean jamás había vivido.

Una lágrima silenciosa corrió por su mejilla.

—¿Estás bien? —Pasó sus labios por el rastro de la lágrima, secándola lentamente.

—Te quiero —Entrelazó sus manos en la nuca de Jayden atrayéndolo hacia ella y le besó con ternura.

Transformación

Su oído fue el primero en despertarse aquella mañana, seguido de su piel y su vista.

El suave tacto de las caricias de Jayden y sus ojos clavados en ella la hicieron sonreír.

—Buenos días.

—Hola —Sonrió atolondrada aún por el recuerdo de la noche anterior.

—¿Preparada para dejar el mundo mortal?

Su pulso se aceleró y hundió su cabeza entre los brazos de él, sintiéndose a salvo.

—¿Cómo será?

—Chris te hará una pequeña incisión en la muñeca y te desangrará hasta el borde de la muerte —Los ojos de Eilean se abrieron asustados ante la idea—. No tengas miedo, mi madre me dijo que es como quedarse dormido. No te dolerá.

—¿Y después?

Jayden le cogió la mano y besó su muñeca emulando con lentos besos lo que Chris le haría.

—Luego, te dará a beber de su sangre, que en parte será la tuya, pero metabolizada por un vampiro.

Ella hizo una mueca de asco y él sonrió.

—¿Cómo sabe?

—No te importará el sabor en cuanto una gota roce tus labios

—Pasó un dedo por su boca—. Sentirás una sed como jamás has sentido antes y querrás más.

Eilean se abrazó a él retrasando el momento de levantarse de la cama.

—¿Y ya seré vampiro?

—Caerás en un profundo sueño y, siete días después, despertarás como inmortal.

—¿Una semana durmiendo?

Jayden sonrió. No creía conveniente explicarle la parte dolorosa de la transformación para no asustarla más.

—Cuando despiertes, prometo estar a tu lado y ser el primero al que veas con tus ojos de vampiro —La besó.

Ella rió y repasó con sus dedos el contorno del pecho de Jayden, recreándose en sus curvas.

—Eres como mi príncipe y yo tu bella durmiente.

—Sí —Rió—. Vamos, hemos de prepararnos.

Jayden se levantó de un brinco y ella se tapó con la sábana hasta la cabeza.

—Podría haberme quedado en tus brazos todo el día —Refunfuñó con una mueca en los labios.

Él se inclinó sobre ella y la besó.

—Cuando seas inmortal, pasaremos muchas horas en la cama, recuerda que dormimos menos que los mortales —Levantó una ceja y le dedicó una pícara sonrisa.

Ella se ruborizó, mientras él se vestía a gran velocidad y salía por la puerta con una sonrisa en los labios.

Emma y Chris habían preparado un copioso desayuno como despedida de la vida humana de Eilean y les esperaban sentados en la mesa del comedor con una sonrisa. A pesar de ello, sus ojos revelaban la preocupación, debido a la situación por la que pasaba su mundo.

—Bueno días, Jay, ¿preparado? —Emma le sonrió.

Jayden se sentó en la mesa y miró hacia la puerta del dormitorio, a la espera de que saliera Eilean.

—Sí, sé que será muy duro, pero no veo el momento de que sea inmortal. Gracias por hacerlo, Chris.

—Para eso están los amigos. Me gusta ver lo feliz que ella te hace.

Jayden se limitó a suspirar sin darse cuenta.

La puerta de la habitación se abrió y dio paso a una adormecida Eilean.

—Buenos días —Miró a los presentes y su boca se abrió ante el apetitoso desayuno—. ¿Qué es todo esto?

Emma empezó a reír y le sirvió un plato con huevos revueltos, salchichas y bacon crujiente.

—Será tu última comida humana y queríamos que fuera memorable —Empezó a servir otro plato con gofres con dulce de leche.

—Si me como todo esto, será mi última comida porque moriré empachada — Empezó a reír, olvidándose de los nervios que atormentaban su estómago.

Jayden atacó su plato de comida. El ejercicio de la noche anterior le había hecho levantarse famélico.

Durante algunos minutos, se limitaron a desayunar en silencio.

Jayden y Eilean intercambiaban miradas de complicidad y alguna caricia furtiva por debajo de la mesa, que hacía que ella se sonrojara.

—Eilean, ¿dónde crees que estarás más cómoda para hacerlo?

Ella se sobresaltó y tragó sonoramente el trozo de salchicha que masticaba.

—Donde tú creas que es mejor, Chris. Tú eres el experto.

—¿Qué te parece la habitación donde habéis dormido?

Jayden le estrechó la mano con fuerza al percibir el ritmo acelerado de su corazón. La hora de su transformación se acercaba y no podía evitar sentirse alterada.

—Bien, pero si yo estoy allí, ¿dónde dormirá Jayden?

—No te preocupes por mí —Le sonrió.

—Estoy empezando a ponerme nerviosa.

Emma se levantó y agitó su melena con un movimiento de cabeza. Eilean se quedó anonadada mirando su belleza que, como siempre, la hipnotizaba.

—Estarás tranquila, todo saldrá bien y será muy rápido —Pestañeó.

Eilean sonrió relajada y terminó su desayuno.

Las almohadas que Emma había mullido con cariño se acoplaron perfectamente a la forma de su cabeza.

A pesar de la comodidad de la cama, su estado inquieto no la dejaba disfrutar completamente de su confort.

Emma se situó junto a Chris, que desprecintaba un bisturí de su funda para mantenerlo esterilizado.

—¿Emma?

—Dime —Sonrió dulcemente.

—Se me está pasando el efecto de tus feromonas.

Sin apenas percibirlo, sus ojos vieron como la imagen de Emma se movía a cámara lenta. Era como una aparición divina que revoloteaba a su alrededor.

—Estás más relajada que nunca, junto a Jayden.

La mirada de Eilean dejó la bella imagen de su amiga y se posó en él.

—No temas, estaré todo el rato a tu lado —Se sentó en la cama y la cogió de la mano.

Eilean sonrió emborrachada de feromonas.

Unas nubes negras habían encapotado el cielo y la luz grisácea otorgaba al momento un punto triste, como si el sol supiera que Eilean jamás volvería a correr bajo sus rayos anaranjados.

—Vamos a empezar —Chris tenía un semblante serio.

Tomó entre sus manos la muñeca de Eilean y, sin que ella pudiera reaccionar, realizó un corte rápido e indoloro. De no ser por la presión que los labios de Chris efectuaban sobre la herida, Eilean jamás hubiera sabido exactamente qué le había pasado.

Jayden posó su mano en la mejilla de ella evitando que viera qué era lo que hacía su amigo y la besó con delicadeza.

Su último beso como mortal.

Intentó abrir los ojos, pero le pesaban demasiado.

La mezcla del aturdimiento de las feromonas de Emma, la calidez del beso de Jayden y la debilidad de la pérdida de sangre, la habían llevado a un estado entre la vida y la muerte.

Un lugar oscuro, silencioso. Pero era un sitio cálido, que no la aterraba en absoluto.

Chris miró a su amigo, advirtiéndole que el momento clave estaba a punto de dar comienzo.

Jayden apretó las mandíbulas.

Emma hizo un corte en la palma de la mano de Chris con un diestro movimiento. Él pareció no inmutarse.

La roja sangre empezó a brotar por la herida y se apresuró a acercarla a la boca de Eilean, que parecía dormida, antes de que cicatrizara.

La humedad oxidada de la sangre pareció desesperar a Eilean, que empezó a lamerse los labios teñidos de rojo.

Sus ojos verdes se abrieron para localizar más eficazmente la fuente de tan dulce néctar y, sin pensarlo, guiada por su instinto, empezó a succionar la herida de Chris.

Jayden se removió incómodo junto a ella. Lamentaba en lo más profundo de su ser no poder ser él quien le ofreciera su sangre y una oleada de celos silenciosos nublaron su mente.

Chris gruñó y apartó su mano de ella.

—Ya es suficiente.

Eilean le dedicó una hambrienta mirada. Su instinto animal había aflorado y no parecía la misma.

Rugió e intentó recuperar la mano de Chris que se alejaba rápidamente.

Jayden la frenó poniéndole una mano sobre el pecho y volviendo a tumbarla.

El rugido de su pecho se hizo tangible para su mano, cuando ella le miró con furia.

—Tranquilízate —Le acarició una mejilla.

Ante los atónitos ojos de todos, Eilean cogió la mano de Jayden, hambrienta de sangre, y la mordió hasta encontrar lo que su cuerpo anhelaba.

Jayden se quedó inmóvil, aterrado ante la fiereza de la frágil chica que succionaba de su muñeca, mientras emitía gemidos extraños.

Eilean deseaba su esencia y su alma para calmar su sed.

Antes de que ninguno de ellos pudiera poner fin al inesperado ataque, ella se quedó inmóvil.

Sus ojos perdieron su brillo habitual y su rostro se volvió pálido e inexpresivo.

La herida de Jayden cicatrizó justo en el momento en que el cuerpo de Eilean empezaba a retorcerse de dolor.

La transformación había empezado.

Un calor repentino invadió todo su ser, desde las puntas de sus dedos hasta su corazón, seguido de un dolor punzante como si millones de agujas afiladas se le clavaran a lo largo de sus músculos.

Los gritos inundaron la habitación.

Emma se acercó a Jayden y posó sus manos sobre sus hombros para intentar ayudarle a soportar aquellos segundos de agonía.

Una última convulsión, que hizo que el cabello de Eilean se extendiera por la almohada como un río de sangre, dio paso al silencio.

—Ya ha pasado lo peor —Chris sonrió intentando animar a Jayden, que no podía evitar sentirse culpable.

—Vamos, Jay. Salgamos a tomar un poco el aire, ella ahora estará bien.

Jayden besó la fría mejilla de Eilean y se puso en pie, obedeciendo a la sugerencia de Emma.

Un zumbido grave llamó la atención de los tres.

—¿Qué es eso? —Chris sacó su teléfono móvil del bolsillo y comprobó que no estaba en vibración.

—Viene de Eilean —Emma la señaló.

Jayden se acercó a ella posando su oído sobre su inmóvil pecho.

—No, ella no es —Se alejó.

El sonido fue más intenso.

—Es un rugido.

Chris frunció el ceño ante la afirmación de Emma.

—Acércate a ella, Jayden.

Él obedeció a su amigo y Eilean enmudeció.

Se alejó de ella agudizando su oído y la vibración volvió a empezar.

—Percibe mi presencia —Sonrió.

—Esto es muy extraño, se supone que debería estar en coma —La voz de Chris sonó preocupada.

Emma se acercó a Jayden y le sonrió intentando no darle importancia al asunto.

—Supongo que no podrás moverte de su lado. Avísanos si necesitas algo.

Jayden se tumbó junto a Eilean y acarició la herida de su muñeca.

Chris abandonó la habitación empujado por Emma. No comprendía aquel inusual comportamiento.

—Vamos, no me obligues a seducirte para que los dejemos solos —susurró Emma.

—Es algo rarísimo.

Cerraron la puerta tras de sí.

—Cada inmortal es diferente, al igual que cada vínculo entre nosotros lo es. Quizás ellos están más unidos que nadie en nuestro mundo.

Chris se dejó caer en el sillón del comedor.

—Una idea muy romántica, pero poco científica.

Emma se sentó en su regazo y le besó en el cuello.

—Ya me conoces, soy todo pasión.

La brillante sonrisa de Emma desconcentró la aturdida mente de Chris, quien decidió dejar de darle importancia al asunto y besar a su esposa.

Evolución

El ronroneo de un motor desorientó al adormecido Jayden, que había pasado tres días sin apenas moverse del lado de Eilean.

—No rujas, estoy aquí —Abrió los ojos y miró el cuerpo inmóvil que yacía a su lado.

El sonido se hizo más claro y su mente, cada vez más despierta, lo identificó al instante.

Era el motor de su moto.

Con la rápida huida de Oregón, Jayden se había visto obligado a dejar su preciado vehículo allí y, con la inesperada dependencia de Eilean hacia él, no había osado ir en su búsqueda, así que Chris le había pedido a Danny, un amigo de confianza, que le trajera la moto hasta su nueva residencia.

Pasó sus dedos por el cabello de ella y sonrió. Parecía que su piel estaba mucho más sonrosada que el día anterior.

—Cuando despiertes, podremos salir a dar una vuelta con la moto.

El silencio volvió a llenarlo todo durante algunos minutos.

Emma llamó a la puerta y entró sin esperar una invitación.

—Jay, Danny ha traído tu moto. ¿Por qué no sales a dar una vuelta? Yo cuidaré de Eilean.

—No, está claro que apartarme de ella le provoca un estado de ansiedad demasiado grande.

Emma se sentó en el borde de la cama y les miró.

—No puedes estar una semana sin moverte —Le cogió de la mano y le dio un tirón para que se pusiera en pie—. Vamos a comer algo. Ella estará bien.

Jayden se levantó a regañadientes y avanzó un paso hacia la puerta, con su mirada fija en el rostro de Eilean.

El rugido grave que emitió su garganta hizo vibrar los cristales de las ventanas.

—¿Lo ves? He de quedarme.

Emma le miró con el ceño fruncido.

—Eilean, te lo devolveré enseguida. Debes pensar un poco en él. No puedes tenerle aquí encerrado una semana entera.

La habitación quedó en silencio.

—¿Has visto eso?

—Buena chica —Emma le acarició el pelo y salió rápidamente de la habitación con Jayden aún cogido de su mano, sin darle tiempo para inventarse una excusa que le hiciera quedarse junto a ella.

La brisa del exterior despejó por completo su aturdida mente.

El otoño empezaba a hacer acto de presencia y ya había empezado a teñir los árboles de tonos rojizos y amarillos.

—¿Cómo puede tener consciencia si está en coma?

Emma encogió los hombros y se encaminó hacia su coche.

—Quizás no sea consciencia, sino instinto puro. Ya viste como reaccionó con la sangre. Era un animal salvaje.

Jayden se sentó en el asiento del copiloto y sus ojos repasaron su muñeca justo donde Eilean le había mordido.

—¿Estará bien sola?

—Será sólo una hora, como mucho. ¿Qué va a hacer? ¿Salir corriendo?

Él la miró con una media sonrisa y se abrochó el cinturón de seguridad.

Las ruedas del todoterreno de Emma atravesaron un mar de hojas secas que se había formado a la entrada del camino y Jayden fijó sus ojos en la casa que se alejaba.

Algo en su interior pareció quebrarse y una sensación de desasosiego se extendió por todo su ser.

El sonido de su propia respiración la asustó. Era como si el viento estuviera dentro de sus oídos, soplando con fuerza.

Abrió los ojos sobresaltada y la viveza de los colores que brillaban con la luz de aquella tarde grisácea la hizo incorporarse, mirando hacia todos lados, aturdida por la cantidad información que recibían sus ojos.

Los aromas de la habitación la golpearon como almohadones que, mezclados con los sonidos del bosque y la definición perfecta de su vista, la hicieron saltar de la cama sobrecogida ante todas sus nuevas experiencias.

El parquet bajo sus pies cedió con su peso y sintió la leve curva que formaba.

—¡Jayden! —Se tapó con las manos los oídos con un veloz movimiento, su voz sonaba como un hermoso trino de pájaro—. ¡Jay!

Su respiración se agitó y retrocedió lentamente hasta que su espalda tocó con la ventana de la habitación.

Se giró asustada y la bella vista del bosque la desbordó.

—¿Hay alguien? —Quería llorar pero sus lágrimas no salían de sus ojos—. ¡Jayden!

Se dejó resbalar por la pared hasta quedar sentada en el suelo. Rodeó sus piernas con los brazos y permaneció algunos minutos acostumbrándose a su nuevo estado.

La luz que se filtraba por la ventana definía a la perfección las motas de polvo que bailaban ante ella como diminutos copos de nieve.

Alargó su mano e intentó cogerlas. Su agilidad y rapidez le permitieron coger algunas de las pequeñas motas.

Sonrió.

Cerró los ojos para escuchar su entorno en busca de Jayden o Emma, pero sus oídos no captaban más que el rumor del agua del lago, las hojas mecidas por el viento y los sonidos emitidos por los pequeños animales del bosque.

Su olfato percibió aquel dulce olor que le era tan familiar.

—Jayden —Se puso en pie siguiendo el rastro, a una velocidad inimaginable para ella.

Cuando abrió los ojos se encontró en el árbol junto a la casa donde Emma solía dejar su coche.

Su instinto respondió a la pregunta más obvia para ella. Se habían ido.

La brisa otoñal despeinó su cabello, pasando los largos mechones por delante de su cara.

Con sólo dos dedos apresó uno de ellos y lo observó con detenimiento.

Era de un rojo tan intenso y brillante que el resto de colores parecían perder intensidad y volverse grisáceos en su presencia.

Miró a su alrededor y observó las hojas rojizas de los árboles, que parecían esculpidas en un metal de un extraño color cobrizo.

Sus pies desnudos se movieron inquietos sobre las piedras del suelo, saboreando cada elemento, cada textura, como si a través de su piel pudiera probarlas y catar su sabor.

Pasó sus dedos sobre la corteza del árbol, extasiada por la rugosidad que se dibujaba en sus yemas.

—Soy un vampiro —Sonrió, su voz ya no le parecía tan extraña.

Una ardilla sintió su presencia y trepó por el árbol hasta una altura donde se sintió segura. Eilean, impulsada por sus nuevas habilidades, la siguió sin pensárselo.

Los destellos amarillos y rojizos de las hojas se difuminaban a su paso y, más que por su vista, se guiaba por su olfato para seguir al asustado animal.

Movida por su curiosidad, fue pasando de árbol en árbol hasta que recordó lo que su estado evocaba en los otros seres que no eran de su especie.

Se dejó caer hasta el suelo como una pluma, resignada ante su nueva relación con el reino animal, pero antes de que la tristeza se adueñara de su estado, la lisa y cristalina superficie del lago reclamó toda su atención.

Parecía un espejo pulido, donde todo el entorno se reflejaba a la perfección.

Se acercó a la orilla, temiendo no poder traspasar aquella fina capa que parecía plata pulida.

Cuando el agua se deslizó entre los dedos de sus pies y empapó los bajos de su pantalón, una euforia inimaginable se adueñó de ella y, sin pensarlo dos veces, se lanzó a las profundas aguas en un largo paseo submarino, sin temor a que el oxígeno interrumpiera su marcha.

De un solo sorbo, ruidoso y continuado, Jayden vació el contenido de su vaso y volvió a dejarlo sobre la mesa.

—Ya hemos comido, ¿volvemos?

Emma, con su hamburgesa prácticamente intacta, miró hacia el cielo y bufó resignada.

—Por lo menos, podrías tener la buena educación de esperar a que yo termine.

—Necesito volver, Em.

Ella le cogió de la mano intentando calmarle.

—Estará bien, no va a pasarle nada malo.

Jayden se puso en pie con una extraña sensación en su rostro.

—Déjame las llaves del coche —Le alargó la mano exigente.

—¿Qué pasa? —La expresión de sus ojos alertaron a Emma.

—Lo siento, tendrás que volver sola —Sin esperar a que le diera las llaves y, a una gran velocidad, salió corriendo de la cafetería como si una fuerza mayor le guiara.

Emma observó, por la ventana del establecimiento, cómo se adentraba entre las callejuelas como un corredor de maratón.

Se dispuso a pagar para seguirle pero, al abrir su bolso, su móvil empezó a sonar y atendió la llamada olvidándose de su amigo.

Era Chris.

Las gotas de agua precían quedarse suspendidas en el aire una milésima de segundo antes de precipitarse hacia el vacío.

Sus manos no paraban de agitar el agua frente a ella para observar, una y otra vez, cómo la luz del nublado atardecer se filtraba por ellas, creando diminutos arco iris.

Unos pasos en el bosque la hicieron quedarse inmóvil y las aguas parecieron congelarse a su alrededor, volviendo a formar aquella superficie lisa que la había cautivado minutos atrás.

Entre las sombras, que ya empezaban a cubrir el bosque, apareció una figura masculina.

Sus ojos intentaron definirle, pero fue su olfato el que le identificó.

—Jayden —musitó.

Él se le acercó, atónito ante la visión que se alzaba ante sus ojos.

A pesar de estar completamente empapada, Eilean mostraba una belleza brillante que eclipsaba todo cuanto le rodeaba.

Cuando entró en las cristalinas aguas del lago, las ondas que se formaron alrededor de su cuerpo cautivaron su mirada, viendo en ellas miles de Jaydens reflejados.

—Estás despierta —Se paró frente a ella, a pocos centímetros de su rostro.

Ambos se observaron, admirando sus respectivas facciones, nuevas para ellos. Seguían siendo los mismos de siempre, pero con un brillo especial que les atraía aún más que antes.

Ella deslizó su mano por el rostro de él, estremeciéndose al notar cómo su piel resbalaba bajo la suya.

Algo llamó su atención y se miró su propia mano confusa.

—¿Qué te pasa?

—Puedo verla —Sonrió—. Puedo ver mi propio aura. Jamás la había visto con esta claridad —Le miró con un brillo de felicidad en sus ojos.

—¿Es como la mía?

Acercó su mano al rostro de Jayden para comprobar las similitudes y abrió la boca sobrecogida.

—Ojalá pudieras ver esto —Sonrió fascinada.

—¿Qué pasa?

Ella sonrió y se abrazó a él mientras sus ojos esperaban a que la superficie del lago volviera a serenarse.

Sobre ella, vio como los dos auras del mismo color y forma, se fusionaban en una al acercarse, como si fueran dos mitades de un mismo elemento.

—Mi aura reacciona con el tuyo y, cuando me acerco —Le miró embelesada—, se unen en uno solo.

Se dedicaron una dulce mirada durante algunos segundos, que parecieron una deliciosa eternidad y Jayden la tomó entre sus brazos para besarla con pasión.

Su primer beso inmortal.

Problemas

La sala de reuniones del cuartel del Consejo estaba llena para cuando Chris entró en ella.

La voz preocupada de Emma aún flotaba en su mente cuando se sentó junto a Jack. Aquella reunión no era nada convencional para ellos y su excepcionalidad le indicó que era para tratar un tema de suma importancia.

El Teniente Coronel Jason, jefe directo de los Equipos Especiales de Contención, a los que pertenecía Chris, lideraba la reunión. En sus manos, había varias fotografías y documentos.

Una sensación fría recorrió el cuerpo de Chris cuando uno de sus compañeros apagó la luz y el Teniente Coronel encendió un proyector.

—Buenas tardes a todos. Como se os ha ido informando, nos encontramos en alerta roja. Un grupo de terroristas, no conocemos su origen ni su número de miembros, han decidido atacar el corazón de nuestra organización —Todos los presentes estaban inmóviles con sus ojos fijos en la pantalla blanca, que aún no mostraba ninguna imagen—. El primer ataque que tuvo lugar no lo relacionamos directamente con ellos; como bien sabéis fue un incidente ocurrido en un centro comercial a plena luz del día, y lo perpetró uno de nuestros ex miembros. Por suerte, pudimos evitar que la noticia se extendiera entre los mortales, gracias a nuestros infiltrados de la prensa, enmascarándolo con la excusa de que era un demente que se había fugado de un manicomio —Accionó un botón y apareció la fotografía del vampiro que Chris vio automutilarse semanas atrás—. Lamentablemente, no pudimos interrogarle, ya que se suicidó antes de poder sacarle alguna información importante. No obstante, acontecimientos recientes han hecho que relacionemos este caso con los otros dos crímenes que han sucedido.

Chris miró a Jack, que se había movido impulsado por sus remordimientos. Él había sido uno de los encargados de proteger a la última víctima, pero tanto él como su equipo habían fallado estrepitosamente.

—¿Estás bien?

—Sí —Apenas le miró, dibujando una leve sonrisa en sus labios desprovistos de humor.

El Teniente Coronel Jason mostró otra imagen en la pantalla.

—Con la segunda víctima, los terroristas se encargaron de dejarnos este mensaje escrito con sangre —Señaló la pantalla y Chris reconoció al instante la escena del crimen donde él había estado—. Según reza esta advertencia, son nueve las vidas que pretenden cobrarse, de las cuales, lamentablemente, ya hemos perdido dos. La última ha sido la del Teniente Norton.

Un silencio invadió la sala y los rostros de Jack y Frank se volvieron sombríos. A pesar de sus esfuerzos y su profesional preparación, fueron incapaces de retener al vampiro de ojos sin vida, que decapitó ante ellos al Teniente.

La pantalla mostró la escena del crimen y Jack bajó la mirada para evitar ver el cuerpo desmembrado. Chris sintió una oleada de culpabilidad por no haber estado junto a sus dos compañeros para ayudar a proteger a la víctima.

—El ataque al Teniente Norton nos ha enseñado que no tratamos con unos aficionados que quieran llamar la atención con amenazas, sino que nos enfrentamos a un grupo perfectamente organizado y muy hábil que se ha encargado de reclutar a ex militares de nuestra propia organización. Los ataques son inesperados y escandalosamente rápidos, por lo que, en esta ocasión, ni siquiera nuestros mejores hombres han podido evitarlo —Miró a Jack y Frank—. Ante esta nueva y difícil situación, hemos decidido convocaros a todos para que estéis alerta y agudicéis vuestros sentidos. Según nos comunicaron en la última escena del crimen —La diapositiva cambió, mostrando un nuevo mensaje escrito con pintura negra sobre una pared—, el próximo ataque será para revelar nuestra sociedad a los mortales, e irá seguido del asesinato de los gemelos Stanton, Presidentes del Consejo de Nueva York —Un murmullo sutil invadió la sala—. A partir de ahora, excepto el Equipo de Contención, que se encargará de velar por la seguridad de los mortales, todos los miembros especiales permaneceréis aquí, en el cuartel general, haciendo turnos para proteger a los Stanton, que se hallan en una sala de seguridad de este recinto. También expongo, para vuestro conocimiento, que, en los próximos días, reclutaremos a nuevos inmortales para ampliar nuestros grupos de defensa. Ruego lo comuniquéis a todos aquellos de vuestro entorno que tengan alguna característica especial o sean hábiles. Nos hará falta toda la ayuda posible para luchar contra este grupo, que está decidido a terminar con nosotros y con el equilibrio de nuestra sociedad.

Un soldado levantó la mano y el Teniente Coronel le cedió la palabra.

—Señor, ¿no es arriesgado localizar a todos nuestros mejores hombres aquí en la sede central? ¿Y si surgen ataques en otras partes del país?

—El resto de los Consejos están alerta, pero creemos que será aquí donde el grupo terrorista ataque, ya que es en este lugar donde tenemos lo que ellos quieren destruir.

—Los Stanton.

—Exacto —Miró al resto de presentes un segundo esperando alguna pregunta más—. Si no hay más dudas, finalizaremos la reunión aquí. Os ruego que deis todo lo mejor de vosotros para salvaguardar nuestra seguridad.

La luz se encendió y, poco a poco, todos se pusieron en pie, emprendiendo una lenta marcha para abandonar la sala. Chris se quedó sentado asimilando la situación.

El sonido agudo que procedía del envase de zumo tropical que Eilean sostenía entre sus manos hizo que Jayden empezara a reír.

Habían pasado dos días desde su conversión y se había adaptado perfectamente a su nueva condición de inmortal.

Emma miraba por la ventana, sin apreciar la belleza de aquella mañana de cielo despejado. En su mente, una nube negra de preocupación empañaba cualquier atisbo de alegría.

—Emma, anímate.

Ella se esforzó por sonreír a Eilean, que se limpiaba con una servilleta los restos de sangre de sus labios.

—Matt me ha mandado un mensaje para vernos esta tarde. Dice que en el Consejo las cosas están muy tensas, por lo que es posible que sus tareas administrativas les tengan tan ocupados estas semanas que no puedan quedar para conocer a la nueva Eilean —La miró de soslayo y ella sonrió a Jayden orgullosa—. Te conviene salir y despejarte. No puedes estar todo el tiempo preocupándote por Chris.

Eilean se puso en pie y la cogió de la mano obligándola a levantarse.

—Si mal no recuerdo, alguien me obligó a mí a dejar marchar a Jayden porque no era saludable que se quedara día y noche conmigo mientras hacía el cambio.

Los ojos verdes de Emma se abrieron de par en par.

—¿Lo recuerdas?

—Sí, fui consciente de todo. Era como una nebulosa, pero lo oía todo —Sonrió a Jayden con dulzura—. Todo.

Con un ágil movimiento, abrió la puerta de la calle y dio un paso hasta el exterior.

—¡No! —Los gritos de alarma de Jayden y Emma la hicieron volverse, alarmada.

—Tranquillos, llevo crema solar —Antes de que pudiera terminar la frase, Jayden se interpuso entre ella y el exterior, evitando que el sol incidiera sobre su piel.

Los ojos de Emma repasaron la superficie de sus brazos con cuidado.

—No tienes nada. La piel de vampiro es muy sensible y deberías tener alguna quemada.

Jayden pasó la mano sobre el antebrazo de Eilean y ella sonrió.

—Si me hubiera quemado lo habría sentido, ¿no? —Se encogió de hombros y puso su mano bajo un rayo de sol que el cuerpo de Jayden no cubría.

Él intentó impedírselo, pero la falta de reacción de su piel ante el brillante sol le frenó.

—¿Por qué no te quemas?

—Parezco más un dhaphiro que un vampiro —Rió ante su broma inocente.

—¡Tu sangre! —Emma señaló a Jayden asombrada—. ¡Ella te mordió y bebió de tu sangre!

Los tres se miraron fascinados durante algunos minutos, mientras el sol seguía calentando la superficie perfecta de la piel de Eilean sin causarle ningún daño.

—¿Quieres decir que es un dhaphiro? —Frunció el ceño.

—No lo sé, nunca he oído hablar de nada parecido, pero tiene toda la lógica, ¿no crees? Nosotros no tenemos la fuerza para convertirla, pero como Chris lo hizo por ti, cuando ella bebió de tu sangre justo antes de la conversión, supongo que también le influyó en el proceso.

Eilean les miró sonriente.

—¿Soy como vosotros?

—Supongo que debes ser algo a caballo entre vampiro y dhaphiro.

Una amplia sonrisa iluminó el rostro de Eilean.

—Es maravilloso, puedo hacer lo mismo que haces tú, y lo mejor es que lo puedo hacer contigo —Jayden le cogió la mano, aún caliente por el sol, y se la besó con cuidado.

Emma les miró con un brillo de nostalgia tintineando en sus pupilas.

—Vamos a buscar a Matt y a Elle para hacer algo juntos —Eilean se colgó del brazo de Emma y la arrastró hasta su coche con una sonrisa, intentando animarla.

Jayden se apoyó contra su moto, perfectamente resguardada bajo un árbol y sonrió con descaro a Eilean, que empujaba a Emma al interior del coche.

Emma asintió sonriente antes de cerrar la puerta, intuyendo a la perfección los planes de su amigo.

—Ve con Jayden.

Eilean salió corriendo hacia él, que ya la esperaba con su casco en la mano.

En un abrir y cerrar de ojos ya se hallaba sobre la moto, sintiendo el gruñido del motor con sus nuevos sentidos de inmortal.

Cuando Jayden se puso en marcha. Eilean le rodeó la cintura

con los brazos y notó como sus corazones latían acompasados.

Sonrió.

—Puedo sentir tu corazón.

—Yo siempre he sentido el tuyo —Su voz era perfectamente clara para ella a pesar del aislamiento del casco y el viento causado por la velocidad de su marcha.

La realidad de lo que siempre había sido él la dejó aturdida por unos instantes. Jayden siempre había oído su corazón, percibiendo su estado de ánimo y sus emociones.

Se abrazó a él con más fuerza y cerró los ojos, sintiendo que la velocidad podía fundir sus cuerpos en uno solo.

Las luces de colores se proyectaban sobre todas las personas que se divertían en la pista de baile de la popular discoteca de Nueva York.

Un grupo de amigas bailaban, formando un reducido corro a la espera de encontrar un ligue para aquella noche.

Una de ellas reparó en el alto y fornido hombre con uniforme militar, desconocido para ella, que parecía confuso entre la muchedumbre.

Sin dudarlo demasiado, se le acercó moviendo las caderas sinuosa y sonriéndole.

Él la miró con una mirada inexpresiva y una gélida sonrisa en sus labios.

La chica se quedó inmóvil, petrificada por su expresión que aceleró su respiración y la hizo entrar en un ataque de pánico.

Se abalanzó sobre ella antes de que pudiera gritar, mordiéndola en el cuello, mientras la oprimía contra su pecho para evitar que se desplomara su cuerpo sin vida.

Una de sus amigas presenció la escena y empezó a gritar horrorizada, señalando al asesino.

La gente empezó a asustarse al ver al hombre cubierto de sangre que rugía por encima del volumen de la música y empezaba a atacar a todos los presentes.

En segundos, el pánico y el caos se adueñaron del local.

Sus dedos peinaron uno de los mechones rojizos de Eilean, mientras una sonrisa de admiración se dibujaba en su rostro.

—Ahora que eres inmortal, tu cabello brilla con más intensidad. Es de un rojo tan brillante que parece sangre. Estás preciosa.

Ella sonrió a Elle, que la seguía observando con detenimiento.

Matt se dejó caer en el sofá y profirió un bufido largo y agudo.

—¿De verdad que ya dominas todas tus habilidades?

Jayden enarcó una ceja, dedicándole una mirada divertida a Eilean. Consciente del desafío, se levantó tan rápido como le fue posible de la silla donde estaba sentada y se dejó caer junto a Matt, despeinándole el cabello con la brisa que su veloz movimiento había producido.

—Creo que sí las controlo.

—Impresionante. Yo aún tengo problemas para abrir tarros sin hacerlos añicos y la pequeña pelirroja ya es toda una experta —Puso los ojos en blanco y Eilean se dejó caer contra su hombro en un gesto de apoyo moral.

—Os ha quedado precioso el apartamento, Elle.

—Gracias, Emma. No es tan grande como vuestra casa, pero por lo menos hemos conseguido hacerlo acogedor.

Eilean paseó su mirada por aquel pequeño piso de una habitación. La luz de la ciudad se filtraba con modestia por las cortinas que Elle había colgado en un intento de hacer más cálida la estancia.

La discreta cocina, que compartía espacio con la sala principal, contribuía a ampliar el comedor, ayudando a que el apartamento fuera diáfano.

—A mí me gusta mucho, es pequeño pero acogedor —Suspiró, mientras un deseo crecía en su interior. Ella también anhelaba su propio espacio. Un lugar donde vivir con Jayden.

Matt se puso en pie y el sofá crujió ante el repentino movimiento.

—Cuidado, Matt —Elle le regañó con dulzura—. No vuelvas a romper el sofá.

—Perdona —Su expresión de niño arrepentido hizo que todos estallaran en risas—. Jayden, tengo algo que enseñarte, ven conmigo a la habitación.

Él se puso en pie sin cuestionar la invitación de Matt y los dos desaparecieron por el corto pasillo que llevaba al dormitorio.

Elle sonrió a Emma, que no podía disimular su preocupación.

—¿Sabes algo de Chris?

—Está muy ocupado con su equipo, las cosas se están poniendo feas.

—Lo sé, hasta nosotros que somos simples administrativos del Consejo estamos al tanto de la situación. No conocemos los detalles, pero sabemos que estamos en alerta roja.

Eilean las miraba asustada sin saber exactamente de qué hablaban.

—¿Qué está pasando?

—Ha habido unos ataques contra nuestra comunidad; pero no temas Eilean, tenemos gente que se encarga de velar por nuestra seguridad —Elle sonrió sin llegar a ser convincente del todo.

—¿Gente como Chris?

—Sí —Emma sonó distante y triste.

El silencio se interpuso entre ellas y sus miradas se cruzaron diciéndose todo lo que no estaban dispuestas a admitir.

Matt cerró la puerta del dormitorio al salir y el crujido de la madera hizo que Elle se tapara la cabeza con las manos.

Emma sonrió, olvidándose por un instante de su preocupación.

—Lo siento, ahora vuelvo a colocar la puerta en su sitio.

La musical risa de Jayden relajó a Eilean por un segundo, pero la semilla de la preocupación que habían plantado sus amigas crecía por momentos.

Planes de futuro

La joven camarera de la heladería dejó frente a Jayden una enorme copa de helado con sirope de chocolate. Eilean posó sus ojos en su envase de zumo de frutas y suspiró con resignación.

—¿Qué te pasa?

Ella levantó su mirada lentamente.

—Una de las cosas en las que no pensé cuando acepté ser de tu mundo era que echaría de menos los helados.

Jayden frunció el ceño.

—¿Te apetece? —Ella asintió lentamente—. Es extraño, no tendría que pasarte esto; sólo te tendrías que sentir atraída por la sangre.

—Bueno, también me apetece, pero ese helado tiene tan buena pinta.

Jayden cargó su cuchara con helado bañado en sirope y se lo ofreció.

—Pruébalo —Sonrió tentador.

—No, se supone que ya no debo alimentarme de comida mortal.

—También se supone que tu frágil piel de vampiro no soporta los rayos directos del sol y ayer paseabas tranquilamente bajo ellos. Eres medio dhaphiro.

Sin resistirse más, se inclinó hacia delante y Jayden le dio una cucharada de aquel dulce y frío manjar.

—¡Que bueno! —Sonrió.

Jayden miró a la camarera, que estaba en la barra y, elevando la cuchara, le hizo un rápido gesto para que trajera otra.

—¿Ves? Puedes comer. Al parecer, tienes más de mí que de Chris.

Los ojos de Eilean brillaron fugazmente, mientras una amplia sonrisa se esbozaba en su rostro.

—Me gusta la idea de tener una parte de ti.

Jayden cogió la mano de ella, que descansaba junto a la gran copa de helado.

—No tienes sólo una parte de mí, todo mi ser es tuyo. Te pertenezco por completo.

Ella se mordió el labio inferior, intentando calmar lo que aquellas palabras le hacían sentir.

—Soy tuya... —Balbuceó—. Quiero decir, que también te pertenezco.

Jayden le besó la mano.

La camarera se acercó a ellos y dejó frente a Jayden la cuchara que había pedido, por desgracia, aquella intromisión rompió al instante el momento mágico que les envolvía.

—Toma —Le acercó la cuchara y ella la cogió sin apartar sus ojos de los de él.

—Gracias.

Durante unos segundos, que parecieron eternos, sus miradas se negaron a romper la conexión, hasta que una gota de helado derretido cayó sobre la mano de ella, que Jayden aún sostenía. Sin pensarlo, él la atrajo hasta sus labios y succionó con un beso la gota que empezaba a escurrirse.

Eilean se estremeció y temió no poder controlar sus instintos más primarios.

Jayden secó con una servilleta su piel y volvió a reposar sus manos sobre la mesa.

Empezó a comer despreocupado, como si aquella acción que había puesto patas arriba los biorritmos de Eilean hubiera sido un acto natural para él.

—¿Qué querrás hacer?

—No sé, volver a casa con Emma. Me tiene preocupada, echa de menos a Chris y no quiere animarse.

Jayden rió mientras chupaba con cuidado la cuchara.

—No, me refería en el futuro. ¿Quieres ir a la universidad?

Eilean se quedó pensativa algunos segundos.

—Todo está pasando tan rápido que aún no me lo había planteado. Supongo que no. Ahora mismo no sería una buena veterinaria —Sonrió—. Los animales me odian.

—Lo siento. Has tenido que renunciar a mucho por mí.

—No lo sientas, yo soy muy feliz y volvería hacerlo. Ahora tú eres mi mundo —Le sonrió con dulzura y notó como el corazón de Jayden respondía ante sus palabras.

Ella también sabía cómo alterar su universo.

—¿Tu terminarás periodismo?

—No, ahora tengo responsabilidades y buscaré trabajo de fotógrafo en alguna revista local o un periódico. Seguro que mi madre puede recomendarme a alguien. Tiene muchos contactos.

—¿Qué quieres decir con responsabilidades?

—Tú —Le guiñó un ojo.

—¿Qué insinúas? ¿Que has de trabajar para mantenerme? —Entrecerró los ojos—. Yo también puedo trabajar.

Jayden rió ante el enfado de ella, como quien ve un tigre bebé que ruge en un intento de ser fiero.

—No digo lo contrario, puedes hacer lo que tú quieras.

—Bien, porque buscaré un empleo. Ya no soy una niña.

—Nunca lo he dudado.

Eilean dejó su cuchara dentro de la copa vacía y suspiró, retomando su ánimo habitual.

Jayden seguía sonriendo.

—¿Qué estás tramando?

—Vamos, tengo una sorpresa para ti —Se levantó de un brinco y le tendió la mano.

—¿Una sorpresa?

—Sí, vamos —Se cogieron de la mano y salieron del local.

Empezaron a pasear por la calle de aquel tranquilo barrio. Eilean estaba familiarizada con aquel lugar, porque Matt y Elle vivían a pocas calles de allí, pero no podía apartar la mirada de Jayden, que sonreía radiante.

Tras caminar unos pocos metros hacia el norte, él se paró frente a ella y la miró levantándole una ceja.

—Busca en mi bolsillo —Le indicó con la mirada el interior de la chaqueta de piel.

Eilean introdujo con cuidado sus dedos y rozó un objeto plano y frío. Su mano lo rodeó y lo sacó.

Al abrir la mano se encontró con dos llaves, de aspecto normal.

—¿De dónde son?

—Eso es lo mejor —Jayden se apartó y Eilean vio la portería del edificio, que hasta aquel momento no le había llamado la atención.

Una sonrisa se dibujó en sus labios y el latir del corazón excitado de Jayden confirmó sus sospechas.

—No puede ser.

—Abre y lo sabrás.

Sin pensárselo, introdujo la llave más grande en la antigua cerradura y abrió la puerta.

Jayden la guió por la oscura escalera hasta la segunda planta de aquella vieja finca sin decir ni una palabra.

El olor a humedad de la escalera y las paredes desconchadas

no fueron suficientes para borrar la sonrisa de ella.

Al final del pasillo se alzaba una puerta blanca sin número.

—Adelante.

Eilean introdujo la llave de menor tamaño en el paño, controlando su pulso para que no le temblara de pura emoción.

Lo primero que captaron sus sentidos fue el olor a madera y a pintura que flotaban en el ambiente, seguido por la luz que se filtraba sin problemas por los dos grandes ventanales de la sala principal.

Sus pies sintieron el crujir del parquet recién puesto y, poco a poco, se adentró en el piso con la boca abierta.

No era un piso grande, se parecía al de Matt y Elle. La sala compartía espacio con la cocina y se vislumbraba el dormitorio a través de una puerta entreabierta.

Jayden cerró la puerta tras de sí y la miró, mientras ella observaba las paredes pintadas con tonos tierra.

—¿Es nuestro?

—Sí, Matt me ayudó a encontrarlo y Elle a decorarlo.

—Ahora entiendo lo de las responsabilidades —Rió.

Se acercó a la ventana y los rayos amarillentos del sol se filtraron por sus iris, volviéndolos de un verde tan claro que parecían cristales de colores.

Embelesado por la belleza de Eilean, Jayden sacó su móvil y le hizo una foto inspirado por su musa.

—¿Qué haces? —Sonrió despreocupada.

—Tenía que conservar esta imagen —Ella meneó la cabeza intentando no sentirse demasiado acalorada—. A decir verdad, creo que tú serás el centro de mi próxima serie de fotografías —Se acercó y le enseñó la imagen.

—No creo que sea para tanto.

Jayden le rodeó la cintura con sus brazos y la atrajo hacia él.

416

El corazón de Eilean se aceleró y un calor invadió todo su cuerpo.

—Eres el ser más hermoso que hay en este mundo y no sabes cuantas ganas tengo de volver a hacerte mía cada vez que te veo, te mueves o respiras —susurró—. Así que tu belleza sí es para tanto.

La costumbre de su rubor humano la hizo bajar la cabeza para ocultar su rostro, a pesar de que ya no podía hacerlo.

Jayden alargó su mano apresando su barbilla y obligándola a mirarle.

—Nunca vuelvas a decir que no eres hermosa o me obligarás a demostrarte que estás equivocada.

Ella rió nerviosa ante la amenaza.

—Está bien, aunque… —Carraspeó— No estoy segura de querer evitar que me demuestres lo mucho que te gusto.

Una carcajada sonora se escapó de los labios de Jayden.

—¿No se suponía que tú eras una chica inocente?

—Después de lo del lago, ya no tanto.

Jayden paseó sus dedos por la mejilla de Eilean y ella sonrió.

—Esa era la Eilean mortal. La inmortal aún es inocente.

Sus propios latidos le impedían oír con claridad lo que él le susurraba.

Atraído por su excitación, Jayden la cogió en brazos como si no pesara nada. Ella se aferró a su cuello con un rápido reflejo, al no sentir el suelo bajo sus pies, y empezó a reír al sentirse segura entre sus brazos.

—¿Qué haces?

—Aún no has visto el dormitorio.

Aquella frase borró la sonrisa divertida de Eilean, convirtiéndola en algo más pícaro.

Con un movimiento veloz pero suave, Jayden la llevó hasta la cama de la habitación contigua y la dejó caer con cuidado sobre ella.

El pulso de Eilean latía desbocado y sus ojos no veían más allá del cuerpo y el rostro de él.

—Dime que todo esto es un sueño y que no voy a despertar.

Él se tumbó con delicadeza sobre ella y empezó a besarle el cuello.

—Es real, mi amor —musitaba sobre su piel.

Presa de su deseo, intentó quitarle la camisa a Jayden con demasiada fuerza, haciéndola jirones en una milésima de segundo.

Sus ojos se encontraron y ella se cubrió la boca con las manos, quedándose ambos inmóviles.

—Lo siento.

—Esa camisa me gustaba —Sonrió, quitándole importancia a lo ocurrido—. Tendrás que compensarme por romperla.

Eilean le rodeó el cuello con los brazos y le besó hasta que volvió a sentir que ambos se fundían en un universo líquido y denso.

Los sonidos de la calle no existían, las sábanas nuevas bajo su cuerpo eran ásperas comparadas con el tacto del cuerpo desnudo de él y sus respiraciones agitadas eran una sola.

Sentía algo parecido a aquella noche en el lago, pero multiplicado por cien. Sus manos eran más sensibles al tacto, sus ojos veían más allá de Jayden, mostrándole los colores de su alma, que reaccionaban con sus sentimientos.

Rodaron sobre la cama y Eilean se encontró dominando la situación sobre él. Poderosa, dueña de las sensaciones de Jayden, le besó mientras sus manos se entrelazaban.

El cabello rojizo de ella parecía tener vida propia cayendo como una cascada de deliciosa sangre sobre su escote.

Sus ojos se encontraron y justo en el momento en el que ambos llegaban al límite de sus sentidos, presas de una saturación de sentimientos cálidos y vibrantes, se vieron reflejados el uno en el otro en sus brillantes pupilas.

Sus dedos se deslizaban caprichosos sobre la curva de la espalda de Eilean, y su olfato percibía el aroma de sus cabellos.

Ella, con su cabeza sobre el pecho de Jayden, oía feliz el corazón de él que se calmaba con cada nuevo latir, volviendo a su ritmo habitual.

Sus ojos recorrieron la estancia y repararon en el montón de cajas que había junto al armario.

—¿Habéis traído mis cosas?

—Claro —La besó en la frente—. Y las mías también.

Ella cruzó sus brazos sobre el pecho de él y apoyó la barbilla en ellos, mirándole a los ojos.

—Entonces, ¿ya podemos quedarnos aquí?

—Es nuestra casa.

La sensación de intimidad y plena libertad que aquellas palabras le brindaban a su alma la hizo volver a sentirse embriagada por una sensación vibrante que recorría todas la fibras de su cuerpo.

Jayden percibió su excitación y volvió besarla.

Tapadera

Las cajas de comida china se agolpaban en la pequeña mesilla de café frente a su nuevo sofá.

Acurrucada bajo el amparo de sus fuertes brazos, Eilean se sentía dichosa sin prestar demasiada atención a la película que él había alquilado.

Jayden tampoco estaba muy atento. Apenas hacía unas horas que se habían instalado en su nuevo apartamento y ya tenía la sensación de que toda su vida había estado allí, sintiéndose feliz y completo junto a ella.

Su existencia había sido una carrera borrosa hasta aquel día en que la conoció y nada había tenido sentido excepto los momentos pasados junto a Eilean.

En un acto reflejo, la atrajo hacia él aún más y ella movió su cabeza contra su pecho en respuesta al requerimiento.

Sobre la mesilla, el móvil de Jayden empezó a sonar y ambos se movieron, como un solo ser, para que él pudiera cogerlo.

—Es Emma —Descolgó.

—Se debe sentir mucho más sola que antes, pobrecilla.

La voz de Emma era tan aguda que Eilean no tuvo problemas para oír la conversación.

—Jay, pon el canal doce —Esperó unos instantes a que él lo hiciera—. La situación se está complicando, hablaré con Chris y os mantendré informados, pero id con cuidado —Colgó.

Jayden miró confuso su móvil y Eilean subió el volumen del televisor.

Las noticias de última hora mostraban las imágenes de una discoteca completamente destrozada y varios heridos que salían de ella llenos de sangre y restos humanos.

En el suelo, varios cadáveres cubiertos con sábanas, reposaban bajo charcos de sangre oscura.

>>Las últimas noticias sobre el incidente de la discoteca *Comet* de Nueva York, nos desvelan la trágica cifra de ocho muertos y cincuenta heridos.

Fuentes policiales nos han confirmado que se trata del ataque de un hombre con trastornos mentales, que se dio a la fuga el pasado domingo del *Hospital Psiquiátrico St. Luis.*

El fiero ataque se produjo a las doce de la noche y los forenses están realizando la autopsia al cadáver del agresor, a la espera de verificar si realmente estaba infectado por el virus de la rabia como se ha comentado en varios medios de comunicación.

Es probable que este ataque y el ocurrido en el *Centro Comercial Paradise Shop* tengan relación y no se descarta que hayan más enfermos que hayan conseguido darse a la fuga del Centro Psiquiátrico.<<

Jayden cogió la mano de Eilean, que empezó a temblar presa de las imágenes que colmaban sus ojos y apagó el televisor.

—Era un inmortal, ¿verdad?

—Sí —La abrazó intentando calmarla—. No has de temer nada, precisamente estamos en Washington, y es aquí donde está el cuartel general de los grupos mejor preparados de inmortales para salvaguardar nuestro mundo, como el equipo de Chris.

Eilean se despegó de Jayden y le miró a los ojos asustada.

—Por eso Emma está tan preocupada. Porque él se enfrenta a esta clase de... monstruos.

Jayden se limitó a asentir, intentando calmar su alterado ánimo para no alarmarla.

—Está todo bajo control. Ya has visto como los periodistas no saben nada de nada. De vez en cuando, un grupo de exaltados quieren llamar la atención y forman alguna escena como esta —Mintió—, pero los Equipos de Contención lo solucionan. No hay de qué preocuparse.

La volvió a abrazar para ocultar la mentira en sus ojos, pero Eilean no parecía conforme con sus palabras.

—Una de las cosas que me gustaba de ser inmortal era precisamente el hecho de no sufrir porque te pudiera pasar algo malo, pero ahora sé que sí puedes morir.

Jayden inclinó su cabeza en busca de los preocupados ojos de ella.

—No es tan fácil terminar con uno de nosotros, y por mí no debes preocuparte, falta muy poco para que cumpla los veintiún años y, como tú misma pudiste comprobar en aquella cueva, soy prácticamente indestructible a pesar de no ser aún un dhaphiro adulto. En mi última revisión médica, me dijeron que era un caso excepcional —Se burló de sus propias palabras.

Eilean acurrucó su cabeza contra el pecho de Jayden y cerró los ojos intentando borrar de su mente las imágenes de la masacre que había visto.

Poco a poco, su olor, el sonido de sus latidos y las caricias que sus manos le proporcionaban deslizándose por su cabello, contribuyeron a que se calmara.

De pronto, el sonido del móvil de Jayden la hizo saltar de un brinco, rompiendo por completo su armonía.

Jayden contestó:

—¿Mamá? —Eilean agudizó sus sentidos para oír la voz de Kate—. Lo sé, Emma nos ha avisado y lo hemos visto.

—Jean ha hablado con uno de sus amigos del Consejo y la situación es complicada, quizás la más grave que hemos vivido.

Jayden se levantó de un rápido brinco y sonrió a Eilean, que le miraba asustada. Le sonrió y se encerró en el dormitorio para evitar que ella oyera el resto de la conversación.

Eilean se acurrucó en el sofá y dejó que sus ojos vagaran por las vistas de la ciudad que le ofrecía la ventana.

A pesar de los esfuerzos de Jayden, ella aún oía a Kate con claridad.

—¿Los padres de Eilean están bien?

—Sí, aquí por el momento todo sigue igual. Galatea y yo les vigilamos de cerca.

Eilean cerró los ojos y recordó el rostro de sus padres con tristeza.

—Mantente alerta hijo, y no te separes de ella.

—Sabes que lo haré, cuidaros también.

—Lo haremos, un beso para los dos —Colgó.

Jayden se tomó unos minutos para recobrar su aparente calma y salió de la habitación sonriente.

La expresión compungida de Eilean le indicó al instante que su intento por ocultarle la verdad no había surgido efecto.

—Gracias.

—¿Por qué? —Se dejó caer de nuevo junto a ella.

—Por preocuparte también por mis padres —Él se encogió de hombros como si no supiera qué era lo que le decía—. Jay, soy inmortal y lo oigo todo a kilómetros de distancia, deberías saberlo.

—Supongo que es la falta de costumbre. No quiero que te preocupes —Le acarició una mejilla con sus dedos.

—Es demasiado tarde para eso, pero sí puedes hacer algo para que me sienta mejor —Un destello lascivo brilló durante un segundo en los grises ojos de él—. ¡No! No me refería a eso —Le golpeó y empezó a reír olvidándose por unos segundos de sus temores.

—Lástima —Sonrió con una sonrisa ladeada.

—Quiero que me enseñes a defenderme.

Jayden la miró, entrecerrando los ojos.

—Eres inmortal, con una fuerza y velocidad inimaginables para un humano. No necesitas clases de autodefensa.

—Sabes que no es eso a lo que me refiero, si llegado el caso yo...

—No llegará. Estás a salvo —La hizo callar con un lento beso.

—Aun y así, quiero aprender a defenderme de inmortales —Su voz era un jadeo.

Jayden le apartó un mechón rebelde de la frente y suspiró resignado.

—Está bien, mañana iremos a ver a Emma y te enseñaré un par de cosas.

—¿Solo un par? —Arqueó las cejas con ojos suplicantes.

—No me mires así, tú no tienes el poder de Emma.

Eilean saltó a horcajadas sobre Jayden y le rodeó el cuello con sus brazos.

—Tengo otras maneras de convencerte —Se inclinó y le dio un largo y profundo beso que hizo que la habitación se quedara a oscuras y en silencio para los dos.

El soldado volvió a la cola del comedor para que la camarera le rellenara su taza con sangre caliente.

La chica le sonrió.

—Es la tercera vez que te sirvo hoy, soldado. No deberías beber tanto.

El joven dhaphiro se reclinó sobre el mostrador de acero y le dedicó una larga e insinuante mirada.

—La culpa es tuya, tu belleza me atrae hacia aquí como la miel a las abejas.

Ella rió coqueta y se reclinó frente a él, dejando su rostro muy cerca del suyo.

—Si no fuera porque sé que estás recluido aquí, te diría a qué hora salgo.

—¿Y no hay opción de que me lo digas de todas maneras?

La camarera miró al cielo y mordió su labio inferior.

—Aquí no hay nada por ver que me pueda impresionar, así que creo que no.

—¿Y si busco algo que te impresione? —Enroscó uno de sus dedos en el cabello castaño de ella.

—¿Como qué? ¿Alguien famoso? —Rió despreocupada—. Estamos en una base militar, aquí no hay celebridades.

El soldado se acercó al oído de la chica con un rápido movimiento.

—¿Conoces a los hermanos Stanton?

—¿Los del Consejo de Nueva York? —Él asintió—. ¿Me estás diciendo que los hermanos Stanton, los famosos gemelos con poderes sensoriales extraordinarios que se comportan como un mismo ser, están aquí? —Bufó y se incorporó moviendo su cabello con elegancia.

—Dime a qué hora sales y te llevo a verlos.

La camarera empezó a secar unas tazas y a colocarlas sobre el aparador formando una pirámide perfecta.

—Qué mentiroso eres.

Él negó con la cabeza y le dedicó una intensa mirada.

—¿A qué hora sales?

—A las ocho.

—Te espero en la puerta del hangar dos, y si te he mentido podrás retirarme la palabra.

Ella sonrió dulcemente y un destello ambarino tiñó sus dulces ojos.

—Está bien soldado, me has convencido.

—Llámame Adam.

Ella le tendió la mano para estrecharle la suya y en un ataque de caballerosidad él se la besó.

—Yo soy Eve.

La oscuridad del atardecer ya había cubierto por completo la entrada al hangar cuando Eve localizó con la mirada a Adam.

Él le hizo un rápido movimiento con la mano y ella se acercó veloz como el viento.

—Hola, preciosa.

—Hola —Sonrió, embelesando al soldado.

—Toma —Le dio una bata blanca—. Tendrás que entrar camuflada como doctora si quieres verlos, es una zona muy vigilada; pero has tenido suerte pequeña, conozco a uno de los vigilantes y no hará demasiadas preguntas.

Eve se enfundó la bata sin preguntar nada y recogió su cabello en un sencillo moño en la base de su esbelta nuca.

—Doctora Eve, para servirle.

—Me ponía malo ahora mismo —Ella rió musicalmente ante la insinuación.

—Déjame ver a los famosos Stanton y luego te hago un chequeo —Le guiñó un ojo.

Adam empezó a caminar seguido por Eve hasta una puerta metálica con una cerradura de seguridad electrónica.

Con un solo dedo marcó rápidamente el código, sin que los ojos de Eve pudieran seguirlo.

Un pasillo estrecho e iluminado por fluorescentes blancos se adentraba con una ligera inclinación. Al final, se veía una puerta con dos guardas en formación.

Empezaron a andar hacia la puerta hasta que ésta se abrió con un silbido, provocado por sus mecanismos de alta seguridad.

Chris, seguido de Jack, abandonaba la sala haciendo el cambio de turno de vigilancia de la noche.

Cuando se cruzaron por el pasillo, Jack miró a Eve con un brillo de sospecha en sus ojos.

—¿Una doctora nueva, Adam?

—Sí, es del turno de la mañana pero ha pedido el cambio.

Jack sonrió sin darle más importancia. El cansancio de las largas e intensas guardias había minado sus sentidos y ya no estaba tan alerta.

Chris seguía caminando pensando en Emma y apenas miró a la desconocida.

Cuando la puerta se cerró tras ellos, Eve sonrió triunfal.

La sala donde estaban los Stanton era un laboratorio reformado para la ocasión. En el centro, había una habitación de gruesas paredes de cristal, que habían tintado para ofrecer intimidad a los gemelos. A pesar de ello, se podían ver sus sombras y se oían sus continuas quejas sobre su confinamiento y sus malas condiciones.

Frank, que daba las últimas instrucciones a los tres inmortales que habían entrado minutos antes para el relevo, rodeó la sala para asegurarse de que todo estaba en orden.

Sus ojos repararon en los recién llegados.

—Hola, Adam. ¿Qué haces aquí?

—Custodio a la doctora para que revise el estado de las constantes de los Stanton.

Frank hizo un gesto con la mano indicando unos monitores y Eve se sentó frente a ellos imitando a la perfección los movimientos de un médico que revisa las gráficas de un enfermo.

—¿Cómo ha dicho que se llama, Doctora?

Adam empezó a ponerse nervioso. Quizás aquello no había sido buena idea.

—Doctora Preston —Le dedicó una intensa mirada y los cinco inmortales la miraron absortos—. Ahora dejaréis que entre en la sala.

Hipnotizados por su voz, los tres soldados que custodiaban la entrada se apartaron a la vez.

Algo en el interior de Frank le gritaba que hiciera lo correcto, que no estaba cumpliendo con su misión, pero no era dueño de sus actos, aquella mujer dominaba sus movimientos.

Eve entró en la sala.

—No existo, no me habéis visto —susurró antes de cerrar la puerta.

Los cinco inmortales menearon la cabeza, confusos.

—Adam. ¿Qué haces aquí?

—Hola, Frank. No estoy muy seguro, creo que tenía que cumplir una misión, pero no la recuerdo —Se rascó la cabeza conmocionado—. Sea lo que sea, está claro que no era aquí, el relevo ya ha llegado —Sonrió y se marchó de la sala con unas rápidas zancadas.

Los tres militares habían vuelto a ocupar sus puestos junto a la puerta y uno de ellos rodeó la habitación de los gemelos, asegurándose de que todo estaba bien.

—Puedes irte, Frank, todo está correcto.

Los gemelos Stanton empezaron a hablar en un tono más alto de lo habitual como si le exigieran algo a alguien.

—Hoy están especialmente quejicas, Lance. Después de tantos días aquí recluidos, se están volviendo insoportables.

—Ya lo eran antes. Estos líderes de los Consejos se creen de la realeza.

Los soldados que custodiaban la puerta empezaron a reír, y Lance y Frank se les unieron.

De pronto, un silencio sepulcral se hizo en la sala, cambiando los semblantes de los cuatro inmortales.

Uno de los monitores que indicaban las constantes de los gemelos, empezó a pitar con un sonido constante.

Una sombra veloz cruzó los ventanales de la sala.

—Lance, algo raro pasa ahí dentro.

Los ojos de los soldados vieron como una sombra se abalanzaba sobre otra y la característica voz de los Stanton, formada por sus voces al unísono, se separaba en dos distintas.

Frank presionó el botón de seguridad para abrir la puerta de la sala.

Ante ellos, se materializó el horror del fratricidio.

Uno de los gemelos sostenía la cabeza de su hermano entre sus ensangrentadas manos.

—Seréis los siguientes —La voz provenía del techo, donde Eve mostraba su lado más salvaje, rugiendo como una fiera colgada de la gran lámpara central.

Sin que pudieran evitarlo, perdieron el control de sí mismos y terminaron con sus vidas en pocos segundos, mutilándose unos a otros en un torbellino rojo de gritos e impotencia.

Eve saltó de su escondite sin una sola mancha de sangre y se acercó sigilosa frente al gemelo que aún seguía con vida.

—Escribe *Jackson* en la pared y suicídate —Se alejó sin

mirar atrás y empezó a gritar junto a la puerta de salida con unos alaridos agudos y desgarradores.

Los guardas que custodiaban la puerta de entrada la abrieron alarmados para socorrer a Eve, que imitaba a la perfección a una mujer desvalida y asustada.

—Ayudadles —Señaló a los cadáveres que había en el suelo y al gemelo que acababa de desplomarse sin vida.

Ambos soldados acudieron veloces hasta los cuerpos de sus compañeros con los rostros desencajados.

—¿Qué ha pasado? —El soldado más joven miró a Eve, pero ella ya no estaba.

Entrenamiento

Las gotas de lluvia que repicaban sobre las hojas de los árboles la forzaron a concentrarse con más fuerza para percibir el olor de Jayden que, oculto entre los árboles, la acechaba dispuesto a darle caza en cualquier momento.

Emma, sentada en las escaleras del porche de la casa del lago, veía como Eilean se ocultaba tras uno de los árboles más cercanos a ella.

Hacía algunos minutos que Jayden se había adentrado en el bosque dando inicio a un juego que serviría de entrenamiento para Eilean.

Cerró sus ojos en busca del olor de Jayden, que se extendía a lo largo y ancho de aquel lugar. Se había movido en círculos con la finalidad de distraer su rumbo final, y el joven olfato de Eilean estaba teniendo problemas para ubicarlo con exactitud.

Tampoco sus oídos le servían de mucho, ya que Jayden se mantenía completamente estático en su escondite sin ni siquiera osar respirar para que ella no le diera caza.

Abrió lentamente los ojos, a la espera de que el sentido de la vista le diera alguna pista más fiable del paradero de Jayden.

Se movió algo inquieta desde la seguridad que le brindaba aquel enorme árbol y unos destellos rosados, como mariposas fugaces, se adentraron entre unos árboles que tenía frente a ella.

Alargó con cuidado la mano hacia la dirección por donde

habían desaparecido aquellas chispas y un halo rosáceo se difuminó en la misma trayectoria.

Sonrió.

La manera de reaccionar de su aura con la de Jayden, ansiosa por fusionarse con la suya, le estaba indicando exactamente dónde estaba.

Con pasos lentos, se acercó a unos matorrales que formaban un escondite perfecto.

Como si el viento se hubiera teñido de un rosado intenso, Eilean percibió como su aura se estiraba y luchaba por llegar hasta la de Jayden.

Convencida de cuál era su posición exacta, trepó por la corteza del árbol que se alzaba sobre los arbustos y saltó como si de un trampolín se tratara.

Los ojos grises de Jayden percibieron el veloz movimiento de Eilean y corrió en dirección opuesta a la del inminente ataque.

—¡No huyas! —Sonrió divertida.

Jayden se giró y se enfrentó a ella con una fiera mirada.

—Está bien, me has encontrado, pero no podrás vencerme —Levantó una ceja, desafiante.

Sin pensárselo demasiado, Eilean saltó a su cuello y se aferró a él con los brazos, intentando tirarle al suelo.

A pesar de la agilidad y rapidez de ella, Jayden suponía un reto demasiado fuerte y estable para que consiguiera moverlo.

Tras algunos minutos de lucha sin resultados, las fuerzas de Eilean disminuyeron y Jayden empezó a reír.

—¡No te rías! —Rugió indignada.

Con un veloz giro de muñeca, Jayden consiguió liberarse del abrazo de ella y la tumbó al suelo con un fuerte estruendo.

La espalda de Eilean se arqueó al sentir el dolor de una roca que la había lastimado, pero la ira de la derrota hizo que sus ojos no mostraran sus verdaderos sentimientos.

Un grito ahogado se perdió en sus labios y Jayden, de pie junto a ella, borró su sonrisa al instante al ver que no se levantaba dispuesta a realizar un contraataque.

Se arrodilló y la incorporó cogiéndola por los hombros.

El dolor agudo de varias costillas fisuradas la hizo querer gritar, pero el aire casi no entraba ni salía de sus pulmones, emitiendo un sonido entrecortado.

Emma saltó de su asiento y corrió hacia ellos.

Los ojos de Eilean se clavaron en Jayden y empezó a respirar con dificultad.

—Tranquila, pasará enseguida —Le acarició la mejilla.

Emma se arrodilló a su lado y varias hojas secas volaron a su alrededor.

—¿Qué ha pasado?

—Le he hecho daño, estoy acostumbrado a jugar con Chris y no he medido mis fuerzas con ella —La miró con preocupación—. Lo siento.

Una bocanada de aire puro y fresco llenó de pronto los pulmones de Eilean y suspiró aliviada como si aquel dolor atroz que se había adueñado de ella por unos minutos no hubiera existido nunca.

Saltó a los brazos de Jayden y le abrazó con fuerza, sin poder evitar que su cuerpo temblara.

Jayden sintió cómo su alma se volvía pesada por la culpabilidad de haberle hecho daño y la abrazó con cuidado.

Emma sonrió ante la tierna imagen.

—Lo siento mucho.

Eilean despegó su rostro del cuello de él y le dedicó una amable mirada.

—Tranquilo. Ha sido un accidente y ahora me encuentro mucho mejor —Sonrió—. ¿Qué me ha pasado?

—Seguramente te habrás roto una costilla con esta roca —Emma se levantó y golpeó con la punta de su zapato la roca manchada de sangre, que estaba oculta bajo el lecho de musgo y hojas muertas.

Eilean liberó a Jayden de su abrazo y pasó sus dedos sobre la rugosa superficie de la piedra.

—Es mi sangre —Se tocó el lado de la espalda donde aquel dolor punzante la había dejado sin respiración, pero no halló ninguna herida.

—Eres inmortal, por suerte para mí —La cogió de la mano—. Cualquier corte, fractura o quemadura que sufras, pasará a ser un leve recuerdo en cuanto tu cuerpo se regenere.

—Pero me ha dolido mucho; mucho más que cuando me rompí el brazo siendo una niña.

—Los inmortales sentimos el dolor y el resto de sensaciones mucho más intensamente que los mortales —Emma le sonrió—. Es normal que te haya dolido tanto.

Jayden empezó a andar, con Eilean sujeta de su mano, en dirección a la casa.

—Se acabó el entrenamiento.

—No —Se paró en seco tirando de Jayden—. Así jamás aprenderé a defenderme. Ya has visto que soy rápida, pero mi fuerza no es comparable a la tuya. En un ataque, me destrozarían.

El semblante de Jayden pasó a ser sombrío.

—Jamás te verás implicada en un ataque, y si así fuera yo te protegería.

—Practica conmigo —La voz de Emma sonó alarmantemente serena y distante.

—Emma, no. No quiero que vuelva a sentir dolor.

Eilean se puso de puntillas y le besó en la mejilla.

434

—No puedes meterme en una burbuja para que nada me suceda, Jay. Debo aprender a desarrollar mis habilidades de inmortal y acostumbrarme a lo que siento.

—No puedo verte sufrir.

Eilean le sonrió y se colocó junto a Emma.

—Espérame en la cabaña entonces, para mí esto es importante. Quiero aprender a defenderme, no sólo para sentirme segura conmigo misma, sino para protegerte a ti también.

—Sé protegerme solo.

—Jay, no le pasará nada —La voz de Emma fue un susurro suave.

Jayden sonrió y, sin mirar atrás, se perdió por el bosque camino hacia la casa, dejando solas a las dos chicas, que empezaban una persecución por la orilla del lago.

Las palabras de su superior aún resonaban en su mente. La culpabilidad de haber perdido a Frank en su cambio de guardia y lo violento del ataque al corazón de su cuartel, habían borrado de su espíritu cualquier atisbo de alegría. Una sombra negra y espesa se difuminaba en su humor volviendo sombríos y tristes sus sentimientos.

Habían convocado a su Equipo Especial a una reunión y, debido a la pérdida de uno de sus miembros, el General al mando de su brigada les había dado varios expedientes de posibles nuevas incorporaciones a su grupo.

Entre sus manos, sostenía la carpeta que contenía los informes médicos de un candidato con una nota que le recomendaba para pasar a ser parte de los Equipos Especiales por sus habilidades extraordinarias.

Se paró frente a la puerta de la casa del lago y se quedó inmóvil unos segundos, oyendo las voces de sus amigos, que parloteaban animados en el interior de la casa.

Aquella mañana, al saber el nombre del candidato, había llamado a Emma pidiéndole que reuniera a todos en la casa.

Chris no estaba dispuesto a llevar aquello en secreto. Estaba cansado de la falta de información y decidido a implicar a todos ellos.

A pesar del alto precio que eso le supondría.

Emma saltó de su silla en cuanto la maneta de la puerta hizo un leve movimiento.

Tras la puerta, apareció Chris y su alma se vio aliviada por unas milésimas de segundo al ver el rostro sonriente de ella, que le esperaba ansiosa.

—Hola.

—Hola —Emma le abrazó, ocultando su rostro de la vista de él, para que no percibiera el disgusto que le provocaba verle vestido con el uniforme.

Aquello le indicaba que aún seguía implicado en la misión.

Chris le acarició el cabello y la besó con pasión, expresando todo lo que sentía por ella en unos segundos.

El corazón de Emma vibró dentro de su pecho y su respiración se agitó en respuesta a sus caricias.

—¿Has avisado a Matt y a Elle? —Le susurró.

—Sí, y Jayden y Eilean también han venido.

Chris la cogió de la mano y ambos entraron en el salón, donde todos les esperaban.

Jayden fue el primero en acercarse a él y le abrazó con fuerza. No era un secreto para nadie que ambos estaban muy unidos.

—Me alegra verte, se te ha echado mucho de menos por aquí.

Chris sintió una punzada en su pecho y sonrió intentando ser convincente.

Eilean se acercó a él y le sonrió.

—Qué bien que has vuelto.

Elle y Matt le saludaron desde sus asientos.

—¿Ya te han dejado libre de tu misión?

Chris se sentó frente a Matt, que esperaba una respuesta, y todos ocuparon una silla alrededor de la mesa del comedor.

—Aún no, en realidad esto es parte de la misión —Dejó la carpeta sobre la mesa y todos la miraron.

El corazón alterado de Emma y su humor frágil no le estaban poniendo fácil las cosas a Chris.

—¿Parte de la misión? —Eilean se movió inquieta en su silla.

—Hace dos días perdimos a un miembro de nuestro Equipo Especial.

—¿A Jack? —Emma abrió asustada sus grandes ojos.

—No, a Frank. Se coló una inmortal y le asesinó junto con varios compañeros.

—¿Por qué alguien haría eso? —Elle cogió con fuerza la mano de Matt.

—Como sabéis, se han producido algunos ataques al mundo mortal pero, al mismo tiempo, también se han dado varios asesinatos en nuestra sociedad. Alguien se ha propuesto acabar con una serie de altos cargos. Mi equipo estaba protegiendo a los hermanos Stanton de Nueva York —Las caras pálidas y asombradas de sus amigos le minaron la autoconfianza y enmudeció por unos segundos—. Todo esto es alto secreto, pero os lo cuento por la sencilla razón de que me han pedido que reclute nuevos miembros para reforzar a nuestros expertos.

—¿Cómo? —Emma le miró alarmada.

—La mujer que nos ataca parece tener un poder hipnótico muy potente y cualquier ayuda nos es necesaria. Creedme, si no me viera desesperado no os pediría este favor. Por supuesto, sois libres de aceptar o no —Posó la mano sobre la carpeta y suspiró—. Excepto uno de vosotros, que ha sido seleccionado explícitamente por mis superiores.

Las miradas que se dedicaron unos a otros fueron rápidas pero cargadas de complicidad y sentimientos enfrentados.

—Sabes que yo iré —Emma le cogió de la mano y le sonrió—. Así pasaré más tiempo cerca de ti.

—Preferiría que no lo hicieras. No sabemos de qué más es capaz esa mujer. Ha vencido a vampiros muy poderosos y pretende descubrir nuestro secreto a los mortales.

—Sé que es peligroso, pero quiero estar junto a ti. Yo no estoy hecha para esperarte en casa —Chris le besó la mano y sonrió con un brillo de tristeza en sus ojos.

Elle asintió con la cabeza mirando con complicidad a Matt.

—¿Sí?

—Sí —Matt asintió seguro de sus palabras—. Nosotros también nos apuntamos. Somos algo más que amigos y, si nos necesitas, allí estaremos.

—Gracias, chicos.

Los ojos de Eilean estaban clavados en los de Jayden, que parecía no ver lo que tenía delante.

De pronto, recobró el sentido y su expresión la alarmó.

—Chris, sabes que lo haría, pero Eilean es aún inexperta en nuestro mundo y no quiero dejarla sola mientras yo me enfrento a algo tan poderoso. He visto como tu ausencia ha minado el buen humor de Emma y no soportaría hacerle lo mismo a ella.

—Jayden, Emma me ha enseñado a huir de los ataques violentos, puede que no tenga una fuerza como la tuya, pero soy rápida y puedo esquivar lo que sea.

Él negó con la cabeza y ella abrió la boca indignada.

—Lamento mucho oír eso —Chris deslizó la carpeta hasta

Jayden—. Precisamente, tú eres el único a quien mis superiores me han dado instrucciones de reclutar.

—¡¿Qué?¡ —Jayden abrió la carpeta y revisó todos sus informes médicos y notas sobre su evolución.

—A los Consejos no se les pasa nada, Jay. Saben lo sucedido con Enzo. Creen que tu valor y tu avanzada madurez inmortal hacen de ti un candidato perfecto para sustituir a Frank.

Eilean sintió nauseas y se cogió al borde de la mesa, en un intento de que la habitación no le diera vueltas.

—¿Quieres que Jayden ocupe el lugar de tu compañero asesinado?

—Lo siento.

—Una cosa es que forme parte de un refuerzo a unos equipos altamente preparados para este tipo de enfrentamientos, pero tú le estás pidiendo que sea uno de los primeros en enfrentarse a esa inmortal loca —Se levantó acalorada y Jayden la cogió de la cintura al ver que se tambaleaba.

Chris bajó la cabeza.

—No te preocupes, Chris. Te lo han ordenado y por supuesto iré.

—¡No! Es demasiado peligroso —Eilean sonaba aguda y desesperada.

Jayden enarcó las cejas.

—Eili, hace un momento tú también querías apuntarte.

—Eso era porque pensaba que sólo seríamos refuerzos, y los refuerzos a veces están muy lejos de la acción —Tembló—. Si algo te pasara… —Los latidos de su vulnerable corazón colmaron los oídos de todos los presentes.

—Jay, deja que venga con nosotros. Yo la protegeré y, así, estará cerca de ti. Sabiendo el puesto que ocuparás no es justo que la dejemos aquí sola sufriendo por ti.

Eilean sonrió a Emma.

—No sé…

—Yo también la protegeré —Elle le dedicó una amistosa mirada.

—Yo no seré menos, y sabes que tengo más fuerza que todos vosotros juntos — Jayden sonrió a Matt y al resto de sus amigos.

—Está bien.

Chris se puso en pie.

—Entonces, vamos. Cuanto antes nos marchemos mejor. Antes de que ingreséis definitivamente en los equipos deberéis pasar unas pruebas que certifiquen vuestras habilidades y no debemos perder tiempo.

Emma siguió a Chris y los demás fueron desfilando tras ellos en silencio.

Selección

Como cada mañana, Brad cogía el tren a las siete en punto de la mañana y luchaba con el resto de pasajeros para conseguir un buen asiento entre la multitud que se agolpaba en el vagón.

A esas horas, se hacía prácticamente imposible respirar.

Brad soportaba con paciencia aquella rutina, ya que era la única manera que tenía de llegar a su trabajo mortal sin usar sus habilidades.

La chica que tenía a su lado sostenía un periódico y sus ojos se posaron en la noticia que había en la primera página.

Los ataques de un par de dementes fugados de un centro psiquiátrico, e infectados con el virus de la rabia, tenían conmocionada a toda la ciudad.

Brad sabía con certeza que aquello era una tapadera de los altos cargos del Consejo.

Nadie del mundo inmortal tenía duda de ello.

Su olfato detectó a la dhaphiro que se sostenía perfectamente en pie, manteniendo el equilibrio sin apenas moverse, a pesar del traqueteo frenético del tren.

Se miraron unos segundos.

Brad sintió un repentino odio hacia todas aquellas personas que llenaban con su hedor mortal el estrecho y agobiante interior del vagón.

La dhaphiro le sonrió de una manera extraña y una ira se desencadenó en el interior de su cuerpo.

Los mortales debían morir y dejar de ocupar el lugar que los inmortales se habían ganado por ser una especie superior y mucho más fuerte.

Rugió sin importarle que todo el mundo le mirara y, de un certero mordisco en la yugular de la joven que sostenía el periódico, la asesinó a sangre fría.

Los gritos de todos los pasajeros se extendieron a lo largo y ancho del tren y, en pocos minutos, Brad y Eve terminaron con la vida de todos ellos.

El despacho repleto de archivadores y muebles carentes de diseño la hizo sentirse incómoda.

En cuanto pusieron los pies en el Cuartel General del Consejo, los separaron, sometiéndoles a pruebas de velocidad, fuerza y cicatrización.

Aquella última había sido la peor para Eilean. Aún no se había acostumbrado a ser tan sensible a todo lo que podía herirla y no sabía si alguna vez sería capaz de resistir el dolor como cuando era humana.

Mientras esperaba a que volviera el entrevistador que la había encerrado allí, sus ojos se entretuvieron repasando los objetos de la sala.

Parecía un lugar de lo más inofensivo, a excepción del gran espejo que había justo a su derecha.

Movió la cabeza y retuvo una sonrisa.

A pesar de falsa decoración de la estancia para que pareciera un despacho, era evidente que aquello era una sala de interrogatorios y, con toda seguridad, en aquel preciso momento, varias personas la escuchaban y observaban a través del cristal.

Cogió una bocanada de aire y entrelazó sus manos sobre la mesa, dispuesta a armarse de paciencia para lo que, seguramente, sería una larga sesión de preguntas sobre ella, su transformación y sus hábitos.

Sus ojos descansaron sobre el dorso de sus manos, y unos destellos rosados la guiaron hasta el espejo.

Una cálida sensación la hizo serenarse por completo. No sabía por qué, pero Jayden la estaba observando desde allí. Su aura así se lo indicaba, estirándose hacia él, anhelando su unión.

Intentó no mirar hacia donde sabía con certeza que él estaba y bajó la cabeza para ocultar su sonrisa.

Con un ligero crujido, la puerta se abrió, dando paso a un hombre de mediana edad, ataviado con una bata blanca.

Parecía un médico.

Le sonrió y se sentó frente a ella. Eilean le devolvió la sonrisa.

—Disculpe la espera, señorita Walls.

—No se preocupe.

El hombre abrió una carpeta y sacó una pluma estilográfica del bolsillo de su bata.

—Le haré unas sencillas preguntas sobre su estado inmortal —Ella asintió—. ¿Cuánto hace que es vampiro?

Eilean dudó en contestar por un instante. No se consideraba vampiro, ya que sus características se asemejaban más a las de un dhaphiro, pero decidió no dar explicaciones.

—Hace un mes.

El hombre garabateó en una hoja, rellenando unos huecos.

—Edad mortal.

—Dieciocho.

—Las pruebas de velocidad son muy buenas, pero se nota su

corta vida de inmortal en la fuerza. Aún está por desarrollar esta habilidad —Eilean frunció los labios—. Dígame, señorita Walls, ¿posee alguna característica especial?

Ella ladeó la cabeza confusa.

—¿A qué se refiere?

—Telepatía, premonición, ese tipo de habilidades poco comunes y extraordinarias.

—Sí, poseo una habilidad excepcional —El hombre levantó las cejas esperando su respuesta—. Veo el aura de todos los seres vivos y puedo saber su estado anímico por los colores que se representan en ella.

—Perfecto. Conozco un caso como el suyo en Australia, un buen amigo.

—Me alegra saber que no soy la única —Sonrió un poco decepcionada. No estaba acostumbrada a que no se sorprendieran de su don. Aquello la hizo sentirse común y poco especial.

—¿Siempre ha visto el aura?

—No, me empezó a pasar a raíz de un accidente de coche cuando era muy pequeña. Fue algo muy traumático para mí. Iba con mi padre al colegio y un coche chocó contra nosotros en un cruce. Me rompí un brazo y, desde entonces, empecé a percibir cosas que antes no podía. Esa Navidad, fui a Londres con mi abuela y ella me explicó qué era lo que me estaba sucediendo.

—¿Ella también tiene ese don?

—Sí, ella también lo *tenía* —Su voz se volvió triste.

Jayden cambió su peso de una pierna a otra y Chris le dedicó una amable mirada para que se tranquilizara.

Ambos habían estado observando desde el inicio.

—No te preocupes, la aceptarán sin problemas. A decir verdad, a todos los han seleccionado, a excepción de Matt.

—¿No lo han admitido?

—No, causó un destrozo importante en la prueba de fuerza y mis superiores han desestimado su solicitud hasta que aprenda a dominarse —Rió—. No sé si ese día llegará.

Jayden ignoró el buen humor de Chris y posó sus ojos en Eilean, que respondía a una nueva pregunta sobre su vida inmortal.

—¿Te puedo pedir un gran favor?

—Claro, Jay.

—Haz lo que puedas para que tampoco la admitan a ella.

Chris miró a través del espejo.

—¿No quieres que Eilean esté cerca de ti?

—No quiero que esté en peligro. A pesar de que sé que Emma la protegerá con todas sus fuerzas, prefiero que esté apartada de todo esto.

—Te comprendo perfectamente —Le palmeó un hombro.

—Ahora que sé que Matt podrá estar con ella, y que no estará sola, necesito que la rechacéis —Un brillo de súplica bailó en sus ojos.

Chris suspiró y asintió.

—No será un problema, pero, ¿te das cuenta de que si ella se entera de esto no le hará gracia?

—No tiene por que saberlo.

—Está bien, como quieras.

Ambos volvieron a mirar a través del cristal y una presión aplastó el corazón de Jayden. No soportaba tener que engañar a Eilean, pero sabía que aquello era por su propio bien.

El volante del coche crujió bajo sus manos y Eilean le dedicó una mirada de advertencia. Matt suspiró y reprimió su furia.

—Menudo caso el nuestro, a ti te rechazan por tener una fuerza demasiado potente y a mí por no tenerla —Rió, intentando animar a Matt.

—Me pasé toda la vida de mortal lamentándome por ser un joven enclenque y sin fuerza y ahora que la tengo parece darme más disgustos que alegrías.

—Vamos, no te pongas así. Sólo necesitas práctica. Tarde o temprano la controlarás.

Matt la miró y le devolvió la sonrisa.

—¿Tú cómo estás?

—Bien.

—No me lo creo. Tu mirada no engaña a nadie.

La sonrisa se borró del rostro de ella y una gran tristeza inundó su corazón.

—No sé cómo pasaré esta temporada sin él, y lo peor de todo es la incertidumbre de no saber si será mucho o poco tiempo.

—Será poco, ya verás —Maniobró para aparcar el coche—. Jayden es un dhaphiro muy poderoso. Ya has visto que el Consejo le cree un fuera de serie; sólo reclutan a los mejores. Estará bien.

Eilean bajó del coche antes de que Matt lo frenara, ocultando sus ganas de gritar. Odiaba al Consejo y a su ejército por haber apartado de ella a Jayden y odiaba aquella situación de tensión por no saber si él estaba a salvo.

Matt cargó con sus dos maletas y se dirigió a la entrada del modesto hotel. Eilean le siguió de cerca sin mediar palabra.

Habían decidido alojarse en aquel hotel por su proximidad con el Cuartel General. Mientras sus amigos formaran parte del Equipo Especial del Consejo, aquella sería su casa. Eilean y Matt no querían estar solos en sus respectivos apartamentos y aquello les pareció una buena idea.

La mujer de la recepción les dio dos habitaciones contiguas

en la quinta planta y, en pocos minutos, cada uno ocupó la suya.

Eilean soltó su maleta sin importarle dónde la dejaba y se dejó caer sobre la cama, intentando no pensar en la soledad que le esperaba en aquella estancia.

La separación con Jayden la hacía sentirse desdichada y una terrible sensación se había anidado en el interior de su pecho, impidiendo que respirara con normalidad.

Unos golpes llamaron su atención y miró sobre el cabezal de su cama.

—¿Estás ahí? —La voz de Matt sonaba amortiguada por el tabique que dividía sus habitaciones.

—Sí.

—Si necesitas algo, golpea la pared.

—Gracias, Matt —Hundió la cabeza en su almohada y suplicó que todo aquello fuera una pesadilla.

Emma y Elle localizaron enseguida la mesa que ocupaban los chicos en la cafetería del cuartel y se acercaron a ellos con sus bandejas de comida.

Chris sonrió al ver a Emma, que se sentaba frente a él.

—Es interesante tenerte por aquí.

Ella sonrió.

—Pensaba que Jack comería con nosotros.

—No, está solucionando el papeleo de Jayden, me debía un favor.

Jayden sonrió sin ganas y miró a Elle, que jugueteaba con su sangre sin intención de bebérsela.

—¿Cómo lo llevas?

—No muy bien. Si llego a saber que no admitirían a Matt no me hubiera presentado.

Chris la miró sintiéndose culpable.

—Lo siento mucho. Intentaré que tú y Emma estéis alejadas de la acción, y con suerte os enviarán pronto a casa.

Elle le sonrió, pero en lo más profundo de su ser se maldecía por haber firmado el contrato de reclutamiento antes de saber con certeza si Matt también había sido admitido.

—Jay, ¿te tratan bien?

—Sí, tu marido los tiene amenazados, Em.

Chris negó con la cabeza.

—Será mejor que termines, Jayden, hemos de ir a la sala de entrenamiento para ponerte al día de nuestras tácticas.

—Vamos —Se puso en pie, dejando su plato medio lleno.

—Nos vemos a la hora de la cena, chicas.

Emma le tiró un beso a Chris y él sonrió.

La pista de entrenamiento era muy similar a la que usaban los miembros del Consejo para evaluar las aptitudes físicas a la hora de hacer las revisiones médicas.

La única diferencia que había era su magnitud, siendo ésta mucho más grande y compleja.

Jayden estaba de pie frente a Chris y Jack después de haber dado dos vueltas de reconocimiento.

Chris llevaba colgado del cuello un cronómetro muy sofisticado y Jack estaba sacando de un maletín unas cápsulas de colores.

—Jayden, ¿sabes lo que es la sangre tabú?

Él sonrió. El episodio vivido con aquella falsa sangre que le había dado Emma en su juventud no le permitía olvidar qué era aquello.

—Sí.

—¿Has consumido alguna vez?

—No.

Jack buscó la mirada de Chris para verificar la respuesta de Jayden.

—No, Jay es un chico muy sano.

—El Consejo nos autoriza a los Equipos Especiales a usar estas cápsulas de sangre tabú sintetizada para algunas misiones en concreto —Abrió su mano y Jayden observó las cinco cápsulas de colores—. La marrón es sangre de águila; con ella tu campo de visión se agudizará. La naranja es de tigre; ésta aumentará tus reflejos y tu rapidez. Pero, cuidado, también serás dueño de una furia inimaginable.

—Hay que tener cuidado con ésa, la ira del tigre a muchos se les va de las manos.

Jayden asintió a Chris sin apartar la vista de las cápsulas.

—La de color gris es la de sangre de elefante; con ella se incrementará tu fuerza. La de color azul es la de delfín; ésta no sólo te proporcionará una velocidad extrema, sino que también te dotará de telepatía, por lo que podrás leer la mente de tu adversario y anticiparte a sus movimientos.

La sonrisa que se dibujó en el rostro de Jayden hizo sonreír a Chris.

—¿Y la de color negro?

Jack sonrió levantando una ceja.

—Ésta —Sostuvo la cápsula entre sus dedos— es la mejor y más peligrosa de todas.

—La pastilla negra, Jay, es la suma de todas las anteriores, condensada en un cóctel que a muchos les ha hecho perder la cabeza. Muy pocos la han probado y han conseguido dominar sus cuerpos.

—¿Cuánto dura el efecto de la sangre tabú?

Chris puso a cero su cronómetro pulsando sobre un botón.

—Normalmente, entre quince y veinte minutos, pero en cada inmortal suele ser diferente.

—Sí, tenemos un compañero en el que apenas dura cinco minutos, parece ser inmune a ella —Jack dejó las cápsulas en un recipiente y sonrió.

Chris contuvo una carcajada.

—Veamos cuánto tardas en hacer el circuito con esto —Jack le tiró una cápsula azul y Jayden la cogió al vuelo.

—Delfín —Se la metió en la boca y la tragó sin necesidad de ingerir ningún líquido.

Apenas había pasado un segundo cuando el entorno de Jayden pareció volverse gelatinoso. Parecía que todo reaccionaba con sus movimientos difuminándose a su paso.

"Tranquilo, no te muevas tanto"

Sus ojos se posaron en Chris, que sonreía.

—No me estoy moviendo.

"Eso es lo que a ti te parece"

Jayden se sobresaltó al mirar a Jack. Le había oído perfectamente, pero no había articulado ni una sola palabra.

"¿Estás listo?"

Miró a Chris abrumado por su poder de leer la mente y se agazapó frente a la rampa de hierro que indicaba el inicio de la pista.

—Sí.

Chris activó el cronómetro.

"¡Ya!"

El suelo pareció hundirse bajo los pies de Jayden, impulsándole hacia delante como si hubiera saltado sobre una cama elástica.

A su alrededor, el paisaje se difuminaba en borrones difusos mientras escalaba los muros, pasaba por debajo de los obstáculos y esquivaba los salientes afilados de un estrecho pasillo que daba al final del recorrido.

"Impresionante"

La voz de Jack resonó en su cabeza justo antes de que volviera frente a ellos.

—Cinco segundos. Teniendo en cuenta que la segunda vez que has hecho el circuito has tardado tres minutos y trece segundos, no está nada mal Jay.

—¡¿Cinco segundos?!

Jack y Chris empezaron a reír ante la cara de asombro de Jayden, que seguía moviéndose levemente ante ellos.

—Ahora sólo falta esperar a que se te pase el efecto de la sangre y sabremos cuanto tiempo tardas en metabolizarla por completo —Jack cerró el maletín y empezó a andar.

Chris garabateó en una hoja la hora de inicio de la prueba y miró su reloj.

—Será mejor que vayamos a la cafetería. ¿Crees que podrás llegar… —Jayden desapareció de su vista— sin ir demasiado rápido? —Rió y echo a correr tras la estela de su amigo.

Los minutos gelatinosos pasaban lentamente alrededor de Jayden mientras esperaba para volver a ser el mismo de siempre.

Jack se sentó en la mesa con tres tazas de sangre humeante.

—¿Aún está bajo la influencia del delfín?

—Sí.

Jayden cogió una de las tazas sin que ellos apenas pudieran verlo. Vació su contenido y, al dejarla de nuevo sobre la mesa, el mundo se volvió sólido y tranquilo como de costumbre.

Se miró las manos y sonrió.

—Se me acaba de pasar el efecto.

—Increíble —musitó Jack.

Chris comprobó su reloj y sonrió orgulloso.

—Una hora. Es impresionante, eres el único que conozco que sostiene tanto tiempo el efecto de la sangre tabú.

Jayden sonrió, pero la felicidad no le duró demasiado. Aquella capacidad excepcional era la que le había apartado de Eilean, y su tristeza era más grande que su alegría.

Realidad

El Doctor Jackson, la mano derecha del Presidente del Consejo de Washington, había sido informado de las amenazas dirigidas contra su persona. A pesar de ello, se había negado a ser recluido en una zona segura y no había cesado de ejercer sus habituales tareas.

Seis inmortales velaban por su seguridad desde que los hermanos Stanton fueran asesinados, vigilando de cerca todos los movimientos sospechosos de todo el que se acercaba al Doctor.

Aquella noche, el Doctor y su esposa se adentraron en el *Centro Kennedy de Ópera* para ver una de sus obras preferidas, Aída.

Los militares que velaban por su seguridad se camuflaron, vestidos con smoking, entre todas las personas que entraban en la sala.

Dos de ellos se colocaron en la zona de los palcos, donde el Doctor ya empezaba a disfrutar del inicio de la obra.

El resto se ubicó en zonas estratégicas de la platea y la entrada.

Los olores de mortales e inmortales apasionados por la ópera no ayudaban mucho a alertar de una posible aparición del asesino entre el público, que disfrutaba del final del primer acto mientras el tenor les encandilaba con una impresionante aria.

Cuando las cantantes vestidas de egipcias entraron en escena, dando inicio al segundo acto, la mujer del Doctor le sonrió animada.

Los escarabajos egipcios estaban perfectamente representados en toda aquella escenografía.

El Doctor Jackson revisó su libreto y comprobó el nombre de la soprano.

Encogió los hombros y decidió no darle importancia al evidente cambio. Aquella mujer de ojos ambarinos sería seguramente la sustituta de la gran Regina Orleano.

El interrogatorio entre los dos personajes, princesa y esclava, consiguió fascinar a los espectadores hasta que, en un arranque de furia, la princesa cogió del cuello a la esclava y, frente a los centenares de mortales, se lo rompió de un brusco zarandeo.

La cantante cayó al suelo sin vida y los violines de la orquesta desafinaron, seguidos del resto de instrumentos.

El silencio invadió la sala.

La princesa egipcia clavó sus ojos amarillos en la ubicación de su objetivo y, con la agilidad de un mono, se encaramó por las cortinas hasta el palco del Doctor.

Los militares de la platea abandonaron cualquier tipo de pudor por revelar su extrema velocidad y la siguieron imitando sus movimientos.

Los humanos de la sala no reaccionaron hasta que varios de los artistas salieron para comprobar que la mujer que interpretaba a la esclava estaba realmente muerta en el centro del escenario.

Los inmortales se levantaron de sus asientos y huyeron con calma hacia las salidas más cercanas, percibiendo el desastre. Pero el grito de una espectadora al oír el estruendo en el palco superior, y ver caer el cuerpo decapitado de la mujer del Doctor, hizo desencadenar el caos en la sala, comprendiendo que todo aquello ya no era parte del montaje teatral.

Los gritos de terror y la marea de gente atemorizada inyectaron una nueva oleada de satisfacción y fuerza a Eve que, con una velocidad y habilidad pasmosas, dio muerte al Doctor bajo la atenta mirada de los seis militares que permanecían inmóviles con sus ojos sin vida.

Eve se reclinó por la barandilla del palco y abrió sus brazos en cruz, mostrando sus ropas manchadas de sangre.

—¡Oídme todos! El secreto ha sido desvelado. Ésta es la realidad de nuestra naturaleza. Somos seres inmortales que beben sangre y terminaremos con vosotros para dejar de vivir en las sombras.

Una chica clavó sus ojos en Eve, que sonreía con malicia y empezó a gritar señalándola.

—¡Es un vampiro!

Algunas personas la miraron y, ante la expectación, Eve les demostró de lo que era capaz mordiendo en el cuello a uno de los soldados y desangrándolo al momento.

Las cartas de póker aparecieron frente a ella, deslizándose fugazmente sobre la superficie de la mesa. Eilean las cogió y trató de buscar una buena jugada.

—Esta vez no me dejaré ganar, pequeña.

Los ojos de Eilean se asomaron por encima de sus cartas y sonrió.

—Admítelo, Matt. Llevo dándote una paliza toda la noche.

Él movió la cabeza en un intento de hacerse el interesante.

Los dedos de ella reordenaron las cartas para conseguir un trío.

Justo en el preciso momento en que se disponía a decirle a Matt que no necesitaba cambiar ninguna de sus cartas, su móvil empezó a sonar con la melodía que tenía asignada a Jayden.

Sin importarle nada más, se puso en pie, lanzando su buena mano por los aires y saltó a la cama para alcanzar su teléfono.

—¡Jay!

—¡Hola!

Matt sonrió y revisó las cartas de Eilean. Se había librado de una nueva derrota.

—¿Cuándo te darán un permiso?

La risa cristalina de Jayden la hizo sentirse en las nubes.

—La verdad es que no lo sé, estamos todos en alerta y no podemos abandonar la base. ¿Cómo estás?

—Te echo mucho de menos. Matt y yo hacemos lo que podemos para entretenernos pero esta situación es un asco.

—Lo sé, te prometo que intentaré ir a verte pronto, para mí tampoco es fácil.

Eilean suspiró y se sentó en la cama con las piernas cruzadas.

—¿Te entrenan mucho?

Matt sonrió mientras sus amigos se ponían al día por teléfono y encendió el televisor, para darle a Eilean un poco de intimidad.

Sus dedos cambiaban con rapidez los canales hasta que vio la misma imagen en varios de ellos.

Una reportera con el rostro pálido y la voz temblorosa emitía desde la majestuosa entrada del *Centro Kennedy de Ópera.*

Las luces de las ambulancias y los coches de policía se agolpaban por toda la escena, mientras personas manchadas de sangre y con los rostros desencajados deambulaban como zombis por detrás de la periodista.

Eilean levantó la cabeza al percibir el aumento de volumen del televisor y fijó su vista en la pantalla.

—Jay, están diciendo por la tele que ha ocurrido un ataque masivo por... ¡vampiros!

El murmullo de las voces al otro lado del teléfono acompañó

a la de Jayden.

—Eilean, he de colgar. Nos requieren para una emergencia.

—¿Jay?

—Te quiero —Colgó.

El móvil se deslizó por las manos de Eilean hasta caer en su regazo y Matt se sentó junto a ella. Ambos eran incapaces de articular una sola palabra mientras la reportera explicaba lo sucedido en aquella trágica noche.

—Ha dicho vampiros, ¿verdad?

—Sí, no entiendo lo que está pasando —Matt sacó del bolsillo de su pantalón su móvil y marcó el numero de Elle.

No obtuvo respuesta.

Jayden seguía de cerca a Chris. Ambos iban enfundados en unos monos de cuero negro y se dirigían al garaje del cuartel.

Jack les estaba esperando junto a tres motos *BMW* de color negro. Jayden no reconoció el modelo, pero eran grandes y tenían aspecto de ser muy potentes.

—El coche blindado con el equipo de Peter nos está esperando en la entrada de las oficinas del Consejo para trasladar al Presidente. ¿Crees que está preparado?

Chris miró un segundo a Jayden y asintió.

—Jack, en esta situación cualquier inmortal está suficientemente preparado. Esa dhaphiro desquiciada nos ha descubierto ante el mundo en un ataque tan llamativo que ha sido imposible de encubrir.

Jayden se colocó el casco negro con visera ahumada, que le recordó al suyo y, al ajustárselo, un pitido dio paso a las voces de Chris y Jack.

—Probando intercomunicador —Chris saltó a una de las motos y la encendió.

—Te oigo, Chris —Jayden imitó a su amigo.

—Parece que todo está correcto —El rugido de la moto de Jack se elevó por encima de las demás.

Las tres motos dejaron el garaje con un gran estruendo y, en pocos minutos, se encontraron de camino a las oficinas del Consejo.

—Chris, ¿qué va a pasar ahora?

—Desconozco el protocolo para esta situación pero, sabiendo hasta donde hemos de escoltar al Presidente del Consejo, no me cuesta imaginarme qué es lo que sucederá.

La moto de Jayden se colocó junto a la de Chris y le miró.

—¿Dónde hemos de llevarle?

—A La Casa Blanca.

La rueda de prensa

Frente a la puerta del despacho oval, se distinguían dos grupos de seguridad. Los encargados de proteger al Presidente de los Estados Unidos vestían trajes negros y sus ojos escrutaban al grupo de inmortales compuesto por el Equipo Especial de Chris y Peter.

Los seis inmortales escuchaban a la perfección la conversación que se llevaba a cabo en el interior del famoso despacho, pero ninguno de ellos daba muestras de ello en su rostro o sus gestos.

Jayden, el más inexperto de todos ellos, imitaba a la perfección la actitud de sus compañeros de equipo, a pesar de que lo que llegaba a sus agudos oídos le estaba revelando una verdad inimaginable para él y su sociedad.

Al parecer, existía una alianza secreta milenaria entre inmortales y mortales, que sólo unos privilegiados en el mundo con gran poder conocían. Entre ellos, los dos Presidentes.

En determinadas ocasiones, habían colaborado juntos para garantizar el bien de la humanidad, ayudando en guerras y desastres naturales.

Los ojos de Chris y Jayden se encontraron un segundo, pero su profesionalidad les obligó a volver la vista al frente como si no pasara nada.

—Esa mujer ha conseguido destapar uno de los secretos mejor

guardados por nuestra especie y ahora el caos cundirá entre los mortales —La voz del Presidente del Consejo era áspera.

—Hace años que tememos algo así. Es por ello que mi predecesor me dejó unos planes de seguridad muy detallados por si el caos llegaba durante mi mandato.

Un sonido de papeles sustituyó a las voces de los Presidentes.

—¿Crees que surgirá efecto?

—Evidentemente, habrá una mínima parte del colectivo más radical que querrá rechazar la idea, eso no lo dudes, pero creo que es la mejor opción. Ya hemos preparado algunas grabaciones con actores y están listas para la rueda de prensa. ¿Los tuyos crees que darán problemas?

—Sin duda. El equivalente inmortal a tus protestantes se alzará de inmediato. Pero para eso tenemos a las fuerzas de la ley.

El silencio se hizo en el despacho y Jayden imaginó que se estrechaban la mano.

Un minuto después, ambos Presidentes se encaminaban, perfectamente escoltados por sus guardaespaldas, hacia la sala de conferencias donde, de manera oficial, se confirmaría al mundo entero uno de los secretos mejor guardados de la historia.

Los montones de flashes cegaron a los dos Presidentes mientras se acercaban al púlpito.

El Presidente de los Estados Unidos se acercó al micrófono y saludó cortésmente a los miembros de la prensa.

—Esta noche, hemos vivido una de las noches más desconcertantes de la historia de los Estados Unidos de América. Un ser, sólo calificable como oscuro, ha atacado a nuestros ciudadanos.

Estos acontecimientos no sólo son lamentables por lo trágico de las pérdidas humanas sino porque, por desgracia, algo que queríamos comunicar con una gran celebración, se ha visto teñido por la sangre de las víctimas.

Tras de mí, se encuentra el Presidente del Consejo de una sociedad hasta el momento secreta, que durante varios años ha velado por nuestra seguridad. Lo han hecho en la sombra, ya que la revelación de su naturaleza podía desencadenar acontecimientos de caos entre nosotros, los humanos —Un murmullo llenó la sala—. Durante miles de años hemos convivido con ellos, manteniendo una perfecta armonía entre su mundo y el nuestro. Apenas hace unos meses, nuestro equipo de expertos sociólogos nos informó de que nuestra sociedad actual ya era lo suficientemente avanzada como para comprender y aceptar a estos amigos. Lamentablemente, el espeluznante ataque de esta noche nos obliga a acelerar el proceso y a revelar, en este mismo instante, la existencia de vampiros y dhaphiros. Inmortales que se alimentan de sangre animal y que jamás han causado daño al mundo humano —Las voces de los periodistas entre exclamaciones y preguntas se elevaron sobre la voz del Presidente—. Por favor, calma. Comprendo que es una noticia de gran magnitud, pero en los próximos días mi gabinete de prensa se encargará de responder e informar a los medios de comunicación junto con la colaboración del Consejo inmortal —Miró al Presidente que sonrió a los periodistas—. Para finalizar la rueda de prensa, emitiremos unos vídeos de testimonios de la desgracia ocurrida apenas hace unas horas, que confirman que no existe ningún peligro y que podemos confiar plenamente en los inmortales.

La luz se apagó gradualmente y una pantalla gigante bajó tras los Presidentes, que emprendían su marcha para abandonar la sala.

461

La voz de una chica joven manchada de sangre y cubierta por una manta gris con las iniciales de la policía acalló los murmullos de los periodistas.

—Cuando vi a aquella mujer trepar por las cortinas, creí que era una variación un tanto descabellada de la obra, pero enseguida la gente empezó a chillar. Todos se levantaron de los asientos y empezaron a empujar histéricos. En un instante, me vi rodeada y me empezó a faltar oxígeno —Sus ojos se llenaron de lágrimas—. Si no hubiera sido por aquel chico que me levantó por encima de todos como si yo no pesara nada, creo que la multitud me hubiera asfixiado.

—¿Era uno de ellos? —La voz del hombre que sostenía el micrófono delante de la boca de la chica sonó apagada.

—Sí, era un vampiro.

—¿No te dio miedo?

—La verdad es que me daban más miedo los de mi especie que él. En aquel momento, yo no sabía qué pasaba y me dio la sensación de que era como *Superman*.

Algunos de los periodistas de la sala rieron y otros empezaron a tomar notas en sus cuadernos de forma frenética.

A varios kilómetros de distancia, y pegados a la pantalla del televisor, Matt y Eilean se habían quedado completamente inmóviles.

Él soltó una carcajada sin humor.

—¿Qué?

—Menuda estrategia.

—¿A qué te refieres, Matt?

—Está claro. Para que el pueblo no nos tema, nos están haciendo quedar como héroes.

Eilean levantó las cejas.

—¿Nos admitirán?

—No lo sé.

Ambos se miraron y un escalofrío recorrió la espalda de ella.

El caos mundial que aconteció en aquellos tres días después de que el mundo inmortal fuera revelado, fue la distracción perfecta que ayudó a que Eve llevara a cabo dos asesinatos más y el robo de varios archivos clasificados del depósito de máxima seguridad del Consejo.

Las contínuas manifestaciones por parte de los mortales e inmortales y las revueltas en barrios problemáticos y una gran oleada de robos, habían mantenido ocupados a los equipos especiales de los dos mundos.

Jayden había tenido que lidiar con inmortales dispuestos a cometer golpes de estado, mortales que quemaban coches en señal de protesta y, lo peor, varios grupos amantes del mito de los vampiros que suplicaban a las puertas del Consejo que se les convirtiera en inmortales.

Los crímenes de Eve y las revueltas eran demasiado para ser controladas por los equipos de seguridad.

Los gritos y las pisadas aceleradas en el pasillo, en el que estaban las habitaciones de Eilean y Matt, les hicieron ponerse alerta.

Matt se levantó lentamente de la silla que había frente al pequeño escritorio de la habitación y le hizo un gesto con la mano a Eilean para que no se moviera.

Ella se quedó inmóvil, sentada al borde de la cama, y siguió con la vista los lentos movimientos de Matt mientras abría la puerta y se asomaba con cuidado.

Un encapuchado pasó corriendo frente a él, sin percatarse de su presencia, y se subió al ascensor donde otro le estaba esperando.

Dos hombres con el uniforme del hotel corrían tras él.

Matt olió al instante el humo de una de las habitaciones de enfrente.

—¿Qué sucede?

Uno de los hombres, resignado por la fuga de los vándalos, miró a Matt y entrecerró los ojos una milésima de segundo.

Matt instintivamente hizo lo mismo a la vez que su olfato le indicaba que aquel empleado era un dhaphiro.

—No se preocupe, señor. Está todo controlado. Un miembro de esos *grupos anti-inmortales* ha quemado las sábanas de una de las habitaciones en señal de protesta porque se han enterado de que este hotel está dirigido por inmortales. Les aconsejo que durante estos días no deambulen solos por la ciudad.

—No pensábamos hacerlo. Gracias.

Matt cerró la puerta y Eilean intentó borrar el pánico de su rostro con una sonrisa.

—El mundo se está volviendo loco.

—Sí, supongo que tienen miedo —Se sentó a los pies de la cama junto a ella.

—Y si son ellos los que tienen miedo, ¿por qué estamos asustados nosotros?

Matt sonrió.

—¿Has intentado llamar a Jayden?

—Sí, y a Emma, pero con el mismo resultado. Las redes están saturadas y el teléfono no da señal. Estamos incomunicados en medio de la ciudad, rodeados de una masa de mortales asustados que nos atemorizan —Suspiró—. El argumento perfecto para una película de terror.

Él no pudo contener una carcajada, en parte creada por la necesidad de liberar la tensión del momento y Eilean empezó a reír nerviosamente.

Ambos agradecían tener su mutua compañía.

Eilean encendió la televisión y empezó a pasar por todos los canales.

Los líderes de todos los países seguían a la perfección el plan de dar una buena imagen de los inmortales, y habían incluido en las programaciones de máxima audiencia mini-entrevistas a vampiros, dhaphiros y partidarios de esa nueva especie.

—¿Ese no es un actor de cine?

Eilean subió el volumen y sonrió.

—Sí, es Rob Zegers.

El actor mundialmente conocido estaba hablando en un programa de entrevistas, comentando su experiencia como inmortal.

En el público, varias fans del guapo actor gritaban su nombre y le pedían que les mordiera para ser como él.

Eilean y Matt se miraron sorprendidos.

El actor empezó a relatar toda su vida desde que fue convertido y nombró a varios compañeros de la industria cinematográfica y del mundo de la música que también eran de su especie.

La entrevistadora parecía encantada con las exclusivas y, cada pocos minutos, recordaba a los televidentes que los inmortales eran amigos y no enemigos.

La mañana del cuarto día amaneció con la noticia del robo de los archivos en el depósito de máxima seguridad del Consejo y se atribuyó sin dudarlo a Eve.

Tras el ataque público, se había realizado un retrato robot de la asesina y todos los miembros especiales habían memorizado su rostro y sus ojos amarillos.

A pesar de todo, la tranquilidad reinaba en el ambiente de la sala común del cuartel, donde se reunían todos para ver las noticias en la gran televisión.

Emma y Elle entraron en la habitación, cargando con algunas carpetas, y se sentaron en una de las mesas destinadas a la lectura.

Chris, que había conseguido un momento de paz y se informaba de lo sucedido la noche anterior, se acercó a ellas con una sonrisa forzada en su rostro.

—Hola.

—Hola —Emma le cogió de las solapas del uniforme y, sin importarle el resto de compañeros, besó a su marido con pasión.

Elle sonrió sin poder evitar añorar a Matt.

—Em, ¿qué haces? Sabes que no nos está permitido mostrar este tipo de sentimientos en público.

—Sinceramente, cariño, tal y como están las cosas, quiero poder besarte cuando quiera porque, a este paso, nos quemarán a todos en una gran hoguera por ser monstruos —Su voz sonaba histérica y alterada.

Chris se sentó a su lado y le acarició la mano que descansaba sobre el montón de papeles.

—Tranquila, parece que lo peor ya ha pasado. Las revueltas se están calmando y la parte racional de los humanos esta saliendo a la luz. En todas las noticias, están dejándonos como héroes que ayudan a los heridos.

—La verdad es que han sido los mortales los que están dando problemas —Elle sonrió a Emma.

—Bueno, hay un gran problema generado por una inmortal —Abrió los ojos de par en par—. ¿Dónde está Jay?

—Está con Jack, en la escena del último crimen.

Elle y Emma se miraron con una serenidad aterradora.

—Ayer nos mandaron al archivo robado para recoger pruebas. El incendio provocado por la mujer de los ojos amarillos lo había destruido casi todo pero, en los alrededores del edificio, mientras intentábamos seguir su rastro, encontramos esto —Emma acercó a Chris una carpeta de cartulina arrugada—. Es uno de los expedientes del caso de los Túneles de Londres.

Elle suspiró y negó con la cabeza.

—Emma y yo hemos estado revisando una y otra vez ese caso en los documentos digitalizados y todo nos ha llevado a la misma conclusión.

—¿Qué conclusión?

—Sabemos por qué y quienes serán las siguientes víctimas de la asesina —Emma removió los papeles y seleccionó una lista—. Por lo que hemos podido averiguar, el objetivo de esa loca es acabar con la vida de todos aquellos peces gordos que controlaban o participaron en el desmantelamiento de la milicia de Enzo.

—¿Crees que puede ser alguna superviviente de la milicia que busca venganza?

Emma se encogió de hombros.

—No lo sé y tampoco me importa —Le mostró a Chris los

nombres de la lista que aún sostenía entre sus dedos—. Esto es lo que me tiene preocupada.

Los ojos de Chris leyeron uno a uno los nombres de la lista, repasando mentalmente cómo y dónde habían sido asesinados, hasta que el dedo de Emma se apartó desvelando el último objetivo.

El rostro de Chris se quedó petrificado como la piedra y Emma se mordió los labios reteniendo su horror.

—¿Por qué él?

—Su nombre aparece en un par de informes que le califican de infiltrado en la milicia. Creo que ella piensa que él fue quien delató a los suyos, causando la matanza.

Chris dejó caer la lista sobre la mesa y apoyó su cabeza entre sus manos, pero sus ojos seguían clavados en el último nombre de la lista.

Jayden Savage.

Un espeso silencio les rodeó.

—No puede saberlo.

—¿Estás seguro? —Los ojos de Emma le suplicaban que protegiera a su amigo.

—Sí, según la lista, aún pretende asesinar a otro inmortal antes que a él. Es poco tiempo, pero el suficiente para intentar alejarlo de aquí. Sin duda, ella ya sabrá que trabaja con nosotros y eso alimentará su sed de venganza.

Los ojos de ellas se clavaron en Chris cuando se puso en pie con un brusco movimiento. Tenía los puños cerrados y la mandíbula apretada.

—¿Qué podemos hacer nosotras?

—Hablaré con mi superior para que os libere de vuestro compromiso en el cuerpo especial y, de esta manera, cuando mandemos a Jayden a casa, no le parecerá tan sospechoso.

Elle no pudo evitar una tímida sonrisa ante la expectativa cercana de volver a ver a Matt.

—¿Se lo cuento a Eilean?

—No lo sé, Emma —Meditó durante unos segundos—. Sí, cuéntaselo. No se merece que le oculten más secretos.

—¿Más secretos?

Chris negó con la cabeza evitando la respuesta, pero los ojos verdes de Emma ablandaron su fuerza de voluntad.

—Jayden me pidió que no la admitiéramos en el equipo especial a pesar de que ella fue admitida.

—¿Por qué? —La voz de Elle sonó chillona.

—Quería protegerla y alejarla de cualquier lucha física.

Emma movió la cabeza y suspiró.

—Es capaz de todo por mantenerla a salvo. Creo que sí es necesario que Eilean lo sepa; es justo que ella también pueda protegerle a él, ahora que la situación lo requiere.

Chris sonrió.

—Intentaré que mañana ya volváis a ser civiles.

—Gracias, Chris —Elle suspiró aliviada.

—No hay de qué.

Emma le acarició la mano antes de que él emprendiera su marcha y Chris se inclinó y la besó con ternura.

Civiles

Los ojos de Chris seguían, sin pestañear, los pasos lentos y firmes de su superior, que reflexionaba sobre lo que le había revelado.

Sobre la mesa, los documentos que Emma y Elle habían rescatado le daban las pruebas sólidas de los siguientes pasos de Eve.

Jack, sentado junto a su compañero, tenía la vista fija en la pared.

—Llegados a este punto, me parece casi imposible detener a esa dhaphiro —Se paró frente a la ventana—. Ninguno de nosotros ha sido capaz de acercarse a ella para atacarla. Sus poderes son demasiado efectivos.

—Quizás podríamos tenderle una trampa, señor. Hasta ahora, ninguna unidad ha usado sangre tabú para los ataques porque no sabíamos con exactitud donde lo haría.

—Una emboscada —Miró a Chris por encima de su hombro—. No creo que el Coronel Gordon quiera ser el cebo.

—No hablaba del siguiente objetivo, señor, sino del último.

Jack dedicó una fría mirada a Chris, que parecía no ser consciente de lo que estaba diciendo.

—¿Hablas de Savage? Es miembro de tu equipo. ¿Podrás convencerle?

—En realidad, tenía pensado no decirle nada. Es un joven

muy temperamental y si se entera de que la dhaphiro quiere ir a por él, se enfrentará a ella sin valorar las consecuencias. Creo que es mejor protegerle sin que lo sepa.

Jack se movió nervioso en su asiento.

—¿Cómo vamos a hacer eso, Chris? Ha sido imposible proteger a sus objetivos hasta ahora.

—Muchos de los asesinatos se han cometido porque o bien los involucrados no querían colaborar, o porque desconocíamos sus modos de ataque. Ahora sabemos qué es capaz de hacer, muchos testigos nos lo han contado. El problema es que, tal y como está la ciudad en estos momentos, es imposible centrar a un grupo de inmortales en la protección de un solo dhaphiro.

El superior de Chris se sentó en el borde de su mesa frente a ellos.

—¿Qué propones?

—Si conseguimos alejar a la dhaphiro de Washington, haciéndola creer que Jayden ya no está aquí, nos será más fácil seguir su rastro en una nueva ciudad donde aún no haya dejado su olor. Tiene que ser un lugar tranquilo, donde además Jayden se sienta a salvo y no sospeche. Iremos de vuelta a Eugene, Oregón.

—Está bien. Llévate a varias unidades y destroza a esa dhaphiro.

El silencio se hizo en el despacho y la responsabilidad de la protección y derrota de Eve cayeron como una losa sobre Chris.

Los gritos de alegría de Elle, mientras Matt la elevaba por los aires y la abrazaba, llenaban por completo la habitación de él.

Emma rodeó su cintura con el brazo, animándola a sonreír.

—Dejemos a la parejita que se ponga al día y vamos a charlar tranquilas en tu habitación. Hay algo importante que debes saber.

Se despidieron con un leve movimiento de la mano de los enamorados, que se colmaban de besos, y salieron al pasillo.

La habitación de Eilean estaba perfectamente ordenada y Emma se sentó en un lateral de la cama invitándola a hacer lo mismo.

—Algo no va bien, ¿verdad?

—No, tenemos graves problemas —Eilean entrelazó las manos y dejó de respirar, ansiosa—. Tienes que prometerme que lo que te cuente no llegará a oídos de Jayden. Es muy importante.

—Puedes confiar en mí.

Emma se recogió unos mechones de cabello detrás de la oreja y dejó salir lentamente el aire de sus pulmones.

—Elle y yo volvemos a ser civiles y, esta tarde, Jayden también será liberado de sus obligaciones en el Equipo Especial del Consejo.

—Lo sé, ayer me llamó Jay —Asintió lentamente con la cabeza, temiendo una mala noticia.

La tensión era palpable entre ellas y Eilean temió ponerse a gritar si Emma no le revelaba pronto aquel misterio que le daba tan mala espina.

—Verás, no nos han dejado volver a ser civiles porque esté todo controlado, sino para garantizar una tapadera sólida a una operación de captura.

—Emma, por favor, ve al grano. Me estás matando con tanta incertidumbre. ¿Qué pasa?

—Lo siento, no sé cómo decirte esto sin que sea una noticia demasiado devastadora —Le cogió una mano—. La dhaphiro que está matando a toda esa gente pretende asesinar a Jayden.

El universo pareció congelarse alrededor de Eilean. Todo parecía paralizado y una fría sensación se había adueñado de sus músculos.

Tragó saliva y se atragantó, empezando a toser.

—¡¿Por qué?!

—Es una larga historia. Te la contaré más tarde. Lo que debes saber ahora es que no dejaremos que le pase nada a Jayden. Han asignado a varios equipos especializados para seguir el rastro de esa dhaphiro loca y terminar con ella antes de que le encuentre. Mañana por la noche, cogeremos un avión de vuelta a Eugene. Chris cree que allí Jayden estará más seguro y será más fácil localizar el rastro de la dhaphiro.

Los ojos de Eilean estaban abiertos como platos y no podía respirar.

—¿Por qué no se lo podemos contar?

—¿No le conoces? Si sabe que está en peligro, se alejará de todos nosotros para mantenernos a salvo y así será muy difícil protegerle.

—Tienes razón. ¿Qué quieres que haga?

Emma sonrió dulcemente intentando animarla.

—Pídele que quieres volver a ver a tus padres para así tener una excusa para llevarle a Eugene. Mis padres están fuera de la ciudad, han ido a Escocia a ver a unos amigos que tenían problemas y podremos quedarnos todos allí.

—Mis padres... —Bajó la mirada.

—Tal y como están las cosas, creo que podrías refrescarles la memoria si quieres. Es sólo una excusa para llevarle allí. Si luego no quieres hacerlo, siempre le puedes decir que te lo has replanteado.

Los sentimientos se amontonaban en la mente de Eilean.

—¿Kate y Galatea lo saben?

—Sí, nos están esperando.

Eilean no pudo evitar que sus manos temblaran.

—Prométeme que no le pasará nada. He visto en las noticias

de lo que es capaz esa dhaphiro.

Emma abrazó a Eilean con fuerza.

—Jay es como mi hermano y te prometo que le protegeré con mi propia vida.

Permanecieron abrazadas algunos minutos.

—¿Me explicas esa larga historia? —Su voz tembló.

Emma se quitó los zapatos y se sentó con las piernas cruzadas sobre la cama, dispuesta a relatarle a su amiga el pasado de la vida de Jayden y Enzo.

Durante el desayuno en el buffet libre del hotel, todos ellos habían evitado mantener el contacto visual, por temor a que, con ello, el gran secreto que escondían a Jayden fuera revelado.

Chris había logrado convencerle de que no era necesario para la protección de la última posible víctima de Eve, ya que habían organizado un plan para que pareciera que, ante el temor de ser asesinado, se había suicidado.

En realidad, lo que sostenía aquella mentira era que en parte era cierta. Para que Eve fuera directamente a por Jayden, habían organizado una rueda de prensa oficial y varios periódicos habían anunciado la muerte del alto mando del Consejo.

Eilean se sentó frente a Jayden y le sonrió animada intentando que la idea de poder perderle no le alterara el humor.

—Estás nerviosa.

Matt tropezó con una silla al oír el comentario de su amigo y tiró el zumo por encima de Elle.

Emma empezó a reír ante lo cómico de la situación, relajando el ambiente.

—No estoy nerviosa.

—No me engañas —Le levantó una ceja—. Puedo oír tu corazón a varios kilómetros de distancia y ya conozco sus estados de ánimo. ¿Es por lo que me pediste anoche?

Eilean se llenó la boca con un trozo de tostada y asintió mientras masticaba.

—Me da miedo cómo pueden reaccionar mis padres.

—Te dije que yo estaría a tu lado.

Chris dejó su taza de sangre vacía en la mesa y sonrió.

—Todos estaremos a tu lado, para lo que sea —El doble sentido de aquella frase hizo que tragara la tostada rápidamente—. Ya viste que, en cuanto Jay me llamó, conseguimos unos billetes de avión para ir a Eugene.

—¿Cuándo salíamos? —Emma era una gran actriz.

—Esta noche.

El corazón de Eilean dio un brinco y Jayden le estrechó la mano.

—Todo saldrá bien.

—¿Me lo prometes?

—Sí.

Eilean bajó la mirada y terminó su desayuno.

Jayden repasó mentalmente todo lo que tenía que meter en su equipaje y recordó la pequeña caja metálica que le habían dado en el Equipo Especial con varias muestras de sangre tabú.

—Chris, acabo de recordar que ayer, al devolver el uniforme, se me olvidó hacer lo mismo con el maletín de las *pastillas de colores* —Levantó las cejas dando más énfasis a sus últimas palabras.

No creía que el comedor de un restaurante fuera un lugar seguro para admitir que en su habitación tenía sangre tabú.

—Si prometes hacer un buen uso de ellas, puedes quedártelas.

—¿En serio?

—Claro —Se rellenó la taza e hizo ver que no le daba más importancia al asunto.

El hecho de que Jayden tuviera a su alcance la sangre tabú era una medida de seguridad extra por si, llegado el caso, Eve le atacaba.

Vuelta a casa

Los olores de Eugene transportaron a Jayden y a Eilean a sus recuerdos más lejanos.

A pesar de las revueltas generadas por algunos exaltados, la ciudad seguía como siempre y una falsa sensación de seguridad les embargó por completo.

Jayden no se había planteado, ni por un segundo, que aquel viaje fuera precipitado. Todos le habían hecho creer que había sido idea suya y él, por Eilean, era capaz de conducir toda la noche para satisfacer sus deseos al instante.

La casa de Jean e Iris tenía los dormitorios necesarios para que las tres parejas pudieran hospedarse en ella y la oportuna partida de los dueños había sido un golpe de suerte.

Cada uno de ellos seleccionó una habitación y se instalaron con tranquilidad. Al no saber cuánto tiempo deberían permanecer allí, habían trazado una red de excusas entre todos para evitar que Jayden se alejara de Eugene.

Eilean y Jayden se acomodaron en la habitación que un día fue de Emma.

—¿Cuándo quieres ir a ver a tus padres?

—No lo sé. Creo que antes me he de hacer a la idea —Se acercó a él y le abrazó con la excusa de ocultar su rostro y la sombra del pánico que se reflejaba en él—. Sé que lo has organizado todo para traerme aquí cuanto antes, pero no te importa si me tomo mi tiempo, ¿verdad? No sé cómo reaccionarán.

Jayden reposó sus labios sobre la frente de ella.

—No tenemos prisa. Cuando te veas capaz, lo haremos juntos —musitó.

Eilean le abrazó con fuerza, acto que Jayden interpretó como una muestra de agradecimiento.

La culpabilidad del engaño, junto con la incertidumbre de su seguridad, estaba haciendo mella en la frágil alma de Eilean.

Emma llamó a la puerta y entró asomando la cabeza con cautela.

—¿Os apetece ir a ver a Kate y Galatea?

Jayden miró a Eilean, que se esforzaba por sonreír, y salieron de la habitación cogidos de la mano.

Los iris azules de Kate no dejaban duda de su preocupación para los sabios ojos de Galatea, que intentaba hacer reír a los comensales sentados en la mesa.

"Sonríe, cariño, no debe sospechar nada"

Kate la miró y sonrió con gran esfuerzo.

"No sé si podré pasar otra vez por lo mismo"

Disimuladamente, se dieron la mano por debajo de la mesa y Kate suspiró. El gesto pasó desapercibido, mientras Matt explicaba sus problemas para controlar su desmesurada fuerza y los desastres que había causado durante aquellos meses.

Todos reían, pero sólo Jayden era completamente feliz.

—¿Habéis tenido muchos problemas desde que se supo el gran secreto? —Elle sonrió a Galatea.

—La verdad es que el primer día que se supo la noticia no pasó nada, pero al día siguiente se organizó una manifestación para que los inmortales nos identificáramos.

—La verdad es que nos asustamos un poco, pero el alcalde organizó unas charlas de concienciación y, no sé cómo, todo volvió a la normalidad con una facilidad pasmosa —Kate soltó una risita de alivio.

Eilean dejó su taza vacía sobre el platito de porcelana blanca y se puso seria.

—¿Sabéis cómo han reaccionado mis padres?

Kate y Galatea intercambiaron una rápida mirada.

—Creo que en un principio se asustaron. Las leyendas de vampiros nos han hecho quedar siempre como seres monstruosos y sanguinarios. Pero tu padre, al darse cuenta de que hacía años que trabajaba con varios de ellos, comprendió que somos inofensivos. Así que, poco a poco, se han ido haciendo a la idea.

—¿Saben que vosotras sois inmortales? —Emma entrecerró los ojos curiosa.

—Creo que no. Preferimos ser prudentes y dejar pasar algunas semanas más antes de declarar nuestro origen. Hace tan poco que se sabe —Kate rellenó el vaso de Eilean, que estaba con la mirada perdida—. ¿Te gustaría que investigáramos más sobre si a tus padres les importaría tener una hija vampiro?

Eilean pensó unos segundos su respuesta y todos la miraron en silencio, haciendo que su nivel de estrés aumentara.

—No sé si quiero saber lo que opinan. Creo que prefiero presentarme ante ellos, que me recuerden y después…

—Después, todo saldrá bien, porque eres su única hija y te quieren con locura —Jayden le rodeó los hombros con el brazo y la atrajo hacia él.

Un silencio incómodo se cernió sobre ellos hasta que el móvil de Chris sonó.

Se levantó de un brinco.

—Disculpad. A diferencia de otros, que ya no trabajan para el Consejo, yo sólo estoy de permiso —Guiñó un ojo y abandonó el salón a gran velocidad.

Emma empezó a parlotear divertida acerca de todas las celebridades que habían destapado su origen y se adentraron en una animada conversación que entretuvo a Jayden.

Chris cerró la puerta de la calle con cuidado y contestó al móvil.

—¿Will?

—¿Estás en lugar seguro?

—No —Salió corriendo calle arriba a gran velocidad hasta haber cubierto dos kilómetros en pocos minutos—. Ya no creo que pueda oírme.

—Hemos detectado el rastro de la dhaphiro. Está muy cerca de Eugene. El equipo de Richard está custodiando la casa donde ahora mismo está el cebo.

—Will, no llames así a Jayden, es mi amigo.

—Perdón —El joven soldado parecía disgustado ante las firmes palabras de Chris.

—Mantenedme informado de cualquier cambio en la situación.

—Sí.

Chris colgó y volvió a toda velocidad por el oscuro camino que llevaba a casa de Kate y Galatea.

Eilean no había podido conciliar el sueño en toda la noche y, mientras esperaba a que Jayden se despertara, se dedicaba a observar el amanecer en tonos plata.

Se avecinaba un día lluvioso.

Una sombra fugaz pasó por la calle que se veía desde la ventana y, del sobresalto, Eilean tiró un jarrón haciéndolo añicos al instante.

Jayden se incorporó inquieto y la buscó frenético por la habitación con la mirada.

—¿Qué ha pasado?

—Lo siento, te he despertado. He querido asomarme para ver si ya era de día y he roto este jarrón. Espero que Emma no le tuviera mucho cariño.

Jayden se sentó en el borde de la cama y miró su reloj de pulsera, que estaba sobre la mesilla de noche.

—Son las seis de la mañana. Vuelve aquí conmigo —Golpeó el lado de la cama que quedaba libre con una sonrisa brillante en sus labios.

Antes de que Eilean diera un paso hacia él, unos golpes sonaron en la puerta de la habitación.

—¿Sí? —La voz de Eilean vibró temerosa de que fueran malas noticias relacionadas con la sombra que acababa de ver.

—Buenos días —Matt se asomó con cautela—. Vamos a ir a correr, hace una mañana perfecta para empezarla con algo de ejercicio. ¿Os apuntáis? Vamos todos.

Jayden lanzó una almohada a Matt que la esquivó entre risas.

—¿Estás loco? Ni en el Equipo Especial de Chris me hacían levantarme tan temprano para entrenar. Olvídalo. Nosotros aún nos quedaremos un rato más en la cama.

—Vale, vale, lo pillo. Sed buenos —Guiñó un ojo a Eilean y cerró la puerta con cuidado.

Ella se quedó petrificada junto al jarrón roto, temiendo que aquella rápida huida de todos sus amigos significara lo peor.

¿Aquella sombra era Eve?

¿Les había encontrado e iban a luchar contra ella?

Se tambaleó un poco mareada y dio un torpe paso hacia el lado para no caerse. Jayden corrió hacia ella como un rayo y la sostuvo por la cintura.

—¿Te encuentras bien? —La miró preocupado.

—Sí, es sólo que he dormido mal. He tenido pesadillas.

—Motivo de más para que vuelvas a la cama conmigo. Vamos.

Eilean miró el jarrón hecho añicos y se arrodilló empezando a recoger los trozos de cerámica rota.

Jayden tiró de su mano y la obligó a levantarse del suelo.

—Ya lo recogeremos luego —Saltó esquivando los trozos de jarrón afilados y Eilean le imitó con delicadeza.

Se tumbaron en la cama, el uno junto al otro, y ella repasó con un dedo el contorno de la boca de Jayden y su mandíbula, cubierta por las sombras de la penumbra de la habitación.

Jayden hizo un movimiento extraño y olisqueó el aire.

—¿Te has cortado?

—No, con mi gran sensibilidad al dolor me habría dado cuenta.

Jayden se incorporó y la claridad del amanecer que se filtraba por las tupidas cortinas arrojó una apagada luz en su rostro.

Sobre sus labios, unas gotas de sangre habían marcado un leve camino por donde los dedos de Eilean se habían paseado.

Ella se miró la mano, pero la herida ya había cicatrizado.

—Creo que tenías razón, te he manchado de sangre.

Instintivamente, Jayden se lamió los labios limpiándose con la lengua.

—¿Qué haces? Deja que la quite con un pañuelo.

Ella se estiró hasta alcanzar su bolsa de viaje que estaba bajo la cama y rebuscó en ella hasta encontrar su objetivo.

Cuando se incorporó, y su cabello se arremolinó alrededor de su cara de muñeca, Jayden sonrió como si estuviera ante la presencia de una visión mágica.

—¿Qué pasa?

—Tu aura.

—¿Mi aura?

—Puedo verla —Pasó la mano por el contorno del cuerpo de ella, como si pudiera tocar su alma.

Las ondas que se formaron en ella reaccionaron con la suya fusionándose con el leve contacto y brillando con un color tan intenso que iluminaban el pálido rostro de Eilean.

Parecían fuegos artificiales del cuatro de julio.

El recuerdo de su primer beso robado y el sabor de su sangre le hicieron sonreír.

—El día de tu cumpleaños, cuando te besé, creí que eran los fuegos artificiales lo que brillaba sobre nosotros, pero eran nuestras auras.

—Jay, ¿de qué estás hablando?

—¿Recuerdas el día que te explicamos que los inmortales reaccionamos con según que tipo de sangre? —Ella asintió confusa—. Con tu sangre, puedo ver lo mismo que tú ves.

Los ojos de Eilean se llenaron de admiración.

—¿De verdad?

—Sí —Sonrió—. Esto es fascinante.

Eilean suspiró y se dejó caer en la cama.

—¿Qué te pasa?

—Para mí esto es frustrante.

—¿Por qué?

Eilean se apoyó sobre sus codos y le miró con el ceño fruncido.

—Tú lo tienes todo, fuerza, velocidad, metabolizas mi sangre y puedes ver el aura. Si yo bebo tu sangre, ¿seré tan fuerte como tú?

—Seguramente, pero es peligroso. No todos reaccionamos igual. Sin ir más lejos, a mí me dieron a probar una cápsula azul

483

de sangre de delfín en el Equipo Especial de Chris.

Eilean saltó y se quedó frente a él.

—¿Y qué te hizo esa sangre?

—Aumentó mi fuerza y me dio poderes telepáticos.

—¿Te dieron más?

Jayden asintió con la cabeza y peinó el rebelde cabello de Eilean, que se empeñaba en deslizarse por delante de sus ojos.

—Pero, la sangre tabú es muy peligrosa. Hay inmortales que pierden el control y se hacen daño a ellos mismos. A mí me dieron esa por ser la que tiene un mayor porcentaje de metabolización entre los inmortales. Existe una de color negro, que contiene más de un tipo de sangre —Los ojos de Eilean se abrieron asombrados—. Pero es tan inestable y difícil de controlar que muy pocos la han soportado.

Eilean se imaginó a sí misma con los efectos de aquella poderosa sangre corriendo por sus venas. Si, llegado el caso, Jayden estaba en verdadero peligro ella podría ayudarle.

—¿Las tienes aquí?

—Eilean, ¿qué pretendes?

Ella sonrió dulcemente.

—Siempre me has dicho que te gustaría saber qué sienten Kate y Galatea cuando se comunican telepáticamente. Si probáramos juntos la sangre de delfín lo sabríamos.

Jayden barajó la posibilidad una milésima de segundo y la desechó en el acto.

—Eso sería demasiado arriesgado. ¿Y si te hace una mala reacción? —La besó para que olvidara el tema.

Eilean empezó a pensar con rapidez.

—Bébela tú y yo beberé de tu sangre. Estará metabolizada por ti y no será tan fuerte.

—Eres de lo más astuta, pero no.

—¿No tienes curiosidad de lo que sería hacer el amor conmigo y saber en cada momento qué pensamos y sentimos? —Se mordió el labio inferior avergonzada de su propia proposición.

Ni ella misma sabía hasta donde podía llegar con tal de proteger a Jayden.

—Eres perversa.

—Por favor —Le dedicó una tierna mirada.

—Ahora vengo, las tengo guardadas en el neceser.

Jayden se levantó y ella siguió su camino con la mirada hasta la puerta del baño.

—Sabes que me puedo meter en un lío muy grave por tu culpa.

—Será nuestro secreto.

Jayden le sonrió y desapareció en la oscuridad del baño.

Verdad

Eilean leía una y otra vez las especificaciones grabadas en el interior de la caja metálica que contenía las pastillas de sangre tabú sintetizada.

Había dos muestras de cada color.

Con aquello en su poder, sabía que se convertiría en una dhaphiro imparable y que, llegado el momento, se arriesgaría a ingerir la pastilla negra para evitar que hirieran a Jayden.

—¿Te lo estás pensando? —Él sonrió al ver como ella permanecía en silencio inspeccionando la pequeña cajita.

—No, sólo pensaba en lo maravilloso que es esto.

—Y peligroso. De verdad que creo que no deberíamos… —Eilean le metió una pastilla azul en la boca y Jayden la tragó con esfuerzo—. ¿Estás loca?

Ella se encogió de hombros y emitió una risilla inocente.

—¿Cuánto tarda en hacer efecto?

Jayden se movía a su lado con unos movimientos tan rápidos que apenas eran visibles.

—Es inmediato.

Ella sonrió y le cogió una mano dispuesta a morderle en la muñeca.

—¿Qué haces?

—Beber de tu sangre.

Jayden se levantó, recogió un trozo de jarrón afilado y volvió a sentarse junto a ella en una milésima de segundo.

Eilean pestañeó asombrada.

—No puedes ingerir una gran cantidad de sangre tabú, es muy peligroso —Se pinchó en la yema del dedo y presionó la ínfima herida para que saliera una gota de sangre—. Con una gota basta.

Eilean miró la perla roja que sostenía Jayden y, sin dudarlo un instante, se acercó y lamió cuidadosamente con la punta de su lengua el dedo de él.

El corazón de Jayden se aceleró.

Cuando se incorporó de nuevo, la habitación parecía moverse a su alrededor.

Tenía la sensación de ver el mundo por un espejo que distorsionaba la realidad.

"Es como si todo fuera de gelatina, ¿verdad?"

Eilean clavó sus ojos sobre Jayden, que no había articulado ninguna palabra.

—Te he oído.

"Pruébalo tú"

Ella cogió aire.

"Hola"

Jayden empezó a reír y ella se le unió.

"Esto es impresionante"

Eilean se levantó de un brinco y rodeó la cama con tanta rapidez que las cortinas de la ventana se movieron como si hubiera corriente de aire.

Se sentó sobre Jayden y le rodeó el cuello con los brazos.

"Te quiero"

"No hace falta que lo pienses, puedo sentirlo"

Jayden la besó y ella le respondió con pasión, volviendo el beso más profundo.

Las sensaciones se agolpaban en sus mentes sin distinguir qué era lo que sentía cada uno.

Eilean hundió sus dedos en el espeso cabello de él y le abrazó con fuerza. El temor a perderle y la incertidumbre de a dónde se dirigían sus amigos a esas tempranas horas de la mañana, volaron sobre sus pensamientos sin que pudiera evitarlo.

Jayden se separó de ella y clavó sus brillantes ojos grises sobre los suyos que aún estaban cerrados.

"¿Qué es eso que te atormenta?"

—¡Nada! —Su voz sonó chillona y su corazón se alteró.

Con el afán de querer distraer a Jayden y a sí misma de todo lo que les estaba pasando con Eve, no había pensado en que dejar su mente abierta para él podía ser desastroso.

"¿No confías en mí?"

"Sí, no es nada. Supongo que debe ser lo de ir a ver a mis padres, lo que me tiene ansiosa"

Jayden frunció el ceño y pareció traspasarla con su mirada.

Ella saltó de sus brazos y se sentó en la cama poniendo distancia entre ellos.

"No hagas eso"

"¿El qué?"

"Buscar en mi mente lo que escondo"

El rostro de Jayden se puso tenso.

—Sólo estaba jugando. ¿Me escondes algo?

Ella se limitó a negar con la cabeza mientras intentaba entretener su mente con pensamientos alegres.

"Todos tenemos secretos, no te forzaré a que me los muestres si no quieres"

A raíz de aquellas palabras, su propio secreto se materializó en su mente como una película, mostrando las imágenes del día que Jayden pidió a Chris que rechazaran a Eilean para ingresar en la unidad especial.

Movió la cabeza para ahuyentarlas, pero era demasiado tarde. Él mismo se había traicionado.

"¿Qué es eso que he visto?"

"Nada"

Eilean intentó pensar en las imágenes y, como por arte de magia, ambos las vieron con claridad en sus mentes.

Un destello de furia verde brilló en los ojos de ella.

—¿Le pediste a Chris que no me aceptaran?

—Quería protegerte.

"¿Sabes el miedo que pasé sin ti, en aquella habitación de hotel durante aquellos tres días, después de que se revelara lo que somos?"

Las imágenes y las sensaciones vividas por Eilean golpearon la mente de Jayden.

—Lo siento —musitó.

Sin que él se lo propusiera, su mente le mostró a Eilean el temor que sentía cuando ella se hacía daño.

El enfado de ella ante la mentira se disipó al instante. Eilean se sentía igual con la amenaza que les acechaba.

"¿Por qué sientes ese miedo y esa gran tristeza?"

—¿Podemos dejar esto? —Se levantó y empezó a recoger los pedazos de jarrón roto que aún estaban en el suelo.

Jayden se deslizó veloz hasta ella y cogió sus manos entre las suyas evitando que se moviera.

"¿Qué pasa?"

"Nada… Nada… ¡Nada!"

Su corazón se encogía con cada negación y su entorno gelatinoso empezó a marearla.

En la planta inferior de la casa se oyó un fuerte portazo y las voces de Matt y Elle que ascendían por las escaleras.

"¿La habrán matado?"

"¿A quién?"

—¡Deja ya de escuchar lo que pienso! —Se puso en pie de golpe y el suelo crujió bajo ella.

Unos golpes suaves en la puerta dieron paso a Elle y a Matt.

—Buenos días —Sonrió con esfuerzo.

Eilean miró a Matt deseando saber qué era lo que sucedía y él bajó la mirada.

"Esto está siendo mucho más difícil de lo que pensaba. No me gusta mentir a Jayden. Creo que si él lo supiera nos sería más fácil matar a esa dhaphiro loca. Se nos ha escapado por los pelos"

—¡Matt, no!

—¿Qué pasa? —Matt la miró asustado.

—¿Qué dhaphiro loca? —Los puños de Jayden se cerraron con fuerza.

Eilean se interpuso entre los dos amigos como si así pudiera evitar la conexión.

—Matt, hemos tomado sangre de delfín que permite leer la mente y está haciéndolo con la tuya.

"¡Eso es terrible!"

Elle se tapó la boca con las manos.

—Chicos, ¿qué pasa? —Jayden se acercó a ellos.

Eilean corrió hasta él y le paró, poniéndole las manos sobre el pecho.

"Tú hiciste que no me admitieran en la unidad especial para protegerme. Nosotros te hemos mentido por el mismo motivo"

Las imágenes de los recuerdos de Eilean golpearon a Jayden con tal fuerza que dio un paso atrás para alejarse de ella.

—La asesina viene a por mí porque cree que tuve algo que ver con la destrucción de la Milicia de Enzo —Su rostro no mostraba ninguna expresión.

—Elle, ve corriendo a buscar a Chris. Esto no me gusta nada —La voz de Matt era como un rugido grave.

En un segundo, Elle desapareció camino a la puerta de la calle.

—¿Os estáis poniendo todos en peligro para protegerme? Es que no sabéis que, si algo os pasa a alguno de vosotros por mi culpa, no podré vivir con esa carga —Su cuerpo empezó a vibrar moviéndose unos pocos centímetros sobre la misma baldosa del suelo.

"Hay varios Equipos Especiales protegiéndonos, Jay"

"Ya lo veo. Pero, ¿y si tú sales herida?"

"Eso no pasará"

—Matt, ¿dónde le habéis perdido el rastro? —Recogió la caja de sangre tabú de la mesilla de noche y se la guardó tan rápido en el bolsillo que apenas fue visible.

—No se lo digas.

—Ya lo veo.

Matt se llevó las manos a la cabeza.

—¡No!

Sin que pudieran hacer nada para evitarlo, Jayden se vistió con una camiseta y unos vaqueros y desapareció de la habitación como un huracán.

"¡Jay!"

"Es a mí a quien busca, no permitiré que os haga daño por mí. Te quiero"

La voz de Jayden perdió intensidad en la mente de Eilean y su corazón empezó a palpitar con tanta fuerza que sintió que le estallaría.

—Matt, ¿eres buen rastreador?

—No estoy seguro.

—Voy a seguir a Jayden, ahora que aún tengo la velocidad del delfín —Se quitó el camisón y se vistió tan rápido que Matt no pudo ver nada más que un borrón pelirrojo y difuso—. Reúnelos a todos y sigue mi rastro —Le entregó su camisón impregnado de su olor y corrió tras las estelas rosas del aura de Jayden, que le indicaban el camino que él había seguido.

Venganza

Tan sólo había recorrido dos calles, cuando el mundo adquirió su textura y forma habitual, indicándole que el efecto de la sangre de delfín se había metabolizado por completo en su organismo.

Se paró en la esquina de aquel familiar barrio y rebuscó ansiosa con la mirada una muestra de las estelas del aura de Jayden.

Una pareja, que volvía de comprar el desayuno de los domingos, se la quedó mirando desde el otro lado de la calle.

La expresión de la mujer cambió de repente, zarandeó al hombre y la señaló sin ningún pudor.

—¡Es ella!

Eilean miró a la mujer y los reconoció al instante.

Eran sus padres.

—Cariño, ¿qué haces ahí parada? Vuelve a casa está a punto de llover—. Su padre cruzó la calle y se acercó a ella.

El corazón del Eilean dio un vuelco. Deseaba hablar con ellos y contarles lo que ella era ahora, pero la urgencia de la situación y el temor de perder a Jayden la hicieron correr como el viento, guiándose por un olor familiar que le recordaba a él.

El padre de Eilean se quedó parado en mitad de la calle viendo como su hija desaparecía a gran velocidad.

—¿Has visto eso?

—Crees que ella es un… ¿vampiro?

Ambos se miraron y las dudas llenaron su mente.

Las gotas de lluvia colisionaban con su piel debido a la gran velocidad de sus movimientos, causándole molestias en los ojos como si fueran millones de diminutas agujas.

Apenas hacía unos minutos que el efecto de la sangre tabú se le había pasado, pero Jayden seguía corriendo sin saber hacia dónde se dirigía.

Se paró en medio de la calle y buscó un sitio familiar donde resguardarse.

Frente a él, el campus de la universidad apareció y sus recuerdos con Eilean le hicieron decidirse por el pabellón deportivo para guarecerse de la lluvia.

Se sentía estúpido por haber corrido durante varios kilómetros sin rumbo fijo, como si huyera de sus problemas.

Como si con ello mantuviera a Eilean a salvo.

Una punzada atravesó su corazón cuando el nombre de ella resonó en su mente.

El candado que mantenía cerrado el pabellón aquella mañana no fue problema para las manos de Jayden, que lo hicieron añicos con un solo movimiento.

Sus pasos sonaron con eco en las grandes instalaciones y el olor a cloro le trajo buenos recuerdos.

El agua de la piscina olímpica era como un cristal pulido.

Se sentó en un asiento de la primera fila de las gradas y hundió su cabeza entre sus manos.

Las imágenes que Eilean le había mostrado de los documentos que Emma y Elle habían rescatado se paseaban como flashes rápidos y borrosos por su mente.

No entendía por qué una dhaphiro quería asesinarle.

Las posibilidades de quién podía ser ella eran tan variadas como absurdas.

Podía ser la amante de Enzo o una militante fiel a la causa.

La incertidumbre y la desesperación hicieron que gritara tan alto que los cristales de las ventanas vibraron.

Unos pasos amortiguados y húmedos llamaron su atención y se puso tenso.

—¿Qué solo estás?

Jayden rugió y se puso en guardia de un salto.

—¿Quién eres?

—Aquellos que me rescataron me llamaron Eve.

Ella se acercó al borde de la piscina y mojó uno de sus desnudos pies.

—¿Qué quieres?

—¿No ha quedado claro aún? —Rió—. Venganza.

Ambos estaban estáticos con la mirada fija en sus rostros.

—Yo no te conozco. ¿Por qué quieres vengarte de mí?

—Tú dijiste a los militares dónde estaba el escondite de Enzo, y ellos mataron a mis hermanos y a nuestras madres.

—Eres una de los dhaphiros modificados genéticamente.

Eve arrugó la nariz y asintió despacio.

—Eso creo.

Un escalofrío recorrió la espina dorsal de Jayden al pensar que aquella dhaphiro podía llevar parte de sus genes.

—Yo estaba preso al igual que lo estuvo tu madre.

—¡No te compares con ella! —Rugió con tanta potencia que en el agua de la piscina se formaron unas ondas.

La gran puerta del pabellón se abrió con un estruendo dando paso a Eilean.

Jayden la miró con desaprobación.

—¡Márchate!

—¡No! —Se acercó a él intentando que en sus pasos no se notara su temor y miró a Eve directamente a los ojos.

—¿Tú eres su novia?

—Sí —Eilean rugió con fuerza.

Eve sonrió divertida.

—Será un buen inicio para mi venganza —Sin que lo vieran venir saltó sobre Eilean, cogiéndola de la nuca y su muslo izquierdo con fuerza y, como si fuera una rama seca, le partió la espalda con la rodilla.

La arrojó al agua de la piscina y saltó sobre Jayden, que empezó a rugir como una fiera salvaje.

Eve le empujó con una sola mano y él voló por las gradas arrancando varios asientos a su paso.

Se levantó aturdido y vio como Eilean flotaba inconsciente en la piscina.

Eve se reía desde lo alto del trampolín.

—Oh, vamos. Sabes que no está muerta. De momento, sólo estoy jugando con vosotros.

Jayden rebuscó en su bolsillo y sacó la caja de pastillas pero, antes de que pudiera coger la de color negro, Eve saltó sobre él, haciendo que la caja cayera al suelo.

La fuerza de Eve era tan descomunal que los huesos de Jayden se partían bajo sus manos como si fueran de cristal.

Sus gritos de dolor sonaban con eco dentro del recinto y aquello proporcionaba un gran placer para Eve.

—A los demás, los maté muy rápido porque siempre había escoltas que me dificultaban el trabajo, pero contigo será diferente.

Un destello rojizo apartó a Eve de Jayden.

Eilean, completamente recuperada, forcejeaba con la dhaphiro sin demasiado Éxito.

Eve rodeó el frágil cuello de Eilean con su brazo y saltó al fondo de la piscina.

Jayden la siguió de cerca de pesar de que las fracturas de sus huesos aún no estaban completamente sanadas.

Los movimientos de los tres eran tan rápidos que las cristalinas aguas se llenaban de diminutas burbujas que dificultaban la visión.

Eilean aún seguía sujeta por el fuerte brazo de Eve y se movía intentando soltarse.

Una fugaz idea apareció en su mente.

El agua se tiñó de rojo y Jayden logró distinguir a Eilean. La cogió del brazo y ambos saltaron fuera del agua como si un muelle les hubiera impulsado.

—¿Es tu sangre?

Eilean se limpió con la mano los restos de sangre de la boca y le miró con unos ojos tan fieros que parecían los de una asesina.

—Es la sangre de ella.

Eve salió del agua con lentitud y empezó a reír desde el borde opuesto de la piscina—. ¿Acaso crees que mordiéndome vas a detenerme?

Jayden miró horrorizado a Eilean que se agazapaba dispuesta para atacar.

—¿Qué has hecho Eilean?

—Igualar las fuerzas —Rugió con tanta potencia que los cristales que formaban la bóveda del pabellón se agrietaron.

Eve saltó sobre ella, pero Eilean la esquivó. Aprovechando el desconcierto de su atacante, Eilean la cogió de la muñeca y la lanzó contra la pared más cercana.

El hormigón se agrietó bajo el cuerpo de Eve.

Jayden saltó a las gradas en busca de las pastillas para superar en fuerza y velocidad a su agresora.

—Eso me ha sorprendido —Eve se levantó con dificultad y se sacudió los escombros de su cabello mojado.

—No quiero hacerte daño. Pero si sigues con tus planes de asesinar a Jayden te aseguro que terminaré contigo.

—Eso será si no termino yo antes contigo —Saltó sobre Eilean y ambas empezaron a rodar por el suelo que se agrietaba a su paso.

Jayden localizó las pastillas y, con rapidez, se tragó una de color negro.

El mundo se quedó a oscuras para él.

No oía nada. No olía nada y no sentía absolutamente nada.

Temió, por unos instantes, que el efecto devastador de la ingesta de aquella potente sangre le hubiera hecho perder el conocimiento pero, poco a poco, sus sentidos se agudizaron de tal manera que incluso con los ojos cerrados sabía la posición exacta y los movimientos de Eilean y Eve.

Abrió los ojos y saltó sobre Eve que había conseguido apresar a Eilean bajo sus brazos, aprovechándose del diminuto tamaño de la joven.

Los huesos de Eve fueron en esta ocasión los que se hicieron añicos bajo las fuertes manos de Jayden, que la lanzó hasta la bóveda del techo.

Los cristales rotos, junto con el cuerpo inmóvil de Eve, cayeron al suelo con un gran estruendo, mientras Jayden se movía a gran velocidad cubriendo el cuerpo de Eilean para protegerla.

—¿Estás bien?

—Sí —Rugió—. Hay que decapitarla antes de que se levante, Jay, o esto no terminará nunca.

Eilean corrió hasta Eve y cogió un gran pedazo de cristal, dispuesta a dar por finalizado el problema.

De pronto, el vidrio se escurrió entre sus manos y dio varios pasos hacia atrás.

—¿Qué te pasa?

—Dios mío, he estado a punto de matar a alguien a sangre fría. Su sangre me ha dominado de tal manera que sólo podía pensar en asesinarla.

Jayden se acercó a ella y la abrazó.

—Por suerte, se te ha pasado el efecto —La miró a los ojos y vio cada una de las fibras que componían sus iris con una precisión y claridad que jamás había visto.

—La sangre de delfín me duró más.

—Supongo que porque estaba mezclada con mi sangre y yo aguanto más el efecto de…

Un cristal pasó rozando el cuello de Jayden, pero sus agudos reflejos le hicieron esquivarlo.

Se giró encarando a Eve, que se había recuperado de nuevo.

—Eilean, márchate de aquí —Rugió.

Ella empezó a correr pero Eve consiguió apresarla de nuevo entre sus manos, presionándole el cuello con fuerza.

—Ha sido divertido, pero creo que ya me he cansado de jugar a la manera tradicional —Sonrió cínicamente—. Ahora, Jayden cogerás ese cristal y te cortarás el cuello.

Los vivos ojos de Jayden se quedaron opacos.

Se arrodilló frente a los cristales y seleccionó uno de gran tamaño.

—¡No! —La voz de Eilean apenas era un lamento presionado por las manos de Eve.

—Hazlo lentamente, Jay, para que podamos disfrutarlo.

Eilean cerró los ojos.

Una fuerza desconocida para ella la empujó hasta el borde de la piscina.

Cuando abrió los ojos, vio a Matt.

Cinco inmortales rodeaban a Eve, que estaba en el centro paralizada. Chris era uno de ellos.

Jayden agitó su cabeza aturdido y arrojó el cristal lo más lejos que pudo.

Emma ayudó a Eilean a ponerse en pie y Jayden se les acercó.

—Gracias, ha faltado poco —Matt le golpeó con el puño en un hombro como muestra de cariño.

Elle, acompañada de Kate y Galatea, estaba en la puerta del pabellón impidiendo que nadie entrara o saliera.

—Jack, no me hagas esto —Eve susurraba con una voz propia de sirena.

Chris sacó de su bota de militar un cuchillo afilado, dispuesto a terminar con la vida de ella.

—No la escuches, Jack. Si rompes la conexión y deja de estar paralizada nos será muy difícil volver a cogerla desprevenida.

La mano de Chris empuñando el arma se elevó ligera para efectuar el golpe de gracia.

—¡Espera! —Chris miró a su compañero—. ¿Qué les pasa a los ojos de Will?

Will saltó sobre Jack y Eve corrió hasta la parte más alta de las gradas.

Jayden miró a Emma con furia en sus ojos.

—Saca a Eilean de aquí y corred lo más lejos que os sea posible.

—¡No! —Eilean replicó mientras Emma la arrastraba fuera.

Jack y Will empezaron a pelearse y el resto de compañeros de Chris atacó a Eve, que les lanzaba los asientos de las gradas como si fueran de papel.

—Matt, tengo una idea algo descabellada. Es posible que acabe con Eve, pero también puede acabar conmigo.

—Jay...

—Si algo me pasa, quiero que cuides de Eilean —Matt asintió sin pensárselo demasiado—. Deja que te muerda.

Antes de que Matt pudiera pronunciar una sola palabra, sintió una punzada en el cuello y un reguero de sangre cayó por su garganta.

Jayden saltó como una exhalación sobre Jack, que aún luchaba con Will, y también le mordió, recopilando la sangre de dos inmortales poderosos.

La combinación de su sangre, la pastilla negra y la de sus amigos hizo que su corazón latiera tan deprisa que amenazaba con desgarrarse.

Eve tenía la cabeza de Chris entre sus manos, dispuesta a terminar con su vida.

Jayden saltó sobre ella y la redujo sin mucho esfuerzo, apresándola entre sus piernas.

Los rugidos de ambos paralizaron a todos los presentes. Y Will dejó de estar bajo la potente hipnosis de Eve.

Jayden se mordió en la muñeca y derramó una gran cantidad de sangre sobre la boca de ella.

Eve se quedó paralizada y se relamió.

—¿Ésta es tu idea de terminar conmigo?

"Es que nadie te explicó que el abuso de sangre inmortal y tabú puede ser muy perjudicial para tu salud"

El corazón de Eve empezó a latir más deprisa que el de Jayden.

"¿Por qué oigo lo que piensas?"

Jayden se inclinó sobre ella hasta que sus ojos estuvieron muy cerca.

"Quiero que veas una cosa"

Las imágenes de lo sucedido en los Túneles de Londres y todo el dolor que él y los suyos habían sufrido allí colapsaron la mente de Eve.

"Yo soy parte de ti"

"Eres un experimento genético de un demente"

El pulso de Eve se aceleró mientras recordaba su pasado, a su madre, el asesinato de Andrea y todo el mal que había causado.

Los sonidos amplificados a su alrededor, su potente vista, la fuerza extrema que fluía por sus músculos y el exceso de información y sentimientos, la hicieron gritar.

El sonido se volvió tan agudo para ella, que su mente enloqueció al instante.

Jayden dio un salto hacia atrás, dejando a Eve retorciéndose de dolor.

—¡Matadla ahora! —Susurró con voz ronca y una fría mirada.

Chris elevó su cuchillo y los gritos cesaron.

Eilean vio como Jayden salía a paso lento y tranquilo del pabellón y corrió hasta sus brazos.

—¿Estás bien?

—Sí —Le sonrió dulcemente y la abrazó para que no viera el desastre que había quedado tras ellos.

Vuelta a la normalidad

Las luces del árbol de Navidad brillaban en un rincón del salón de Jean e Iris. Bajo él se amontonaban los regalos para todos los presentes que, aquel año, eran muchos más de los habituales.

Emma y Chris ojeaban el nuevo catálogo con las obras de Jean y Galatea se maravillaba del nuevo estilo impresionista de su amigo.

Kate e Iris, como siempre, terminaban de preparar la cena en la cocina, pero este año contaban con la ayuda de Elle, que se había ofrecido amablemente a preparar el relleno del pavo.

Matt y Jayden jugaban a pelearse en el patio trasero, intentando no romper las nuevas macetas de Iris.

Los ojos de Eilean estudiaban con expectación las expresiones de sus padres que ojeaban el libro de cuero con la gran *V* grabada en su portada.

—Todo esto es realmente fascinante. A pesar de toda la información que hemos asimilado durante estos meses, me sigo sorprendiendo.

—¿En serio, papá?

Él asintió y dejó el libro sobre la mesa.

—Cariño, lo único que nos ha preocupado siempre es tu felicidad, y si es así como lo consigues no nos importa.

Eilean sonrió aliviada.

—Gracias.

Un ruido de cristales rotos hizo que todos los presentes miraran por la ventana.

Matt apareció con una maceta rota.

—Lo siento, aún no controlo del todo mi fuerza.

Galatea empezó a reír y el resto la siguieron relajando el ambiente.

Elle salió de la cocina secándose las manos con un trapo y se acercó al árbol de Navidad.

—Eso que has hecho nos obliga a darle ahora mismo el regalo a la anfitriona —Cogió un gran paquete y se lo entregó a Iris.

Ella lo abrió sin esperar demasiado.

—Una maceta pintada a mano, qué oportunos —Sonrió—. Muchas gracias.

—Un momento —Emma se levantó fingiendo estar enfadada—. Si se le da un regalo a uno, es justo que los demás también abramos los nuestros.

Saltó como una gacela alrededor de la mesa y rebuscó entre los paquetes uno con su nombre.

—Emma, ¿no puedes esperar? —Chris bufó.

—No —Desenvolvió una caja pequeña y sonrió al ver los pendientes que él le había comprado—. Me encantan —Saltó hasta él y le besó.

Los demás, animados por Emma, empezaron a entregarse los regalos y, durante varios minutos, los papeles de colores volaron por toda la habitación.

Galatea se acercó a Eilean y le entregó un paquete rectangular.

—Éste es especial para ti, por ser nuestro miembro de la familia más reciente. Creo que has de ser la primera en tenerlo.

Eilean levantó las cejas curiosa y desenvolvió el regalo.

Un libro de tapa dura con una imágen de colores grisáceos

apareció en sus manos. Sobre la fotografía, un escarabajo gris y unas grandes letras anunciaban su título.

—Galatea —Miró a Kate—. ¿Son las memorias de Galatea?

—Sí —Kate sonrió—. Tienes el primer ejemplar.

—¡Gracias!

El libro pasó de mano en mano y todos se lamentaron por no tener aún su copia.

Jayden cogió de la mano a Eilean, que aún sonreía a Galatea con admiración.

—Sal un segundo conmigo al jardín —Le susurró al oído.

Desaparecieron por la puerta de la cocina que daba al patio trasero, dejando atrás a todos, que reían y comentaban sus regalos.

Jayden pulsó un interruptor y un montón de luces blancas iluminaron los árboles.

La luna estaba creciente.

—Creo que no he tenido aún la ocasión de agradecerte que me salvaras.

—Yo no te salvé de Eve, sólo ayude un poco.

Jayden negó con la cabeza y la llevó hasta el centro del romántico jardín.

—No me refería a eso —Ella ladeó la cabeza confusa—. Me refería a mi alma. Si tú no hubieras aparecido seguiría siendo ese Jayden irrespetuoso y mujeriego que no gustaba a nadie.

Ella sonrió y le besó.

—Ha sido un placer.

—Tú eres mi refugio, mi lugar para estar seguro. Eres mi isla en medio de un mar de caos —Se metió la mano en el bolsillo y sacó una cajita de color rojo—. ¿Quieres casarte conmigo?

La sonrisa que se dibujó en la cara de Eilean era más brillante que todas las luces del jardín juntas.

—¡Sí! —Saltó a sus brazos y se besaron con pasión.

Los destellos del rubí de su anillo de compromiso cambiaban en función de cómo ella movía su mano.

Jayden se acostó junto a ella en la cama y se cubrió con la colcha que le había regalado su madre.

—¿Aún estás mirando el anillo?

—Sólo estaba haciendo tiempo para que empezáramos a leer juntos la historia de Galatea —Palmeó la tapa del libro que descansaba sobre sus rodillas.

Jayden la besó y le rodeó la cintura con su brazo, atrayéndola hacia él.

—Muy bien. Empieza a leer, entonces.

—Allá voy…

Venecia 1857

Los vestidos de colores daban un toque de alegría al gran salón de baile de la casa de los padres de Galatea que, sentada junto a ellos, esperaba a que su pretendiente se acercara a ella para bailar.

A pesar de que había oído rumores, no tenía ni idea de que aquella noche sería pedida en matrimonio y aquello cambiaría el curso de su vida para siempre…

Sigue la historia en
La saga del Escarabajo III,
Galatea

Más información en:
www.diannammarques.com

AGRADECIMIENTOS

Como siempre, quiero agradecerte a ti por dedicar tu tiempo en sumergirte en este mundo que he creado y espero de corazón que hayas disfrutado de la novela.

Gracias a toda mi familia y amigos, que como siempre me han brindado su apoyo y soporte para no rendirme y sacar adelante mi sueño.

También quiero agradecer a todos mis amigos y compañeros de la red, sus ánimos, críticas y mails constantes, ya que sin ellos dudo mucho que hubiera seguido escribiendo. Ha sido muy importante para mí toda vuestra ayuda desinteresada y nunca podré olvidar lo que habéis hecho por mí y mis novelas.

Prometo no rendirme jamás y seguir escribiendo historias, ya que ya no lo hago para demostrarme algo a mí misma, sino que lo hago para vosotros.

¡Gracias de todo corazón!

Dianna M. Marquès

www.ingramcontent.com/pod-product-compliance
Lightning Source LLC
Chambersburg PA
CBHW031050260626
47172CB00001B/10